明代永乐时期历史事件与文学研究

THE STUDY OF
RELATIONSHIP BETWEEN HISTORICAL EVENTS AND
LITERATURE IN THE YONGLE PERIOD OF
THE MING DYNASTY

党月瑶 著

社会科学文献出版社
SOCIAL SCIENCES ACADEMIC PRESS (CHINA)

本书受 2020 年度教育部人文社会科学研究青年基金项目"明永乐重大历史事件与文学关系研究"（20YJC751002）、2019 年度江苏高校哲学社会科学研究一般项目"明代永乐时期政治事件与台阁文学"（2019SJA0757）资助

目录

绪　论 ………………………………………………………………… 001

第一章
靖难影响下的文臣行为与创作 ………………………………………… 013
 第一节　靖难之役及死难者的行为与创作 ……………………… 016
 第二节　靖难归附文臣的行为与创作 …………………………… 031
 第三节　靖难逃匿者的生存状态与靖难书写
     ——以龚诩为例 ……………………………………… 046

第二章
北征系列事件与翰林文学 ……………………………………………… 055
 第一节　北巡扈从人员及纪行诗歌考论 ………………………… 058
 第二节　北征纪行诗的多维气象与北征文本的层级化
     ——以金幼孜、胡广扈从纪行诗为中心 ………… 075
 第三节　永乐间"迎驾缓"事件影响下的台阁文学
     ——以黄淮狱中创作为中心 ………………………… 101

第三章

迁都事件下的文学与两京文坛 ······ 127

  第一节 北京行在时期的文学与文坛 ······ 130

  第二节 迁都过程中的认同策略与文学书写

      ——以瑞应与京都赋为中心 ······ 165

  第三节 迁都与北京文坛的变迁 ······ 185

  第四节 迁都与南京文坛的变迁 ······ 208

第四章

永乐历史事件与明初文学的多重关联 ······ 219

  第一节 永乐政治与台阁体发展之关系 ······ 221

  第二节 永乐时期政治环境与地方官员群像 ······ 234

  第三节 永乐历史事件与藩王文学 ······ 250

附录

金幼孜《北征录》版本辨析 ······ 260

参考文献 ······ 268

后记 ······ 281

绪 论

历史事件与文学在中国古代具有密切关系，古代士人大多兼具官员与文人的双重身份，加之王朝权势的强大作用力，文学或文学活动常常成为权力主导、政治框架下的群体行为。大到文坛结构，小到书写模式，均受到历史事件的影响。反之，个人或群体操控下的文学在一定程度上也会对历史事件产生或隐或显的影响。明初永乐时期历史事件与文学的多重关系，主要表现为制度与事件对文学发展的影响。制度层面主要指文官制度（馆阁制度）、科举制度等，历史事件则有靖难、削藩、北征、迁都等。这些历史事件使中央官员人生轨迹发生改变，所形成的政治氛围时刻影响着文臣的言行与心态。明前期的文坛掌握在以翰林文臣为主的中央官员手中，永乐年间历史事件对明初文学的影响不言而喻。换言之，永乐年间的历史事件或造成人员变动，或提供创作主题，或引导写作风格，或有其他间接影响。从文学的角度来看，无论是文臣的生平经历，还是他们的诗文创作与书写心态，都需放置到特定历史环境中才能得到更好的解读。

一 选题范围与研究对象

永乐朝历史事件较多，研究对象的选择至关重要。在众多事件中，朱棣直接参与的主要有靖难、北征和迁都三项。靖难明确了朱棣对皇权的掌控；北征既保证了边境的安定，加强朱棣的权威，又为迁都做了准备；迁都则改变了明朝的政治版图与文学版图，也标志着靖难系列事件的落幕。

三者环环相扣，共同影响着文臣的流动分布、创作面貌，成为研究历史事件与文学无法绕开的节点。

首先，靖难事件是朱棣夺取政权的途径，"靖难"一词"为成祖篡国时所自命"，原本反映的是朱棣的立场，但约定俗成，后世的文献编者都使用该词。靖难之役不仅是战争，还是建文、永乐二朝政权更替的关键因素。朱棣即位后，建文维新之政被废，建文史料被焚，连建文帝的年号、历史地位也被抹去，这种激烈程度远超一般父死子继、兄终弟及的权力传递，更甚于一般的历史事件。无法回避的建文朝臣，皇权更易对他们来说是灾难还是机遇，在很大程度上取决于他们的立场与言行。政治的筛选、人员的变革、心态的择取等因素，都对文学创作与文坛整体面貌产生了巨大影响。

其次，朱棣在位期间，曾于永乐八年（1410）、十二年、二十年、二十一年、二十二年五次亲征。前两次北征规模宏大，先由南京巡狩至北京，再由北京出征塞外。对翰林文臣而言，扈从行军是一种新奇的体验，由朝堂至战场的场景转换，带来与身处朝堂之时同中有异的文学书写。更重要的是，北巡与北征改变了以往翰林文臣集中于南京的分布情况，出现南北分散的状态，奠定了台阁文学与文学中心北移的基础。其间，太子监国南京发生"迎驾缓"事件。政治格局对翰林文臣及台阁文学主体的发展、走向都产生了影响。

最后，朱棣为维护统治，谋划将都城由南京迁往北平。永乐二年将北平提升为北京，永乐七年成为行在，不论是靖难还是北征，都与迁都有着密切的联系。从政治角度来看，迁都北京意味着政治中心的北移，对明代政局产生深远影响；从文学角度来看，迁都使长期分离的南北文臣会合，对"三杨"格局的确立和台阁体的发展起到促进作用；以更大的视角来看，元代也曾建都北京，经过王朝更迭的洗礼，明代北京文学的情况与前朝大不相同。由此视之，永乐迁都是明清文学版图变化中的一大关键，它对明代文学格局的影响应当得到充分重视。

靖难、北征和迁都是永乐年间最为重要的历史事件，影响力自上而下，由中央波及地方，对政局与文学产生了深远影响。此外，文坛是一个宏观的概念，任何宏观的概念都离不开个体与群体的建构性作用。与政治制度相比，历史事件具有完全不同的作用，其对地方官员和文人的影响，或通过政治权力的控制达成，或通过中央文臣向外辐射。在看似统一的文臣群体行为之下，每个人的心路历程和个性表达不尽相同，而大量的个体会在整体上形成影响文学创作与文坛发展不可忽视的动力。一方面，历史事件下的文学研究更容易关注到不同地位、不同遭遇的个体的创作，有利于通过大量微观、具体的文学表现来把握明初文学态势；另一方面，从历史事件的角度入手，类似台阁成员的流动、南北文坛的变迁等问题都能得到直接有效的考察。这有助于重新审视台阁体的产生与发展，对还原明前期的文学生态具有不可忽视的作用。

二　研究现状

关于永乐时期历史事件与文学的关系问题，涉及的因素有很多。最主要的有三个方面：一是历史事件的梳理；二是历史事件与文学的关系；三是台阁文学创作面貌，即以翰林文臣为中心的中央官员的文学创作风格。永乐时期的历史事件，特别是靖难与迁都，一直以来都颇受研究者重视；永乐时期历史事件与文学的关系，也得到了研究者一定的关注；明初馆阁制度与台阁文学则是明代文学研究中的重点。

（一）永乐时期历史事件

永乐年间留下一系列历史事件，从历史事件与文学的关系着眼，理清历史事件（靖难、北征和迁都）的始末尤为重要。

（1）靖难之役是最受研究者关注的问题。早在20世纪30年代，孟森就在《明史讲义》中对靖难起兵之事实、靖难后杀戮之惨状、靖难两疑案等进行了讨论。此后研究者不绝，如：黄云眉《明史考证》、杨艳秋《明代史学探研》、商传《试论"靖难之役"的性质》、单锦珩《论靖难之役》

等先后对靖难史实进行了梳理。① 20世纪80年代探讨建文帝行踪下落的论文较多，如：何斯强《正续寺与明惠帝》、毛佩琦《〈明惠帝出亡穹窿山补证〉一误》等。② 靖难事件中的方孝孺、铁铉、齐泰、黄子澄、李景隆、姚广孝等人也受到关注，如：陈进传《方孝孺的法律思想》、李谷悦《方孝孺殉难事迹的叙事演化与"诛十族"说考》、商传《明初著名政治家姚广孝》、晁中辰《李景隆与"建文逊国"》等，研究者多从史实、思想等角度进行论述，多涉及靖难史实。③ 自此，靖难历史、政治层面的研究渐趋广泛，在建文君臣、建文史编撰方面涌现了一批成果，如：谢贵安《试论〈明实录〉对建文帝的态度及其变化》、吴德义《政局变迁与历史叙事：明代建文史编撰研究》、庄兴亮《论陈建〈皇明通纪〉中"靖难之变"的叙事与史观》等。④

（2）与靖难相比，学界对北征和迁都的研究起步较晚。对于北征，蒋重跃《朱棣对蒙古各部的均势政策与五次北征》、罗旺扎布等《蒙古族古代战争史》、杨杭军《评永乐帝的五次北征》、德山等《蒙古族古代交通史》、滕新才《明成祖五征蒙古评议》、于鹏《明成祖五出漠北刍议》、谢鹏《明蒙之间战争的时空分布研究》等从战争史、交通史的角度对朱棣五

---

① 黄云眉：《明史考证》，中华书局，1979；杨艳秋：《明代史学探研》，人民出版社，2005；商传：《试论"靖难之役"的性质》，《明史研究论丛》第1辑，江苏人民出版社，1982；单锦珩：《论靖难之役》，《浙江师范学院学报》1985年第4期。

② 何斯强：《正续寺与明惠帝》，《思想战线》1983年第5期；毛佩琦：《〈明惠帝出亡穹窿山补证〉一误》，《史学月刊》1988年第6期。

③ 陈进传：《方孝孺的法律思想》，《明史研究专刊》1980年第3期；李谷悦：《方孝孺殉难事迹的叙事演化与"诛十族"说考》，《史学月刊》2014年第5期；商传：《明初著名政治家姚广孝》，《中国史研究》1984年第3期；晁中辰：《李景隆与"建文逊国"》，《山东大学学报》1993年第3期。

④ 谢贵安：《试论〈明实录〉对建文帝的态度及其变化》，《北京联合大学学报》2010年第3期；吴德义：《政局变迁与历史叙事：明代建文史编撰研究》，中国社会科学出版社，2013；庄兴亮：《论陈建〈皇明通纪〉中"靖难之变"的叙事与史观》，《史学理论与史学史学刊》2018年第1期。

次北征的时间、地点、路线以及利弊得失等方面进行论述。①

（3）对于迁都，朱子彦《论永乐帝迁都北京》、阎崇年《明永乐帝迁都北京述议》、王岗《明成祖与北京城》、曹子西主编《北京通史》第6卷之《永乐迁都北京》、周金鑫《明前期都城选址研究》，周乾《朱棣为何定都北京紫禁城》等对迁都原因、过程及选址进行了关注。② 商传《永乐迁都与三大殿火灾》，贺树德《明代北京城的营建及其特点》，万依《论朱棣营建北京宫殿、迁都的主要动机及后果》，李燮平《明代北京都城营建丛考》，王明德《南京与北京：中国古代都城的两极发展与空间互动》，蔡小平、方志远《南京地震与明朝定都北京》，赵中男《永乐末年的反迁都风波及其意义》等以梳理史实为主，着重关注迁都北京的原因、过程以及都城营建。③ 总而言之，这些史学论著厘清了永乐时期重要历史事件的始末，对其在社会、文化等多个层面的影响也有所涉及。

---

① 蒋重跃：《朱棣对蒙古各部的均势政策与五次北征》，《浙江学刊》1990年第2期；罗旺扎布等：《蒙古族古代战争史》，民族出版社，1992；杨杭军：《评永乐帝的五次北征》，《河南师范大学学报》1995年第2期；德山等：《蒙古族古代交通史》，辽宁民族出版社，2006；滕新才：《明成祖五征蒙古评议》，明长陵营建600周年学术研讨会，2009年5月；于鹏：《明成祖五出漠北刍议》，《新西部》（理论版）2015年第5期；谢鹏：《明蒙之间战争的时空分布研究》，硕士学位论文，陕西师范大学，2017。
② 朱子彦：《论永乐帝迁都北京》，《上海大学学报》1989年第1期；阎崇年：《明永乐帝迁都北京述议》，《中国古都研究》第1辑，1983；王岗：《明成祖与北京城》，《北京社会科学》2008年第3期；曹子西主编《北京通史》第6卷《永乐迁都北京》，北京燕山出版社，2012；周金鑫：《明前期都城选址研究》，硕士学位论文，陕西师范大学，2015；周乾：《朱棣为何定都北京紫禁城》，《北京档案》2017年第6期。
③ 商传：《永乐迁都与三大殿火灾》，《紫禁城》1985年第1期；贺树德：《明代北京城的营建及其特点》，《北京社会科学》1990年第2期；万依：《论朱棣营建北京宫殿、迁都的主要动机及后果》，《故宫博物院院刊》1990年第3期；李燮平：《明代北京都城营建丛考》，紫禁城出版社，2006；王明德：《南京与北京：中国古代都城的两极发展与空间互动》，《兰州学刊》2007年第12期；蔡小平、方志远：《南京地震与明朝定都北京》，《江西社会科学》2011年第4期；赵中男：《永乐末年的反迁都风波及其意义》，《故宫博物院院刊》2016年第6期。

（二）永乐时期历史事件与文学

20世纪90年代以后，永乐时期历史事件对文学的影响得到了较为集中和持续的关注，表现在以下几个方面。

（1）靖难及其后续事件对永乐朝文学的影响。作为明代历史上最重要的历史事件，靖难涉及皇帝正统的问题，极大地影响了当时士人的言行与心态，因此文人心态研究成了分析靖难与明初文学发展的重要维度。左东岭《王学与中晚明士人心态》、夏咸淳《情与理的碰撞：明代士林心史》、廖可斌《明代文学复古运动研究》都论及靖难之后以"三杨"为代表的台阁作家的谨慎心态，及对台阁文风的促成作用。① 张玉月《杨士奇与明前期政局：从1401年到1444年》、王伟《明前期士大夫主体意识研究（1368~1457）》、赵园《明清之际士大夫研究》对靖难中个别文臣的具体选择、心态进行了讨论。② 董刚《元末明初浙东士大夫群体研究》、胡世强《明代十五世纪文学研究》、暴磊《明代建文二年庚辰科进士群体研究》较为详细地分析了明前期士人在靖难中的群体行为、社会环境及相关文学表达。③ 另外，索洁《"靖难"事件与文学研究》也对该问题做了简要的综合考察。④ 在明及其以后的文学创作中，靖难事件本身成为重要的素材，进入小说、戏曲等作品。刘倩《"靖难"及其文学重写》，以明清两代描写

---

① 左东岭：《王学与中晚明士人心态》，人民文学出版社，2000；夏咸淳：《情与理的碰撞：明代士林心史》，河北大学出版社，2001；廖可斌：《明代文学复古运动研究》，商务印书馆，2008。
② 张玉月：《杨士奇与明前期政局：从1401年到1444年》，硕士学位论文，东北师范大学，2011；王伟：《明前期士大夫主体意识研究（1368~1457）》，博士学位论文，东北师范大学，2011；赵园：《明清之际士大夫研究》，北京师范大学出版社，2014。
③ 董刚：《元末明初浙东士大夫群体研究》，博士学位论文，浙江大学，2004；胡世强：《明代十五世纪文学研究》，博士学位论文，西北大学，2013；暴磊：《明代建文二年庚辰科进士群体研究》，硕士学位论文，黑龙江大学，2014。
④ 索洁：《"靖难"事件与文学研究》，硕士学位论文，西南大学，2009。

靖难历史事件的小说、戏曲作品为研究对象，讨论靖难故事的重写。① 陈玉华《"靖难之役"文学书写的历史演变——以明清小说戏曲为中心》则重点考察文学作品中"靖难事件"的书写演变。②

（2）北征对永乐朝文学的影响。与靖难、迁都相比，学界对北征的关注相对较少，且主要集中在历史方面，如蒋重跃《朱棣对蒙古各部的均势政策与五次北征》。③ 从文学层面专门展开的主要有：邢燕燕《从明永乐朝征蒙古扈从文人所记笔记看塞北风物》，通过金幼孜、杨荣所作纪行来描述塞北风物；④ 何坤翁《明前期台阁体研究》将胡广《扈从诗集》作为记圣功的重要论据，阐明台阁诗颂瑞歌功、称扬圣德的表现；⑤ 袁春梅《明代胡广诗歌研究》以分析胡广北征边塞诗内容为主。⑥

（3）永乐迁都对明朝文学发展的作用。迁都改变了明朝的政治版图与文学版图，也标志着靖难系列事件的落幕。文学创作在迁都过程中起到消除文化隔阂的作用，李若晴《玉堂遗音——明初翰苑绘画的修辞策略》、刘青《明代京都赋研究》分别围绕"北京八景诗""京都赋"进行了探讨。⑦ 此外，傅秋爽《北京文学史》将朱棣迁都北京放置在长时段历史中，认为该举延续、巩固与发展了始于辽金成于元代的京师文化。⑧ 方宪《从南京到北京：永宣文学研究》以迁都作为永乐年间台阁文学的分界点，探讨了迁都的文化动因，将祥瑞应制、扈从及馆阁雅集作为台阁文学"颂圣"

---

① 刘倩：《"靖难"及其文学重写》，博士学位论文，中国社会科学院研究生院，2003。
② 陈玉华：《"靖难之役"文学书写的历史演变——以明清小说戏曲为中心》，硕士学位论文，上海师范大学，2016。
③ 蒋重跃：《朱棣对蒙古各部的均势政策与五次北征》，《浙江学刊》1990年第2期。
④ 邢燕燕：《从明永乐朝征蒙古扈从文人所记笔记看塞北风物》，《大众文艺》2013年第6期。
⑤ 何坤翁：《明前期台阁体研究》，《古典文献研究辑刊》第11编第27册，新北：花木兰文化出版社，2015。
⑥ 袁春梅：《明代胡广诗歌研究》，硕士学位论文，南昌大学，2016。
⑦ 李若晴：《玉堂遗音——明初翰苑绘画的修辞策略》，中国美术学院出版社，2012；刘青：《明代京都赋研究》，硕士学位论文，山西师范大学，2013。
⑧ 傅秋爽：《北京文学史》，人民出版社，2010。

"鸣盛"意识的论据。① 郑莹《明初中原流寓作家研究》关注到了北征及迁都期间人员的北移，认为北征期间流寓文学的主体是扈从人员，他们在北京开展的文学活动，对都城北移起到造势和预热作用。② 这两篇博士学位论文虽涉及迁都对文学的影响，但重心不在于探讨迁都与南北文坛变迁的关系。

（三）台阁与台阁文学

台阁作家的主体是翰林文臣，关注永乐历史事件下文臣们的创作面貌，需要关注台阁制度以及台阁文学研究成果，如此才能得到更为准确的认识。

（1）内阁制度的研究。内阁制度是研究台阁文学的基础，主要有杨树藩《明代中央政治制度》，王其榘《明代内阁制度史》，王天有《明代国家机构研究》，关文发、颜广文《明代政治制度研究》，谭天星《明代内阁政治》，张显清、林金树《明代政治史》等。③ 其中，王其榘、谭天星两位学者在论著中对明代阁臣的人员、地域做了详细整理，为后续研究提供了极大帮助。洪早清《明代阁臣群体研究》以明代阁臣为研究对象，涉及永乐时期的政治作为、阁臣群体的政治权力与运作。④ 叶晔《明代中央文官制度与文学》从中央文官制度出发，对明代中央文官的人员、活动进行了详细梳理。⑤ 王剑、李忠远《有明之无善政自内阁始——论明初政治变动中的内阁政治文化》认为在皇权表达无明晰界限的前提下，内阁只能随着皇权的表达以补充的形式发挥着相反的作用。⑥

---

① 方宪：《从南京到北京：永宣文学研究》，博士学位论文，武汉大学，2015。
② 郑莹：《明初中原流寓作家研究》，博士学位论文，上海大学，2016。
③ 杨树藩：《明代中央政治制度》，商务印书馆，1978；王其榘：《明代内阁制度史》，中华书局，1989；王天有：《明代国家机构研究》，北京大学出版社，1992；关文发、颜广文：《明代政治制度研究》，中国社会科学出版社，1995；谭天星：《明代内阁政治》，中国社会科学出版社，1996；张显清、林金树：《明代政治史》，广西师范大学出版社，2003。
④ 洪早清：《明代阁臣群体研究》，博士学位论文，华中师范大学，2007。
⑤ 叶晔：《明代中央文官制度与文学》，浙江大学出版社，2011。
⑥ 王剑、李忠远：《有明之无善政自内阁始——论明初政治变动中的内阁政治文化》，《求是学刊》2015年第3期。

（2）台阁文学的研究。学者对台阁体的定义多从创作风格和作家身份两方面着手，台阁体研究主要包括台阁体形成原因、台阁文学地域研究、对台阁体的评价，以及以"三杨"为主的个案及整体研究。黄卓越《明永乐至嘉靖初诗文观研究》探讨了永乐朝台阁体文学、文臣身份、文统与文风的关系，阐述了永乐时期的诗文观。① 何宗美《文人结社与明代文学的演进》第二章梳理了永乐至天顺年间文人结社的史实，对台阁文人群体的形成、雅集结社与台阁文学的关系进行论述，提出可从迁都前后、朝代更替、台阁阵营、台阁文风四方面对台阁文学进行动态观照。② 郑礼炬《明代洪武至正德年间的翰林院与文学》对永乐时期的馆阁文学作家群及所属风格多有论述。③ 陈文新、郭皓政《从状元文风看明代台阁体的兴衰演变》，李华《永乐年间庶吉士诗文与明前期社会》都从永乐内阁制度、庶吉士的培养角度对台阁体发展过程进行论述。④ 何坤翁《明前期台阁体研究》认为台阁文学是永乐帝施行文化垄断的产物而非馆阁制度的产物，同时指出文学史上的"三杨"说法并不成立。⑤ 汤志波《明永乐至成化间台阁诗学思想研究》在辨析台阁体概念的基础上，从翰林文人、帝王角度探讨台阁体兴衰的原因。⑥ 此外，冯小禄《论明代台阁体文学"鸣盛"的渊源及缺失》，严明、孙燕娜《明初台阁体的前世今生——兼论中国诗歌史中治世之音的评价问题》均对台阁体之"鸣盛""美颂"做了探源，前者指出鸣盛的艺术缺失，后者则强调台阁体的价值与存在意义。⑦

---

① 黄卓越：《明永乐至嘉靖初诗文观研究》，北京师范大学出版社，2001。
② 何宗美：《文人结社与明代文学的演进》，人民出版社，2011。
③ 郑礼炬：《明代洪武至正德年间的翰林院与文学》，中国社会科学出版社，2011。
④ 陈文新、郭皓政：《从状元文风看明代台阁体的兴衰演变》，《文学遗产》2010年第6期；李华：《永乐年间庶吉士诗文与明前期社会》，博士学位论文，武汉大学，2012。
⑤ 何坤翁：《明前期台阁体研究》，《古典文献研究辑刊》第11编第27册。
⑥ 汤志波：《明永乐至成化间台阁诗学思想研究》，上海古籍出版社，2016。
⑦ 冯小禄：《论明代台阁体文学"鸣盛"的渊源及缺失》，《励耘学刊》（文学卷）2007年第2期；严明、孙燕娜：《明初台阁体的前世今生——兼论中国诗歌史中治世之音的评价问题》，《中国诗歌研究》第9辑，社会科学文献出版社，2012。

关于明前期台阁文臣群体的地域性研究，主要有蒋星煜《况钟》，魏崇新《台阁体作家的创作风格及其成因》《明代江西文人与台阁文学》等，指出台阁体的主要成员为江西文人。① 唐朝晖、欧阳光《江西文人群与明初诗文格局》，曾繁全《明代江西士大夫群体——以永乐至景泰时期为中心》，熊娜娜《明初江西文人的台阁文学创作研究》都从江西地域角度探讨台阁文人及文学。② 江西之外的文人或台阁群体也受到了关注，如陈建华《中国江浙地区十四至十七世纪社会意识与文学》对江浙的台阁体文学与作家进行了探讨，③ 陈广宏《明初闽诗派与台阁文学》通过"闽中十子"论述闽派诗人对台阁体文风的形成起到的作用。④ 此外，台阁作家个案研究逐渐增多，如张红花《杨士奇诗文研究——兼及对明代台阁体的再认识》、许林如《三杨与明初政治》、黄佩君《杨士奇台阁体诗歌研究》、庄书睿《杨荣诗文研究》等均以"三杨"为中心展开研究。⑤ 以胡广为个案研究的有吴琦、龚世豪《明初江西士大夫仕宦、交游与乡邦团体——以胡广为中心的研究》，袁春梅《明代胡广诗歌研究》等。⑥ 近年来，对台阁作家进行个案研究的硕士学位论文增多，如王直、黄淮、金幼孜、夏原

---

① 蒋星煜：《况钟》，上海人民出版社，1981；魏崇新：《台阁体作家的创作风格及其成因》，《复旦学报》1999 年第 2 期；魏崇新：《明代江西文人与台阁文学》，《中国典籍与文化》2004 年第 1 期。

② 唐朝晖、欧阳光：《江西文人群与明初诗文格局》，《学术研究》2005 年第 4 期；曾繁全：《明代江西士大夫群体——以永乐至景泰时期为中心》，硕士学位论文，华东师范大学，2010；熊娜娜：《明初江西文人的台阁文学创作研究》，硕士学位论文，福建师范大学，2012。

③ 陈建华：《中国江浙地区十四至十七世纪社会意识与文学》，学林出版社，1992。

④ 陈广宏：《明初闽诗派与台阁文学》，《文学遗产》2007 年第 5 期。

⑤ 张红花：《杨士奇诗文研究——兼及对明代台阁体的再认识》，硕士学位论文，暨南大学，2005；许林如：《三杨与明初政治》，硕士学位论文，山西大学，2007；黄佩君：《杨士奇台阁体诗歌研究》，硕士学位论文，南昌大学，2010；庄书睿：《杨荣诗文研究》，硕士学位论文，福建师范大学，2015。

⑥ 吴琦、龚世豪：《明初江西士大夫仕宦、交游与乡邦团体——以胡广为中心的研究》，《江西社会科学》2016 年第 1 期；袁春梅：《明代胡广诗歌研究》，硕士学位论文，南昌大学，2016。

吉、胡俨等人都受到了关注。

综上，以往研究对永乐历史事件、台阁文学等方面做出了有益探讨，研究重点表现在历史事件对文人心态的影响，以及历史事件影响下部分作家作品的书写两方面，研究对象集中在馆阁文臣身上，这些都是本书值得吸收和借鉴的成果。从永乐时期历史事件与文学的关系这一角度来看，存在的问题有二。其一，研究较为分散，没有把靖难、迁都、北征作为相互关联的系列历史事件来看待，因而这些事件对明初文坛（特别是台阁文学）的持续作用没有得到整体观照和通盘考察，台阁文学在永乐时期的作用与价值未能得到全面分析。其二，相关历史文献与文学作品没有得到全面、深入的解读，明初一些稀见文集未得到重视。文本细读的不足导致历史事件、文人心态、作品书写三方面的关联没有得到深入挖掘，对历史事件所波及的文人及文学活动缺乏细致深入的讨论。因此，在厘清靖难、北征、迁都等事件来龙去脉的基础上，结合大量具体的历史文献和文学作品，分析历史事件与台阁文学之间的相互作用，挖掘其文学内涵和政治意义，并将其置于明初政治发展和文学发展的脉络中去考察是本书的研究路径。

第一章 靖难影响下的文臣行为与创作

明代永乐时期历史事件与文学研究

朱允炆登基之后，开始实施削藩计划。建文元年（1399），燕王朱棣以"靖难"为名举兵谋反。靖难之役的第三年，朱棣于金川门攻陷南京城，这对建文朝廷来说绝对是一个突发情况。对此，建文诸臣应该何去何从？追随建文者有之，归顺朱棣者有之，逃走隐匿者亦有之。他们的抉择影响着各自的人生轨迹，并对建文诸臣的命运产生了巨大影响。索洁在《"靖难"事件与文学研究》中对受靖难之役影响的人员及相关论著进行了梳理，探讨靖难之役后文人心态转变的问题，主要以"三杨"为对象进行了考察。[①] 但靖难之役与文学的关系还不止于此，可以进一步发掘。

从性质而言，靖难之役不仅是一场战争，还是明初最大的一次皇权更易的历史事件。本章以靖难死难者、归附者以及逃匿者为研究对象，探讨他们的行为与心态。方孝孺、练子宁、铁铉等人，以死难者的身份一直坚定地站在朱允炆一方。这种坚定来源于他们对靖难性质的判断，这不仅影响了他们的行为和诗文书写，也加剧了朱棣对建文旧臣的大肆清洗。归附之臣对靖难之役的认识不像死难诸臣那样非黑即白，他们对靖难事件的书写或弱化靖难冲突，或美化朱棣形象，其行为与心态转变的过程值得探究。逃离隐匿旧臣数量最多，却因生活飘零加之政治环境，该类群体留存的文献资料匮乏，仅能以龚诩一人为例。以下将从靖难死难者、归附者以及逃匿者三个方面展开讨论。

[①] 索洁：《"靖难"事件与文学研究》，硕士学位论文，西南大学，2009。

第一节　靖难之役及死难者的行为与创作

洪武三十一年（1398），朱允炆即位。其间，在齐泰、黄子澄等人的辅佐之下，开始实施削藩计划。建文元年七月，燕王朱棣举兵，以"靖难"为名，向建文帝发难。至建文四年六月，"都城陷，帝遁去，棣入即帝位，尽反建文朝政，并年号而去之，谓其时曰革除"。[①] 战争之中伤亡的建文官员不计其数，仅《明史》中记载的就有几十人，如与扬州共存亡的王彬、崇刚，敢于上谏朱棣"当守臣节"的杜奇，被离间而死的都指挥卜万，战死沙场的瞿能父子及都指挥庄得、楚智、皂旗张等人，更有无数在残酷战争中浴血奋战的无名士兵。这场战争打破了明初安定的社会状态，对社会和经济的发展造成了严重破坏。靖难之役不仅是一场战争，更是明初最大的一次涉及皇权更易的历史事件。建文官员对靖难事件的认识与他们的立场、行为和诗文书写密切相关，这又促成了朱棣以稳定政局为目标的政治策略。而其结果，则对官员的地域性、群体性、言行、心态都造成了深远影响。此外，对建文诸臣的考察，以往研究多集中在梳理人员及文集情况。笔者在增补文集时发现，文集中有零散的关于靖难之役及文臣心态的内容。据此，靖难之役及死难文臣的言行表达，都可以得到更为细致的观照。

一　靖难之役的性质

靖难之役引起了明朝初期政坛的巨大震荡，朱棣代替侄子朱允炆成为国家的统治者，执政风格与策略都发生了极大的变化。很多官员卷入这场斗争，其中最为典型的，莫过于靖难死难者。从朱棣发难到夺取皇权，不少臣子坚决站在建文帝一边，更有甚者，在朱棣的强权与恐怖手段之下，高呼"虽九死其犹

[①] 孟森：《明史讲义》，上海古籍出版社，2002，第 83 页。

未悔"。这一方面源于他们的忠义思想，另一方面也跟他们对靖难性质的判断密切相关。换言之，臣子如何认识靖难之役的性质，会直接影响到他们在明初这场最大的政治斗争中的行为，也会影响朱棣的应对策略。

从皇位继承的事实来看，早在洪武二十五年，朱允炆就被立为皇太孙，成为皇位继承人。其间，朱元璋命其省决章奏，朱允炆同其父朱标一样性格仁厚，处理刑狱事务时较为宽大，"遍考礼经，参之历朝刑法，改定洪武《律》畸重者七十三条，天下莫不颂德焉"。① 可以说，在洪武末年朱允炆就已经拥有了皇位继承权。洪武三十一年，朱元璋驾崩，留有遗诏曰：

> 皇太孙允炆仁明孝友，天下归心，宜登大位。内外文武臣僚同心辅政，以安吾民。丧祭仪物，毋用金玉。孝陵山川因其故，毋改作。天下臣民，哭临三日，皆释服，毋妨嫁娶。诸王临国中，毋至京师。诸不在令中者，推此令从事。②

这份遗诏直接肯定了朱允炆皇权继承的合法性。朱棣发动战争的目的就是皇位，对于这一点，是毋庸置疑的。③ 有学者指出，朱棣发动靖难"既不是要保护什么朱元璋的成法，也不是真要清除奸恶，而是一次赤裸裸的夺位战争"。④ 当时的臣子也必定会对靖难做出相似的定性。如朱棣起兵不久，高巍上书燕王，认为朱棣"有肃清朝廷之心，天下不无篡夺嫡统

---

① 《明史》卷四《恭闵帝本纪》，中华书局，1974，第59页。
② 《明史》卷三《太祖本纪》，第55页。
③ 今人论著中，商传《试论"靖难之役"的性质》（《明史研究论丛》第1辑，江苏人民出版社，1982）、郭厚安《论"靖难之役"的性质》（《西北师大学报》1997年第3期）等均认为"靖难之役"实为一场皇位争夺之战。
④ 商传：《试论"靖难之役"的性质》，《明史研究论丛》第1辑，第210~225页。该文认为靖难之役后的杀戮被后世记述夸大了许多，真正被诛的有80人，没有达到朱元璋诛杀功臣的惨烈，却招致了比比朱元璋更为严厉的指责。对于此点，笔者不赞同，一是除了被朱棣直接诛杀的建文朝臣，自经而死或隐居山林的亦不在少数，也应统计在内。二是靖难事件牵涉广泛，影响深远，如正文所举永乐九年钱习礼、永乐十四年胡广归乡之事，都表明还在穷治建文旧臣。

之议"。① 朱棣即位后，刘基之子刘璟称疾不至，被逮入南京，犹称朱棣为"殿下"，且云："殿下百世后，逃不得一'篡'字。"② 最后刘璟自经而亡。这些事例在一定程度上说明建文旧臣把朱棣夺权看作违背朱元璋遗诏的大逆不道之举，忠于建文也就成了维护皇权正统节义精神的外在表现。

从前朝历史的镜鉴来看，靖难之役与西汉七国之乱颇为相似。汉景帝即位后，御史大夫晁错提议削藩，"请诸侯之罪过，削其地，收其枝郡"。③削藩之后，吴王刘濞联合其他六国诸侯，以"清君侧，诛晁错"的名义发动叛乱。窦婴、袁盎上言进说，晁错被斩于东市。但晁错之死并没有换来想象中的和平，而是经过梁王和周亚夫的作战，叛乱才得以平定。时隔1500多年，相似的情节在明朝上演。朱允炆在尚未登基之时，就和伴读黄子澄商议过藩王权力过大之事，黄子澄以七国之乱为例予以告诫：

诸王护卫兵，才足自守，倘有变，临以六师，其谁能支？汉七国非不强，卒底亡灭。大小强弱势不同，而顺逆之理异也。④

朱允炆登基之后，高巍建议"勿行晁错削夺之谋，而效主父偃推恩之策"。⑤ 但朱允炆还是在齐泰、黄子澄等人的辅佐下开始实施削藩计划，燕王朱棣乘机起兵反叛，所打的旗号同样是"诛奸臣，清君侧"。朱允炆没有因此诛杀"奸臣"，而是解除黄子澄、齐泰等人的官职，以免落叛军口实。但朱棣没有丝毫的退让，与当年的刘濞完全一样。对此，高巍在《上燕王书》中毫不避讳地说道："大王以诛左班文臣为名，实则吴王濞故智，

---

① 高巍：《高不危文集》卷一《上燕王书》，《明别集丛刊》第 1 辑第 23 册，黄山书社，2013，第 197 页。
② 《明史》卷一二八《刘基传》，第 3784 页。
③ 《史记》卷一〇一《晁错列传》，中华书局，1982，第 2747 页。
④ 《明史》卷一四一《黄子澄传》，第 4015 页。
⑤ 高巍：《高不危文集》卷一《上建文皇帝分王诸藩疏》，《明别集丛刊》第 1 辑第 23 册，第 196 页。

其心路人所共知。"①

可见，不论是事件本身的相似性，还是时人的认识，都会让人将靖难之役与汉代的七国之乱联系起来，西汉的削藩政策成为建文臣子的取法对象，这不免影响时人对政治态势的判断。与七国之乱不同的是，朱允炆没能阻挡叛军，导致南京陷落，帝位落入朱棣之手。

以朱棣的立场来看，他必然不认同上述对靖难之役的定性，更不可能认同自己的起兵被冠以夺取帝位或藩王叛乱之名。在"清君侧"的口号之下，以"周公辅成王"的典故来美化自己的靖难行为，从而消除被比作"七国之乱"的负面影响，这对朱棣而言应当是最合理的政治策略。高巍上书朱棣，就将朱棣比作周公，对此后文将会论及。尹昌隆上书建文帝，也说："北来章奏，有周公辅成王之语。"② 此外，时人对靖难还有另一种认识，朱棣南下不久，卓敬被抓，言辞甚厉，朱棣怜其才，不忍杀之，特命中臣竭力劝说："今上皇帝叔也，建文皇帝侄也。事属一家，忠无二致。公既尽心前朝，何不移忠今日？昔管仲不死小白，魏徵再事太宗，故事可师，何为徒自苦耶！"③ 这一段以"皇帝家事"为由，企图消除皇权更易带来的割裂之感，游说策略十分明显。总之，"夺帝位"与"清君侧"，"七国之乱"与"周公辅成王"，这些相对的典故与说辞，既表明了靖难事件的舆论效应和宣传策略，又充分体现出靖难事件的复杂之处。往大了说，靖难是政权的变革，但比之异族、异姓的王朝更替，其意义和作用又要小一些；往小了说，靖难是明王朝内部的藩王叛乱，只不过叛乱的成功又使靖难具有了王朝更替的一些性质和表现。因此，靖难事件中的死难者有了堂堂正正死难的理由，而归附者也可以为归附行为找到说辞和借口。

---

① 高巍：《高不危文集》卷一《上燕王书》，《明别集丛刊》第 1 辑第 23 册，第 197 页。
② 史鉴：《西村集》卷六《尹昌隆传》，《景印文渊阁四库全书》第 1259 册，台北，台湾商务印书馆，1986，第 826~827 页。
③ 刘球：《明逊国忠臣瑞安卓忠贞公传》，卓敬：《卓忠贞公遗稿》，《明别集丛刊》第 1 辑第 24 册，第 608 页。

二　朱棣的政治策略与"壬午之难"

　　篡位之实与七国之乱的故事必然会给朱棣留下深刻印象，带来一定的心理负担。如何收揽人心、消除建文帝的影响，是他执政过程中需要思考的问题。一种方法是改变时人对靖难的认识，其中最典型的就是以"皇帝家事"代替"藩王篡位"；另一种方法就是在正统的继承方面做文章。从表面上看，朱棣声称起兵是为了"清君侧"，不是为了夺权。进入南京，尤其掌控权势后，这一姿态应当继续保持。据《明太宗实录》记载，建文帝自焚之后，朱棣深悼之，并"备礼葬建文君，遣官致祭，辍朝三日"。① 郑晓《建文逊国臣记》也记载："建文君崩，上问（王）景葬礼，景顿首言：'宜用天子礼。'上从之。"② 要避免篡位之名，首先就要表现出一副仁义之态。有人认为，建文帝自焚并不属实，在南京陷落后，建文帝就不知所终。③ 若依此言，自焚就是朱棣为安定局势而进行的一种宣传。进一步说，不论《明实录》中建文帝自焚的记载是否属实，这些记载所体现的行为策略本身就透露出朱棣将自己的仁义之举昭示天下，以掩盖夺权之

---

① 《明太宗实录》卷九下，建文四年六月壬申，台北"中研院"历史语言研究所校印本，第138页。

② 郑晓：《吾学编》卷五八《建文逊国臣记·侍郎学士王景》，《续修四库全书》第425册，上海古籍出版社，2002，第29页。按，焦竑《国朝献征录》也录有此语，位于陈琏所撰《翰林院学士奉政大夫常斋王公景墓碑铭》之末（见焦竑《国朝献征录》，《续修四库全书》第526册，第58页）。然查陈琏《琴轩集》，该墓碑铭并无此句。

③ 关于建文帝的下落，很多学者认为他并未自焚，而是与近臣成功出逃，至于出逃地点则众说纷纭。目前所见研究主要有：杨知秋《建文帝出亡云南新证》，《云南民族大学学报》2004年第4期；余云华《建文帝传说圈及其重庆中心论》，《广西师范学院学报》2009年第1期；全伟《明建文帝去向的历史语境研究》，《四川民族学院学报》2010年第2期；杨森林、杨慰《建文帝圆寂青海乐都瞿昙寺考》，《青海社会科学》2010年第5期；高发元《建文帝亡滇不再是传说——梨花村马氏"祖灵碑"引出关键证据》，《思想战线》2015年第2期；孙绍旭《明建文帝出亡宁德考》，《史林》2016年第6期等。但最终还无定论。

实的意图。在这样的表面姿态之下，迅速掌控朝廷局势，尽力消除建文帝统治所带来的负面作用，才是他的真正目的。所以，朱棣登基之后，通过多种方式抹掉建文时期的政治痕迹。比如，他将建文四年改为洪武三十五年，从年号上否认建文政权，表明自己是对朱元璋正统皇权的继承。这一点不仅体现在史书之中，在当时文集中也有所反映，如论及建文帝在位的四年时，作者或采用"洪武"纪年，或只称元年、二年、三年、四年，全然不见建文的年号。此外，他还通过销毁历史记载来达到这一目的，如销毁建文朝的史料，严禁建文诸臣的文集，剥夺史家为建文修史的权利等。①

如果说删除或更改史书、文集的相关记载，是从客观载体的层面来控制建文政治舆论的传播，那么大力打击建文忠臣，就是消除建文余脉及其政治影响的强力举措。朱棣在这方面毫不松懈，在南京陷落之日曾有以下举措："王分命诸将守城及皇城，还驻龙江，下令抚安军民。大索齐泰、黄子澄、方孝孺等五十余人，榜其姓名曰奸臣。"②"奸臣"之称已然标榜自己皇权正统的立场，这一称呼之下则是朱棣清除建文忠臣的事实。建文四年，朱棣对建文一朝的文人进行清洗，建文忠臣或自杀明志，或不屈而死，历史上称此事为"壬午之难"。谷应泰《明史纪事本末》中列出了这份建文文臣名单：

揭榜左班文臣二十九人：太常寺卿黄子澄，兵部尚书齐泰，礼部尚书陈迪，文学博士方孝孺，副都御史练子宁，礼部侍郎黄观，大理少卿胡闰，寺丞邹瑾，户部尚书王钝，侍郎郭任、卢迥，刑部尚书侯泰，侍郎暴昭，工部尚书郑赐，侍郎黄福，吏部尚书张纮，侍郎毛太亨，给事中陈继之，御史董镛、曾凤韶、王度、高翔、魏冕、谢升，前御史尹昌隆，宗人府经历宋征、卓敬，修撰王叔英，户部主事巨敬。燕王指以上诸人为奸

---

① 参见吴德义《政局变迁与历史叙事：明代建文史编撰研究》，中国社会科学出版社，2013，第27~28页。
② 《明史》卷五《成祖本纪》，第75页。

臣，别其首从……寻复揭榜于朝堂，增徐辉祖、葛成、周是修、铁铉、姚善、甘霖、郑公智、叶仲惠、王琎、黄希范、陈彦回、刘璟、程通、戴德彝、王艮、卢原质、茅大芳、胡子昭、韩永、叶希贤、林嘉猷、蔡运、卢振、牛景先、周璿等共五十余人。①

这份名单中的人员，除职位显赫之外，在当时的地位和影响力也不容小觑。如黄子澄、齐泰曾同参国政；方孝孺为宋濂的得意弟子，帮助朱允炆批答临朝奏事以及臣僚面议；练子宁与方孝孺一同被重用；徐辉祖为开国将领徐达长子；刘璟为开国功臣刘基次子。其余人等，虽职位与影响不及黄子澄、方孝孺等人，却也是建文朝的中央文官，在帝国的官僚系统中占据了重要的席位。可以说，朱棣将建文朝的重要大臣一网打尽。对此，何坤翁认为："永乐帝不能容忍境内有精神上的化外之民，故尔，他不允许建文朝的文人归隐。"② 因此名单上的建文重臣面对靖难事件，在归附和死难两种命运之外，并没有别的选择。他们不可能忠于建文，且保全性命；也不可能选择归隐，全身而退。

可以看到，在永乐及后期文坛有较大影响的解缙、胡广、杨士奇、杨荣、杨溥等人并不在朱棣所要清洗的官员名单之中。他们选择归附当然是一个重要的因素，另一个原因在于，他们在建文时期的职位和影响并不大。解缙早在洪武二十一年就中进士，但仕途坎坷，直到建文四年才被重新召至京城；胡广、杨荣、杨溥同为建文二年进士，是翰林院中的新人；杨士奇被王叔英以史才推荐至朝，充当翰林院编纂官。彼时的他们位卑言轻，在政变中没有重要影响，也就没有出现在榜单之中。对于解缙这批人来说，他们所受到的关注要比方孝孺、黄子澄等重要文臣少得多，在选择时承受的心理压力也就相应小一些。

从地域的角度来看，殉难文臣集中在江浙地区。建文时期的重要文臣

---

① 谷应泰：《明史纪事本末》卷一六，中华书局，1977，第271~272页。
② 何坤翁：《明前期台阁体研究》，《古典文献研究辑刊》第11编第27册，第61页。

多为浙东人士，在建文新政以及削藩、靖难之役中都起到过重要作用。南京陷落之后，这些文臣受到通缉，他们的亲属也遭到迫害，"都御史陈瑛灭建文朝忠臣数十族，亲属被戮者数万人"。① 以方孝孺为代表的浙东文臣被大量诛杀，他们的在朝势力也缩减许多，"浙东士大夫们作为中国传统时期具有代表性的儒士群体，在靖难之役后的政治大屠杀中走向终结。"② 索洁在硕士学位论文中，将《列朝诗集小传》《静志居诗话》《明诗纪事》中与靖难相关的著名文臣及籍贯予以罗列，得出以下数据："殉难文臣中浙东文士共十八位，占所列总数的百分之七十以上，其余大致分布陕西、湖广、江西一带；归附文臣中江西文士共六位，占所列总数的百分之五十以上。"③ 由此可见靖难对文臣地域分流的影响。此点已有不少论者，不再赘述。

靖难给永乐时期的朝廷官员来了一次大换血，导致政坛主要人员（以及上层文学的主要创作者）发生了变化。该时期因靖难事件形成的政治高压，对文臣的心态也造成了极大影响。方孝孺身为宋濂的得意弟子，"长从宋濂学，濂门下知名士皆出其下。先辈胡翰、苏伯衡亦自谓弗如"。④ 在当时文士群体中具有极高的声望和影响力。王叔英在给方孝孺的书信中曾说："惟执事之身系天下之望，仕之进退，天下之幸不幸与焉。侧闻被召，计此时必已到京，获膺大任矣，兹实天下之大幸也。"⑤ 连为朱棣出谋划策的姚广孝也曾说过："城下之日，彼必不降，幸勿杀之。杀孝孺，天下读书种子绝矣。"⑥ 但方孝孺宁死不起草诏书，牵连坐死者八百多人。除了方孝孺之外，黄子澄、齐泰、卢原质、茅大芳、卓敬、铁铉等均不屈而死，

---

① 《明史》卷三〇七《佞幸传》，第 7876 页。
② 董刚：《元末明初浙东士大夫群体研究》，博士学位论文，浙江大学，2004，第 70 页。
③ 索洁：《"靖难"事件与文学研究》，硕士学位论文，西南大学，2009，第 39 页。
④ 《明史》卷一四一《方孝孺传》，第 4017 页。
⑤ 王叔英：《王静学先生文集》卷二《与方正学书》，《明别集丛刊》第 1 辑第 20 册，第 46 页。
⑥ 《明史》卷一四一《方孝孺传》，第 4019 页。

因靖难受牵连，或被杀，或戍边的人也不在少数。高压的政治环境延续了多年，永乐九年进士钱习礼因与练子宁为姻戚，乡人以奸党视之，他一直惴惴不安。杨荣曾告知朱棣，朱棣只是笑曰："使子宁在，朕犹当用之，况习礼乎。"① 或许正是臣子这种惴惴不安的心态，才会让朱棣真正感到心安。直至永乐十四年，胡广家乡还在穷治建文旧臣，"但郡县穷治建文时奸党，株及支亲，为民厉"。② 由此可知与建文相关的臣民在永乐年间的生存状态。正如左东岭所言："在明代前期就形成了一种士人人格心态由悲愤尴尬趋于疲软平和的历史态势。"③

三 建文朝死难臣子的行为、心态与书写

朱棣在靖难之役后销毁建文朝史料，建文诸臣文集也惨遭毒手。如程通文集被禁，"长史以矢忠建文，遭成祖之戮，文字禁绝，至嘉靖时，其从孙长等搜集，仅得十一"；④ 方孝孺文集更在被禁之列，直至永乐中，还存在"藏孝孺文者罪至死"⑤ 的成议。在这种严格的政策之下，目前所能见到的文集仅存十多种，具体见表1-1"现存建文朝死难诸臣文集版本情况"。这些文集被禁，一方面是由于文集作者忠于建文，否认朱棣的正统地位；另一方面是这些文集中有不少反映靖难史实与文臣心态的内容，这应当是朱棣严禁这些文集在民间流传的最重要原因。

---

① 《明史》卷一五二《钱习礼传》，第4197页。
② 《明史》卷一四七《胡广传》，第4125页。
③ 左东岭：《王学与中晚明士人心态》，第3页。
④ 姚夔：《明辽府左长史程节愍公贞白遗稿序》，程通：《明辽府左长史程节愍公贞白遗稿》，《明别集丛刊》第1辑第20册，第182页。
⑤ 《明史》卷一四一《方孝孺传》，第4020页。

表1-1 现存建文朝死难诸臣文集版本情况[①]

姓名	现存文集版本	收录丛书或馆藏
方孝孺	《逊志斋集》二十四卷	《文渊阁四库全书》
程本立	《巽隐程先生诗集》二卷、《文集》二卷，清康熙五十八年金檀燕翼堂刻本	《明别集丛刊》第1辑
	《巽隐集》四卷	《文渊阁四库全书》
程通	《明辽府左长史程节愍公贞白遗稿》十卷、首一卷，清嘉庆十一年徽州程邦瑞谦德堂刻本	《明别集丛刊》第1辑
刘璟	《易斋刘先生遗集》二卷，清光绪二十七年刘氏刻本	《明别集丛刊》第1辑
	《易斋集》二卷	《文渊阁四库全书》
	《易斋稿》十卷、附录一卷，清抄本	《续修四库全书》
周是修	《刍荛集》六卷	《文渊阁四库全书》
王叔英	《王静学先生文集》三卷、附录一卷，1920年吴兴刘氏刻嘉业堂丛书本	《明别集丛刊》第1辑
	《静学文集》一卷	《文渊阁四库全书》
卓敬	《卓忠贞公遗稿》一卷，清康熙四年刻本	《明别集丛刊》第1辑
	《卓忠毅公遗稿》三卷、首一卷，1929年陶社石印本[②]	复旦图书馆藏
练子宁	《中丞集》二卷、《中丞遗事附录》	《文渊阁四库全书》
	《练公文集》二卷、《手迹》一卷、《遗事》一卷，明万历刻本	《明别集丛刊》第1辑
茅大芳	《希董先生集》二卷、首一卷，清道光十五年泰兴尊经阁刻本	《四库未收书辑刊》
黄钺	《黄给谏遗稿》一卷、附录一卷，清抄本	《明别集丛刊》第1辑
高巍	《高不危文集》四卷、附录一卷，1924年晋新书社铅印本[③]	《明别集丛刊》第1辑
张纮	《张鹗庵先生集》二卷，明嘉靖七年王道刻本	《原国立北平图书馆甲库善本丛书》

注：①索洁《"靖难"事件与文学研究》对靖难"殉难"文臣相关著述进行了考述（第20~22页），本表对其有所增补。

②具体版本信息参见赵素文《卓敬事实辨疑》，《励耘学刊》（文学卷）2013年第2期。

③《高不危文集》由后世辑录而成，刘泽民等主编《山西通史》对此有归纳："乾隆三年（1738年），张维桀辑高巍有关忠与孝之文成《忠孝录》一书。1924年，王镜澄等在《忠孝录》基础上，补充各家钞本之文而成《高不危文集》，并铅印流传至今。"参见刘泽民等主编《山西通史（明清卷）》，山西人民出版社，2001，第52~53页。

经过靖难事件以及永乐时期的政治清洗,上述文集中直接反映靖难内容的留存很少,比如方孝孺《逊志斋集》中关于靖难的文辞就极为有限,练子宁文集中也几乎没有关于靖难的内容,仅高巍、周是修、王叔英、刘璟等人的文集中有部分诗文。通过这些为数不多的诗文,我们能够看到死难者对这一重大事件的态度、行为以及文学表达。

靖难之役伊始,建文臣子就表现出极大的正义感与勇气,针对燕王的骄逸不法出谋划策,"用事者方议削诸王,独巍与御史韩郁先后请加恩"。[①] 以黄子澄为首的文臣主张削藩,有相同主张的高巍特作《上建文皇帝分王诸藩疏》一文,指出:"比之古制,虽皆分封过当。然太祖圣意莫不欲护中外而屏四夷也。今各处亲王多骄逸不法,违犯朝制。不削,则朝廷纪纲不立;削之,则伤亲亲之恩。此我皇上所难处也。"[②] 并认为只有采取推恩,才能避免上述矛盾,达到藩王之权不削而自弱的目的。卓敬曾上密奏,希望朱允炆将朱棣徙封南昌,阐述较为清晰:"今宜及其未备,徙封南昌,则羽翼既展,变无从生。万一有之,亦易控制。不然彼志得行,则谋无不遂,大举而南,建瓴东下,当此之时,势如瓦解,陛下孑然一身,虽有一二特立之士,亦无能为矣。"[③] 可见高巍等人对如何处理藩王的问题,尚有不同意见,但在维持建文正统、削弱藩王势力的态度方面是明确且统一的。

在靖难之役过程中,程通作《上防御北兵封事》,可惜文集仅有存目,具体内容已不可见。根据高巍文集,尚可知晓当时的一些情形。高巍于洪武十五年任前军都督府试左断事,后因断事不明,发配贵州关索岭,由其侄代役。建文元年,"辽州知州王钦应诏辟巍。巍因赴吏部上书论时政"。[④]

[①] 《明史》卷一四三《高巍传》,第4058页。

[②] 高巍:《高不危文集》卷一《上建文皇帝分王诸藩疏》,《明别集丛刊》第1辑第23册,第196页。

[③] 刘球:《明逊国忠臣瑞安卓忠贞公传》,卓敬:《卓忠贞公遗稿》,《明别集丛刊》第1辑第24册,第608页。

[④] 《明史》卷一四三《高巍传》,第4057页。

朱棣起兵后，高巍明知朱棣图谋不轨，依旧上书建文帝自愿使燕，希望能通过游说达到让朱棣休兵归藩的目的。其《自请使燕表》云：

> 臣虽不为国用，闻知燕谋不轨，人人得而讨之，臣委身敌忾之心不能自已也。谨奏为情愿出使事……今燕国谋为不轨，皇上遣将问罪，以顺讨逆，固自易易耳。臣但恐有伤生灵，以天下军民皆皇上赤子，体皇上天地好生之仁，岂忍赤子肝脑涂地乎？臣愿奉皇上明诏或咫尺之书，当披肝沥胆大陈义礼之词，示以天命，晓以祸福，明亲亲君君之谊，相与解和，无为仇雠，令其休兵归藩。①

高巍请求出使燕国是为了避免因战争带来的生灵涂炭，而之前建议采用推恩，也应是出于相同的考虑。到建文元年八月，朱棣率军先后攻破密云、永平、雄县等地，高巍特作《上燕王书》，这篇书信一方面劝说朱棣休甲兵，既可让太祖心安，也可与周公比隆；另一方面严厉指出"以顺讨逆，胜败之机，明于指掌"，告诫朱棣不要"执迷不悟"。② 可谓软硬兼施，此时时局尚未到不可收拾的地步，是以高巍的口吻还算比较强硬。此后，他又作一封《再上燕王假周公说》，全然没有前一封信的文辞严厉，反倒多了一些苦口婆心的劝谏和恭维，如"今殿下论亲亲，最贤最长，即我朝之周公也"。③ 结尾更是说："如果臣言可采，即赐死于九泉之下，获见太祖皇帝在天之灵，巍亦可以无愧矣。"④ 言语口吻的变化，当与战况的变化密切相关。然而，不论态势是好是坏，高巍的立场与态度都是极为坚决的。

高巍的上书显得过于理想化和书生气，完全没有收到预期的效果。但

---

① 高巍：《高不危文集》卷一《自请使燕表》，《明别集丛刊》第1辑第23册，第197页。
② 高巍：《高不危文集》卷一《上燕王书》，《明别集丛刊》第1辑第23册，第197页。
③ 高巍：《高不危文集》卷一《再上燕王假周公说》，《明别集丛刊》第1辑第23册，第198页。
④ 高巍：《高不危文集》卷一《再上燕王假周公说》，《明别集丛刊》第1辑第23册，第198页。按，《明史》将这一段接在《上燕王书》之后，在气势、口吻上与前文殊不相接。

这种气节却融入了他的诗文表达当中。他先在李景隆军中参赞军务，后又与山东参政铁铉同守济南。建文二年八月，铁铉大败燕军，高巍作《贺铁大参奏捷文序》，并以此为靖难战争的实录。其间还有《从征雱将军保晋阳》《晋阳形势》《过马陵道》《和铁大参赠韵》等记录靖难之役的诗作，其中免不了对燕王朱棣进行言辞征讨，如《麾下从军吟》说"文武稽首御阶前，选将练兵去征燕……久蒙犒赏愿死力，一鼓下燕四海清"，①《军次德州遇雪》说"元戎聚将暗传令，夜度滹沱扫北平"，②颇有雄浑壮阔之感。战争的残酷与正义之感，更是激发出"宁作帐前千夫长，胜是窗下一书生"这样投笔从戎的感慨。③高巍不顾个人安危的出使行为，以及诗歌中明确斥责燕王的表达，将他刚直的性格与维护正统的态度展现得淋漓尽致。因此，他必不能归降于篡位者，唯有以死明志，在建文四年六月自经于济南的一个驿站。

靖难之役中殉难的文臣都具有刚正的性格和不屈的气节，高巍就是如此。再如周是修，在任周王府纪善期间，能够直言劝谏藩王。《四库全书总目》之《刍荛集》提要云："（周）王多不法，是修动绳以礼。今观集中《修己十箴》与《保国》、《直言》二篇，盖即是时之所作，其刚正不阿，不待后来始见矣。"④可见其正直的品格。周是修曾作《三义传》，通过对泰和之犬、滁阳之雁、长安之乌的叙述，表达出对忠义行为的赞扬。文中更是直指"食君之禄，而有不忧社稷、市私卖国、临难苟免，贻唾骂于后世者"不如犬。⑤此文作于洪武二十九年之后，虽不能确定是否针对靖难而发，但周是修的言论与行为是一以贯之的。京城失守后，周是修"入应天府学，拜先师毕，自经于尊经阁"。⑥

---

① 高巍：《高不危文集》卷四《麾下从军吟》，《明别集丛刊》第 1 辑第 23 册，第 202 页。
② 高巍：《高不危文集》卷四《军次德州遇雪》，《明别集丛刊》第 1 辑第 23 册，第 203 页。
③ 高巍：《高不危文集》卷四《麾下从军吟》，《明别集丛刊》第 1 辑第 23 册，第 202 页。
④ 《四库全书总目》卷一七〇，中华书局，1965，第 1481 页。
⑤ 周是修：《刍荛集》卷四《三义传》，《景印文渊阁四库全书》第 1236 册，第 55 页。
⑥ 《明史》卷一四三《周是修传》，第 4050 页。

再如王叔英。他曾撰文论曹觐死封州事,虽不赞成曹觐率百余兵御贼,认为这是忠有余而智不足之事,但也指出"与夫地陷而受屈于贼人者,觐亦可以无愧矣"。① 当知道共图后举无望之后,王叔英选择"沐浴更衣冠,书绝命词,藏衣裾间,自经于玄妙观银杏树下",② 对他来说,这种结局也是无愧于后世的选择。王叔英有《绝命词》一首,诗中标举伯夷、叔齐:"尝闻夷与齐,饿死首阳巅。周粟岂不佳?所见良独偏。"③ 表达了自己不食周粟的志向。值得一提的是,王叔英在《跋宋名臣八人遗像后》中云:"余又即诸公之像而观之,惟赵、文、韩、欧四公之貌称其功业道德,温公以下三人皆不称其德业文章,而荆公之貌,温其如玉者也。由是观之,以貌取人其失者多矣。是岂不可以为观人者之鉴哉?"④ 文中对王安石颇为不满,认为"以貌取人其失者多矣"。建文二年,朱允炆曾以貌取士,王艮对策第一,却因"貌寝,易以胡靖,即胡广也"。⑤ 王艮为建文尽忠,胡广却在南京陷落之后立刻迎附了燕王朱棣,不知王叔英是否在暗指此事。

除了上述文臣外,刘基之子刘璟也值得关注。与前面几人不同,刘璟的显赫身份使他在靖难之际很难置身事外。"遭革除之际,抗言殉国,辫发殒躯",⑥ 凭借他的身世与地位,若归降朱棣必然会飞黄腾达。但他的性格决定了他无法接受这样的事实,只能自经明志。据《明史》记载,他曾和身为燕王的朱棣下棋,朱棣让他稍微让一下,刘璟却正色曰:"可让处

---

① 王叔英:《王静学先生文集》卷二《论曹觐死封州事》,《明别集丛刊》第1辑第20册,第32页。
② 《明史》卷一四三《王叔英传》,第4053页。
③ 王叔英:《王静学先生文集》卷二《绝命词有序》,《明别集丛刊》第1辑第20册,第49页。
④ 王叔英:《王静学先生文集》卷二《跋宋名臣八人遗像后》,《明别集丛刊》第1辑第20册,第41页。
⑤ 《明史》卷一四三《王艮传》,第4047页。
⑥ 杨文骢:《青田刘易斋先生遗集序》,刘璟:《易斋刘先生遗集》,《明别集丛刊》第1辑第20册,第139页。

则让，不可让者不敢让也。"① 在刘璟的文集中，有一封拟代体书信颇引人注意，名曰"拟代苏子卿答李少卿书"，兹录于下：

少卿足下：无恙幸甚。相去万里，远寄音声，辞旨缱绻，意气哀切，何者？所出同而所处异也。辱书以远托异国，悲心无聊，夫风沙朔漠之场，秋草早衰，寒冰惨烈，居人犹或厌苦，况以国士慷慨，羁客遐方，屈身穹庐，杂处异类，又安得不戚戚伤心也哉！武初见执时，分以肉喂虎狼，膏染草野，以报汉恩。盖夷齐抱义，豫让报仇，苟尽我心，岂图后录？不意单于怀汉威灵，卒得脱艰难，复故国，独拜茂陵。于武初计，诚已万幸，谁复望爵赏哉？少卿提雄师、震威武，以寡击众，摧挫强虏，其欲报恩于汉，心岂殊途？然而功烈奋扬，武诚不足希其万一，何乃临变差跌，卒实吏议，上累老母，下及妻子，使明主为少卿含愤，交游为少卿失足，武诚悬悬觖望也。武闻事君如天，恩不敢忘，怨不敢报，故崇伯被殛，神禹嗣兴，冀芮受诛，成子安晋，圣人不以为非，《春秋》著之通义，所以伍胥未免君子之讥，而斗辛显赏于楚也。先将军事先帝，意少卿承恩陛对时，讵尝念此？今日曾可追怨耶？萧樊周魏，邂逅一时，万世之后，是非自定耳。昔荆卿沉七族以谢燕丹之义，要离焚妻子而复吴王之仇，是以义昭于国士，而名著于竹帛，人谁不死？死且不朽，少卿初心有意曹沫之事矣，岂不殉要离之义哉！夫以少卿才武慷慨当今之时，翻然改图，则古人复见于斯，先将军坟墓，光辉增耀；老母被戮之日，犹生之年；妻子之耻雪，交游之言信；汉朝之君臣，顾反躬自惭，少卿之义伸矣。万世以下，无复遗议。况一时刀笔吏哉？若长往不返，鬼于异域，使先人坟墓为叛逆之土，陇西桑梓为降人之里。汉方有辞，少卿永愧矣。惓惓远怀，不惮往复，惟少卿念之。大将军诸故人意与此同。永诀未期，伫伺高谊。②

---

① 《明史》卷一二八《刘基传》，第3784页。
② 刘璟：《易斋刘先生遗集》卷下《拟代苏子卿答李少卿书》，《明别集丛刊》第1辑第20册，第169页。

这封书信是针对李陵《答苏武书》而作，全文以苏武的口吻，责备李陵为何变节，并劝说他秉持节义、效忠汉朝。靖难事件之下，刘璟的选择只有两种，要么如李陵那样投降，要么像苏武那样坚守。因而，他通过这封拟代体书信对两种行为的集中展示，凸显自己对苏武的高度认同，表达了自己的忠义思想。或许正因时代背景的驱使，刘璟才会如此看重李陵与苏武的典故，并借用典故表达心中所想。此外，刘璟还有《题李苏泣别图》，其中说道："死生不相愧，忠贞有前期。念之感中怀，朗咏飞龙诗。"① 主旨与《拟代苏子卿答李少卿书》无二。

第二节　靖难归附文臣的行为与创作

靖难之役的第三年，朱棣于金川门攻陷南京城，这对建文朝廷来说绝对是一个突发情况。建文诸臣应该何去何从？他们的抉择影响着各自的人生轨迹，并带来建文诸臣命运的分野。靖难事件中，既有像周是修、王叔英这类自经的官员，也有像方孝孺、练子宁这类被严惩的文臣。当然，还有一部分文臣，或主动或被迫选择归附朱棣。对于归附的文臣，不能一概而论。归附前的地位、朱棣对他们的态度、归附的实际情形、归附之后的境遇等因素，都会影响他们的行为与心态。不过，文臣所处的环境高度一致，有靖难事件的环境压力，他们的行为与心态也因此存在共通性。比如，靖难事件涉及皇帝正统的问题，催生了一些官员的正统意识，如高巍指出靖难是七国之乱的翻版，路人皆知；刘璟直言朱棣终究逃不过一个"篡"字。持有这种观念的建文诸臣就算不想殉忠，也不会选择归附朱棣。归附文臣情况较为复杂，他们是如何认识靖难事件的，归附之后心态发生了哪些变化？这些都是值得探讨的问题。朱棣夺得皇位之后，采用多种方

---

① 刘璟：《易斋刘先生遗集》卷上《题李苏泣别图》，《明别集丛刊》第 1 辑第 20 册，第 142 页。

式清除异己,朝堂之中人心惶惶。永乐年间,朱棣大肆焚毁建文资料,诋毁建文君臣的形象,官方史书对靖难事件也进行了回避与改写。在此背景之下,归附文臣诗文作品中的相关表述就成了他们心态转变的直接体现。归附的行为以及心态的转变,影响着归附文臣的仕途发展。本节将以归附文臣为中心,对人员进行分类梳理,考察他们的归附心态、靖难书写及命运转折。

一 "在榜文臣"的归附行为与心态

靖难之役后,部分建文朝臣归附朱棣,其中就有朱棣发榜缉拿的左班文臣。朱棣以"出赏格"的形式缉拿榜单上的建文官员,"凡文武官员军民人等,绑缚奸臣,为首者升官三级,为从者升二级;绑缚官吏,为首者升二级,为从者升一级"。① 因擒获建文朝臣而升官者很多,以致出现乘机报私仇、掠夺财物的情况。在此高压之下,工部尚书郑赐、户部尚书王钝、工部侍郎黄福、御史尹昌隆"皆迎驾归附,自陈为奸臣所累,乞宥罪。令复其官"。② 在茹瑺、李景隆的劝谏之下,吏部尚书张纮也被宥复职。

可见,尽管同为"奸臣"榜单所列的文臣,但他们有的自经殉国,有的不屈而赴难,有的归附朱棣。实际上,这几位归附文臣的情况也各不相同。朱棣进入南京后,王钝"逾城走,为逻卒所执,诏仍故官"。③ 郑赐也被逮,《明史》记载了他与朱棣的一段对话:"帝曰:'吾于汝何如,乃相背耶?'赐曰:'尽臣职耳。'帝笑释之,授刑部尚书。"④ 对此二人而言,归附朱棣实属被动的选择。"为奸臣所累"云云只是表面上的托词,他们虽无殉国之志,但本不愿归附,最终选择归顺,是朱棣施行政治高压下的

---

① 谷应泰:《明史纪事本末》卷一六,第 272 页。
② 谷应泰:《明史纪事本末》卷一六,第 272 页。
③ 《明史》卷一五一《王钝传》,第 4177 页。
④ 《明史》卷一五一《郑赐传》,第 4178 页。

无奈之举，内心的纠结与压力定然不小。黄福则是主动迎附，史料载："李景隆指福奸党，福曰：'臣固应死，但目为奸党，则臣心未服。'帝置不问，复其官。"① 尹昌隆在靖难事件之中就曾上疏建文帝，认为："今日事势日去，而北来章奏，有周公辅成王之语。不若罢兵息战，许其入朝。彼既欲伸大义于天下，不应便相违戾。设有蹉跌，便须举位让之，犹不失作藩王也。若沈吟不断，祸至无日。进退失据，虽欲求为丹徒布衣，不可得矣。"② 面对朱允炆方在战争中节节败退的局面，尹昌隆的想法非常求实。朱棣进入南京后，发布"奸臣"榜，尹昌隆便以这封劝说建文帝退位的奏疏为由请求免罪，朱棣特"以前奏贷死，命傅世子于北平"。③ 相对来说，"奸臣"榜单之外的归附文臣心理负担较小。至于这些文臣为什么选择归顺，可以从以下记载中得到一些信息：

太宗皇帝南下时，公已被执首，责以不迎乘舆之罪，曰："此小臣得非前日裁抑诸王者，今日尔复不臣我耶。"公厉声抗拒，辞甚不谨，且曰："先帝若依敬言，殿下岂得至此？"帝怒，欲杀之，而怜其才美，命系狱，欲屈其志，而复官之。时使中臣讽之曰："今上皇帝叔也，建文皇帝侄也。事属一家，忠无二致。公既尽心前朝，何不移忠今日？昔管仲不死小白，魏徵再事太宗，故事可师，何为徒自苦耶！"④

这段文字出自刘球《明逊国忠臣瑞安卓忠贞公传》，刘球是永乐十九年的进士，该传作于宣德或正统年间，内容当可参信。在靖难事件中，卓敬被劝归顺朱棣，依据是朱允炆和朱棣同为朱家之人，无论谁取得皇位，都是"事属一家"。前节已述，这是朱棣一方的劝说策略，但不可否认的是不少建文朝臣可能也持同样的看法。有学者认为，方孝孺、练子宁、楼

---

① 《明史》卷一五四《黄福传》，第 4225 页。
② 史鉴：《西村集》卷六《尹昌隆传》，《景印文渊阁四库全书》第 1259 册，第 826~827 页。
③ 《明史》卷一六二《尹昌隆传》，第 4398 页。
④ 刘球：《明逊国忠臣瑞安卓忠贞公传》，卓敬：《卓忠贞公遗稿》，《明别集丛刊》第 1 辑第 24 册，第 608 页。

珵等文人没有自杀，是因为燕王是朱元璋之子，夺权的结果也只是叔侄互换皇位。他们本想按照儒家教义选择归隐，如果早知朱棣会断绝归隐之路，他们也会选择自杀免得连累全族。① 现在已无从知晓方孝孺当时的想法，他和楼琏不愿替朱棣起草诏书的行为，表明他们与卓敬一样："人臣事君，有死无二。足下以管仲、魏徵为言，此非所以望敬也。夫以武王圣德，而夷齐尚不朝周。先帝正朔相承，略无过举。一旦利欲迷心，遂行篡逆。吾恨不得请上方斩马剑死，得见先帝于地下尔！尔复欲我臣之，亦何心哉！"②

对于归顺诸臣，靖难事件就像一把时刻高悬在头顶的剑，时过境迁依然无法摆脱。特别是"奸臣"榜单上的文臣，归附之后并不意味着一帆风顺、万事大吉，靖难事件的持续影响和朱棣的政治高压，使他们时时提心吊胆，不敢有丝毫放松。永乐初，朱棣曾追究建文朝改官制一事，"乃令（张）紞及户部尚书王钝解职务，月给半俸，居京师。紞惧，自经于吏部后堂，妻子相率投池中死"。③ 毛泰亨在建文时与张紞同为吏部侍郎，张紞死后，毛泰亨亦死。王钝于永乐二年四月致仕，归乡后郁郁而死。郑赐于永乐六年忧悸而卒，就连死后还受到猜忌，"帝疑其自尽。杨士奇曰：'赐有疾数日，惶惧不敢求退。昨立右顺门，力不支仆地，口鼻有嘘无吸。'语未竟，帝曰：'微汝言，几误疑赐。赐固善人，才短耳。'命予葬祭"。④ 对于在榜归附诸臣而言，他们更多的是心怀恐惧、谨小慎微。

在靖难之役中，大量建文忠臣不屈被杀，或不屈自杀，这给朱棣留下了深刻的印象。朱棣对自杀行为应该颇为不满，才会猜忌郑赐是自尽而亡，这一点在后来也有所体现。如永乐十九年，朱棣诏群臣讨论亲征，夏原吉、吴中、吕震与方宾以北征军饷不足为由，共同建议休兵养民。朱棣

---

① 参见何坤翁《明前期台阁体研究》，《古典文献研究辑刊》第11编第27册，第58~66页。
② 刘球：《明逊国忠臣瑞安卓忠贞公传》，卓敬：《卓忠贞公遗稿》，《明别集丛刊》第1辑第24册，第608页。
③ 《明史》卷一五一《张紞传》，第4176页。
④ 《明史》卷一五一《郑赐传》，第4178页。

因此暴怒，夏原吉入狱，方宾被调灵济宫，因忧惧自缢死，"帝实无意杀宾，闻宾死，乃益怒，戮其尸"。① 吕震自危，朱棣命十人跟随，并下达命令称："若震自尽，尔十人皆死。"② 由此可见朱棣对建文朝臣自杀之事的怨恨。

二 "榜外文臣"的迎附行为与心态

归附朱棣的建文旧臣，前前后后有三十余人。除了尹昌隆、郑赐等少数几人，其余大部分都不在朱棣的"奸臣"榜单之内。

帝遂逊国去。是日，茹瑺先群臣叩头劝进。文臣迎附知名者：吏部右侍郎蹇义，户部右侍郎夏原吉，兵部侍郎刘儁，右侍郎古朴、刘季篪，大理寺少卿薛岩，翰林学士董伦，侍讲王景，修撰胡靖、李贯，编修吴溥、杨荣、杨溥，侍书黄淮、芮善，待诏解缙，给事中金幼孜、胡濙，吏部郎中方宾，礼部员外宋礼，国子助教王达、郑缉，吴府审理副杨士奇，桐城知县胡俨。③

从上述材料可知，迎附文臣多达二十五人，其中像蹇义、夏原吉、杨荣、杨溥、解缙、金幼孜、杨士奇等人，在永乐年间以至洪熙宣德年间，在朝堂中都具有重要的政治地位。比起"奸臣"榜单上的归附文臣，他们的心理压力相对要小得多。但与姚广孝、袁珙等燕王府出身并陪伴朱棣左右的官员相比，他们对靖难的认识、心态和立场都有一个转换的过程。换言之，在建文年间靖难之役初期，蹇义、夏原吉这批人绝对不可能站在朱棣的立场，夺权篡位和效仿七国之乱，应当是他们对靖难事件的普遍认识。因此，随着政治局势的发展，他们从忠于朱允炆转变为忠于朱棣，其

---

① 《明史》卷一五一《方宾传》，第4183页。
② 《明史》卷一五一《吕震传》，第4181页。
③ 谷应泰：《明史纪事本末》卷一六，第271页。

间的变化值得注意。《明史》记载了解缙、胡广、杨士奇、黄淮、金幼孜等人在靖难时期南京陷落时的表现：

> 解缙、吴溥与（王）艮、（胡）靖比舍居。城陷前一夕，皆集溥舍。缙陈说大义，靖亦奋激慷慨，艮独流涕不言。三人去，溥子与弼尚幼，叹曰："胡叔能死，是大佳事。"溥曰："不然，独王叔死耳。"语未毕，隔墙闻靖呼："外喧甚，谨视豚。"溥顾与弼曰："一豚尚不能舍，肯舍生乎？"须臾艮舍哭，饮鸩死矣。缙驰谒，成祖甚喜。明日荐靖，召至，叩头谢。①

> 初，（周）是修与杨士奇、解缙、胡广、金幼孜、黄淮、胡俨约同死义，惟是修不负其言。后杨士奇为作传，语其子辕曰："当时吾亦同死，谁为尔父作传！"闻者笑之。②

靖难事件无疑会影响后人对解缙、胡广、杨士奇等归附文臣的评价。在这两段引文中，解缙、胡广的慷慨言辞与王艮的忠君行动，杨士奇的狡辩与周是修的高节，形成了鲜明的对比，也暗含人品高下的价值判断。

以上两则故事的细节真伪已不可得知，若将其视为戏说，那这两段文字就是将解缙、胡广等人前后的心态转变用戏谑的方式表现出来。这说明政权变革之际，立场和思想的变化，是理所当然且必然存在的事情。反过来说，正因为有这一变化，解缙、胡广等人才会招致后人的戏谑与质疑。在归附文臣中，胡广应该是被指摘最多的人。建文二年，胡广参加会试，此时恰逢朱允炆征讨燕王，胡广因对策中"亲藩陆梁，人心摇动"③获得赏识，被赐名为"靖"。归顺朱棣之后，胡广将名字由"靖"复为"广"。在当时的政治环境之下，复名也是为了保全自己，却留下了一个不记恩情的形象。这种审时度势还体现在儿女婚姻方面。

---

① 《明史》卷一四三《王艮传》，第 4047~4048 页。
② 谷应泰：《明史纪事本末》卷一八，第 298 页。
③ 《明史》卷一四七《胡广传》，第 4125 页。

缙初与胡广同侍成祖宴。帝曰："尔二人生同里，长同学，仕同官。缙有子，广可以女妻之。"广顿首曰："臣妻方娠，未卜男女。"帝笑曰："定女矣。"已而果生女，遂约婚。缙败，子祯亮徙辽东，广欲离婚。女截耳誓曰："薄命之婚，皇上主之，大人面承之，有死无二。"及赦还，卒归祯亮。①

胡广与解缙在朱棣的宴会上结为儿女亲家，后解缙被贬离开朝堂，儿子也受牵连被徙辽东，胡广便希望女儿悔婚。胡广这么做可能是为了保全家族，也是为了保护女儿，但女儿坚守赐婚不肯动摇。在永乐时期的政治背景下，对于胡广的悔婚行为无可指摘，但从此事也能看出他确实是一位懂得审时度势的官员。

与上几则故事不同，朱彝尊在讨论胡广时给予了较为正面的评价："集中过颜平原、文信国、余青阳祠，辄有吊古之作。其题《宋思陵所书洛神赋》云……其辞凄惋，不类牧猪奴。"②四库馆臣对此不以为然，认为朱彝尊"似有意为广湔洗"。③这两种完全相反的评价认识，本质上指向了胡广言行不一的矛盾。胡广在《季布不死》中云："班固以季布不死为贤，谓夫婢妾贱人，感慨而自杀，非能勇也。此言抑扬大过。夫为人臣者，死生视义何如耳。义可死，而不死，谓欲用其未足，则固之言，有以启后世贪生畏死之弊。"④他认为季布不死是不义之举，班固对季布的推崇，为后世贪生怕死之徒提供了借口。看到这段话，再结合他的行为，颇有反讽之感。对于归附的文臣而言，迎附朱棣这件事就是他们言行不一的直接表现，从胡广的事例中，我们能够充分地看到这一点。归附之后，他们时常表现出奉承之态和谨小慎微的言行。如杨荣迎谒朱棣马首时，曾说："殿

---

① 《明史》卷一四七《解缙传》，第4122页。
② 朱彝尊：《静志居诗话》卷六，人民文学出版社，1990，第148页。
③ 《四库全书总目》卷一七五，第1552页。
④ 胡广：《胡文穆公文集》卷一九《季布不死》，《四库全书存目丛书》集部第29册，齐鲁书社，1997，第146页。

下先谒陵乎，先即位乎？"① 这完全是站在朱棣的立场来考虑问题，建文旧事已然被抛诸脑后。再如杨荣的进谏之道，他曾说："吾见人臣以伉直受祸者，每深惜之。事人主自有体，进谏贵有方。譬若侍上读《千文》，上云'天地玄红'，未可遽言也，安知不以尝我？安知上主意所自云何？安知'玄黄'不可为'玄红'？遽言之，无益也。俟其至再至三，或有所询问，则应之曰：臣幼读《千文》，见书本是'天玄地黄'，未知是否？"② 杨荣在永乐朝的政治地位一直不低，颇受朱棣宠爱，但他谨言慎行的心态由此可见一斑。永乐朝的翰林文臣竭力歌颂皇权，其中就蕴含了这种刻意奉承和谨小慎微的心态。

但是，我们也不能说迎附文臣完全抛却了建文旧事，在紧张惶恐的政治环境下，对建文帝的怀念偶尔也会从字里行间透露出来。如王景"《古风》三首，其一不无故主之思"。③ 杨士奇与胡广所赋《杨白花》，也被认为与建文帝有关。

杨士奇：杨白花，逐风起。含霜弄雪太轻盈，荡日摇春无定止。楼中佳人双翠翘，坐见纷纷渡江水。天长水阔花渺茫，一曲悲歌思千里。④

胡广：杨白花，渡江竟不还。非汝故来意，恐落途泥间。春光憔悴如花颜，相思不见空长叹。浮云飞水何漫漫？安得随风返高树，仍结柔条莫飞去。杨白花，搅心绪。⑤

世传袁凯曾因建文帝逊国，以《杨白花》为题赋诗。杨士奇与胡广以《杨白花》为题，内容多苍凉之感，朱彝尊据此认为他们以同题赋诗的方式含蓄地表达自己的故主之思。胡俨于宣德二年（1427）归乡，其间曾作《追挽谢叠山张孝忠诗》，诗曰："潮遏钱塘王气收，两宫北去竟谁留。塞

---

① 《明史》卷一四八《杨荣传》，第4138页。
② 叶盛：《水东日记》卷五，中华书局，1980，第56~57页。
③ 朱彝尊：《静志居诗话》卷六，第152页。
④ 杨士奇：《东里诗集》卷一《杨白花》，《景印文渊阁四库全书》第1238册，第320页。
⑤ 胡广：《胡文穆公集》卷四《杨白花》，《四库全书存目丛书》集部第28册，第548页。

旗独倡勤王义，当轴曾无负国羞。幽愤千年遗涕泪，孤忠七日死拘囚。江东十问今犹在，可惜英雄志不酬。"该诗小序云："大元治世，民物一新，宋室旧臣只欠一死。"① 这应当是作者想到当年归附之事，有感而发。

三 归附文臣对靖难的书写

永乐年间，朱棣大肆焚毁建文史料，重修《明太祖实录》，删去有关篡位等不利内容，借此重新塑造自己的正面形象。洪宣两帝对建文忠臣的亲属予以宽宥，但仍不承认建文帝的正统地位，忠臣们也继续背负着奸臣的罪名。从官方编纂的建文朝史料来看，"永乐朝所修的《奉天靖难记》，还肆意抹黑建文帝父子，把建文帝描写得比桀、纣还要荒淫残暴"。② 宣德帝组织编写的《明太宗实录》沿袭永乐时期的基调，继续诋毁建文君臣。③ 官方正史书写对靖难进行了回避与改写，那么，归附文臣在涉及靖难事件，尤其是描述因靖难而死的忠臣时，又会如何书写呢？从归顺文臣为王省、龚泰、周是修、徐宗实所作传记或墓志铭可以看出一些端倪。

王省，字子职，洪武年间多次担任教官，在建文年间任济阳教谕，因靖难而死。宣德年间，王省的长子王喆请金幼孜为父撰写墓志铭。以下分别是《明史》和《济阳教谕王公子职墓志铭》对王省在靖难事件中的相关描写：

> 燕兵至，(王省) 为游兵所执。从容引譬，词义慷慨。众舍之。归坐明伦堂，伐鼓聚诸生，谓曰："若等知此堂何名，今日君臣之义何如？"因大哭，诸生亦哭。省以头触柱死。女静，适即墨主簿周岐凤，闻燕兵至济

---

① 胡俨：《颐庵文选》卷下《追挽谢叠山张孝忠诗并序》，《景印文渊阁四库全书》第 1237 册，第 649 页。
② 吴德义：《政局变迁与历史叙事：明代建文史编撰研究》，第 14 页。
③ 参见吴德义《政局变迁与历史叙事：明代建文史编撰研究》，第 43 页。该书第二章将《明太宗实录·奉天靖难事迹》与《奉天靖难记》从书法、内容方面进行了比较，认为两书都为朱棣篡位进行了美化与回护，宣德时期的《明太宗实录》手法更加圆融。

阳，知父必死，三遣人往访，得遗骸归葬。①

未几，遇王师平定内难，济阳失守，公（王省）为逻骑所获，欲以非礼辱，公从容引譬，辞义慷慨，神色不变，众遂舍公，发其私帑以行。公仰天叹曰："予职发身科第，叨窃禄几三十年，今老矣，幸得保全首领以归见先人于地下，吾目瞑矣。"遂闭门不食，逾数日而死，时洪武庚辰七月廿又四日也。②

从内容上看，两段文字有着明显的差别。在《明史》中，王省被燕兵捕获之后言辞慷慨激昂，最后以"君臣之义"触柱而死，行为极其壮烈，其遗骸也是在王省子女多次探寻之下，才得以安葬。在这个叙述过程中，王省与朱棣一方的矛盾冲突和对立性以一种你死我活的激烈方式结束，根本没办法调和。在英勇伟岸的就义行为映衬下，靖难事件的正义性和正当性大打折扣。然而，在《济阳教谕王公子职墓志铭》中，金幼孜首先就为靖难事件的性质定下了基调——"王师平定内难"，言下之意，这是一场合理正当的军事活动。在此前提下，王省就不能表现得太过激烈、慷慨。故金幼孜将王省在靖难事件中的君臣义理冲突，弱化为王省与燕王骑兵之间的个人冲突，还用"发其私帑以行"表现冲突的自然化解，同时也维护了燕军的正面形象。王省仰天长叹与闭门不食的行为，也使由靖难带来的冲突不再激烈。

这样模糊的处理方式，在金幼孜为龚泰所作的墓志铭中也有体现：

岁辛巳，（龚泰）升都给事中授承直郎给以敕命。壬午，太宗皇帝以肃清内难，师至金川门，君从文武群臣谒见，遽得疾，坠城下以死，实六月十又三日也，享年三十有六。③

---

① 《明史》卷一四二《王省传》，第4042页。
② 金幼孜：《金文靖集》卷九《济阳教谕王公子职墓志铭》，《景印文渊阁四库全书》第1240册，第846页。
③ 金幼孜：《金文靖集》卷九《故户科都给事中赠承直郎兵部职方清吏司主事龚君淑安墓碣铭》，《景印文渊阁四库全书》第1240册，第849页。

其实龚泰的死亡与靖难有着直接的联系，"燕王入金川门，泰被缚，以非奸党释不杀，自投城下死"。① 文中所说因突发疾病坠城而死，令人难以置信。在永乐至洪熙、宣德年间，官方层面依然在否定建文君臣。对死难者的子女来说，背负沉重的政治压力自然非他们所愿；对撰写墓志铭的金幼孜来说，真实的情景也难以直笔书写。当然，在墓志铭体例的掩护下，金幼孜还是能够对墓主龚泰表达景仰之情："以理法自卫，未尝敢须臾怠忽，殁之日，人莫不悲之。呜呼，士之所志，莫先于操存，以君之制行卓卓如此，诚无愧于古之君子者，虽享年不永，然于死生之际，志安而理得，九泉之下无复遗憾矣。"②

周是修在殉国忠臣中影响颇大，解缙撰《周是修墓志铭》，杨士奇作《周是修传》，四库馆臣曾提及两文的差别："末附解缙所作志铭，及杨士奇所作传。志铭但称归京师为纪善，预翰林纂修以死，竟不言其殉节。传乃言其自经应天府学。盖缙作志在永乐元年，时党禁方严，故讳其事。士奇作传则在宣德四年，时公论稍明，故著其实也。"③ 所言有一定道理，尽管宣德年间的政治环境与永乐年间相比已然宽松很多，但这并不意味着宣宗对建文君臣的态度发生逆转，所以杨士奇直言："每追念君子清白之节，文皇帝日月之明，既照其心，岂当遂致泯没！"④ 感念周是修清白之节的同时，也不忘赞颂朱棣一番。值得注意的是，梁潜曾作《周是修行状》，不但直叙死因，还表达了敬仰之情：

历四年，闻靖难之师驻金川门，遂入应天府庠自经……君立志甚高，不随俗以为同，不立异以自炫。扬人之善，惟恐未至；去己之不善，惟恐未力。奋然以古人自负，以志节自与，尝曰：忠臣不以得失为忧，故其言

---

① 《明史》卷一四三《龚泰传》，第 4049 页。
② 金幼孜：《金文靖集》卷九《故户科都给事中赠承直郎兵部职方清吏司主事龚君淑安墓碣铭》，《景印文渊阁四库全书》第 1240 册，第 849 页。
③ 《四库全书总目》卷一七〇，第 1481 页。
④ 杨士奇：《东里文集》卷二二《周是修传》，中华书局，1998，第 332 页。

无不直；真女不以死生为虑，故其行无不果。①

该文大概作于建文四年之后，永乐元年梁潜被召修《明太祖实录》之前。这段时间他还在担任地方知县，职位不高且远离权力中心，文字表述上的真实性和自由度会高于解缙与杨士奇，这也是可以理解的原因了。

徐宗实在建文二年任兵部右侍郎，也因靖难事件而死，"燕事急，使两浙招义勇。成祖即位，疏乞归。逾二年，以事被逮，道卒"。② 所谓"以事被逮"，其实是朱棣在大肆清理建文旧臣，徐宗实曾募兵抗燕，自然在被清理之列。黄淮是徐宗实的弟子，曾为其作《静庵徐先生墓表》：

比使两浙，以嫉恶太过被劾，怡然去职，其为尚实也。年渐老而力渐衰，伏遇太宗文皇帝入继大统，优待老臣，遂上疏乞骸骨，许之，归家。杜门谢客，课子孙阅耕稼，逍遥林泉之下，冀尽余龄以遂考终而已。越二载，臬司鞫囚，狱词牵连，逮至京，得疾，卒于旅邸，垂绝侃然志气不少贬，是为正月二十二日也。③

在文中，黄淮将"使两浙招义勇"改为"以嫉恶太过被劾，怡然去职"，完全抹去了徐宗实在建文时期抵抗燕军的事迹，将"以事被逮，道卒"写为"狱词牵连，逮至京"，又写明因病死于旅馆，轻描淡写的背后是朱棣清理建文旧臣的事实。因而，黄淮所作墓表也在有意弱化墓主在靖难中的行为，及其与朱棣一方的矛盾。

除抹去真相、弱化冲突之外，文臣在描述靖难之役时还会赞颂朱棣。

---

① 梁潜：《泊庵先生文集》卷八《周是修行状》，《明别集丛刊》第1辑第20册，第493~494页。
② 《明史》卷一三七《徐宗实传》，第3950页。
③ 黄淮：《黄文简公介庵集》卷六《静庵徐先生墓表》，《四库全书存目丛书》集部第27册，第6~7页。

如前文所引金幼孜所言"王师平定内难"①、"太宗皇帝以肃清内难"②，黄淮所说"伏遇太宗文皇帝入继大统，优待老臣"③ 等，这些文辞都表明归附文臣完全站在了朱棣的立场。这一点在其他文臣的诗文中也有体现，如金实《甲马营》曰："文皇平内难，于此驻天兵。"④ 胡广《过白沟河》曰："十载艰难此用兵，败戈折戟想纵横。犹余战骨埋荒草，已有新桑长旧营。山色遥连襄国迥，河流远落蓟门清。舆图一统归真主，巡狩于今属盛平。"⑤ 白沟河是靖难之变中一场重要战役的发生地，胡广等人路过这个战场时，完全以永乐臣子的角度美化靖难之役，歌颂朱棣统一了全国。从建文旧臣到永乐臣子，政治立场的转变带来行文表述的变化，这个变化在诗文作品中体现得淋漓尽致。可以说，通过弱化靖难死难者的行为和冲突，美化靖难中朱棣的形象，归附文臣完成了外在身份与内在心态的转变。

四 归附文臣在新朝的发展

建文忠臣的死难与逃离，导致朝中文臣数量骤减。朱棣于马上得天下，依靠的力量以武人为主，如张玉、朱能、邱福、李远等人；文人谋士仅有姚广孝、袁珙，数量可谓稀少。因此，朱棣需要接纳归附文臣，以补充自己的官僚队伍。这些文臣多会承受由身份转变带来的心理压力与舆论压力，心态与言行也随之发生变化。但从仕途发展的角度来看，

---

① 金幼孜：《金文靖集》卷九《济阳教谕王公子职墓志铭》，《景印文渊阁四库全书》第1240册，第846页。
② 金幼孜：《金文靖集》卷九《故户科都给事中赠承直郎兵部职方清吏司主事龚君淑安墓碣铭》，《景印文渊阁四库全书》第1240册，第849页。
③ 黄淮：《黄文简公介庵集》卷六《静庵徐先生墓表》，《四库全书存目丛书》集部第27册，第6~7页。
④ 金实：《觉非斋文集》卷四《甲马营》，《续修四库全书》第1327册，第41页。
⑤ 胡广：《胡文穆公文集》卷二〇《过白沟河》，《四库全书存目丛书》集部第29册，第168页。

靖难确实是这些文臣人生中一个重要的政治转折点。如两位与靖难登基诏书有关的文臣——王达、王景。焦竑《熙朝名臣实录》记载："或曰达草靖难登极诏，或曰草诏者括苍王景学士也。"① 前者指王达，后者指王景。不论二人是否参与了起草登基诏书，他们的飞黄腾达肯定离不开朱棣的重用。王达"洪武间为大同训导，过北平，私上谒成祖，成祖喜，礼达"，② 经姚广孝举荐，先后升为翰林编修、侍讲学士，成为翰林院的重要成员。王景于建文初被召入翰林，参与修撰《太祖实录》，随后"会太夫人项卒，守制于家，服阕回京"。③《明史》记载："帝问葬建文帝礼，景顿首言：'宜用天子礼。'从之。"④ 以天子礼葬建文帝，正能体现朱棣的宽厚仁义。可以看出，王景的回答符合朱棣的意图与策略，受朱棣重用也是情理之中的事情。"太宗即位，初授翰林侍讲，未几，升学士，阶奉政大夫"，⑤ 王景由翰林侍讲升为翰林学士，比当时解缙的职位还要高一个等级。

不少建文旧臣在归附之后都得到了重用，王达、王景只是其中的两位。在整个永乐朝，比王达、王景更为显眼的，是解缙、杨荣、杨士奇等在馆阁占据重要位置的文臣。朱棣初入南京时，解缙、杨荣、杨士奇等建文旧臣前来投诚，他们抓住机遇，积极融入新朝，这成为他们日后仕途晋升的重要伏笔。朱棣即位后，解缙、黄淮、杨士奇、胡广、金幼孜、杨荣、胡俨七人并直文渊阁，参预机务。明代内阁参预机务，便由此开始。这意味着他们由建文时期的小臣，转变为永乐时期的重臣，意义重大。但内阁七人组合并没有稳定太久，胡俨于永乐二年任国子监祭酒，因得不到

---

① 焦竑：《熙朝名臣实录》卷六，《续修四库全书》第532册，第96页。
② 焦竑：《熙朝名臣实录》卷六，《续修四库全书》第532册，第96页。
③ 陈琏：《琴轩集》卷二四《故翰林院学士王公景彰墓碑铭》，上海古籍出版社，2011，第1536页。
④ 《明史》卷一五二《王景传》，第4188页。
⑤ 陈琏：《琴轩集》卷二四《故翰林院学士王公景彰墓碑铭》，第1536页。

朱棣与同列的喜爱，最先离开内阁。① 其次离开内阁的是解缙。他是洪武二十一年进士，资历、才气、名声最大，朱棣也对其多加宠待。建文四年，解缙升翰林侍读学士，永乐二年升翰林学士，职位高于其他六人。解缙个性鲜明，优点与缺点都很突出："任事直前，表里洞达。引拔士类，有一善称之不容口。然好臧否，无顾忌，廷臣多害其宠。又以定储议，为汉王高煦所忌，遂致败。"② 最终于永乐五年贬谪广西，后又改交趾，自此退出内阁。至此，内阁五人格局稳定下来，直至黄淮因永乐十二年"迎驾缓"事件入狱，胡广于永乐十六年卒于北京。永乐一朝，内阁人员始终以最初的七人为主，没有增加过新的成员。

永乐二年，朱棣第一次在南京举行会试，取士四百七十二人，又于次年正月命解缙等于新进士中"选质英敏者"进入文渊阁学习，曾棨、周述、周孟简、杨相、刘子钦、彭汝器、王英、王直、余鼎、章敞、王训、柴广敬、王道、熊直、陈敬宗、沈升、洪顺、章朴、余学夔、罗汝敬、卢翰、汤流、李时勉、段民、倪维哲、袁天禄、吾绅、杨勉二十八人脱颖而出，成为永乐朝首批庶吉士，被世人称为"二十八星宿"。朱棣对他们寄予厚望，说："人须立志，志立则功就。天下古今之人，未有无志而能建功成事。其汝等简拔于千百人中为进士，又简拔于进士中至此，固皆今之英俊，然当立心远大，不可安于小成。为学必造道德之微，必具体用之全，为文必并驱班、马、韩、欧之间，如此立心，日进不已，未有不成者。古人文学之至，岂皆天成？亦积功所至也。汝等勉之。"③ 这批庶吉士后来有不少人成为重要文臣，如曾棨、王英、王直等，在政坛中有着举足轻重的地位。但从总体而言，他们的发展与内阁

---

① 关于胡俨出内阁的原因，何坤翁在《明前期台阁体研究》中以雍正《江西通志》所言为据："俨在阁承顾问，应对从容，尝不欲先人。然为人少戆，虽委曲，终不俯仰取容悦。同列因言俨学行宜为师表，乃解机务，拜国子监祭酒。"《古典文献研究辑刊》第11编第27册，第111页。

② 《明史》卷一四七《解缙传》，第4121页。

③ 《明太宗实录》卷三八，永乐三年正月壬子，第643页。

七人相比，仍然存在不小差距。永乐一朝，胡广、杨荣、金幼孜陪伴朱棣左右，多次扈从北征；洪宣二朝，杨士奇、杨荣、杨溥地位不断提高；正统初年，以三杨为主的政治格局达到鼎盛阶段。尽管朱棣在永乐年间大力培养新人，但胡广、杨荣等由靖难归附的文臣仍旧占据了最重要，甚至最核心的地位。

综上，靖难之变虽然属于篡位夺权，但其特殊性在于朱棣没有改朝换代，他以继承朱元璋正统的姿态出现。皇位继承权属于自家之事，很可能是朱棣散布的说辞，恰好也成为一些文臣选择归附的借口。归附文臣一方面因靖难事件心怀恐惧，另一方面又受到朱棣的重用，成为当朝的股肱之臣，谨小慎微与竭力奉承的心态并存。郑赐等曾列于"奸臣"榜的归附文臣一直惴惴不安，大多难以善终，永乐朝的政治压力由此可见一斑。解缙、胡广等在建文朝地位不高、影响不大的文臣，恰好因靖难事件获得了仕途发展的机遇。后世对他们在靖难中种种言行的记载未必完全属实，但这些故事所折射的心态与行为的变化定然不虚。在他们的诗文作品中，涉及靖难等相关内容时所采取的书写策略真实地反映了当时的政治氛围，以及归附文臣谨慎和奉承的心态。这一心态与馆阁文风的形成具有必然的联系。从政治层面而言，归附文臣在永乐朝以至洪熙、宣德朝占据重要官职，充分说明了靖难事件在官员分流方面的重要意义。

第三节　靖难逃匿者的生存状态与靖难书写
——以龚诩为例

面对靖难之变，建文诸臣的选择可以分为三种，抗争、归附与逃匿。前文已经对抗争者、归附者的主要人员情况以及各自的心态等进行了论述。做出这两种极端选择的人数有限，更多的旧臣选择逃离隐匿，如"前北平所属州县官朱宁等二百九十人，当皇上靖难，俱弃职逃亡，宜置诸法"。① 从靖难之役开始，就有弃职逃亡的官员，"其在任遁去者，四百六十三人"。②《明史》也有记载："燕兵之入，一夕朝臣缒城去者四十余人。其姓名爵里，莫可得而考。然世相传，有程济及河西佣、补锅匠之属。"③ 这几种史料记载的数目相差较大，前者言遁去者，后者言朝臣。可知在逃离隐匿的官员中，以职位较低者居多。

隐匿之臣多处于漂泊状态，加之靖难之役的影响，该群体的诗文创作流传较少，存世文集匮乏。目前所知，仅龚诩一人有文集存世。本节首先对逃离隐匿文臣进行分类，并以龚诩为例，还原他们隐匿时期的生活状态，以及对靖难事件的态度与书写。

一 逃匿之臣的三种类型

虽然逃离隐匿的建文旧臣数量颇多，但能够确定姓名与行踪的并没有多少。逃离之后，他们多隐匿于山林乡野，可以分为以下三种类型。

第一，不知所终。如彭与明与刘伯完，前者早年贡入太学，建文初为大理右丞；后者为钦天监监副。两人在靖难之役灵璧战败后被执，后被释放，惭愤裂冠裳，更改姓名，再无踪迹。韩郁，建文时为御史，"燕师渡江，郁弃官遁去，不知所终"。④ 程济，在金川门开启后亦无踪影，"或曰帝亦为僧出亡，济从之"。⑤ 他们放弃官职，隐于不为人知之处。

第二，隐姓埋名。如袁敬所，不知其真实姓名与身份，仅有个别信息，"靖难后，流寓常山之松岭。酒酣书《五柳图诗》云：'藜杖芒鞋白布裘，山中甲子自春秋。呼儿点检门前柳，莫遣飞花过石头。'掷笔悲吟，继以溅泪。有江右布商见之曰：'此吾乡某编修，何为在此？'敬所趋掩其

---

① 《明史》卷一四三《周缙传》，第4062页。
② 谈迁：《国榷》卷一二，中华书局，1958，第844页。
③ 《明史》卷一四三《周缙传》，第4062页。
④ 《明史》卷一四三《高巍传》，第4060页。
⑤ 《明史》卷一四三《程济传》，第4063页。

口，不顾而去"。① 与此相似的还有"河西佣"，其身份同样不明，"建文四年冬，披葛衣行乞金城市中。已，至河西为佣于庄浪鲁氏，取直买羊裘，而以故葛衣覆其上，破缕缕不肯弃。力作倦，辄自吟哦，或夜闻其哭声。久之，有京朝官至，识佣，欲与语，走南山避之，或问京朝官：'佣何人？'官亦不答。在庄浪数年，病且死，呼主人属曰：'我死勿殓。西北风起，火我，勿埋我骨。'鲁家从其言"。② 这类旧臣虽然生活于人群之中，却埋名隐姓，内心充满对建文朝的留念与悲痛，却无法与人言说。

第三，居乡养老。在这类人中，有被朱棣释放归乡的旧臣。如王琎，字器之，曾在靖难时造船谋划擒拿燕王，被士兵逮至南京，发生了以下对话："成祖问造舟何为。对曰：'欲泛海趋瓜洲，阻师南渡耳。'帝亦不罪，放还里，以寿终。"③ 高贤宁，曾经受学于王省，在建文时期贡入太学。在朱棣即位后，也被逮至南京，情形与王琎相似："成祖曰：'此作论秀才耶？秀才好人，予一官。'贤宁固辞。锦衣卫指挥纪纲，故劣行被黜生也，素与贤宁善，劝就职。贤宁曰：'君为学校所弃，故应尔。我食廪有年，义不可，且尝辱王先生之教矣。'纲为言于帝，竟得归，年九十七卒。"④ 王琎和高贤宁回答朱棣的言辞都有反对朱棣的意味，但两人都被释放，可能与二人官职卑微，在靖难之中并无实质作用有关，也可能是朱棣借此显示自己宽大仁慈。周缙（字伯绅）也当属此类，他在靖难之时任永清典史，一直坚守城池，直至计无可施时，才怀印南奔。其间纠集义旅，得知南京失守后，选择隐匿出走。永乐年间，"有司遂捕缙，械送戍所。居数岁，子代还，年八十而没"。⑤

---

① 朱彝尊：《静志居诗话》卷六，第 145 页。
② 《明史》卷一四三《河西佣传》，第 4063 页。
③ 《明史》卷一四三《王琎传》，第 4061 页。
④ 《明史》卷一四三《高贤宁传》，第 4061 页。
⑤ 《明史》卷一四三《周缙传》，第 4062 页。

二　龚诩的逃匿生活状态

这些建文旧臣，无论他们选择了哪种隐匿方式，都反映出他们内心的坚定。龚诩在靖难事件后改名"王大章"，隐姓埋名生活三十余年，是众多逃离隐匿之臣的一个典型案例。其生平经历在多种史料中均有记载：

（龚）诩，字大章，昆山人。父瞥，洪武给事中，戍五开死。大章年十四，勾补伍，调守金川门。靖难兵入，大恸，变姓名王大章，遁归。方大索，夜走任阳，投马、陈二氏，匿大围中，即围中读书，间夜渡娄省母。更二十余年，禁稍解，卖药授徒，人固知之，无告者。周文襄抚江南，具礼访问便宜，两荐为学官，坚不应，曰："诩老兵，仕无害，恐负往日城门一恸耳。"无子，独与一老婢居破庐中，有田三十亩，种豆植麻，歌咏自得，年八十有八。卒时整冠端坐，诵《大学》一章，有白气起屋上。门人谥曰"安节先生"。①

龚诩颠沛流离地生活了三十余年，这应当是众多隐匿旧臣的生活常态。由于这种生活方式，加之靖难事件的影响，该群体的诗文创作流传不广，文集多不见于世。目前有文集存世的仅龚诩一人，本节将以他为例探讨该群体的生活状态。

龚诩从建文四年逃遁，至宣德十年归乡，其间曾在多地辗转生活。据龚绂所撰《野古集年谱》可知：建文四年，在江阴海虞之间；永乐四年，授徒于言城；永乐六年，寓居常熟；永乐十二年，避居琴水之上；永乐十八年，客居湄水之上；宣德二年，馆琴川陈南野之家；宣德十年，归故乡田园。可以说，在三十余年的时间内，龚诩一直居无定所，内心也时常惴惴不安。如永乐四年，龚诩授徒于言城周敬修家时，作《寄听泉沈兄孟

---

① 钱谦益：《列朝诗集小传》甲集，上海古籍出版社，2008，第154页。

舟》曰:"君比参星我比商,相思缩地恨无方。十年湖海同漂泊,两地情怀一感伤。会面未知何岁月,论心安得共杯觞。几回云树穷吟日,千里悠悠思更长。"① 永乐十年,夜归古娄时,又有诗云:"十年湖海共飘零,无异纷纷水上萍。今日客中欣邂逅,故人情重眼犹青。"② 永乐十七年,有《述怀》诗云:"自叹微躯一羽轻,去留无定似游僧。病随春草年年长,愁逐秋潮夜夜增。定省久违思老母,心胸日塞念良朋。何时得泛归吴棹,重读父书亲夜灯。"③ 在诗中,"漂泊""水上萍""飘零""去留无定"等词直接反映出龚诩漂泊无定的生活状态。龚诩之所以会有如此强烈的漂泊之感,一方面是因为无法回到故乡,另一方面是无法与年迈的母亲相见。

在离乡背井的几十年中,因朱棣对建文旧臣的搜捕,他只能远远地思念母亲。如永乐六年寓居常熟时,作《客中思亲两首》。其一云:"才看黄落梧间叶,又见青归柳上枝。慈母鬓毛纷似雪,小儿方寸乱如丝。"④ 后两句用"纷似雪""乱如丝"形象生动地刻画出母亲与孩子的形象,诗句格外感人。其二云:"乌母含饥守故巢,乌儿折翅堕林皋。相呼相应空相忆,夜冷霜清月正高。"⑤ 这首则用"乌母"指代母亲,"乌儿"指代自己,两者相互呼叫、相互回忆,却无法相见,与龚诩自身的经历极为相似。永乐十年,龚诩夜归古娄,便是前去探望母亲。其间,在路过童子师沈遗老的故居时,因感念亲朋好友,不觉涕零。宣德四年时,母亲已经八十一岁,龚诩有诗云:"一生子职苦蹉跎,深惧慈亲八十过。若论儿心思罔极,再加八十未为多。"⑥ 写出对年迈母亲的担忧与期许。可惜的是,龚诩还没有回到故乡,他的母亲便在宣德八年离开人世。惊闻这一噩耗,他"哀毁逾

---

① 龚绂:《野古集年谱》,龚诩:《野古集》,《景印文渊阁四库全书》第1236册,第264页。
② 龚绂:《野古集年谱》,龚诩:《野古集》,《景印文渊阁四库全书》第1236册,第265页。
③ 龚绂:《野古集年谱》,龚诩:《野古集》,《景印文渊阁四库全书》第1236册,第265页。
④ 龚绂:《野古集年谱》,龚诩:《野古集》,《景印文渊阁四库全书》第1236册,第264页。
⑤ 龚绂:《野古集年谱》,龚诩:《野古集》,《景印文渊阁四库全书》第1236册,第264~265页。
⑥ 龚绂:《野古集年谱》,龚诩:《野古集》,《景印文渊阁四库全书》第1236册,第266~267页。

礼，几至灭性。其病后有诗曰：'一病才苏似酒醒，却思遗体忽心惊。幸生不必论诸事，得寐何须问几更。已觉壮心随日减，久拼华发满头生。痛怜念母恩无极，泪雨何时可得晴。'"① 这首诗写出了龚诩悲痛欲绝的心情，也写出了他与母亲深厚的感情。后来，官府要兴办学校，取四方居民之地以扩充学宫，龚诩母亲墓地的一半也在所夺之列，龚诩知道后，非常难过，曰："不觉心胆倾摧，神魂飞越，痛念老母平日苦楚，仁人君子谁不兴怜。今者入土未几，坟墓不保，诩为人子，实切痛伤。"② 随后上书巡抚周忱，希望能够更改决定。此后还作有《与儒学三先生论墓地书》，再次讨论这个问题，足见其一片孝心。

三 龚诩对靖难事件的态度及书写

在靖难之变中，朱棣发榜追捕的五十余名建文重臣都是文职官员，基本没有诛杀武臣。在《明史》中也有这样的记载："燕王即帝位，招（张）伦降。伦笑曰：'张伦将自卖为丁公乎！'死之。京师陷，武臣皆降附，从容就义者，伦一人而已。"③ 偌大的南京城，从容就义的武臣只有张伦一人，其余都投降归附。那么，作为金川门卒的龚诩，完全可以没有任何愧疚感地选择归顺朱棣。如此一来，他不用东躲西藏地生活三十年，更不会与母亲分离三十年。尽管龚诩的隐匿生活艰难困苦，但他从没有后悔为建文帝守节。

由龚诩的生活轨迹可以发现，从始至终他一直坚守着自己的信仰。永乐五年，作《题枯枝冻雀图》一诗云："岁寒风雪满山林，独恋枯枝思不禁。愁绝纥干兴感处，不知臣子独何心。"④ 这首诗虽为题画而作，但殊有深意。"冻雀"暗指晚唐时期，受朱温胁迫由长安迁都洛阳的唐昭宗。《资

---

① 龚绂：《野古集年谱》，龚诩：《野古集》，《景印文渊阁四库全书》第1236册，第267页。
② 龚诩：《再上巡抚周文襄公书》，《龚安节先生遗文》，《明别集丛刊》第1辑第34册，第474页。
③ 《明史》卷一四二《张伦传》，第4040页。
④ 龚绂：《野古集年谱》，龚诩：《野古集》，《景印文渊阁四库全书》第1236册，第264页。

治通鉴》记载：

(唐昭宗天佑元年春正月）甲子车驾至华州，民夹道呼万岁。上泣谓曰："勿呼万岁，朕不复为汝主矣！"馆于兴德宫，谓侍臣曰："鄙语云：'纥干山头冻杀雀，何不飞去生处乐。'朕今漂泊，不知竟落何所！"因泣下沾襟，左右莫能仰视。①

龚诩此诗显然不是纯粹的题画咏古，而是以冻雀唐昭的典故影射建文帝。面对朱棣夺权，建文帝不知所终的境况，"不知臣子独何心"一句既是对人臣节义行为的质问，也蕴含着一丝无可奈何的深沉感慨。由后两句的写作意图，也可推测前两句所蕴含的思想。永乐初期，朱棣对建文忠臣大肆清洗，风声鹤唳。对于龚诩来说，这就是风雪满山的政治环境，身处其中的他，不就是一只冻雀吗？纥干山又名纥真山，《太平御览》中记载："《冀州图经》曰：纥真山在城东北，登之望桑干代郡，数百里内宛然。又《郡国志》云：望之数百里内，夏恒积雪，故彼人语曰：'纥真山头凉死雀，何不飞去生处乐'。"② 这是冻雀典故的原始出处。"何不飞去生处乐"一句成为隐藏在《题枯枝冻雀图》第一、二句之间的真切追问，"独恋枯枝思不禁"也就理所当然地表达出对建文帝的忠诚，以及不愿归附朱棣的坚定信念。可见，冻雀唐昭的典故与《题枯枝冻雀图》形成互文，从而使这首诗获得了深刻的内涵和丰富的层次感，作者的思想与精神也由此得到充分的展现。

永乐十五年，他寓舍常熟，其间追论畴昔，不胜感慨，赋诗《寄怀》一首云："窜伏江乡二十年，艰难生计总无便。童汪非怯当年事，为有慈亲在故园。"③ 此时，距金川门之变正好二十年，诗中再次谈及当年选择。童汪，指鲁国童子汪踦，他在齐国攻鲁时拿起武器为国家奋战而死。鲁国

---

① 《资治通鉴》卷二六四，古籍出版社，1956，第8627页。
② 李昉等：《太平御览》卷四五，中华书局，1960，第215～216页。
③ 龚绂：《野古集年谱》，龚诩：《野古集》，《景印文渊阁四库全书》第1236册，第265页。

人为了表彰他的功绩,以成人之礼来安葬他。但作者在诗中却说,汪踦之所以没有死,不是害怕奋战一事,而是担心家中的母亲。其实,作者是用"童汪"来自比,阐述了当年没有奋战的缘由。永乐二十年,又咏采薇以自况,云:"周家之粟苦如檗,首阳之薇甘若饴。弟兄风节有如此,千古此情谁许知。靖节东篱醉黄菊,四皓商山采紫芝。孰云世代有先后,彼此未必殊襟期。"① 这首诗看似用"叔齐""伯夷"之典故,写出他们宁食首阳之薇,不食周家之粟,赞颂二人高尚的品格,其实是表明忠于建文帝的心志。

龚诩一直坚守建文旧臣的身份,就算历经数十年,其心依旧不改。周忱巡抚江南诸府,因钦慕龚诩才节,先后推荐其为淞江、太仓学官,龚诩均推辞不就,并有《辞巡抚周公荐举学官书》:

> 诩性愚识浅,德薄才凉,加以寡弱,一身愁苦。乱其方寸,不忠不孝,诚天地一罪人耳。今也年几六十,旦夕之人,一死之外,无他顾也。乃者执事谬以千虑一得之见,谓可以居民上,便欲置诩于后生模范之地,则岂其所愿欲者哉?若今致仕都宪海虞思庵吴公稔知不肖之为人,试以质之,必将得诩之实矣。夫庠序乃名教之地,以诩处之,则名教何在?是以宁死敢咈执事爱厚之意,决不敢须臾离此,以贻名教之羞。古语曰:"君子爱人以德,不强人以所不能。"倘或不弃,则向之所言,或一一行之,则执事之赐不既厚矣乎?"②

龚诩极力否认自己的才能,称自己"性愚识浅,德薄才凉",又以身体孱弱为由,甚至不惜说自己不忠不孝,是天地之间的罪人。他竭尽贬低自己,以说明不配担任学官一职。文中的"致仕都宪海虞思庵吴公"是吴讷,两人至晚在龚诩隐匿琴水时就已相识。程丹在论文中提及《琴川三志

---

① 龚绂:《野古集年谱》,龚诩:《野古集》,《景印文渊阁四库全书》第1236册,第266页。
② 龚诩:《辞巡抚周公荐举学官书》,《龚安节先生遗文》,《明别集丛刊》第1辑第34册,第475页。

补记续编》有详细记载,龚诩之所以能拒绝举荐,是因为周忱曾拜访吴讷,吴以"空负城门一恸"语告之。① 另据《野古集年谱》也可知:"思庵尝谓先生曰:'以子之才,何不仕?'先生曰:'诩仕无害于义,恐负却往日城门一恸耳。'"② 可见,吴讷对龚诩不仕的原因非常了解。几十年过去,金川门之事仍然是龚诩心中的一恸,久久不能忘怀。

综上,逃离隐匿的建文旧臣无论是在生活还是在精神方面,都值得后人尊敬。他们在隐匿时期,为躲避朱棣对建文忠臣的追捕,居无定所,常常辗转奔波。龚诩自逃匿以来,在外漂泊三十余年,以致无法为母亲尽孝。尽管生活磨难重重,但面对举荐仍坚持不仕、不改初心,坚守着对建文帝的忠诚。在隐匿诸臣中,孟忠也坚守着自己的信念:"革除后,文皇帝思高帝旧臣,欲召用,坚辞不赴,赐敕嘉之。以寿终于家。"③ 可以说,在方孝孺被诛杀之后,正是这些逃离隐匿之臣的存在,才使明初士人的精神与风骨可以继续延存。

---

① 参见程丹《龚诩诗文整理与研究》,硕士学位论文,湘潭大学,2016,第17页。
② 龚绂:《野古集年谱》,龚诩:《野古集》,《景印文渊阁四库全书》第1236册,第269页。
③ 钱谦益:《列朝诗集小传》甲集,第154页。

第二章

北征系列事件与翰林文学

明代永乐时期历史事件与文学研究

靖难之变后，朱棣登基，在位期间曾五次亲征蒙古，分别为：永乐八年征鞑靼，永乐十二年征瓦剌，永乐二十年征鞑靼，永乐二十一年征鞑靼，永乐二十二年征鞑靼。以永乐十九年定都北京为界，前两次北征耗时较长，朱棣要先从都城南京巡狩至北京，休整完毕后再从北京出发；后三次则直接从都城北京出发。其实，北巡是亲征蒙古的准备活动。本书把从南京巡狩至北京的过程称为"北巡"①，把北京至蒙古的征战过程称为"北征"。永乐七年第一次北巡时，对极为看重的五位内阁之臣，朱棣分别委以扈从北巡、留守南京的重任，形成以胡广、杨荣、金幼孜为首扈从北巡、北征，以杨士奇、黄淮为首留守南京辅佐太子的官员分布状况。本章以北征系列事件为核心，考察其对翰林文学的影响。

　　首先，从两次北巡扈从人员及相关作品入手，分别考察扈从的路线，还原扈从情形、生活细节及诗歌创作过程，并通过对扈从诗歌的文本细读，探究翰林文臣的心态与书写。其次，在永乐八年、十二年北征事件中，金幼孜、胡广、杨荣三人奉命载笔扈从，并作有纪行诗文。在此基础上，探究北征事件对随行阁臣诗歌创作的影响。后人对明早期的台阁文学有了较为清晰的认识，金幼孜、胡广等人的诗歌创作也在很大程度上展现了台阁文风。作为军事活动的北征为随行阁臣的诗歌创作带来了怎样的影响？面对个人和国家两个不同层面，诗歌书写会有怎样的独特表达？这些

---

① 按：永乐十五年三月，朱棣由南京至北京的过程，不属于北征的准备过程，故不纳入考察范围。

表达是如何体现出与台阁文学的共通性和异质性的？在北征录、北征诗、北征诗序等文本之间是否具有策略性的意义导向？这些正是本节需要探讨的问题。最后，辅佐太子监国南京的翰林文臣也受到了北征的影响，其中永乐十二年"迎驾缓"事件的发生，黄淮、杨溥、芮善等东宫官僚的入狱，对阁臣狱中创作心态的转变及台阁成员（即台阁文学主体）的变动起到了哪些作用？本节将从这些思考入手，来考察北征系列事件对翰林文学的影响。

第一节　北巡扈从人员及纪行诗歌考论

永乐年间，作为北征准备活动的北巡有两次。严格意义上的北巡，应该包括"从南京至北京，从北京回南京"这个完整的过程。其中，第一次北巡的时间段为：永乐七年二月从南京出发，同年三月到达北京；永乐八年十月从北京启程，十一月回到南京。第二次北巡的时间段为：永乐十一年二月从南京出发，四月到达北京；永乐十四年九月从北京启程，十月回到南京。目前学界对北巡诗文的研究，或从监国制度、历史背景进行分析，[①] 或从礼制方面进行探讨，[②] 或在论述扈从文臣及其作品

[①] 如朱鸿《明永乐朝皇太子首度监国之研究（永乐七年二月至八年十一月）》，《台湾师范大学历史学报》第12期，1984年；徐卫东《明代皇位继承中的监国》，《明史研究论丛》第6辑，黄山书社，2004；尹霄《明代监国制度研究——以朱高炽监国为中心》，硕士学位论文，福建师范大学，2012；柳旦超《明朝监国制度探究》，硕士学位论文，山东师范大学，2016。

[②] 如陈戍国《中国礼制史·元明清卷》（湖南教育出版社，2002）对巡狩北京的礼制进行了探讨。李月琴《明清守成皇帝亲征问题研究》（硕士学位论文，陕西师范大学，2009）从亲征的缘由决策、礼仪规制与实践、权力的分配与制约等角度，对明代守成皇帝的亲征进行了探讨。王维琼《明代的"赐宴"和"赐食"》（硕士学位论文，东北师范大学，2010）虽然也是从巡狩礼制着手，但重点在巡狩期间的赐宴。

时稍带提及，① 对北巡扈从诗歌创作鲜有专门研究。其实，以胡广、曾棨、王绂、王英、王洪、胡俨为主的文臣创作了数量众多的北巡扈从诗。就内容而言，诗歌多以旅途中的地名为题，不仅记录了沿途所经山川河流、驿馆津渡以及寺庙古迹等地理信息，还反映了扈从途中的交游唱和，是研究北巡的重要文本。就时间而言，诗歌多创作于永乐七年二月至三月、十一年二月至四月，即南京至北京的途中。因此，本节以永乐七年、十一年两次北巡为背景，考证北巡扈从的文臣及巡狩路线，并借扈从诗歌文本探究文臣的心态与书写。

一 永乐七年北巡扈从考

北巡虽然是北征的准备活动，但既然名为"巡狩"，就不是简单的出游，而是帝王按照礼制巡视地方的活动。永乐六年，朱棣制定了巡狩之制，次年巡狩北京。扈从人员规模庞大，据"巡狩之制"可知：

> 扈从马步军五万。侍从，五府都督各一，吏、户、兵、刑四部堂上官各一，礼、工二部堂上官各二，都察院堂上官一，御史二十四，给事中十九，通政、大理、太常、光禄、鸿胪堂上官共二十，翰林院、内阁官三，侍讲、修撰、典籍等官六，六部郎官共五十四，余不具载。②

在众多扈从官员之中，翰林文臣尤其值得关注。据"巡狩之制"，扈从文臣中有"翰林院、内阁官三"，这三人即翰林院学士胡广，翰林侍讲杨荣、金幼孜。③ 永乐初，解缙、黄淮、胡广、杨荣、杨士奇、金幼孜、

---

① 如郑礼炬《明代洪武至正德年间的翰林院与文学》（中国社会科学出版社，2011）对王英及三首扈从诗予以介绍。郑莹《明初中原流寓作家研究》（博士学位论文，上海大学，2016）列出永乐年间两次扈从北巡的部分文臣，将其归入流寓北京的作家，未探讨北巡途中的诗歌创作。
② 《明史》卷五六，巡狩之制，第1412页。
③ "命翰林院学士胡广，侍讲杨荣、金幼孜扈从，赐锦衣狐帽狐裘鞍马。"《明太宗实录》卷八七，永乐七年正月癸亥，第1155页。

胡俨七人入直文渊阁参预机务，随着时间的推移，内阁人员发生了变化。胡俨于永乐二年改任国子监祭酒；解缙因立储被汉王朱高煦进谗言，于永乐五年先后被贬谪广西、交阯。至北巡之时，朱棣极为看重的阁臣还剩五位，遂将他们分别委以扈从北巡、太子监国的重任。户部官员是夏原吉（字惟喆），"七年春二月命兼掌行在户礼二部都察院事，扈从车驾巡幸北京"。① 还有永乐二年状元曾棨（字子棨），于"五年，升侍讲，授承直郎。七年，扈从巡北京，数侍燕，间应制赋诗，并荷褒嘉"。② 在上述扈从人员之外，③ 还有以下几位。

彭汝器，名琏，以字行。胡广为其所作的墓志铭云："永乐七年春，天子巡狩北京，文学之臣与扈从者暨广凡十二人，修撰彭汝器其一焉。明年九月丙寅，以疾卒于五云坊官舍。"④ 由此可知，彭汝器只参加了第一次由南京至北京的巡狩活动，第二年卒于北京。

余鼎，字正安。胡广曾为余鼎之母撰写墓志铭，文中云："永乐七年，上巡狩北京，鼎与扈从，恒以夫人年高为忧……明年冬鼎还。"⑤

罗汝敬，名简，以字行。据王英所撰墓志铭，罗汝敬在擢升为翰林修撰后，"扈从车驾，巡守北京，所经山川风俗多有歌咏。九载，升侍讲"。⑥ 王

---

① 夏原吉：《忠靖集》附录《夏忠靖公遗事》，《景印文渊阁四库全书》第1240册，第545页。
② 杨士奇：《东里文集》卷一四《詹事府少詹事兼翰林侍读学士赠嘉议大夫礼部左侍郎曾公墓碑铭》，第199页。
③ 郑莹：《明初中原流寓作家研究》（博士学位论文，上海大学，2016）第二章第一节"时间分布"及附录一指出永乐七年有金幼孜、胡广、杨荣、夏原吉、王英、曾棨跟随车驾扈从，王洪、梁潜、邹缉、胡俨、李时勉、林环也在北京。按：本节为完整梳理扈从人员，对已有扈从文臣信息补充考证，并增补五位。
④ 胡广：《胡文穆公文集》卷一三《翰林修撰彭汝器墓志铭》，《四库全书存目丛书》集部第29册，第71页。
⑤ 胡广：《胡文穆公文集》卷一三《明故归德府君夫人高氏墓志铭》，《四库全书存目丛书》集部第29册，第72页。
⑥ 王英：《王文安公文集》卷五《故通议大夫工部右侍郎罗公墓碑铭》，《续修四库全书》第1327册，第369页。但文中"九载，升侍讲"不甚明确，据《明太宗实录》卷二三二，罗汝敬于永乐十八年十二月升侍讲。

英有《出金乡十余里溪行与汝敬正安临流憩咏有作二首》，诗中"解缨投石矶，息马荫其浒"[1]一句，说明罗汝敬曾与王英、余鼎骑马到金乡附近的溪畔，王英第二次北巡从水路出发，故该诗当是永乐七年之行所作。林环有《送罗修撰扈从北京》一诗，[2]其参加了第二次北巡，此诗应为永乐七年赠行之作。

王绂，字孟端。胡广《中书舍人王孟端墓表》载："永乐十年皆除为中书舍人，凡制敕机密悉委书之，两扈从北京。"[3]俞剑华认为王绂"永乐十一年扈从北京，十二年又扈从北京"，并以《扈从出京》《二月九日瞻望大驾渡江作》作为十一年之证。[4]该说法有误。其一，第一次北巡出发时间是永乐七年二月初九。其二，第二次北巡时，王绂等人先行渡江，于十一年二月十三日乘舟出发，时间不符。因此，这两次扈从应当为永乐七年、十一年。

方宾，兵部尚书。据《明史》载，"七年进尚书，扈从北京，兼掌行在吏部事。明年从北征，与学士胡广、金幼孜、杨荣，侍郎金纯并与机密。自后帝北巡，宾辄扈从"。[5]

王英，字时彦。陈敬宗在为其所作的传记中说道："丁亥授翰林修撰，扈跸巡狩北京，丙申升翰林侍读。"[6]丁亥为永乐五年，丙申为永乐十四年。但仅据此，并不能确定"扈跸巡狩北京"的具体时间。王英有诗《扈从夜宿利国监驿次汝器韵》，题中"汝器"即翰林修撰彭汝器。因彭卒于

---

[1] 王英：《王文安公诗集》卷一《出金乡十余里溪行与汝敬正安临流憩咏有作》（其一），《续修四库全书》第1327册，第255页。
[2] 林环：《䌹斋先生集》卷一，《明别集丛刊》第1辑第32册，第142页。
[3] 胡广：《胡文穆公文集》卷一四《中书舍人王孟端墓表》，《四库全书存目丛书》集部第29册，第104页。
[4] 俞剑华：《王绂》，上海人民美术出版社，1961，第11页。
[5] 《明史》卷一五一《方宾传》，第4183页。
[6] 陈敬宗：《尚书王文安公传》，程敏政编《明文衡》卷六一，《景印文渊阁四库全书》第1374册，第401页。

永乐八年九月，第一次北巡时又经过利国监驿①，因此可以确定，王英参加了第一次北巡。

除扈从外，还有几位文臣奉命到达北京。第一，送书至北京。邹缉（侍讲）、梁潜（修撰）、李贯（修撰）、王洪（检讨），奉皇太子之命将《太祖高皇帝御制文集》及《洪武实录》送至北京。②朱纮（编修）③、林环（侍讲）④被黄淮、杨士奇举荐偕来。第二，赴召至北京。朱棣到达北京后，召集相关文臣赴北京，其中有李时勉（庶吉士）⑤、胡俨（祭酒）⑥、陈敬宗（庶吉士）⑦等。

---

① "利国监驿，在（徐）州东北九十里。"顾炎武：《肇域志》，上海古籍出版社，2004，第94页。

② "皇太子令谕德右春坊大学士兼翰林院侍读黄淮、左春坊左谕德兼翰林院侍讲杨士奇以《太祖高皇帝御制文集》及《洪武实录》点检完备封识，付老成内官一人，同锦衣卫指挥王真及翰林院官邹缉、梁潜、李贯、王洪送赴北京。"《明太宗实录》卷九三，永乐七年六月己酉，第1231页。

③ 梁潜《楮窝记》记载："永乐七年秋，予与翰林编修朱公文冕偕被召来北京，既至，于五云坊之东得屋以居……文冕居而乐之，因名之曰楮窝。其友检讨王君希范既为书二大字，又属予为记。"见《泊庵先生文集》卷四，《明别集丛刊》第1辑第20册，第390~391页。

④ 梁潜《林氏族谱序》记载："崇璧，以永乐丙戌进士及第，入翰林为修撰，寻选侍讲……崇璧既同被命来北京，朝夕往还，因得观其谱。"见《泊庵先生文集》卷五，《明别集丛刊》第1辑第20册，第424~425页。

⑤ 梁潜《李氏兄弟唱和诗序》记载："永乐七年秋，时勉蒙恩召赴北京。"见《泊庵先生文集》卷五，《明别集丛刊》第1辑第20册，第425~426页。此外，《李时勉行状》云："七年春起复，是年车驾幸北京，仁宗皇帝居东宫监国，召入直房修书。寻征赴行在，赐路费钞六十锭，至则命锦衣卫拨官房，预修太祖高皇帝实录。"见李时勉《古廉文集》卷一二，《景印文渊阁四库全书》第1242册，第891页。

⑥ "七年，帝幸北京，召俨赴行在。明年北征，命以祭酒兼侍讲，掌翰林院事，辅皇太孙留守北京。"《明史》卷一四七《胡俨传》，第4128页。

⑦ 据陈其柱《两浙澹然先生年谱》载，陈敬宗于永乐八年"至北京纂修"（见《两浙澹然先生年谱》，明万历崇祯间递刻本，第11页，美国哈佛燕京图书馆藏），然而梁潜《九日宴集诗序》云："永乐七年九月丙辰，实惟重九之日，合侍从同官之士七人者就北京旅邸饮酒欢甚……庶吉士陈君光世，四明人。"（见《泊庵先生文集》卷七，《明别集丛刊》第1辑第20册，第478页）据此可知陈敬宗在永乐七年已经到达北京，并参加了当年北京重阳节的活动。

永乐七年北巡，二月九日出发，三月十九日到达。此次路线，可通过扈从文臣的诗歌予以考订。胡广《扈从诗》按途经地点的先后赋诗，曾棨、王英的诗中也有许多相关的地理信息，这是考察北巡路线的主要材料。此外，《明太宗实录》中也有一些时间信息。根据这些材料，可勾勒出路线：（二月初九）南京，（初十）滁州、池河驿、红心驿，（十五日）凤阳、灵璧、隋堤、大店驿、宿州、夹沟，（十七日）王庄，（十八日）固镇，（二十日）徐州、利国监驿、沛县、桃山、滕县、邹县，（二十七日）济宁、汶上，（二十九日）东平州，（三月初一）东平州、东阿、铜城驿、茌平、高唐州、恩县、德州，（初八）景州、阜城、滹沱河，（初九）河间府、任丘、雄县、白沟河，（十五日）涿州、卢沟桥，（十九日）北京。

二　永乐十一年北巡扈从考

永乐十一年的北巡扈从较永乐七年有所增加，[1] 北巡与之前有所不同，扈从人员兵分两路，分别从陆路、水路出发。其中，胡广（翰林学士）、杨荣（侍讲）、金幼孜（侍讲）三人跟随朱棣，于永乐十一年二月十六日从陆路出发，四月一日到达北京。此外，从陆路出发的还有王直（字行俭），李贤在为其所撰的神道碑中说："及再幸北京，公在扈从。"[2] 王直《自撰墓志》中也说道："及再幸北京，直亦从行，遂与修《太祖高皇帝实

---

[1] 郑莹《明初中原流寓作家研究》（博士学位论文，上海大学，2016）第二章第一节"时间分布"及附录一中列出永乐十一年胡广、杨荣、金幼孜、黄淮跟随车驾扈从，林环、梁潜、王绂、邹缉、胡俨、曾棨、王洪、王英、王直也寓居北京。按：黄淮并非扈从人员，他于永乐十二年闰九月初四被逮至北京，关押在诏狱之中，永乐十四年秋随行押解至南京，永乐十五年三月再次押解至北京诏狱，直到仁宗继位。本节主要根据诗文考证扈从人员出行方式及路线，确定梁潜赴北京时间，并增补五位人员。

[2] 李贤：《古穰集》卷一二《吏部尚书致仕赠太保谥文端王公神道碑铭》，《景印文渊阁四库全书》第1244册，第601页。

录》，书未成，以忧去。"①王直在途中作诗《发仪真道中忆前行曾侍讲王修撰》《下卫河忆前行诸公》，想念提前三天乘船先行的曾棨、王英等人。

提前三天乘舟出发的扈从文臣如下。

王英，字时彦。作有《舟行杂兴二十首》，诗序云："永乐癸巳春，扈从北巡，同中使先发舟龙河，自淮泗过平原、天津，抵通潞，同诸公作。"②

王洪，字希范（宗范）。王洪在途中多有诗作，从中可考同行数人。一是胡俨（字若思），王洪舟行出发之日便作有《癸巳二月十三日扈从奉旨同胡祭酒及同僚先行渡江有作呈诸公》。二是林环（字崇璧），王洪《舟中呈崇璧时彦》一诗就是写给林环、王英二人的。

曾棨，字子棨。杨士奇《西墅曾公神道碑》云："十一年，复扈从巡北京。"③曾棨也有诗《癸巳三月十三日扈从之北京舟发石城门外赋呈同行诸公》为佐证。④据曾棨所作《三月二十日舟次开河同胡祭酒邹侍讲登岸散步长林旷野中桑麻蓊然因至田家各赋一诗》，可知邹缉（字仲熙）也在扈从之列。

王绂，字孟端。章昞如《故中书舍人孟端王公行状》记载："十年三月甲子拜中书舍人。明年大驾巡狩北京，命所司遴选英髦之士，以备扈从，时公在选列，合同行者十有二人。"⑤舟行途中，王绂作有《月夜舟中酒后写呈胡祭酒兼同行诸公》，诗云："胡公一代大司成，文章声誉追班马。延陵给事钱塘客，每出新诗拟风雅。东阳兄弟居翰林，一双白璧千金

---

① 王直：《抑庵文后集》卷三三《自撰墓志》，《景印文渊阁四库全书》第1242册，第285页。
② 王英：《王文安公诗集》卷三《舟行杂兴二十首》，《续修四库全书》第1327册，第272页。
③ 杨士奇：《东里文集》卷一四《詹事府少詹事兼翰林侍读学士赠嘉议大夫礼部左侍郎曾公墓碑铭》，第199页。
④ 按：该诗在《巢睫集》与《刻曾西墅先生集》中，均作"癸巳三月十三"，诗中有"万乘宿严驾，先期戒行舟"之句，《明太宗实录》中记载朱棣等人于二月十六日从南京出发（《明太宗实录》卷一三七，永乐十一年二月乙丑，第1688页），又据王洪《癸巳二月十三日扈从奉旨同胡祭酒及同僚先行渡江有作呈诸公》，可知"三月"为"二月"之误。
⑤ 章昞如：《故中书舍人孟端王公行状》，王绂：《王舍人诗集》附录，《景印文渊阁四库全书》第1237册，第173页。

价。林黄二子才更奇，往往辞气凌鲍谢。云间尤喜紫阳孙，笔底龙蛇众惊诧。"① 该诗提及同行同僚，胡公是胡俨，钱塘客是王洪，林是指林环。其他几位，笔者尚未考出。

已知北巡扈从，但水路还是陆路尚不明确的有以下几人。

黄养正，名蒙，以字行。黄淮曾作《送黄养正扈从沙漠》，但具体时间并不明确。《续文献通考》云："成祖永乐四年，瑞安黄养正年十一能作大字，令入监读书。"② 据此推测，永乐七年时黄养正十四岁，永乐十一年时十八岁，从年龄而言，于十八岁时扈从出行更符合常理。因此，黄养正扈从北巡的时间当为永乐十一年。

许鸣鹤，名翰，以字行。永乐十年三月，许鸣鹤升为中书舍人。③ 梁潜曾为许鸣鹤之弟写诗序，云："中书舍人许君鸣鹤扈从于北京，其弟鸣时来省之，逾年而归，中书舍人庞君振舒与之有夙好，既为诗以饯其去，又求予文序焉。"④ 诗序所作时间在许鸣鹤升为中书舍人之后，写作的地点在北京，因此文中所言"扈从于北京"指的是永乐十一年第二次北巡。

明确召赴北京的文臣有陈全（编修），有诗《永乐甲午闰九月应召之金台呈同行诸公》⑤、《永乐甲午应召之金台渡杨子江》⑥。林志（编修），"癸巳，车驾幸北京。甲午（永乐十二年），召赴行在，预编性理及四书五

---

① 王绂：《王舍人诗集》卷二《月夜舟中酒后写呈胡祭酒兼同行诸公》，《景印文渊阁四库全书》第1237册，第106页。关于林环的扈从时间，陈道《（弘治）八闽通志》、过庭训《本朝分省人物考》、焦竑《国朝献征录》、郑岳《莆阳文献列传》都记录为"十三年扈从幸北京"，由正文可知，应为永乐十一年。
② 嵇璜、曹仁虎等：《续文献通考》卷四一，《景印文渊阁四库全书》第627册，第264页。
③ "擢翰林院习书州判张侗，庶吉士胡敬，监生程久，秀才沈粲、许鸣鹤、王孟端、朱晖、杨本、陈宗渊、庞振舒、章畇如并为中书舍人，仍隶翰林院书制敕。"《明太宗实录》卷一二六，永乐十年三月戊甲，第1579~1580页。
④ 梁潜：《泊庵先生文集》卷五《送许鸣时诗序》，《明别集丛刊》第1辑第20册，第422页。
⑤ 陈全：《蒙庵集》卷六《永乐甲午闰九月应召之金台呈同行诸公》，日本内阁文库藏明崇祯刻陈氏家集本，第16~17页。
⑥ 陈全：《蒙庵集》卷四《永乐甲午应召之金台渡杨子江》，日本内阁文库藏明崇祯刻陈氏家集本，第10页。

经大全书。"① 陈全、林志二人应当是一同前往。陈敬宗（刑部主事）因修撰《五经大全》《四书大全》《性理大全》被召至北京。② 梁潜也被召至北京，据《梁用之墓碣铭》载，"十一年，复扈从北京"，③ 墓志铭中的"扈从"是被召至北京之意。梁潜《书为善堂卷后》云："永乐癸巳秋，予上京师，舟行留宿山下，遇子渊而爱其名堂之善也。"④ 可知他于永乐十一年秋回到南京。其父梁兰卒于永乐八年七月，梁潜为父亲撰写的《先君畦乐先生行实》中谈及此事，"殁之四月，潜还自北京，始闻讣音"。⑤ 明代官员丁忧为三年，从八年十一月至十一年秋，时间基本吻合。梁潜在《送王典籍还南京序》一文中云："其时圣上巡狩北京，君以疾不果赴，久之，予以外艰服阕至京师……及辞青宫以行，予忽被命留……已而予复得旨追行，王君先已至北京矣。"⑥ 其中"外艰"一事当指其父梁兰，"圣上巡狩北京"当是永乐十一年春巡狩之事。因此，永乐十一年秋梁潜回到南京之后，便赴召前往北京。⑦

陆路的路线，由胡广《扈从诗》可知：（二月十六日）南京、清流关、红心驿，（二十二日）凤阳、固镇、隋堤、宿州、徐州、利国监驿、滕县、邹峄山，（三月初六）济宁、汶上、东平、东阿、桐城、茌平、高唐、恩县、德州、平原、景州、阜城、滹沱河、献县、河间、谒城、任丘、莫

---

① 杨士奇：《东里文集》卷一六《故奉训大夫右春坊右谕德兼翰林侍读林君墓表》，第 235 页。
② 陈其柱：《两浙澹然先生年谱》，美国哈佛燕京图书馆藏明刻本，第 13 页。
③ 杨士奇：《东里文集》卷一七《梁用之墓碣铭》，第 248 页。
④ 梁潜：《泊庵先生文集》卷一六《书为善堂卷后》，《明别集丛刊》第 1 辑第 20 册，第 555 页。
⑤ 梁潜：《泊庵先生文集》卷八《先君畦乐先生行实》，《明别集丛刊》第 1 辑第 20 册，第 492 页。
⑥ 梁潜：《泊庵先生文集》卷五《送王典籍还南京序》，《明别集丛刊》第 1 辑第 20 册，第 423 页。
⑦ 按：黄佐、廖道南《殿阁词林记·扈从》也有梁潜第二次北巡扈从的时间信息，"十一年正月，复巡北京统师亲征，广等三人偕修撰王直、梁潜扈从"（见黄佐、廖道南《殿阁词林记》卷一九，《景印文渊阁四库全书》第 452 册，第 373 页）。据正文的分析可知，《殿阁词林记》所记时间有误。

州、雄县、白沟河、新城县、楼桑、涿州、良乡，（四月初一）北京。总体来看，与永乐七年路线基本相同。

二月十三日乘舟提前出发的文臣主要有曾棨、胡俨、林环、邹缉、王英、王洪、王绂等人。王英《舟行杂兴二十首》小序云："永乐癸巳春，扈从北巡，同中使先发舟龙河，自淮泗过平原、天津，抵通潞，同诸公作。"① 大致方向是，从南京出发，沿长江东行，由京杭大运河北上。途经地点，可根据文臣诗作及《明代驿站考》整理得出：（二月十三日）南京、石灰山、仪真②、扬州、高邮、宝应、淮阴、清口驿③（清河）、桃源④、宿迁、下邳⑤（邳州）、吕梁洪，（二月二十三日）徐州⑥、金沟（沛县）、济宁，（三月二十日）开河⑦（汶上）、东昌、直沽、北京。

三 北巡诗歌创作及其心态

在历时月余的北巡途中，扈从文臣从南京至北京，观赏南北风景的差异，感受版图的辽阔，体验着身处馆阁时无法体会到的新鲜感。面对扈从的恩荣、风景的变换，文臣皆作诗以记之，正如彭汝器所言："凡道路山

---

① 王英：《王文安公诗集》卷三《舟行杂兴二十首》，《续修四库全书》第1327册，第272页。
② "仪真水驿，属扬州府仪真县。永乐十三年改迎銮驿置。在今江苏仪真县东南。"见杨正泰《明代驿站考》（增订本），上海古籍出版社，2006，第14页。
③ "清口水驿，属淮安府清河县。洪武四年置，在今江苏淮阴市东。"见杨正泰《明代驿站考》（增订本），第13页。
④ "桃源水驿，属淮安府桃源县。在今江苏泗阳县南城厢。"见杨正泰《明代驿站考》（增订本），第13页。
⑤ "下邳驿，属淮安府邳州。在今江苏邳县南。"见杨正泰《明代驿站考》（增订本），第13页。
⑥ 王英：《王文安公诗集》卷二《夜过徐州》，《续修四库全书》第1327册，第264页。诗序云："永乐癸巳二月二十三日，薄暮上吕梁，夜三鼓，过百步洪，泛舟彭城之下，因思东坡守彭城时，王定国与颜长道吹笛泛月于此，坡乃着羽衣登黄楼，相望大笑，以为此乐世间所无。追思往昔，慨然赋此，呈同行诸公。"
⑦ "开河水驿，属兖州府东平汶上县。在今山东汶上县西南开河镇。"见杨正泰《明代驿站考》（增订本），第31~32页。

川驰驱登览所以著之于咏述者,其气益壮,然自是用力之笃而其文益密矣。"① 诗歌不仅记载沿途所见山川河流、驿馆津渡以及寺庙古迹,还有唱和、探亲、散步等生活细节,可谓丰富多彩。在这些内容背后,隐藏着文人、文臣两个身份维度,从这两个身份出发的诗歌创作,也分别拥有各自的表现形式。

(一) 文人身份下的诗歌创作与生活

扈从文臣所处环境由馆阁转为巡狩,从严肃的朝堂到风景迥异的户外,生活氛围要轻松不少。虽然巡狩途中也有"无水甚渴"② 的情形,但与北征生活相比,已经称得上轻松愉快,至少停歇之所多为驿站,饮食住宿的条件都强过塞北。北巡途中的交游与唱和也带有轻松的色彩,展现出与往昔京城馆阁不一样的生活状态。尤其是途中生活细节,如折花、散步、怀古吟咏、饮酒唱和等,在休闲娱乐之余,颇显文人雅士风范。

巡狩按照既定的路线进行,文臣在途中可以顺路游览、探亲。永乐七年北巡期间,在黄河东岸驿休整之后,曾棨与金幼孜等人在山下折取梅花吟弄,并等候朱棣到达;到达宿州后,胡广入城探访嫁入徐家的姐姐;驻跸河间城时,胡广与金幼孜同游河间城;出金乡之后,王英与罗汝敬、余鼎在溪边驻足休憩。此外,文臣之间也有唱和,如胡广所作《春日扈从幸北京》《驻跸凤阳》等诗,曾棨分别有诗和之;彭汝器诗文集不存,但从王英《扈从夜宿利国监驿次汝器韵》可知,彭汝器曾在此作诗一首。此外,胡广有《扈从记》,今不可见,但从胡俨、梁潜所作题序可略知一二。

---

① 金幼孜:《金文靖集》卷一〇《书彭修撰墓志铭后》,《景印文渊阁四库全书》第 1240 册,第 873 页。
② 曾棨:《刻曾西墅先生集》卷七《自高唐早发晏至传舍无水甚渴》,《四库全书存目丛书》集部第 30 册,第 183 页。

永乐七年春，翰林学士兼左春坊大学士胡公扈驾至北京，次其郡国道路之所经，山川风物之所见，观游食息之所乐，以及夫宠遇恩荣之盛，录为一帙，题曰《扈从记》。①

《扈从记》者，今翰林学士兼左春坊大学士胡公从皇上幸北京，在道时之所记也。自二月壬午至三月庚午，虽属车行殿之际，而无时不在上之左右者……及观之，则皆山川道途耳目见闻所及，以至起居食息细故之小事。②

据此可知，《扈从记》是永乐七年胡广北巡时所作，内容包括郡国道路、山川风物、饮食游玩以及君主恩荣，偏重纪实。胡俨、梁潜两位的题序对写作情况进行了介绍，除此之外，更重要的是他们对《扈从记》的评价。胡俨认为："斯记也，虽纪一时之事，而君臣相与忠爱之意惓惓焉见于言论之表，又有以振耀其光华于无穷者矣。"③ 梁潜认为这是"于士、于史之所职业，可谓两尽之矣"。④ 虽然角度各异，一个讲的是君臣忠爱，一个谈的是胡广兼得史官、士人之才，但都是针对胡广个人的评价，没有上升到家国层面。这既能够说明《扈从记》的性质，也从侧面印证了扈从过程的轻松氛围。

永乐十一年扈从文臣兵分两路，胡广、金幼孜、杨荣等人跟随朱棣从陆路出发，曾棨、胡俨、林环、邹缉、王英、王洪、王绂等人提前三日乘舟出发。舟行一组因没有朱棣的参与，文人雅士之风更浓。在行舟途中，他们更有心情和时间观赏风景，仅从组诗来看，就有王英《舟行杂兴二十

---

① 胡俨：《胡祭酒文集》卷二〇《书胡学士扈从记后》，《原国立北平图书馆甲库善本丛书》第702册，中国国家图书馆，2014，第379页。
② 梁潜：《泊庵先生文集》卷一六《书胡学士扈从记后》，《明别集丛刊》第1辑第20册，第559页。
③ 胡俨：《胡祭酒文集》卷二〇《书胡学士扈从记后》，《原国立北平图书馆甲库善本丛书》第702册，第379页。
④ 梁潜：《泊庵先生文集》卷一六《书胡学士扈从记后》，《明别集丛刊》第1辑第20册，第559页。

首》、曾棨《舟中杂兴和王修撰时彦韵六首》、王洪《舟中杂兴三十首》。有地名可循的，如扬州、清口、吕洪梁等，都有不少诗作；没有地名可循，只知作于舟行途中的亦有不少。这充分说明，在只有同僚的场合之中，创作的氛围更为轻松。在舟中欣赏风景，怎会没有诗和酒的陪伴？他们在舟中饮酒赋诗，如王绂《月夜舟中酒后写呈胡祭酒兼同行诸使》，诗中对同行文臣多有赞颂。此外，文臣之间的互动与唱和也更加频繁。出发之时，曾棨、王洪有诗作呈诸公；经过石灰山时，胡俨作诗，曾棨、王洪都有诗作相和；在扬州时，王洪戏弄王英作《过扬州东关戏王时彦二首》，曾棨作诗分别和胡俨、王英；王洪还作有《舟中呈崇璧时彦》《再酬时彦》等，说明文臣之间的交往比较密切。若遇途中停船靠岸，他们会登岸散步，王洪在诗中记载了采枸杞、与王英登岸折梨花等活动。三月二十日到达开河，曾棨与胡俨、邹缉登岸散步，看到长林旷野中桑麻蓊然，并去田家，还各赋诗一首。从舟行旅游的状态可知，在宽松的氛围内，文臣褪掉了臣子的身份，回到了文人雅士的生活状态。

怀古诗歌的创作，是文人生活状态的另一个重要表现。途中经过的寺庙古迹、历史遗迹，经文臣之手进入诗歌，由景生情，产生不少怀古之作。① 如胡广《过隋堤》云："往日繁华遗旧迹，当年歌舞竟黄泥……已有人家来上住，麦苗新长绿萋萋。"② 曾棨《和胡学士过隋堤》云："翠辇几回经院落，朱颜千古付尘泥……芳草不知人世换，年来年去只萋萋。"③ 这些诗都将隋炀帝的衰败与今昔的繁盛进行对比，传递出时空交替、兴亡盛衰之感。胡俨《维扬怀古》、曾棨《维扬怀古和胡祭酒》这一组有关隋炀

---

① 怀古诗与咏史诗创作的出发点不同。怀古诗是通过历史遗址，或某一地点、地域，间接歌咏与之有关的古人古事，咏史诗则是直接由古人古事的有关材料发端来歌咏的。参见降大任《咏史诗与怀古诗有别》，《社会科学战线》1984 年第 4 期。
② 胡广：《胡文穆公文集》卷二〇《过隋堤》，《四库全书存目丛书》集部第 29 册，第 166 页。本节所引胡广扈从途中所作之诗均在该卷，后面不再出注。
③ 曾棨：《刻曾西墅先生集》卷四《和胡学士过隋堤》，《四库全书存目丛书》集部第 30 册，第 129 页。

帝的怀古诗，也采用了类似手法。王洪《戏马台》描绘出项羽霸业玉碎的情形，曾棨《项羽庙》表达了对项羽盖世功业却霸图成空的感慨。在经过涿州刘先主庙时，胡广作《过楼桑经先主庙》，曾棨作《谒刘先主庙》，对刘备一生的主要功业进行了评价。在邹县时，胡广《谒亚圣公庙就拜孟母祠》云："泮水三迁教，明王百世师。千年有遗迹，拂藓读残碑。"赞扬了孟母三迁的行为。此外，曾棨《关羽庙》《宿河间郡祠》《谒文丞相庙》《谒王彦章庙》等，也都作于北巡途中。可以说，北巡使常年身处馆阁的文臣获得了游览多地名胜的机会，在丰富人生经历的同时，也丰富了诗歌创作的内容。

（二）扈从心态及书写

轻松的氛围能够激发文臣作为文人雅士的一面，但巡狩扈从终究是一项政治活动，因此他们不会忘记自己的政治身份——载笔扈从。在巡狩过程中，面对风景的变换、版图的辽阔，文臣们时常会歌颂君王与朝廷。尤其与皇帝同行时，更容易激发出台阁文风的创作表达。这类诗句，既有直接的，也有间接的。

直接表达颂圣的诗句，与以往的台阁文风完全一致。如胡广《灵壁道中》首联"荒原衰草入霏微，茅屋人家处处稀"对环境进行描述，尾联"自是宸游敷德泽，阳春花柳正芳菲"对君主德泽进行盛赞；《过滕县》一诗，前两联"寂寞孤城接草莱，马前黄雾起尘埃。几家茅屋依林住，一树梅花近路开"描绘风景，尾联"和风丽日行时令，圣主恩波遍九垓"盛赞君恩泽被天下。此外，胡俨作《舟中纵目》一诗，因岸边"牛羊满野无人问"，发出"盛世中原见太平"的感慨；[1] 曾棨在《望岳歌》中用"我皇御天，生有圣德。广彰仁化，诞布恩泽"盛赞君王。[2] 以上都是因景入情，即由描绘风景到歌功颂德。类似诗句在北巡诗歌中还有许多，如胡广"吾皇仁圣有深泽，解祝远继成汤迹"（《德州随驾观猎》）、"淳源复遂初，千

---

[1] 胡俨：《颐庵文选》卷下《舟中纵目》，《景印文渊阁四库全书》第1237册，第674页。
[2] 曾棨：《刻曾西墅先生集》卷五《望岳歌》，《四库全书存目丛书》集部第30册，第149页。

载仰圣明"(《别平原将至景州有作》)、"报主乏长策,美德亡颂歌"(《过滹沱河》)等;王洪"共承明主惠,不愧昔贤心"、"白发思亲老,丹心恋主恩",①"从今亿万岁,长以奉皇明"② 等;曾棨有"父老出迎呼万岁,鸾舆巡幸太平多"③ 之句。这类诗句在北巡纪行诗中不胜枚举,或歌颂圣德广被,或赞扬君主圣明。

除了直接颂圣,扈从文臣从他们的身份出发,还有更为切实的表达方式。文臣对自己的定位是"载笔扈从",途中所作诗歌,不仅是对北巡过程的记录,更是对文臣身份的自我肯认。这种肯认,表现为两个方面。

其一,扈从之荣与圣主之恩。对文臣而言,被选为扈从文臣,既体现出君主的信任,又是政治地位的提升,这在巡狩诗歌中多有体现。如胡广所作"谬忝词臣班玉署,远随仙跸上金台"(《过滕县》)、"壮游喜遂龙门志,况是时巡扈跸荣"(《过邹县》)、"喜我荣扈从,念我恒驱驰"(《宿州见徐氏姊》)、"载笔词臣今又到,祗将词赋颂升平"(《到北京》)、"扈跸深蒙圣主恩,看山看水胜桃源"(《过东阿》) 等诗句就是这种心态的注脚。此外,曾棨所作"喜陪载笔同随辇,不比乘槎问远津"④、"道路相观者,应知侍从荣"⑤、"圣主巡游日,词臣扈从荣"⑥,王绂所作"送行不尽亲朋意,扈从深蒙圣主恩"⑦、"菲材自愧浑无赖,载笔叨荣列从臣"⑧、"舟车不觉经行远,冠珮重叨扈从荣"⑨,王洪所作"春日共承恩泽重,风

---

① 王洪:《毅斋集》卷三《舟中杂兴三十首》,《景印文渊阁四库全书》第 1237 册,第 463 页。
② 王洪:《毅斋集》卷三《望北京》,《景印文渊阁四库全书》第 1237 册,第 465 页。
③ 曾棨:《滁阳》,《刻曾西墅先生集》卷八,《四库全书存目丛书》集部第 30 册,第 205 页。
④ 曾棨:《刻曾西墅先生集》卷四《春日扈从幸北京和胡学士韵》,《四库全书存目丛书》集部第 30 册,第 127 页。
⑤ 曾棨:《刻曾西墅先生集》卷七《驾次黄河驿》,《四库全书存目丛书》集部第 30 册,第 182 页。
⑥ 曾棨:《刻曾西墅先生集》卷七《舟中杂兴和王修撰时彦韵》,《四库全书存目丛书》集部第 30 册,第 178 页。
⑦ 王绂:《王舍人诗集》卷四《别南京》,《景印文渊阁四库全书》第 1237 册,第 133 页。
⑧ 王绂:《王舍人诗集》卷四《扈从出京》,《景印文渊阁四库全书》第 1237 册,第 152 页。
⑨ 王绂:《王舍人诗集》卷四《到北京》,《景印文渊阁四库全书》第 1237 册,第 133 页。

光随处散阳和"①等诗句，均表达出成为扈从之臣的荣耀及对君主的感恩之情。

其二，通过类比扬雄等辞赋家来突出自己的词臣身份。文臣们在巡狩途中，面对辽阔的疆域，时常有意无意地表达出颂圣之音。他们有不少诗歌提及扬雄、司马相如、枚乘、枚皋等辞赋家。面对盛大的巡狩队伍，文臣们常常自惭才疏学浅，无法像扬雄、司马相如、枚乘、枚皋那样创作出歌颂王朝的鸿篇巨制。这样的表达在扈从文臣的诗歌中并不少见，如胡广感叹"惟羡杨雄能献赋，却惭载笔列词臣"（《春日扈从幸北京》）、"从臣拟献长杨赋，却乏雄才似子云"（《德州随驾观猎》）、"我愧非枚马，词赋乏颂声"（《别平原将至景州有作》），曾棨所作"不似长卿能献赋，空惭载笔被恩荣"②、"遥想两京文物盛，只今惟羡子云才"③、"疏慵忝备词垣列，愧之江淹五采毫"④、"谫才叨扈从，谩拟赋长杨"⑤，王洪称"自惭疏钝质，何以答枫宸"⑥。以上诗句或自认才能浅薄，或自惭无法达到扬雄、司马相如等人的高度。无论是哪一种表达，其目的都是以自己的才拙来反衬王朝的兴盛，并表达出颂圣的主观愿望。正如胡广《度淮》所言"谁羡枚皋偏宠渥，也因载笔扈宸游"，诗人钦羡的是辞赋家的笔力、才气，对于国家之盛、宠渥之隆，胡广等人并不羡慕，因为他们认为自己早已身处盛世之中。

---

① 王洪：《毅斋集》卷四《出龙河次胡祭酒韵》，《景印文渊阁四库全书》第1237册，第478页。
② 曾棨：《刻曾西墅先生集》卷四《驾发南京》，《四库全书存目丛书》集部第30册，第127页。
③ 曾棨：《刻曾西墅先生集》卷四《出黄河东岸驿同金谕德幼孜诸公山下折取梅花吟弄候驾至》，《四库全书存目丛书》集部第30册，第129页。
④ 曾棨：《刻曾西墅先生集》卷四《驾次桃山》，《四库全书存目丛书》集部第30册，第128页。
⑤ 曾棨：《刻曾西墅先生集》卷七《阜城道中》，《四库全书存目丛书》集部第30册，第177页。
⑥ 王洪：《毅斋集》卷三《舟中杂兴三十首》，《景印文渊阁四库全书》第1237册，第465页。

当然，对于扈从文臣来说，台阁文风与一般文人雅士之风在北巡过程中融为一体，二者并无矛盾、抵牾之处，因此在北巡诗歌中，这两种心态与言辞常常一同出现。我们可以为这两种心态的融合找到更为切实的依据：一方面，对阁臣来说，扈从是政治身份的有力肯认，他们因沐浴圣主之恩而感到莫大的荣幸；另一方面，扈从满足了文臣们游历山川、彰显雅士之风的愿望。胡广在《与伯兄》中说道："扈从官皆予全俸，数口寄寓可以无忧。此行诸物皆上所赐，甚不艰难。"① 从官方层面来说，北巡是重要的政治活动；但从个人的角度来说，北巡类似于公费旅游。由此可以说，他们在这两个身份视角下的主观愿望都得到了较好的实现。

最后还需指出的是，扈从文臣多有诗歌创作，目前北巡扈从诗歌存世的有王英、王洪、胡广、曾棨、王绂、胡俨六位文臣。其中，曾棨不仅创作了诗歌，还将其编纂成《扈跸集》。《扈跸集》现已散乱，笔者认为此集中多数诗歌还保存在《刻曾西墅先生集》之中。《刻曾西墅先生集》卷四为"扈从律诗"，但掺杂了不少非扈从诗作，其余几卷中偶有扈从诗作。可见，后人在编纂诗文集时没有仔细考订，诗集体例略显混乱，使《扈跸集》散乱其中。胡俨曾赋诗赞叹曾棨的才华，里面提及扈从之行："扈驾从容上北京，东风千里马蹄轻。行宫日暖花争发，御路尘清草正生。乌帽趋朝晨载笔，红旗分队晚催营。历观卷里多佳制，端有才华压长卿。"② 梁潜曾为曾棨作《扈跸集序》：

永乐七年二月，皇上巡幸北京，于时翰林侍讲曾君子启与二三近臣以文学得预扈从，因次其道途所经山河之胜，行宫连营千乘万骑之壮见于诗，凡若干首，名曰《扈跸集》。余读之而叹曰：於乎盛哉。夫朝廷之事，圣君贤臣之嘉谟雄烈照耀古今者，史氏能书之。至于一时太平盛观、丰亨豫大之容、民情风俗之美，下至原野、鸟兽、草木之光华润泽，可以感发歆美，而史氏之所不书与不及书者，则皆存乎诗人之铺张形容，非负奇才

---

① 胡广：《胡文穆公文集》卷一六《与伯兄》，《四库全书存目丛书》集部第29册，第118页。
② 胡俨：《颐庵文选》卷下《阅子棨行卷》，《景印文渊阁四库全书》第1237册，第642页。

雅思，盖有所不能也。三代之际，其雅颂如《时迈》《车攻》等篇，著之于经，读之若亲见其时。汉代以降，学者类不能追踪古作，故其事亦晦而不扬，或庶几其人焉，而处非其地，沉匿于山林草莽之间者多矣，作者之少见而又不得附托青云以自表著，则后世虽欲因其言以观夫世道之辉光隆洽，何可得耶？此吾于子启之作而有取焉。子启既学博而材优，又遭逢圣主之治，故其发于言者宏博深厚，足以极一时之盛，百世之下读之，为之低徊俯仰，想见其时，而追慕绎思于无己，则其言与古之作者夫岂相远哉？於乎！是可传也已。子启名荣，吉之永丰人，其先世曰小轩先生，仕元为翰林侍读学士，曰亦轩先生，为编修，都人故老犹能指其遗迹所在。今子荣列官禁林，重历其地，世家文献之不坠有足尚也，因为之序。①

该序首先介绍《扈跸集》的创作背景、内容概述，接着便从诗论角度对诗集进行概括与总结。曾荣北巡期间所作的诗歌既有大量的颂圣之语，也有不少文人雅士自适之言。而梁潜在书写诗序之时，着重从理论上总结并突出曾荣的颂圣之心，认为他适逢圣主之治，将太平盛世写入诗中，能够发一时之盛，使后世知道曾经的兴隆与太平。可以说，从诗歌到诗序，创作主旨得到了初步强化，有理论提升的层级化迹象，而这样的迹象，在与北征系列事件相关的文本中表现得更为突出。

第二节　北征纪行诗的多维气象与北征文本的层级化——以金幼孜、胡广扈从纪行诗为中心

朱棣五次北征，以前两次规模最为宏大，耗时也最长，先从都城南京巡狩至北京，休整之后再从北京出发。其间，金幼孜、胡广、杨荣三人奉

---

① 梁潜：《泊庵先生文集》卷七《扈跸集序》，《明别集丛刊》第 1 辑第 20 册，第 475~476 页。

命载笔扈从，并作有纪行诗文。朱棣看重金幼孜的文学功底，在前两次北征过程中，"所过山川要害，辄命记之"，① 因此有《北征录》《北征后录》各一卷。然而，在流传过程中，该书有足本与节本之别、三卷本与两卷本之别。关于《北征录》的版本问题，后文已有考辨，此不赘述（见附录）。这里需要指出的是，正如四库馆臣所云："前录自永乐八年二月至七月，后录自永乐十二年三月至八月。并按日记载，其往返大纲，均与史传相合。其琐语杂事，则史所不录者也。"② 足本记载的很多琐语杂事正是还原北征生活细节的珍贵材料，对我们了解金幼孜、胡广等人的北征经历和诗歌创作具有重要作用。③ 此外，杨荣《北征记》记载永乐二十二年北征情形，也是重要的文献参证。在充当顾问、献纳谋猷、撰写碑文、勒石记功之外，阁臣也会进行诗歌创作与互动。胡广有北征扈从诗185首（其中永乐八年110首，十二年75首），收于乾隆十六年（1751）胡张书所刻《胡文穆公文集》第二十卷，《四库全书存目丛书》收录该书。而目前所见金幼孜文集均未收录其北征诗作，中国人民大学图书馆藏有清光绪七年（1881）活字本金幼孜《北征诗集一卷北征录三卷》，该书见于《中国人民大学图书馆藏古籍珍本丛刊》第120～121册。其中，北征诗约200首，是金幼孜于永乐八年第一次扈从北征时所作。这本诗集属于家藏集，四库馆臣云："朱彝尊《静志居诗话》称其《北征集》'大漠穷沙，靡不身历，时露悲壮之音'。则彝尊犹及见之，今亦未见。"④ 可见在编纂四库全书之时，四库馆臣还没有见到此集。这本诗集对还原北征期间的诗歌创作情景有重要作用，但尚未得到应有的关注和重视。

作为明初重要的历史事件，"北征"在战争史、交通史方面的价值与

---

① 《明史》卷一四七《金幼孜传》，第4126页。
② 《四库全书总目》卷五三，第476页。
③ 江西省高校古籍整理领导小组整理《豫章丛书·史部》（江西教育出版社，2000）以三种版本相互补充，内容比较完整，本书以此为准。
④ 《四库全书总目》卷一七〇，第1484页。

作用多被学者关注，① 在文学方面的内涵尚未被深入挖掘，研究者或注意到北征纪行对塞北风物的描述，② 或着力强调北征诗歌的颂圣功用，③ 并没有详细辨析相关纪行与诗歌，讨论停留在记录塞北风物和歌功颂德的外在表现层面。北征记录和北征诗歌是本节主要讨论的文本，李德辉指出："诗歌体性较虚，用来抒情；行记文体较实，用来纪实，二者各不相侵，可以互补。"④ 通过诗歌与纪行的相互印证来还原北征情形和诗歌创作过程，是本书秉持的基本方法。受空间（异域）、事件（征战）、身份（阁臣及其他）等多重因素的影响，北征诗歌展现出多样面貌，并在上述表层之下潜藏着值得探究的主体动机和深刻内涵。北征诗歌的气象与内涵需要被放置在阁臣馆阁创作、北巡创作的整体链条中，才能得到全面的解读与审视。金幼孜、胡广等人的诗歌创作在很大程度上展现了台阁文风。那么，探讨北征诗歌是怎样形成多层面的书写和表达，并体现它与台阁文学的共通性和异质性的，成为认识阁臣文学与台阁文风发展的典型案例和重

---

① 如蒋重跃《朱棣对蒙古各部的均势政策与五次北征》（《浙江学刊》1990 年第 2 期）从明朝廷与蒙古各部的关系出发，认为北征是朱棣利用蒙古各部的矛盾纵横捭阖、维持漠北均势的战略手段。滕新才《明成祖五征蒙古评议》（明长陵营建 600 周年学术研讨会，2009 年 5 月）对北征全面否定，认为这是明成祖好大喜功的产物，对民族关系和明朝经济带来巨大的负面影响。于鹏《明成祖五出漠北刍议》（《新西部》2015 年第 5 期）概述了明成祖五出漠北利弊得失的争论点，认为北征虽然存在弊端，但整体值得肯定。此外，罗旺扎布、德山等合著的《蒙古族古代战争史》第十一章第二节"蒙古鞑靼部抵御明成祖进军漠北之战"对明成祖五次亲征的过程进行了较为详细的叙述，分析了战争双方的利弊得失。德山、乌日娜、赵相璧在《蒙古族古代交通史》第三篇第二章"明成祖朱棣六次北征路线"中，勾勒出明成祖首次北征蒙古的行军路线，认为明初对蒙古的大规模军事征伐，虽然目的在于消灭北元蒙古的有生力量，但因战争的缘故，也会对元代的交通驿路进行充分利用。
② 邢燕燕：《从明永乐朝征蒙古扈从文人所记笔记看塞北风物》，《大众文艺》2013 年第 6 期。该文通过金幼孜、杨荣所作纪行来描述塞北风物。
③ 何坤翁：《明前期台阁体研究》，《古典文学研究辑刊》第 11 编第 27 册，第 119～126 页。该文认为北征诗为台阁文风的重要表现，主要内容是颂瑞歌功、称扬圣德，并将胡广《扈从诗集》作为记圣功的重要论据。
④ 李德辉：《论宋代行记的新特点》，《文学遗产》2016 年第 4 期，第 106 页。

要环节。另外，北征录、北征诗、北征诗序所形成的层级化意义导向，蕴含着扩大共通性、消除异质性的内在意图，进而展示出台阁诗风、诗论的生成路径和策略性功用，更为审视台阁体及其理论提供了新的切入口。下文将沿这一思路，以永乐八年、十二年两次北征为背景，以金幼孜、胡广的北征扈从纪行诗为主要研究对象，逐步展开讨论。

一 江山之助与南北之别：北征诗的气象和色调

北征扈从诗歌内容丰富，正如罗汝敬所言："凡道途所经，耳目所迨，其山川之辽远，风俗之殊绝，军旅部伍之雄壮，与凡俘馘剃狝之模状形势一切，作为诗歌以记之。"[1] 扈从的馆阁文臣多是南方人，如杨荣是福建人，袁忠彻是浙江人，金幼孜、胡广同为江西人。南方人身处北地，势必产生空间与心理两方面的距离感。最先感受到的是空间距离，雄壮开阔的塞外风光与温柔婉约的南方景象迥然不同。扈从的阁臣进入一个以往难以见到的审美空间，陌生感与新奇感并存。由此得江山之助，诗歌充溢着塞北特殊的风光意象，带来不同于以往台阁诗风的气势与色彩。

北征是重大的军事行动，但是在行进过程中，面对塞北新奇的自然地理风光，扈从文臣以至朱棣都会驻足观赏。永乐八年二月十三日，军队驻跸永安甸，风雪之后天宇澄净，西南诸山无云，岩壑上的积雪犹如银台、玉阙；东北诸山被云掩盖大半，峰顶于云中露出。朱棣虽然征战过漠北，但仍不免感叹："雪后看山，此景最佳。虽有善画者，莫能图其仿佛也。"[2] 命金幼孜等西立观山。第二天，朱棣见"诸山雪霁，千岩万壑"，又笑呼金幼孜三人，说："到此看山，又是一种奇特也。"[3] 根据这段记载可知，

---

[1] 罗汝敬：《北征诗集序》，《中国人民大学图书馆藏古籍珍本丛刊》第120册，燕山出版社，2012，第428页。

[2] 金幼孜：《北征录》卷一，《中国人民大学图书馆藏古籍珍本丛刊》第121册，第23页。

[3] 金幼孜：《北征录》卷一，《中国人民大学图书馆藏古籍珍本丛刊》第121册，第24页。

北征不全是紧锣密鼓的行军过程，欣赏或感受塞北风光实属常态。由此，扈从文臣也就兼具游历者的身份与心态，北征诗里也常见对塞北奇异景象的记载和表达。就诗题来看，北征诗中除以创作形态（酬唱、赠答、书怀、纪事）为题之外，还有大量以军队驻跸的驿站和塞北的特有物象为题目的诗作。塞北的特有物象主要有以下几种。第一类是山川河流，如野狐岭、凌霄峰、锦水碛、小甘泉、屯云谷、赛罕山、玉雪冈、环翠阜、玄冥池、玄冥河等。第二类是遗址遗迹，如长城、开平、李陵台、西凉亭、龙虎台等。以这些最能体现塞北风景的物象为题，本身就说明了北征诗对塞北景象的吸收与汲取，而文臣们也对塞北某些特有景象进行富有新奇感的描写，以至于发出"孰知荒漠中，有此好岩阿"的感慨。① 第三类是北征诗中出现的非南方物象，如雪霜与气候的入诗。南方少雪，尽管馆阁文臣扈从至北京见过降雪，但北方降雪强度不及塞北，加之城市会影响观雪体验，是故当扈从文臣于二三月到达塞北时，依然会对塞北的雪景感到震撼。尤其是永乐八年第一次北征期间，扈从文臣写下大量有关雪景的诗句。金幼孜在过居庸关后，有诗"寒烟蔽蔓草，积雪连崇冈"，② 展现了覆盖在绵延山脉上的积雪。三月初十至十五驻跸凌霄峰期间多次降雪，胡广有诗"南望渐离乡国远，北来偏遇雪霜多"（《驻营值雪喜暖》），表达了对雪天气候温暖的欣喜及多次降雪的新奇。第一次北征行程从二月到七月，长达六个月，其间塞北物候必有变化。金幼孜《北征诗集》中出现雪的诗歌，多集中作于二月到四月，即大致从出发至驻跸清水源之间。从《北征诗集》中还能感受到冰雪渐少的物候变化，如二月十八日作《早发泥河》，"白草压冰雪，枯杨无青条"，三月十一日作《喜雪》，"飞雪应时下，余寒生晚春"，在此期间还在降雪；三月十九日作《柬胡学士》，"出

---

① 胡广：《胡文穆公文集》卷二〇《追虏至翰难河（今赐名玄冥河）》，《四库全书存目丛书》集部第29册，第183页。本节所引胡广《扈从诗集》均以此本为准，以下不再注释。

② 金幼孜：《早发三汊口》，《北征诗集》，《中国人民大学图书馆藏古籍珍本丛刊》第120册，第479页。本节所引金幼孜《北征诗集》均以此本为准，以下不再注释。

塞已逾月，天涯始见春"，三月二十五日作《次小甘泉》，"悄悄余寒不入衣，天涯此日送春归"，表明渐入春天；四月初作《初夏写怀》，"入夏冰霜少，南风力尚微"，又作《赠尹昌隆还北京》，"古色青山断，关门绿树稀"，描绘了塞北的初夏风光；四月十七日作《次香泉戍》，"黄云低塞北，青草遍天涯"，可见塞北草原已万物复苏。虽然塞北已到春夏之际，但不似南方温暖的气候，塞北的昼夜温差较大，胡广所作《清水源》"入夏方春早，凌晨尚肃霜"，及《塞垣即事》"塞垣逢首夏，霜气晓凝寒"，真实反映了初夏寒冷的感受。

第四类是塞北特有的地理形态与动植物，更为诗歌带来别样的风貌。塞北多沙漠、戈壁，北征诗中有不少描写沙漠、戈壁的诗句，如胡广《马上口号》称"大漠沙如雪"，金幼孜《早发金刚阜》云"瀚海日收雾，胡沙晓涨氛"，形象地描摹出大漠景象。胡广《过沙碛》云"策马度沙碛，沙深没马蹄"，金幼孜《早发兴和》云"草清沙路软，似觉马蹄轻"，写出了沙漠中沙多路软的特点。塞北的盐海更是一大奇观，胡广《至清水源》云"雪明盐海白，日淡塞云黄"，金幼孜《初夏写怀》称"云开盐海白，沙涸水泉稀"，都突出了盐海的白净。盐碱地也是塞北的独特现象，金幼孜《早发压房镇》云"碛卤疑浮雪，风沙似卷涛"，将春季塞北土地漂浮的盐碱写作"浮雪"，用词非常形象。塞北的动物也引起了扈从文臣的注意。在金幼孜的诗中就出现了多种动物，如《早发禽胡山》云"沙鸡随箭落，野马近人惊"，《早发香泉戍》云"鹊巢排林梢，鼠穴穿平陆"，《早发古梵场》云"鸣弓惊落雁，飞骑逐黄羊"等。胡广也有类似诗作，如《过沙碛》云"小穴隐沙鼠，短草飞沙鸡"，《次金刚阜》云"纵猎还驰豹，弯弧惯堕雕"，《次秀水溪》云"游鹿忽双下，饥鸢时一啼"等。仅从以上诗句，就能看出沙漠戈壁动物的多样性，天上有雁、鹊、鸢等鸟类，地上有沙鸡、野马、沙鼠、黄羊、鹿等。

正如金幼孜诗中所云，进入塞北之后，"满目皆诗思"（《次威虏镇》）。比之于诗歌所书写的奇特物象，塞北景象所带来的新气象与新色调更值得重视。在北征诗中，我们看到一些表达并不能凸显塞北的独特性，如金幼孜《营中晚眺》所云"晚山浮翠黛，新月扫蛾眉"，胡广《发古梵场》所云"残星深塞晓，翠黛远山晴"，若将这两句诗的创作情景放在关内，丝毫不觉突兀。再如金幼孜《早发宣府》云"远树城边合，青山塞外连"，化用孟浩然《过故人庄》的诗句来描述塞北，总有不协调之感。由此看出，进入塞北的南方诗人在一定程度上还延续着以往的表达和诗歌书写模式，并可能随着心情和环境的变化而显得迥然不同。但另外，诗人也受到塞北风景的触动，于诗歌中展现出与以往不同的新气象。

北征之行给金幼孜等扈从文臣的诗歌带来的新气象，一为"阔"。塞北多大漠、草原，目力所及，一望无际。在鸣銮戍时，朱棣曾说："汝等观此，四望空阔，又与每日所见者异。汝若倦时，少睡半晌即起，四面观望，以畅悦胸次。"[①] 辽阔的风景入诗，诗风也随之变得壮阔。金幼孜的北征诗多有言天地宽阔之语，如"登高纵骋望，俯仰天地宽"（《度野狐岭》）；随驾登上凌霄峰，又有诗"俯接关河迥，平吞宇宙宽"（《随驾登凌霄峰》）；因为广袤无垠，身处塞北的人经常能感觉到天高地广，如"日落连西塞，天高倚北辰"（《次捷胜冈》）；而"天高悬大白，夜静落旌头"（《夜望》）一句，用最简单的语言勾勒出天空与月亮的位置和形态，十分符合塞北夜晚的景象，月亮"落旌头"则反衬出大地的宽广。由于塞北空旷广袤，有时山屿可能出现在很远的地方，给人的感觉反倒是"远屿青天近"（《次屯云谷》）。傍晚红云漫天，加之视野开阔，天地在远方连为一线，胡广在营中晚望，赞叹"野烧连营阔，阴云接塞长"（《营中晚望》）。另外，像金幼孜《晚直行殿》所云"星垂万里阔，人语四门稀"，胡广《营门暮立》所云"极目望无穷，天垂四面空"等诗句，不仅体现出塞北之阔，"稀""空"二字还给人以身临其境之感。而胡广《香泉戍》所云"茫茫大漠行无尽，何处天涯是海涯"，则通过"茫茫"与"天涯"的烘托，使人面对寥廓的塞北景象生发出难以名状的感慨。

二为"壮"。壮之气势一方面来源于关隘山崖的高与险。经过居庸关

[①] 金幼孜：《北征录》卷一，《中国人民大学图书馆藏古籍珍本丛刊》第 121 册，第 37 页。

时，胡广便有"仰视双阙高，下见孤云来"（《过居庸关》）之语，形容关隘直冲云霄。金幼孜《早发龙虎台度居庸关》也有"两厓插天表，万仞凌层空"的雄壮之语。再如金幼孜描述龙门称："龙门高万仞，中断忽如凿。两厓屹相向，天险不可薄。"（《发龙门》）胡广描述德胜关称："重关壮天堑，石壁与云齐。"（《度德胜关》）另一方面来源于风狂水急的动态效应。塞北因平坦辽阔而无阻挡，风沙颇大。金幼孜《早发大甘泉》云"长风声怒号，白昼扬沙石"，描述出塞北飞沙走石的场景；《次屯云谷》一诗则径直将狂风比喻为海潮。胡广的北征诗用了大量笔墨描写塞北风力的强劲，如过野狐岭时，狂风肆掠，吹起的沙子跟手指头一样粗，马匹难以前行，整个天空布满黄尘，《过野狐岭》对这一场景进行了形象的描述。胡广所作《征途遇大风》更以地动、浪涌来形容狂风怒号、肆虐天地之间的狂烈之气。

　　三为诗歌中大量冷暗色调的词语。冷色调词汇意象的出现，让诗歌蒙上清冷灰暗的色彩。寒冷及与其相关的"雪""霜"等词频繁出现，据统计，永乐八年胡广北征诗中就出现"寒"25次、"雪"23次、"霜"14次。① 关于塞北的寒冷，诗集中多有叙述，如金幼孜《次万全》云："御前视草冰生砚，帐前题诗雪满毡。楼堞半遮藏树影，关门不掩带寒烟。"天气冷到用来起草诏谕的砚台都结冰了，在帐前题首诗的工夫，大雪便沾满了毛毡。塞北气温太低，导致军中的马蹄被冻裂，如胡广《度德胜关》云"危磴回车辐，层冰裂马蹄"，金幼孜《奉寄若思胡祭酒仲熙邹侍讲子学李中允并翰林诸同寅》云"天寒马蹄裂"都讲到此事。此外，黄沙、荒草这类物象入诗，也给诗歌带来灰暗的色调。如胡广《次清水源下营》云"尘沙茫茫飞满面，相看咫尺不相见"，《兴和偶作》云"疾风偃荒草，飞沙暗胡天"等。"苍凉""暗""萋萋""莽莽""茫茫""漠漠"这样的词语入诗，更加深了诗歌灰暗的色调。然而，在塞北环境改变阁臣诗歌内容与风格的同时，我们还需要关注到一个问题：灰暗色调的运用仅仅是纯粹的自

---

① 按：统计时，标题与内容均有，只算一次；同一首诗中出现若干次，只算一次。

然景象入诗吗？对此下文将会详细论及。

当我们扩大视野时，很容易发现扈从文臣所呈现的游历者心态并非北征阶段所独有。从北巡之行开始的时候，扈从文臣就表露出游历的喜悦，并付诸诗歌。北巡途中的诗歌创作、交游唱和大都带有轻松的色彩，游历山川时的生活细节，如折花、散步、怀古吟咏、饮酒作诗等，颇显文人雅士乐游的风范。特别是永乐十一年的北巡，曾棨、胡俨、林环、王英、王洪等人提前三日乘舟出发，因没有朱棣同行，心态十分放松，一路上散步折花、吟诗作赋，乐游之兴更浓。可以说，扈从提供并满足了文臣们游历山川、彰显雅士之风的客观条件与主观愿望。不过，与北巡悠然随行的心态相比，北征的情况明显有所不同。一方面，就文臣的新奇感和诗歌描绘的景致、物象来说，北征的新鲜感甚于北巡。扈从文臣的乐游心态在北征中也确实得到了一定程度的满足。另一方面，扈从北巡时胡广还在家信中说生活甚不艰难，在北征期间却时常描述艰难的生活环境。原因在于北巡只是北征的准备活动，与平时出游远行并无多大差别；但北征时刻准备发动军事行动，心态上要郑重严肃得多。另外，北巡期间有驿站和城市驻足休憩，环境和生活条件比较舒适；但塞北环境恶劣，扈从条件甚为不堪，基本没有驿站，时常随军安营扎寨。金幼孜《北征录》就记载了文臣夜不能寐、艰苦难熬的北征境况（这一点下文还会细论）。正是由于这两个原因，文臣扈从北巡时乐游之心较重，多有轻松自在的游历书写；而扈从北征时的乐游之心要淡一些，即便是富有新奇感的诗句也不免夹杂着恶劣的环境描写。可以说，空间变化除带来诗歌景致、气象的迥异之外，其造成的环境条件的差异直接导致北征扈从文臣乐游心态的减弱。

二 家园之思与友朋之谊：北征诗的情怀和温度

与文士抱持乐游之心的北巡情况相反，北征所带来的不只是基于物候景象差异的空间距离，更是一种心理距离。扈从北征历时半年之久，虽然塞北风光无限，可总有看腻的时候。面对遥远的距离、陌生的环境、艰苦的生活以及不确定的归期，既不能与家人团聚也不能和诸友唱和，在某种程度上说，扈从文臣的生活寂寞且单调。对于胡广、金幼孜、杨荣等人来说，塞北与江南不仅仅是单纯的空间距离，还是与亲朋好友情感的距离。异域与家乡，荒凉与富饶，艰苦与安稳，这些都映衬着扈从文臣内心的情感落差。正是这种心理落差，增添了诗人的离愁别绪，也拉近了扈从文臣之间的身心距离，提升了北征诗歌的情感温度。

  塞北自然环境的凄凉、行军生活的艰苦、节序物候的迥异，无时无刻不在提醒着扈从文臣，这是不属于他们的异域之地。置身于这样的环境之中，容易触发情绪的波动，激发出强烈的漂泊之感，由此产生对家人的思念和归家（或归行在北京）的渴望。这在北征诗中不断出现，并随着时间的推移表现得愈发强烈。这种对归期的期盼，一方面表现为对归程的计算。如胡广的"故人应见忆，数日计归程"（《发古梵场》）、"扈从乘时出，驱驰计日还"（《过长城》），金幼孜的"计程春已尽，底事尚淹留"（《夜望》）、"计程渐喜燕台近，云拥蓬莱五色垂"（《发独石驿》）。另一方面是恋行在而盼南归。如胡广在塞北迷路时曾有"寸心恋行在，耿耿惟忧婴"（《与杨庶子金谕德塞外寻五云关归大营日暮迷道入山间遂相失仆同金侍郎奔驰一宵倦宿草间黎明与二友遇午至锦水碛大营》）之句，金幼孜也有"寸心恋行在，欲往更迟迟"（《山行迷道次胡学士韵》）的感叹。此外，金幼孜曾因羁旅之思失眠，写下"天疑南国近，月似北京看"（《夜起见月偶成》）一句，其实是想回到北京。再如"回首瞻京国，羁怀独渺然"（《次锦屏山》）、"抚事惊时序，令人忆帝乡"（《发淳化镇》）、"举头看北斗，咫尺近瑶京"（《次镇安驿》），虽然表面上看是对行在北京或都城南京的回望，实际上是对离开塞北回到家乡的渴望。北征诗中的羁旅之作数量众多，胡广在两次北征中作有 10 余首，金幼孜在永乐八年作有 30 余首。能够触发诗人羁旅思乡之情的，有月亮，"见月临关塞，谁能念远征"（胡广《次野马泉》）；有塞北风景与笛声，"塞源风景愁杀人，长笛一声泪如线"（胡广《次清水源下营》）；有笳声，"入夜悲笳发，凄然伤客心"（金幼孜《闻笳》）。此外，节气、节日的到来，让文臣备感空间与距离的落差，进而产生思家的情绪，如胡广《途中逢清明》云："十年梦绕江南路，万里身经塞北城。把酒看花怀旧赏，乱山高下正含情。"上联将魂牵梦绕的江南与身处的现实进行对比，顿显心理落差，而下联"怀旧赏""含情"二语又将这种心理落差含蓄委婉地表现出来。金幼孜在扈从途中恰逢寒食节，发出"故园渺何许，应想祀先茔"（《途中寒食》）之语；端午节时又不禁思念家乡和母亲，诗云："行经关塞马蹄薄，望尽乡山雁影疏。遥想慈帏频见念，天涯回首重踟蹰。"（《端午途中写怀》）值得一提的是，在永乐八年五月二十二日发《平胡诏》之后，金幼孜作有13首表达渴望归家的诗作，足见其归心似箭。在这种心态的主导下，扈从文臣化用了游子诗的创作视角和相关用语，如金幼孜的"孤眠久未着，羁思亦无端"（《夜起见月偶成》），胡广的"无穷游子念，归计问何如"（《兴和得老母家书》）等。这种游子思乡的心态在北巡过程中表现得极少。

因此我们可以说，从北巡到北征，文士乐游之心有所减弱，游子思乡之情反倒增强。值得注意的是，"游子""羁思"等随之成为北征诗的常用主题和词语。这些羁旅之诗非但摆脱了台阁文风的肤廓之弊，且又不似一般文人故作姿态、无病呻吟。比如，将羁旅之情寄托到对母亲的思念上，思乡之情与想念母亲相联系，倍加感人。如胡广扈从到达兴和之时，母亲家书忽至，他感慨万千，特作《兴和得老母家书》一诗："忽逢南国使，寄得老亲书。跪读依行帐，临缄想倚闾。无穷游子念，归计问何如。"情见于词。金幼孜扈从至独石驿的夜晚，梦见了自己的老母亲，醒来特赋诗写怀："远道忆慈亲，终宵入梦频。雁声偏到枕，乡信不逢人。残暑露华静，凉天月色新。谁能念羁旅，凄切倍伤神。"（《次独石驿》）此外，金幼孜多有思念母亲之语，如"乡书烦远寄，何日达慈闱"（《赠尹昌隆还北京》）、"白发念慈亲"（《花晨遣兴》）等。扈从随征并非天涯漂泊，徒言羁旅，稍有浮华不实之感。不过，对母亲的思念总能为诗歌增加最为真实厚重的情感温度，"羁旅"二字也因这一真切的情感指向得到最大化的情感认同。

扈从阁臣的羁旅之情，部分源于思家，部分源于对过往生活环境和友朋的想念。在朝堂之中，同僚时常相见，也多有唱和。到达塞北之后，与昔日同僚的空间距离大大增加。永乐八年北征到达怀来时，金幼孜收到黄淮、杨士奇、周述三人的书信，彼时三位同僚正在侍从太子监国南京。金幼孜特意在《北征录》中写道："开缄读之，不觉情况与异日殊也。不历此者，自是不觉。"[①] 诗中还有"南使传书问，开缄想故人"（《华晨遣兴》）之句。长时间的分别使同僚、朋友成了故人，这一身份称谓的转变蕴含着离愁别绪。胡广在武平镇收到同乡修撰罗汝敬的书信，感动不已，特作诗以记之："半年扈跸塞垣深，苦忆交游满翰林。多情独有罗修撰，寄得书来抵万金。"又因"一纸书来慰所思"，感动之余，"末后数行题不尽，殷勤更为写新诗"（《武平镇得罗修撰寄书》），再作诗两首表达自己的感激之情。空间距离的拉远为阁臣提供了表达个人感情的机会，这与以往台阁应制、酬唱宴集的场面应酬大不相同。永乐八年三月二十六日前后，金幼孜给胡俨、邹缉等翰林同寅作长诗一首，详述塞北环境、扈从职能、征战情形等，最后以"因风寄长句，聊以摅中情"（《奉寄若思胡祭酒仲熙邹侍讲子学李中允并翰林诸同寅》）结尾。军队行至胪朐河，恰逢端午，劳累的胡广下马小睡，梦见了侍讲邹缉，一句"翰苑故人遥入梦，楚江旧俗苦思乡"（《胪朐河逢端午下马小睡梦见仲熙侍讲》）甚是感人。五月二十二日，征战已接近尾声，金幼孜作《帐中夜坐忆北京同寅》两首，其中，"别后自缘多梦寐，相思日日计归程"一句表达对北京同寅的想念。一个月后，又有《发锦云峰》，该诗小序云"怀北京诸友"点明主旨，诗中"久客衣先敝，怀人梦更多。笑谈成契阔，聚散总如何"两句表达了对同僚的想念之情。不过，情况总有例外，永乐八年三月初军队驻跸兴和，胡广作《出塞寄玉堂诸友》："马上抽毫时草檄，帐前对月夜论文。故人若问封侯事，直斩楼兰报圣君。"尽管诗中有"故人"二字，但"草檄""封侯""报圣君"等语满是由阁臣身份所带来的官方语和场面话。总的来说，扈从北征的文臣与往昔

---

① 金幼孜：《北征录》卷一，《中国人民大学图书馆藏古籍珍本丛刊》第 121 册，第 24 页。

同僚因空间距离的拉远，有了更多饱含个人情感的表达与书写。

北征事件及艰苦的扈从环境是提升诗歌现实质感与情感温度的客观前提。进一步说，这一客观现实不仅激发了羁旅之思，也拉近了同僚之间的心理距离。扈从文臣因同甘共苦而收获了最为真切的友情体验，情见于诗，显得格外真挚。扈从文臣中，金幼孜与胡广关系密切、感情深厚。四月中旬，军队到达擒胡山，胡广与杨荣奉命往擒胡山勒石铭，金幼孜特作诗见忆，情见乎辞。之后胡广和诗一首，其中"暂去相思犹缱绻，不须远别各依依"（《至擒胡山广承旨往营外十五里山峰书石勒铭夜宿山中金谕德留直行营有诗见忆情见乎辞和韵酬之》）一句情真意切。五月九日得知"胡寇"消息，朱棣命金幼孜留守营中，胡广、杨荣二人扈从，金幼孜还作诗二首以道别意，期待胡广、杨荣早日得胜归来。胡广亦有送别诗一首："临别一忍泪，相对各吞声。丁宁慎起处，恳款见深情。语竟意难尽，雨中为送行。"（《广与勉仁扈从逐虏西行幼孜承旨留大营马上送别》）离别三日，胡广又作诗云："相别才三日，相疏若十年。长途觉我瘦，知己有君怜。明月千里共，离心两处悬。遥知极盼望，目断五云边。"（《次平房塞怀幼孜》）当胜利归来，在杀胡城见到金幼孜时，胡广非常开心，作《自玄冥河回次杀胡城喜见幼孜》一首，诗中说自己常常梦见金幼孜，相见之后才得以诉说离别之苦。金幼孜的诗中也有不少展现两人关系亲密的诗句，如"故人能慰意，仆隶独相亲"（《柬胡学士》）、"偶然得佳句，还向故人夸"（《同胡学士晚出清水源》）、"与子情偏厚，时能共笑谈"（《简胡学士》）、"知己惟君在，相从及壮游"（《七夕书怀简胡学士》）等，此外还有"远游幸喜逢知己，谈笑时能慰旅情"（《早发清水源》），虽然金幼孜没有特意说明"知己"是谁，但应该是胡广。以上诗句，直白且情感外露，这在二人之前的台阁诗歌以及北巡诗歌中是极难见到的。共同经历的磨难，最大限度地拉近了人与人之间的心理距离。

扈从虽不能说是患难，但塞北环境恶劣，随军扈从的生活条件又非常艰苦，特别是还要为战争的潜在危险而担忧。由此我们似乎可以理解，扈从过程中的胡广为什么将离别看得如此之重。虽不敢说是生离死别，但谁又能证明他们心中没有这层顾虑呢？据《北征录》记载，第一次北征期间，扈从文臣曾迷失于山谷之中，金幼孜因马鞍损坏坠马，杨荣将马让给金幼孜，自己骑着散马前行，并与大部队走散。胡广得知后非常着急，"闻之，亦勒马复回，相与盘旋于山顶上，不知路所向"。① 至天亮才会合。事后，胡广、金幼孜都作诗记录此事，胡广"空谷影侵寂，寒风声正悲"（《早行同金谕德迷道入山中》）、金幼孜"失路悲行客，穷途仗友生"（《早发凌霄峰……以记旅怀》）等语真实反映了当时的心绪和情感。该事件生动地说明了扈从过程充满了危险，在这种极端危险的情况下，人与人之间的联系会更加紧密，其诗歌表达也就具有了最为真实的质感和温度。

三　阁臣随征与书生报国：北征诗的家国书写与身份转换

塞北意象的书写和思乡、念友等情感的表达，凸显的主要是诗歌创作者作为游历者、亲人、朋友的个人身份。换言之，这些诗作是金幼孜、胡广等人基于以上三种身份的个人化书写与表达。在面向个人的表达上，因北征系列事件而产生的现实质感和情感温度，使胡广等阁臣的诗歌创作具有了台阁诗风之外的非凡意义。另外，他们都不曾忘记自己最主要的身份——扈从阁臣，及其职能——执笔侍上、润色皇猷。他们具有与身在朝堂时完全相同的身份，这必然会影响到他们的诗歌创作，带来一种与朝堂台阁之风几乎完全相同的诗歌表达。

北征诗中有不少与台阁风一致的诗句，如金幼孜"虹光照双阙，紫气随六龙"（《早发龙虎台度居庸关》），完全是台阁文臣的场面话。永乐八年三月，金幼孜给尚书方宾一首诗《柬尚书方公》，首联云："万里勤劳扈圣躬，锦袍辉照玉花骢。"其中"锦袍""玉花骢"等语表现出堂皇的气象；颈联"召对行宫天语近，赐来宸翰渥恩浓"则直接表达皇恩的浩荡。三月底四月初，军队驻跸清水源，在距离营地六七里的地方出现泉水，金

---

① 金幼孜：《北征录》卷一，《中国人民大学图书馆藏古籍珍本丛刊》第 121 册，第 47 页。

幼孜认为神泉的出现实为瑞应，诗云："圣皇临大统，万方靡不庭……皇明亿万载，永乐歌太平。"（《神应泉诗》）又作"吊伐烦明主，讴歌仰圣朝"（《早发归化甸》）、"天颜重眷顾，朋侪日欢聚"（《次杨林戍》）、"天子万万寿，永世作皇明"（《新城中写怀》）等句。此外，对皇帝的盛赞意味着对北征行为的歌颂。载笔扈从征途漫漫，但对扈从文臣来说，这是圣明君王对自己的信任与厚爱，他们必然会在诗歌中表达感恩和荣幸。这一点在北征诗中多有体现，金幼孜《北征诗集》第一首《春日随驾北征》，首联"蹇予忝扈跸，万里亲戎行"叙述扈从的事实，后用"后车获参乘，朝夕承宠光"描述自己沐浴在皇恩之中；《早发老鸦庄》云"载笔时蒙天语召，裁诗每共故人评。于今尽道从军乐，谁似儒臣扈跸荣"，则直接展现成为扈从文臣的荣耀。陪伴皇帝左右的荣耀甚至能让人忘记思乡之情，如金幼孜所言，"每日陪仙仗，都忘羁旅情"（《早发环琼圃》）。胡广也有不少诗例，不再赘举。总之，这些诗歌对皇帝的歌颂与台阁之作没有差异，只不过掺入了一些北征的场景描写而已。

诗歌的书写、表达与创作者的身份和立场直接相关。阁臣的身份决定了胡广、金幼孜等人必然会运用堂皇、舂容的文辞来歌颂圣德，从而带有明显的台阁诗风。另外，他们是随征的臣子，面临的场景不再是馆阁，也不再是朝堂。在北征这个特殊的事件下，明朝臣子所具有的国家民族立场充分地凸显出来，经由阁臣之笔融入颂圣语境中。一方面，他们将北征界定为正义的战争，是正统对邪恶的压制。如金幼孜所言："吞噬极猃狁，悖逆逾鬼方。圣皇奉天讨，吊伐同周商。"（《春日随驾北征》）将敌人视为猃狁、鬼方，是华夷观念下民族认同的体现。同时，明王朝也被理所当然地类比为强盛的商周正统王朝，所以这两联诗句既表达了重华轻夷的民族姿态，还通过王朝或帝王的类比来盛赞明王朝。类似的诗句还有"周宣驱猃狁，汉室靖楼烦"（《随驾誓师鸣銮戍》）、"轩后蚩尤灭，周宣猃狁平"（《次环琼圃》）。胡广《营中早朝》中有"不羡陈琳能草檄，只歌大武颂成周"一联，"不羡"的原因是陈琳背后的正统王朝气势衰弱，天下四分五裂，而"歌大武颂成周"明显是将明王朝等同于强盛时期的成周，盛赞之意不言而喻。在这种盛世王朝的认同之下，皇帝的形象与能力就通过北征事件被描述得异常高大和出众。如金幼孜所云"天威振万里"（《早发龙虎台度居庸关》）、"皇威震穷漠"（《次高平陆》），胡广所云"圣主神功照古今"（《过黑松林》）、"天子神功高万年"（《逐胡寇至静虏镇大战败之》）。由此可知，阁臣虽不在朝堂之中，但歌颂皇帝的心意与笔力丝毫未减。

另一方面，北征是建立在华夷之别基础上的军事行动。前面已经指出，明朝人会将塞北敌寇当作异族的夷狄来看待。对民族的认同、对国家的认同，以及对皇权的认同会绾结在一起，形成样式丰富、指向明确的诗歌表达方式。因此，对明王朝的盛赞必然建立在对敌寇的贬抑之上。除前述的猃狁、鬼方、楼烦等称谓，以及胡虏、胡寇、余孽等常见的称呼之外，北征诗中还出现蝼蚁、蚁蛭、小鬼、凶丑、妖凶、鬼蜮等贬低对方的词语。金幼孜诗云"讨伐资貔虎，歼除净犬羊"（《早发广武镇》）、"杀气降魑魅，军容肃虎貔"（《发静虏镇》），以犬羊、魑魅比喻对方，而自比貔虎，正义之师的勇敢、强猛姿态显露无遗。由此来看，对扈从文臣来说，关外与关内、塞北与南方，已不再是简单的空间距离和个人心理距离，还包含着一种发自民族认同感的异域距离。塞北奇异的景致固然是能引发诗兴的全新空间，但同时也是带来不适之感及鄙夷的异族空间。在他们看来，这个空间由于敌寇的存在而污秽不堪，北征的目的也就是扫清污秽。刚从北京出发，金幼孜就写出"荡涤扫腥秽"（《春日随驾北征》）的壮语；至大甘泉时，又作诗云"会当决海水，一洗除腥膻"（《次大甘泉》）；再如"群胡残蚁蛭，万古厌腥膻"（《发雄武镇》），"一扫空大漠，万古除秽腥"（《神应泉诗》）等。胡广也有"沙场一去静妖氛"（《驻兵凌霄峰》）、"一举静腥臊"（《驻师环琼圃》）之言。所谓腥膻、秽腥、妖氛等语，所指涉的并非作为个体或群体存在的胡虏，而是扈从文臣所感受到的弥漫于塞北的胡虏气息。

扈从文臣还会通过嗅觉来表达对敌寇的讨厌与反感，也正因为如此，具有空间性质的虏气（弥漫）与塞北的环境就挂上了钩。如胡广诗云：

"三边虏气空萧索，五月寒风尚凛如。无限野花开满地，斓斒铺锦荐銮舆。"（《度胪朐河》）首句把虏气与塞北环境的萧索（包括荒原、枯草等）联系起来，最后两句又将色彩斑斓的野花与帝王（銮舆）联系起来，褒贬态度通过环境物象十分鲜明地呈现出来。再如金幼孜所云"虏气朝犹黑"（《次鸣毂镇》）、"尘色暗胡天"（《次归化甸》），一"黑"一"暗"既意味着胡虏的肆虐，又映衬着塞北风沙肆虐的恶劣环境。特别是"尘色"既可以指胡尘（指代胡虏的军队），又可以指沙尘。所以说，这几句诗一语双关，将塞北恶劣的环境与胡虏的浑噩气息紧密相扣，形成化抽象为形象的诗歌表达方式。北征自然不能扫清塞北黄沙漫天的萧瑟景象，但是通过萧瑟与绿意的对比来烘托北征的意义，是金幼孜、胡广所作北征诗常用的手法。金幼孜所作《早发大甘泉》在叙述完早发时的情景后，描写了一段塞北沙石奔走、长风怒号的萧条景象，接着讲到胡虏肆虐，然后笔锋一转，讲仁义之师扫清遐域，达到"湛恩回阳春"（《早发大甘泉》）的效果。这一书写顺序具有将塞北环境与胡虏等同的倾向，"湛恩回阳春"一语就显得意味深长。《神应泉诗》称在皇帝威震万里，举师北征之后，出现了"阳和消积冻，随处敷春荣"（《神应泉诗》）的景象，重点不在于写实与否，而在于该句的位置和诗歌的书写顺序，意味着诗人通过消冻与春荣的景象来展现皇帝北征所带来的繁盛之气。再如金幼孜所作"穷荒沐甘霖，洹谷回春阳"（《春日随驾北征》）、"春冰融地底，甘雨洗穷荒"（《次威虏镇》），胡广所作"胡尘一扫大漠平，河边草绿山空青"（《胪朐河》）等。北征之师象征着甘雨、青山绿草，以涤荡塞北萧瑟的胡尘、胡气。由此观之，北征诗集中对塞北荒山野草、狂风黄沙的描写不仅仅是纯粹的自然入诗，也是诗人在臣子身份和华夷之别的立场下一种独特的诗歌书写策略。

面对皇帝，金幼孜、胡广的阁臣身份得到凸显；面对北征和胡虏，大明臣子和汉人的身份得到凸显。此外，金幼孜等人还将面对另一个物象——军队。北征不是一般的外交活动，而是军事活动。随军扈从的阁臣作了大量描述军队的诗歌。有壮其气势者，如金幼孜所作"兵威已振阴山外,羽檄先飞瀚海头"(《次三汊口》)、"兵威空朔漠,杀气薄胡天"(《次鸡鸣山》);有写日常场景者,如胡广所作"气寒弓角劲,云拂剑光鲜"(《兴和偶作》),金幼孜所作"前旌拥车毂,后骑相追攀"(《早发过鸡鸣山》);有写铙歌、箛声者,如金幼孜所作"忽听铙歌发,鸣箛杂管箫"(《早发沙河》),胡广所作"旌旗炫白日,鼓角警严夜"(《出塞偶然作》)。如此等等,不一而足。更重要的是,面对军队和武事,金幼孜、胡广等人所凸显的身份不是阁臣,而是文人、书生。他们时常表达要报答圣恩,这在北征诗中多有体现,如金幼孜所作"丹衷报明主"(《花晨遣兴》)、"何由答圣明"(《次泥河》)、"毕力奉吾皇"(《次清冷泊》),胡广所作"赤心事明主"(《晚宿长清塞》)等。然而,面对战争,除谏言谏策之外,文臣并无征战沙场之可能。在文武对立的场合,书生报国的姿态自然地表现出来,胡广就作有"儒冠暂脱事兜鍪"(《马上作》)一句。事实上,儒冠能够脱掉,书生不能武这一习性却无法摆脱。表面上身份姿态的变化,与书生习性的内在延续之间产生了复杂的互动关系。一是自信书生能报国,如金幼孜所作"书生怀脱略,须敌万夫雄"(《次清河》)、"莫谓书生无战略,终期万里斩楼兰"(《早发万全度德胜关》),胡广所作"莫道书生无长策,试看谈笑扫胡沙"(《塞外早行》),充满了书生的自信与豪气。二是感叹书生力量有限,恨不能仗剑报国。如金幼孜所作"论兵疏战略,投笔愧儒冠"(《早发屯云谷》)、"自惭非燕颔,宁敢论封侯"(《早发长清戍》),胡广所作"报恩在刀剑,却悔作书生"(《春日扈从北征初发北京》)、"报国嗟无补,应惭执戟即"(《和金谕德》)。当然,他们有时也会发出"莫言用武惭儒术,只在输忠报国恩"(金幼孜《五月九日得胡寇消息上以轻兵追袭命幼孜留守营中防固辎重光大勉仁随侍偶成二诗以道别意》)这样的安慰之语。三是表达投笔从戎的愿望。如胡广所作"马革裹尸终不厌,誓将丹悃报君恩"(《过长秀川》),直接发出誓要战死沙场的豪言壮语;"破虏惭无一剑补,徒劳报国寸心丹"(《过蔚蓝山》)、"独愧无能报天子,明当被甲笔应投"(《发饮马北是日凡五度河至河南筑城屯粮午次三峰山下营》)两联则表达出投笔持剑以报国家的雄心。在北巡诗中,扈从文臣多次提及扬雄、司马相如等辞赋家,来凸显自己的词臣身份和颂圣欲望。而北征诗中提及最多的却是班超,如金幼孜所作"班超志投笔,努力树功勋"(《次兴和》)、"班超志远图,事业安足惊"(《奉寄若思胡祭酒仲熙邹侍讲子学李中允并翰林诸同寅》),胡广所作"班超早投笔,壮志愿无违"(《清冷泊》)、"班生千古名,待勒燕然碑"(《入居庸关遇雨出关逢家僮来候》)、"宁投班生笔,不握苏卿节"(《入长山峡马上与杨庶子金谕德言志》)。从中透露出对班超投笔从戎建立功勋的钦羡。从司马相如、扬雄到班超,所引人物的变化,恰好照见北巡、北征两个不同性质事件下,扈从文臣自我身份认同与家国书写的差异。

四　历史、诗歌与理论：北征文本的层级化和意义提纯

(一) 超越台阁与提纯现实：北征诗的文本性质

以上从个人、国家两个层面的书写入手,即从游历者、亲友、阁臣、大明臣子、书生这几种身份角度分析了北征诗歌的多样风貌。从分离的一面来看,不同的身份催发了诗歌不同的表达方式。从合一的一面来看,不同身份下的诗歌却又时常围绕一个主旨——鸣国家之盛展开。扈从文臣力图将对自然山川的描述与国家的强盛相联系,用"恋阙""恋京国"来包装思乡之情,这些都可以看作"鸣盛"思维的表现和延伸。一般来说,翰林文臣是台阁诗风的创作主体,胡广等扈从文臣是其中的重要成员。依照对台阁体的普遍认识,赞颂国家和皇帝——简言之即颂圣——是台阁诗歌的主要内容。颂圣发生的场景大致分三类。一是有皇帝参加的应制场景,如元宵观灯。二是阁臣之间的馆阁创作或唱和。这两类都限制了空间范围,即朝堂或馆阁。第三类为巡行途中,北征诗就属于这一类。虽然北征诗的颂圣风格部分延续了台阁之风,但北征事件带来的多重身份体认打破了阁臣单一的身份格局,从而使北征诗在个人和国家层面上都体现出异于台阁诗歌的多样风貌,甚至超出了台阁诗风的范围。即便是颂圣诗歌,也不再像台阁诗那样满是场面话和虚浮感,面对胡虏、将士,阁臣也可以发

出有现实质感的赞颂和报国之声。由此也可以看出，阁臣颂圣的诗歌未必都能被称作台阁体。在创作实践上，北征诗冲淡了台阁诗的氛围，甚至在一定程度上扰乱了台阁诗歌的发展历程。

接下来的问题是：受到北征事件的影响，北征诗超出了以往台阁体的范围，这是否意味着北征诗就是如实地、不加选择地反映北征系列事件呢？对此，金幼孜《北征诗集》是一个值得分析的文本，该诗集是金幼孜扈从回朝之后，亲自整理编辑而成。如果我们默认北征系列事件与北征诗歌书写之间有差距的话，那么同样有理由相信，金幼孜北征诗歌创作原态与《北征诗集》所展现的形态也会有差距。因无其他文献证明金幼孜在编纂诗集时是否有所取舍和删改，故可作以下界定：《北征诗集》中所展现的诗歌都是经过创作和编集两个行为之后留下的。也即将诗歌创作与诗歌编集作为一个整体来看待，而这个整体可能对《北征诗集》的形貌产生直接影响。

金幼孜的《北征录》与《北征诗集》恰好分属纪行文和纪行诗歌，两种文体本就存在差异，诗歌重抒情，纪行文重纪实。细致阅读《北征录》与《北征诗集》后，发现这只是一种简单化的区分方法。面对北征系列事件，诗歌会将其中的经历和感受进行夸大化或极致化抒发，正如诗中对皇帝的赞颂，对明军气势的赞扬，这是显而易见的现象。无可否认，这也是《北征诗集》比之于《北征录》，凸显和提炼北征系列事件之意义的重要方面。但问题的关键在于，《北征录》和《北征诗集》并没有平摊北征的纪实世界和抒情世界。换言之，《北征录》对金幼孜北征经历的纪实并没有完全被抒情化，并吸收到《北征诗集》当中。虽然并非所有事情都值得用诗歌抒发表达，但在历史与诗歌之间，《北征诗集》是否在有意无意地避免某些内容，而产生某种具有深意的导向性表达和书写呢？

在北征行军过程中，因环境限制和行程安排，扈从文臣的生活也有艰难困苦的一面。原来无须考虑的住宿、食物，在行军塞北的时候就成了很大的问题。《北征录》对此有不少记录，但在《北征诗集》中几乎没有体现。比如，金幼孜等人的帐房行李都是放在车上，交由皂隶保管运输。永乐八年二月二十五日驻跸兴和，金幼孜等人的帐房到傍晚还没有到达，清远侯令麾下送帐房。《北征录》记载："时风益急，帐房不得张，以行李堆起，略可蔽风。用帐房覆于上，连衣靴而卧，寒不可禁，达旦不寐。"[①] 面对恶劣的天气，就算有帐房也无法好好休息。如五月二十四日，"午大雨，平地水流，帐房内皆水，令皂隶从旁及中掘坎注水。须臾坎满，以碗挹水，至暮雨止。地湿不可睡。令皂隶采湿芦苇铺地，用马屦及毡席铺之，加毡裘于上，略可睡。天明视之，湿气渗透，毡裘皆润"。[②] 对于阁臣来说，这样的生活实在艰苦难熬，不免意志消沉并产生疲惫之态，但在《北征诗集》中看不到这一点。相反，胡广作于永乐八年的北征诗就写到了没有帐房，只得采摘柳枝作为窝铺的境况。途中遇雨，胡广作诗云："长途连日冲风雨，湿地通宵睡不成。愁对空山仍怅望，倦骑羸马尚遥征。"（《征途值雨》）虽然最后也说要青史垂名，但联系这两联诗，总有一种心力不足而勉强为之的感觉。他还写到自己的马不服水土而有病弱之态："北来水草非土性，饮食失宜辄生病。瘦骨棱层似堵墙，髟鬖惨淡垂颧领。"故人劝他把马送回，他对此发出感慨："我闻此语增叹欷，健用其力羸弃之。"（《别马叹》）言语之间流露出凄苦之态与不舍之情。

  金幼孜、胡广二人在塞北的生活境遇相差无几，但胡广诗中却有《北征诗集》中所没有的个人艰苦生活及负面情绪的表达。这一方面与个人性格有关，胡广更为感性，更经常抒发个人感叹，故诗中悲慨低落的情绪及其情感侵染力要强于金幼孜，而金幼孜往往将艰苦的生活境遇转化为颂圣报国等积极乐观的方面。另一方面，不论金幼孜是没有创作此类诗歌，还是有意修改、删汰这类诗歌，《北征诗集》中确实展现了缺失这类诗歌所

[①] 金幼孜：《北征录》卷一，《中国人民大学图书馆藏古籍珍本丛刊》第 121 册，第 31～32 页。

[②] 金幼孜：《北征录》卷一，《中国人民大学图书馆藏古籍珍本丛刊》第 121 册，第 80～81 页。

带来的整体形貌。金幼孜编集《北征诗集》，是想将其公之于众的，故该诗集的诗歌取向最好不要违背北征的主旨和意义，不宜有负面的表达。以此标准来看，《北征诗集》确实达到了这一基本要求。反过来正可说明，胡广的北征诗不太适合作为宣传北征的公共性文本。典型的例子，是胡广《入居庸关遇雨出关逢家僮来候》一诗，风格沉郁，带有杜诗韵味，内中更有"见者各欣欢，不见中惨悲。生还始自怜，聊诵拾遗诗"之言（《入居庸关遇雨出关逢家僮来候》），明显不适合放到《北征诗集》中。有意思的是，陈敬宗在《北征诗集序》中就批评杜诗"不能无所怨刺，而未淳乎雅正之音"，[①] 而"雅正"正是他给《北征诗集》的风格定位。胡广之所以没有将自己的北征诗编集成与金幼孜一样的《北征诗集》，其原因可想而知。

综上，《北征诗集》所呈现的面貌，使其在《北征录》与北征历史的基础上，具有初步提纯北征价值与意义的性质，从而成为宣扬北征的较为合适的公共性文本。阁臣所作的北征诗处于反映现实与走向台阁的双向场域当中，而《北征诗集》的公共文本性质预示着它具有受台阁场域控制的可能。

（二）回归台阁：北征文本层级化的形成与意义提纯

《北征诗集》编成之后，金幼孜曾将该集送给很多翰林文臣翻阅。据《北征诗集》序可知，明确由金幼孜出示给予翻阅的有胡俨、梁潜、邹缉、王进、曾棨、李时勉 6 位。其余翰林文臣，包括杨士奇、周述、王直、罗汝敬、王洪、余学夔、陈敬宗、萧时中、王英都曾阅读过该集。这 15 人都曾为诗集作序，加上天顺年间曾鼎的序，共 16 篇。这 16 篇序至少有 12 篇作于永乐年间，其中 7 篇作于永乐十四年金幼孜任翰林学士之前，也即金幼孜任翰林院侍讲兼右春坊右谕德期间。另外，杨士奇的序文作于宣德三

[①] 陈敬宗：《金先生北征诗集序》，《中国人民大学图书馆藏古籍珍本丛刊》第 120 册，第 449 页。

年。由此能发现《北征诗集序》的四个特点。其一，序文多达 16 篇，这在其他诗集当中较为少见。其二，作序之人除曾鼎外，全是馆阁文臣。[①]而金幼孜《北征录》的序文仅 3 篇，且没有一篇是当时的馆阁文臣所作。其三，这 16 篇序作于不同时期，是长期累积而成。这说明该诗集不断地在馆阁文臣内部传阅。其四，胡广、杨荣两位亲历北征的阁臣没有作序。二人在北征扈从期间就阅读过金幼孜的诗作，可能无须特意作序。更可能的是，《北征诗集》的目标读者不是扈从人员，而是未参加扈从的人员，请这些馆阁文臣传阅并作序更有必要。将这一点与上述第二、第三点并观，可以总结出，反映北征系列事件的《北征诗集》一旦编成并在阁臣之间传阅，其作用与意义便由个人性文本升级成了面向整个王朝的公共性文本。这种公共文本的属性是《北征录》所不具有的。于是，它与北征系列事件以及该事件背后大明王朝的紧密关系被充分凸显出来。这 15 篇馆阁文臣的诗集序就为《北征诗集》的公共性质做了最大托举与铺垫。胡俨当是最早为《北征诗集》作序的阁臣，先看他对北征诗集的介绍和评价。

  道途之所经，风气之所接，山川关塞之所登览，云霞草木霜露晦明之景，与凡师徒之次，军容之盛，既得以吐其奇气，见之咏歌矣。至于沐道德之光，赞谋谟之密，亲际风云之会，而发挥乎敌忾之义，词雄句杰，富丽铿锵。诚有以远扬天声，如金钟大镛，震乎尘埃之表，而光前振后者，有非他人所得与也。故是编之作，非独为一时荣遇而已，盖将纪千载不朽之盛事而传之无穷焉。[②]

  胡俨将《北征诗集》的内容分为三个层面，即描写塞北风景物象（风气、山川关塞、云霞草木、霜露晦明），描述军旅的情状（师徒之次、军容之盛），赞颂天威与圣德（道德之光、谋谟之密、风云之会、敌忾之义）。这三个层面虽然都出现在《北征诗集》中，但不能囊括《北征诗集》的所有内

[①] 虽然李时勉作序时的职位是刑部主事，但他曾是翰林院庶吉士，有馆阁经历。
[②] 胡俨：《北征诗集序》，《中国人民大学图书馆藏古籍珍本丛刊》第 120 册，第 406~407 页。

容，如表达思亲、羁旅等个人情感的内容就没有被胡俨纳入叙述当中。这三个层面具有递进关系，胡俨最终要突出的，就是那些赞颂天威与圣德的诗歌，这些作品最大限度地排除了私人化的表达。上段引文的最后一句"故是编之作，非独为一时荣遇而已，盖将纪千载不朽之盛事而传之无穷焉"则直接指明，《北征诗集》不是金幼孜面向自己（私人）的作品，而是面向北征这个不朽盛事（甚至整个强盛的明王朝）的公共性作品。

除罗汝敬从"忠孝天性"的角度赞颂金幼孜"克全天性，为世所堪难也"外，[1] 其余序文都不同程度地延续了胡俨《北征诗集序》的内容介绍和意义导向。如王直序云："然则是诗之作所以昭圣德之光大，岂一人之私也哉？"[2] 王英序云："然则公此作宁特为一时传颂而已哉。"[3] 萧时中序云："则公之诗传之永久，不独见公所学，且以昭一代之盛于无穷也。"[4] 这类表述都极力强调《北征诗集》不是私人的文本，故其价值与意义也不是建立在个人的学识、表达和传诵之上，而是建立在北征之盛和国家之盛的基础之上。也就是说，阁臣们对《北征诗集》的重视，不是因为这些诗歌写得好，而是因为《北征诗集》展现了一个强盛的王朝。如果说金幼孜的北征诗有不少是在鸣国家之盛，那胡俨等人的诗序又何尝不是呢？并且诗序在这方面的表达比诗集更为集中，更为纯粹。其一，集序中有不少极力抬高明王朝之语，最主要的方式就是将北征与古代帝王的丰功伟业相类比，如梁潜序云"商之伐鬼方、讨昆吾，周之平猃狁、城朔方"，[5] 李时勉序云"高宗伐鬼方，文王伐崇密，宣王逐猃狁"，[6] 杨士奇云"虞之征苗，商之伐鬼方，文王之伐崇密"，[7] 他们认为这些都是圣人仁义之举，余

---

[1] 罗汝敬：《北征诗集序》，《中国人民大学图书馆藏古籍珍本丛刊》第120册，第429页。
[2] 王直：《北征诗集序》，《中国人民大学图书馆藏古籍珍本丛刊》第120册，第426页。
[3] 王英：《北征诗序》，《中国人民大学图书馆藏古籍珍本丛刊》第120册，第459页。
[4] 萧时中：《北征诗集序》，《中国人民大学图书馆藏古籍珍本丛刊》第120册，第453页。
[5] 梁潜：《北征诗集叙》，《中国人民大学图书馆藏古籍珍本丛刊》第120册，第416页。
[6] 李时勉：《北征诗后序》，《中国人民大学图书馆藏古籍珍本丛刊》第120册，第462页。
[7] 杨士奇：《北征诗集叙》，《中国人民大学图书馆藏古籍珍本丛刊》第120册，第409页。

学夔则直接赞颂朱棣"业迈唐宋，功冠千古"。① 王英的序文将朱棣与朱元璋对应，并云"诚善继夫太祖功德之隆"，② 在歌颂明王朝的同时，宣扬朱棣的正统地位。其二，对北征仁义之举的高度认同，以及鸣国家之盛的内在渴望，促使馆阁文臣对作为北征系列事件文学载体的《北征诗集》竭力推崇。正如梁潜在序中所说："昔商之伐鬼方、讨昆吾，周之平猃狁、城朔方。当时诗人皆见之颂歌，后世得以协之金石而奏之清庙明堂之上。"③ 所以《北征诗集》之于北征系列事件以及明王朝的作用，就类似《殷武》之于殷高宗，《牧誓》之于周武王，《常武》之于周宣王。多人所作的序文都表达了这层含义。

我们可以用"治世之音安以乐"来概括北征诗集序的论述和认同模式。政治社会环境会直接影响作品风格的形成，导致创作主体的独立性意义被摒弃，或者说创作主体成了政治社会的发声筒。从这个意义上说，诗集序回避金幼孜的私人化表达，是国家认同下书写的必然选择。王进评价北征诗集中的作品"体制典雅，音韵和平，非魏晋以下诸作可比"，接着又说道："岂非时运方亨，天赋才以鸣国家盛耶？"④ 这里的意思表露得十分明显。他认为体制典雅、音韵和平，并非由金幼孜个人的创作能力和才情所主导，而是国家强盛在诗歌中的必然体现。该评论思路一方面忽略了作者金幼孜的个人化表达，另一方面也对诗歌价值与意义进行拔高和提纯，巩固了金幼孜作为阁臣的政治身份。由此，对集序中关于北征诗歌风格的描述，就应当审慎对待了。这很可能是基于"治世之音安以乐"这一思路的表达策略，而非出于对北征诗歌风格进行真实、全面评论的心态。如梁潜"宏美盛大之音，洋洋乎、渢渢乎"的评价，⑤ "渢渢乎"一语出自《左传》季札观乐一段，季札听到魏风，说道："美哉，渢渢乎！大而

---

① 余学夔：《北征诗序》，《中国人民大学图书馆藏古籍珍本丛刊》第 120 册，第 441 页。
② 王英：《北征诗序》，《中国人民大学图书馆藏古籍珍本丛刊》第 120 册，第 458 页。
③ 梁潜：《北征诗集叙》，《中国人民大学图书馆藏古籍珍本丛刊》第 120 册，第 416～417 页。
④ 王进：《北征诗集序》，《中国人民大学图书馆藏古籍珍本丛刊》第 120 册，第 444～445 页。
⑤ 梁潜：《北征诗集叙》，《中国人民大学图书馆藏古籍珍本丛刊》第 120 册，第 416 页。

婉，险而易行，以德辅此，则明主也！"① 通过观乐而知明主，如此，梁潜的评价则不言自明了。余学夔序言中也有"渢渢乎"一词，还说道："达之沉雄慷慨之中，而有和平雅正之韵。"② 萧时中也说："发为温厚和平之音。"③ 汤志波指出，作诗以鸣国家之盛是台阁文人重要的诗论主张。④ 这在台阁文人的诗集序中多有体现。但是，对诗歌功用性质的表达未必一定要依靠诗歌创作来呈现，诗论本身就是展现盛世认同最为直接的理论表达和书写策略。由此观之，所谓和平雅正、温厚和平，表面上看似乎是对《北征诗集》中诗歌作品的评价，实际上是对明王朝和平盛世的盛赞。对此，最值得称道的是陈敬宗的序，在序文中，他认为杜诗独为近古，但缺点在于"遭非其时，不能无所怨刺，而未淳乎雅正之音"，⑤ 复归雅正也就意味着复归三代以前的和平盛世，这与前述思路完全一致。值得一提的是，陈敬宗在这篇序里用富有台阁之风的"春容"二字评价了金幼孜的北征作品。

根据北征诗集序的内容，可以看到翰林文臣用怎样的方式对《北征诗集》进行价值和意义的提纯。从动机来说，这一提纯过程受翰林文臣身份及其对盛世的高度认同所驱动。温厚和平、和平雅正等评语与其说是对《北征诗集》的贴切概括，不如说是在阁臣身份和国家认同立场下的一种诗歌理论表达策略。在某种程度上，像"春容""安雅"这样的台阁文风理念也是该诗歌理论表达策略的顺势延伸。从诗歌内容来说，这一提纯过程不是凭空捏造，《北征诗集》提供了一定的文本基础。综合来看，我们可将《北征录》视为历史文本，《北征诗集》视为诗歌文本，北征诗集序视为理论文本，这三个文本体现出明显的层级化现象。《北征录》记载了北征过程中的详细情形，代表北征历史原貌；在《北征录》文本的基础

---

① 杨伯峻：《春秋左传注》，襄公二十九年，中华书局，2016，第 1285 页。
② 余学夔：《北征诗序》，《中国人民大学图书馆藏古籍珍本丛刊》第 120 册，第 440 页。
③ 萧时中：《北征诗集序》，《中国人民大学图书馆藏古籍珍本丛刊》第 120 册，第 453 页。
④ 参见汤志波《明永乐至成化间台阁诗学思想研究》，第 279~282 页。
⑤ 陈敬宗：《金先生北征诗集序》，《中国人民大学图书馆藏古籍珍本丛刊》第 120 册，第 449 页。

上,《北征诗集》回避了一些对凄苦生活的描述以及负面情感的表达,提炼了北征系列事件的意义和价值指向,其中也包含着鸣国家之盛的主体愿望;在《北征诗集》文本的基础上,《北征诗集》序忽略个人化的情感抒发,对诗歌和北征系列事件的意义再次提升与提纯,并以诗歌理论的形式表达出来,从而达成"皇明盛世可比之于三代"的高度的国家认同。诗歌书写不同于现实经历,诗集序会对集主及其作品进行褒美、提升,这实为常见现象。然而,北征文本的典型之处在于,在历史、诗歌与理论之间,能够呈现如此清晰的递进模式,而该递进模式受控于同一个认同理念,并且导向后人熟知的台阁文风。① 我们所看到的台阁诗歌风格和诗歌主张,不就是在这个递进的历史过程中产生的吗?台阁文臣的诗歌创作不全都属于台阁体,台阁体的理论主张受到盛世认同下诗歌理论表达策略的影响,并从台阁文臣的诗歌创作实情中提炼出来。台阁文臣的现实经历与体验也不全都反映到他们的诗歌当中,他们颂圣的主体愿望使其诗歌创作又从现实经历中提炼出来。从这个意义上说,《北征录》、《北征诗集》、《北征诗集》序所体现的文本层级化及其意义提纯,不仅让我们看到本来已超越台阁、展现多样面貌的北征诗,如何又回到了台阁诗歌理论的控制之下,更可以看到,历史、诗歌与理论如何层层递进,最终成为台阁文人乐于见到的形貌,从而造就台阁诗歌和诗论演进过程中的一个典型缩影。

第三节 永乐间"迎驾缓"事件影响下的台阁文学
——以黄淮狱中创作为中心

永乐十二年,杨溥、黄淮及金问等东宫官僚问罪入狱,直至永乐二十二年八月仁宗朱高炽继位才被释放。从政治视角来看,此事因"迎驾缓"

---

① 刘洋:《明代台阁文人诗序文结构与论述话语流变》,《北方论丛》2015年第6期。文中提到了诗序的书写有"鸣国家之盛"的目的在内,然其论述时段较长(永乐到弘治),未充分突出永乐时期诗序的理论策略及其与诗歌的层级化关系和意义。

而产生，实际上却是天子、太子的权力冲突，皇子继承权等相关矛盾的集中爆发，背后有深层的政治原因。对涉事官员而言，这无异于人生的转折点，牢狱之灾是新朝仕途的奠基石，只要坚持到太子登基，他们必有重用。同时，这也是今朝仕途的绊脚石，官员与囚徒的身份落差，衣食无忧与供食数绝的生存落差，对身体和精神造成了双重打击。永乐年间因政治波动，牵连入狱朝臣数量较多，其中"迎驾缓"事件最具典型意义。黄淮、杨溥等阁臣的人生际遇、宦海沉浮，都与此事件密切相关。从文学的视角来看，"迎驾缓"事件导致的牢狱之灾影响了黄淮等人的文学创作，出现了与以往风格迥异的诗篇。尤其是黄淮狱中创作的诗歌《省愆集》[1]，一方面能够展现入罪官员身处囹圄的生活状态，成为"迎驾缓"事件主导下文学生态的独特呈现；另一方面，囿于曾经的阁臣身份而体现出复杂的创作心态，在与台阁文风产生密切关联的同时，生发出具有典型意义的诗学路向。

一 "迎驾缓"事件始末

永乐十二年三月朱棣北征瓦剌，六月初九班师，七月二十八日到达沙河，皇太子派遣的使者兵部尚书兼詹事府詹事金忠、指挥使杨义迎驾，并进迎銮表。八月初一，到达北京。闰九月初四，朱棣下令"以太子遣使迎驾缓，征侍读黄淮，侍讲杨士奇，正字金问及洗马杨溥、芮善下狱，未几释士奇复职"。[2] 朱棣因"迎驾缓"一事勃然大怒，并将其归咎于东宫辅佐

---

[1] 《省愆集》版本有三种：明宣德八年刊本（台湾图书馆藏），《景印文渊阁四库全书》本，《丛书集成续编》所收 1931 年敬乡楼丛书本。经目录比对，前两者仅有个别差异。与文渊阁四库本相比，《丛书集成续编》前后序皆存，但缺失多首，卷上：《杂咏二首》，缺一首；《辛丑春日书怀十首》，缺一首。卷下缺：《梦友》《承表弟敬德相顾诗以志感》《屡承诸友惠物又闻酒米之贶诗以志之》《丁酉除夕》《雪》《己亥人日》《伤春》《闻胡学士物故诗以悼之二首》《佳人》《得寄来白苎衣》《元夕》《春晴》《闷坐》《秋夜初睡聪楷中见月》《秋热》《中秋》《归鸦》《重九前一日同侪者举唐人况复明朝是岁除之句聊余仿此赋之》《九日代妇作》《秋夜》《冬夜思亲》《乙未夏五月初三日夜梦侍朝因追想平日所见成绝句三十八首》。

[2] 《明史》卷七《成祖本纪》，第 94 页。

者的失职。从处罚的过程与结果来看，朱棣的反应不可谓不激烈。

第一，处理过程迅速。皇太子使臣接驾时间为七月二十八日，黄淮被押解至北京的时间是闰九月初四，两天后，杨士奇、金问也被押回北京。① 从朱棣发出命令，至南京逮捕，再由南京返回北京，仅用66天。相关研究表明：永乐帝第一次巡狩，往返两京的在途时间各为38天。第二次巡狩，到达北京的时间为42天，返回南京时间为33天。② 两次往返平均在途时间为75.5天，远多于朱棣遣使逮捕黄淮的往返时间。即便考虑到使臣回南京选择水路，结合黄淮、杨士奇均有北上乘舟的记载，过程也是相当迅速了。第二，处理结果严重。除了蹇义中途被宽恕释放，黄淮至北京后，被行在六部、都察院、大理寺、通政司奏罪，下诏狱。杨士奇被朱棣亲自审问，问及东宫事，士奇叩首言："殿下孝敬诚至，凡所稽违皆臣等之罪。"③ 杨士奇因认罪态度诚恳被宽宥，但只赦免杨士奇一人不合适，故先下锦衣卫狱，没多久再复职。至于金问，朱棣应该并不熟悉，不然也不会说出"朕未尝识金问，何以得侍东宫"④ 这样的话。金问被审时，辞连杨溥、芮善，他们也因此相继下狱。⑤ 此外，下狱的官员还有王恺、陈寿⑥。黄淮、杨溥、金问、王恺、芮善坐狱近十年，涉事官员饱受牢狱之苦，后果不可谓不严重。

---

① 见《明太宗实录》卷一五六，永乐十二年闰九月甲辰，第1793页。另外，据杨士奇《北京纪行录》，杨在十月初三面见朱棣，和实录相差将近一月。该篇以日记的形式记载了从南京至北京的行程及下狱经过，在记载完九月之后，直接进入十月，因此"十月"当为"闰九月"之误。如此一来，和《明实录》的闰九月初六相比，相差仅两天，暂以《明实录》为准。

② 参见李燮平《明西宫在永乐迁都过程中的政治作用》，《中国紫禁城学会论文集》第5辑，紫禁城出版社，2007，第546页。

③ 《明太宗实录》卷一五六，永乐十二年闰九月甲辰，第1794页。

④ 《明太宗实录》卷一五六，永乐十二年闰九月甲辰，第1793~1794页。

⑤ "遂征司经局洗马杨溥、芮善相继下狱，皆以金问辞连之也。"见《明太宗实录》卷一五六，永乐十二年闰九月甲辰，第1794页。

⑥ 何乔远《名山藏》记载："一时同狱者复有芮善、王恺及工部侍郎陈寿。"见何乔远《名山藏》卷六一，《续修四库全书》第426册，第599页。

为什么朱棣会因"太子遣使后期,且书奏失辞"勃然大怒,甚至出现了"悉征宫僚黄淮等下狱"①的局面?因无法得知书奏内容,也就无法考察是否真正失辞。仅从"迎驾缓"来看,是指派遣使者的时间晚,接驾的距离短。通过与永乐八年北征迎驾比较,就能明显看出"迎驾缓"的真实情况。据《明实录》知,永乐八年,皇太子遣使迎驾于龙门;永乐十二年,遣使迎驾于沙河。我们可以根据地名沿革来确定"龙门"的位置。据《明史》知,元代云州赤城站在明洪武四年被设置为云门驿,宣德五年时改置为赤城堡。但其实在永乐八年八月,还有过更改,"改云门驿为龙门驿、浩门驿为云门驿"。②查《中国历史地图集》明万历十年(1582)顺天府地图可知,赤城堡应该就是明永乐八年北征返程路途中的龙门,"沙河"即地图中的"巩华城"。③第二次迎驾地点巩华城距离北京非常近,朱棣不满意也在情理之中。对"迎驾缓"一事的处理非常严重,说明朱棣真正在意的并非太子遣使迎驾的缓急,而是由此事传达出的忠诚与孝心。正因为如此,朱棣才会说:"有君父出万里外击胡,而为人子顾晏然不省念乎?"④也才会在杨士奇告知"太子孝敬诚至"之后,心情略有好转。在听完杨士奇的解释后,朱棣的疑虑会完全消除吗?事实并非如此。朱棣为了政局稳定不处罚太子,不代表会相信太子。杨士奇被审时对太子的百般维护,并没有打消朱棣的疑虑。朱棣密令金忠调查太子之事,金忠回答没有,却惹怒了朱棣。金忠虽是太子所遣使臣,但也是靖难功臣,这才没有受到惩罚。他还"免冠顿首流涕,愿连坐以保之",⑤正因为如此,太子没有被废黜,黄淮、杨溥等人才得以保住性命。

此事表面上是追究太子遣使迎驾缓,实际上是多重政治矛盾的爆发。

---

① "十年,北征还,以太子遣使后期,且书奏失辞,悉征宫僚黄淮等下狱。"见《明史》卷八《仁宗本纪》,第108页。按:十年误,当为十二年。
② 《明太宗实录》卷一〇六,永乐八年七月癸酉,第1369页。
③ 谭其骧:《中国历史地图集》第7册,中国地图出版社,1982。
④ 邓元锡:《皇明书》卷四《仁宗昭皇帝纪》,《续修四库全书》第315册,第559页。
⑤ 《明史》卷一五〇《金忠传》,第4160页。

首先能看到的是朱高煦对太子继承权的争夺。朱高煦英勇善战，在靖难之役中表现出众，白沟河之战、东昌之战、江上之战，多次使战局转败为胜，获得朱棣的赞赏。朱棣甚至抚其背说："吾病矣，汝努力，世子多疾。"① 暗示朱高煦以后能获得太子之位。朱棣入主南京之后，对立储也很犹豫。当他召文武群臣讨论时，靖难的股肱之臣亲眼见过江上之事，他们属意于高煦，只有文臣金忠意见相左。朱棣密召阁臣解缙入，解缙对以"皇长子仁孝，天下归心"及"好圣孙"。② 又密问黄淮、尹昌隆，皆属意长子，立储之事最终决定下来。③ 解缙、黄淮等人提前选对了太子，却因此被朱高煦忌恨。解缙先是被朱高煦诬陷泄禁中语，仕途受挫；后被进谗言"伺上出，私觐太子，径归，无人臣礼"，④ 逮至诏狱，命丧积雪。黄淮不像解缙那样锋芒毕露，但身为东宫官僚，免不了遭受忌恨。张兆裕在《黄淮之狱与朱高炽的太子地位》一文中认为，因黄淮永乐八年支持太子使用丰城老将李彬征讨李法良之事，朱高煦对他更加忌恨，此次入狱就是"汉庶人中以蜚语"的缘故。⑤ 打击黄淮不是朱高煦的最终目的，他是想借此削弱东宫势力，最终实现夺嫡。他派人日夜监视东宫，多次进谗言，并且迟迟不肯就藩云南。关于这一点，杨士奇有详细的记载："时仁宗皇帝在东宫，所以礼遇四臣甚厚，而支庶有留京邸潜志夺嫡者，日夜窥伺闲隙，从而张虚驾妄，以为监国之过，又结壁近助于内，赖上圣明，终不为惑。然为宫臣者，胥懔懔脆鷈，数见讼系，虽四臣不免，或浃旬，或累月，惟淮一滞十年，盖邹孟氏所谓莫之致而致者也。"⑥ 不能否认，朱高煦进谗言对"迎驾缓"起到了推动作用，但最终做出决定的人是朱棣。张兆

---

① 谷应泰：《明史纪事本末》卷二七，第399页。
② 《明史》卷一四七《解缙传》，第4121页。
③ 参见邓元锡《皇明书》卷四《仁宗昭皇帝帝纪》，《续修四库全书》第315册，第559页。
④ 《明史》卷一四七《解缙传》，第4121页。
⑤ 张兆裕：《黄淮之狱与朱高炽的太子地位》，《明清史论文集》第2辑，天津古籍出版社，1991，第34~42页。
⑥ 杨士奇：《东里文集》卷一〇《题黄少保省愆集后》，第147页。

裕认为朱棣相信朱高煦谗言的前提是对太子心存戒备，打击东宫官僚是对东宫加以限制的策略。① 赵中男在《朱棣与朱高炽的关系及其社会政治影响》中对此探讨更加深入，认为朱棣与朱高炽在政治上长期分工合作，他们之间存在矛盾冲突与个人恩怨。在永乐前期主要表现在册立太子和朱高炽兄弟的不同待遇上，中期为监国太子与皇帝的权力冲突，后期为朱棣对太子权力的限制与放权的矛盾。② 因此，朱棣对太子官署进行的关押杀害以及对朱高煦的纵容，都是用来削弱和限制太子势力、维护自己地位的手段。

如前所述，永乐十二年九月十七日，蹇义在押送北京的途中被释放；杨士奇因认罪态度好，在锦衣卫狱关押将近一个月后，也被释放；黄淮、金问、杨溥、芮善、王恺五人下狱十年。东宫官员的命运主要取决于其与朱棣的关系，但他们所处的职位也须纳入考量。蹇义，吏部尚书兼詹事府詹事（正二品）；黄淮，春坊大学士兼翰林院侍读（正五品）；杨士奇，左春坊左谕德兼翰林院侍讲（从五品）；杨溥、芮善，同为司经局洗马（从五品）；王恺，左春坊左中允（正六品）；金问，司经局正字（从九品）。其中，蹇义的职位最高，可替代性最弱，与朱棣的接触也最多，中途被赦也在情理之中。其余人等均为具体指导太子的官员，如"春坊大学士掌太子上奏请、下启笺及讲读之事，皆审慎而监省之。庶子、谕德、中允、赞善各奉其职以从"。③ 若身为太子的朱高炽受到责罚，在一定程度上会引起朝廷政局的动荡。因此，朱棣把对太子的不满归咎于东宫官员的辅佐失职，不失为一种恰当的方法，对臣子的处罚也无须有太多的顾忌。对东宫官员来说，他们因太子而入狱，反倒拉近了与太子之间的距离。一旦太子登基，光明的前途也是颇可期待的。

---

① 张兆裕：《黄淮之狱与朱高炽的太子地位》，《明清史论文集》第2辑，第34～42页。
② 赵中男：《朱棣与朱高炽的关系及其社会政治影响》，《明史研究》第6辑，黄山书社，1999，第101～108页。
③ 《明史》卷七三《职官志》，第1784页。

二 黄淮的监禁生活与诗歌创作

"迎驾缓"导致了黄淮等人的牢狱之灾,比之于未受波及的阁臣,他们的遭遇为文学创作带来了不同的风格。在讨论以阁臣为中心的台阁文学时,也需要考虑与朝堂环境不同的狱中创作。可通过解读相关文集,尤其是黄淮狱中所作《省愆集》,还原黄淮等人在押送期间和狱中的诗歌创作。这些诗歌能够展现戴罪官员身处囹圄的生活状态与个人心态,也是"迎驾缓"事件主导下文学生态的独特呈现。

(一)《省愆集》所反映的监禁生活

细核《省愆集》,黄淮的诗歌记录了狱外与狱中的生活,所谓狱外,即两次押解的过程。第一次押解是指永乐十二年"迎驾缓"事件,朱棣下令将黄淮等人从南京押送到北京。杨士奇《北京纪行录》详细记载了这一过程,由该文可知:八月三十日,百户鹿荣斋奉旨到达南京;第二天,黄淮、杨士奇、金问、蹇义解职。接着,黄淮由百户鹿荣斋负责,于九月初二先行;蹇义、金问、杨士奇由百户商宽负责,于次日出发。[①] 他们沿着运河舟行至北京,在押送的过程中,有"管送者"在,有时行动并不自由。如九月初八在桃源附近,杨士奇、黄淮隔岸相望,不能相见,又因前途渺茫,心情抑郁怅然所失。杨士奇有诗云:"隔水不得语,中肠千万回。知公望我至,如我望公来。"[②] 这一路并非全是压抑沉闷,商百户应当不属于严厉的"管送者",而是对他们多有照顾,途中也有不少乐事。如九月十七日在开河驿附近,病愈的蹇义心情愉悦,邀请杨士奇、金问登岸步

---

① 杨士奇:《东里续集》卷四八《北京纪行录》,《景印文渊阁四库全书》第1239册,第316页。

② 杨士奇:《东里续集》卷六〇《到桃源黄学士舟已先在南岸不得即相望怅然》,《景印文渊阁四库全书》第1239册,第508~509页。

行，欣赏山川田园，行走十余里才回到舟中，回来便置酒馔，与商百户痛饮。九月二十五日在直沽，杨士奇买鲜鱼，商百户赠送八十枚大螃蟹。同天，杨士奇、金问（注：蹇义被赦，回南京）与黄淮一起饮酒吃蟹，又在刘泰、柯景林舟中煮茶吃蟹，杨士奇与黄淮二人棋局对弈，金问赋诗助兴，朋友相聚一堂，想必内心有所安慰。① 途中纵有开心热闹的场景，杨士奇却仅用平实的文字记录生活点滴，并没有过多抒发自己的感情。一方面，杨士奇深知朱棣的行事作风，故在记录赋诗时保持谨小慎微的心态，以防出现触怒龙颜的文辞；另一方面，身为东宫重要的辅臣，他也知道此事不会风平浪静。途中所作《始乘马》云"眼昏身力弱，心怯道途难"②，《望鸡鸣山》云"今日望鸡鸣，未度心先怯"，③ 表面上写路途艰难心生畏惧，实则描述自己前途未卜、忐忑不安的心理。

　　第二次押解是指永乐十四年九月，黄淮等人由北京诏狱押送至南京。关于这次南还的缘由，李燮平《明西宫在永乐迁都过程中的政治作用》第三、四部分已有详细的论述。④ 简言之，按照《明实录》的说法，是因为"（朱棣）闻汉王高煦于各卫选精壮军士及有艺能者，以随侍为名，教习武事，造作器械"。⑤ 朱棣此次回南京处置次子高煦，处于关押状态的黄淮同行前往。此事意味着太子方面取得优势，对于辅佐东宫的黄淮而言，他在旅途中多次流露出前途乐观的情绪。

　　从第一站通州开始就有诗歌记录，在《丙申南还舟发通州》一诗中，黄淮想到即将回到熟悉的南京，连乘坐的官船都觉得轻快起来；《早过直

---

① 杨士奇：《东里续集》卷四八《北京纪行录》，《景印文渊阁四库全书》第 1239 册，第 316~317 页。
② 杨士奇：《东里续集》卷六〇《始乘马》，《景印文渊阁四库全书》第 1239 册，第 509 页。
③ 杨士奇：《东里续集》卷六〇《望鸡鸣山》，《景印文渊阁四库全书》第 1239 册，第 509 页。
④ 关于朱棣回南京的缘由，参见李燮平《明西宫在永乐迁都过程中的政治作用》，文中的第三部分"西宫营建与高煦不轨"和第四部分"谷王谋反与永乐帝的南京之行"，对此进行了详细的考述。
⑤ 《明太宗实录》卷一八〇，永乐十四年九月丙申，第 1955 页。

沽》云"犹记前年留饮处,菊花插遍赋新题",① 所谓"前年留饮处"即前文所述永乐十二年秋黄淮、杨士奇、金问被押解至直沽时,一起饮酒吃蟹之事;《临清道中》《吕梁洪》基本在写沿途风景;《舟次济宁柳色未改澹斋有诗因次其韵》,重点本是济宁初冬的柳色未改,但笔锋一转,就转到了"自是圣恩深雨露,坐令枯朽总回春",应制诗风陡然而出。除此之外,还有《自讼还南京赋》,诗云"仰荷圣明同日月,愚衷应在照临间",值得注意的是"今是昨非须改辙,跋前疐后敢辞艰"一句,表现出痛改前非毕恭毕敬的样子。黄淮被关押两年之久,终于有幸与皇帝同行,怎能不尽心表现以求释放呢?永乐十四年十一月,朱棣"改汉府中护卫为青州护卫",②"革其左右二护卫",③ 对朱高煦进行了处罚。这段时期的黄淮,表现得极为乐观,如《除夕二首》云"来春新气象,翘首听佳音",《丁酉元正思亲》云"载舞斑斓应有日,休将涕泪洒东风",饱含对重获自由、重登仕途的期盼。但事与愿违,朱棣于永乐十五年三月二十命高煦离开南京前往乐安,六天之后启程回北京,黄淮等人也随之被押解。

相比于前两次押解时所作诗歌,《省愆集》更多地反映了黄淮狱中的生活。据相关研究表明,诏狱的生活环境恶劣,"诏狱建筑为半地下式结构,为防止犯人之间串供和狱情泄露,牢房墙壁建筑很厚,且相互之间隔音效果非常好"。④ 这种"半地下式"的结构不但有碍采光,也影响通风,春季潮湿闷热,夏季酷暑难耐。黄淮入狱一年后的夏天,因病体逢暑气,极为难受,作诗云:"炎蒸侵瘦骨,雨湿透重裀。"(《病暑》)某年六月,久无雨,狱中病者甚多,忽逢大雨,黄淮特赋诗志喜:"久晴思得雨,一雨惬群情。病逐炎蒸退,凉随喜气生。"(《六月久无雨狱中病者甚多忽霖雨大作诗以志喜》)然而,雨水极易加重狱中的湿气,在高温之下又有炎

---

① 黄淮:《省愆集》卷下《早过直沽》,《景印文渊阁四库全书》第1240册,第457页。本节所引黄淮《省愆集》皆出自《景印文渊阁四库全书》,以下不再出注。
② 《明太宗实录》卷一八二,永乐十四年十一月丁未,第1966页。
③ 《明太宗实录》卷一八二,永乐十四年十一月戊申,第1966页。
④ 魏天辉:《简论明代诏狱的管理》,《河南师范大学学报》2010年第6期,第158页。

蒸之感，黄淮诗云："暑雨连朝未放晴，不堪病体困炎蒸。何当置我昆仑顶，两腋清风万壑冰。"（《暑雨》）更有甚者，某年的七月中旬，某晚霖雨大作，导致床榻旁边的墙体坍塌，黄淮鼻伤出血，友朋多相安慰，黄淮特作诗表达谢意。入秋意味着暑气渐退，黄淮亦作诗表达对消暑的渴望，如《伏中苦热闻立秋将至成绝句催之》《立秋》等，然而有时也感叹"庭梧久矣报新秋，余热凭陵尚未收"（《秋热》）。到了冬天，寒气袭来，被冷不成眠，黄淮也有记录："朔风吹冷透衾裯，铃柝交鸣聒耳频。展转无眠愁思剧，却疑羲驭夜停轮。"（《寒夜》）黄淮用诗歌记录了自己的监狱生活，在如此恶劣的环境之下，不可避免地会产生失落愁苦的思绪。

  狱中的恶劣条件还不止于此，除了艰苦的牢狱环境，下狱官员的衣食也是一个大问题。杨溥"在狱中十年，家人供食久，数绝粮，不能继，又上命叵测，日与死为邻，愈励志读书不辍"。① 同被监禁的金问也需要他人的接济，但"非义相馈，皆不受"，② 在狱十年"衣食之需皆澄周之"。③ 文中的"澄"即长洲人沈澄（字孟渊），因此金问曾经对人说："吾微孟渊，为饿鬼矣。"④ 同样，黄淮在狱中也得到不少亲友的帮助，如《寄来绵衣宽博甚揣情因赋》《得寄来白苎衣》《承表弟敬德相顾诗以志感》等都是因此而作。朋友也会赠送物资，某次收到赠送的酒米，黄淮诗云："屡遣曲生扶病骨，兼遗玉粒助晨餐。通情未敢传书札，铭德应须刻肺肝。"（《屡承诸友惠物又闻酒米之贶诗以志之》）珍视与感激之情溢于言表。徐恕庵多次相赠物资，黄淮特作《谢徐恕庵数有赠》一诗，将恕庵与自己比之于伯牙子期、管仲鲍叔。有些同僚并没有因黄淮入狱断绝交往，黄淮也作《承旧同僚诸阁老屡遣惠诗以志之》表达感激之情。同侍东宫的杨士奇不仅为黄淮赠送饮食医药，还关照家人。黄淮《祭少师东里杨公文》详细

---

① 陈建：《皇明通纪法传全录》卷一六，《续修四库全书》第357册，第269页。
② 过庭训：《本朝分省人物考》卷一九《金问》，《续修四库全书》第533册，第384页。
③ 王鏊：正德《姑苏志》卷五五，《景印文渊阁四库全书》第493册，第1051页。
④ 王鏊：正德《姑苏志》卷五五，《景印文渊阁四库全书》第493册，第1051页。

描述了当年的情景：

> 公方入对明廷，旋复释还故职。我则拘幽圜土，一滞十稔有奇。常承悯恻之念，屡馈药食之资。诇我音耗，抚我痴儿。绸缪恳悃，久而不衰。①

在这篇祭文中，黄淮深情地回忆了杨士奇对自己的恩情及两人辅佐东宫的往事。"僚友之中，公尤我知。情之相孚，坚如胶漆"及"慎简宫僚以励翼，惟我与公而相依。异体同心，合辙并趋"② 等语说明，辅佐东宫那段时间是二人友谊的奠定期。黄淮狱中有《追和东里诗韵三绝》，"有时成邂逅，多是梦中来"一句反映出二人的情谊。

（二）黄淮狱中文学交游考述

除赠物创作的诗歌，与亲朋好友的文学交游也不容忽视。通过书信与诗歌，黄淮可以和狱内、狱外的朋友传达在狱中的遭遇与心境，因此文学创作是狱中生活的重要组成部分。《省愆集》中的文学交游，大致可以分为两类。

1. 黄淮与狱外人员的文学交游

黄淮身陷牢狱，多年无法探望家人，感念最深的就是家人的来信。当他读到父亲的书札（诗歌）后，衷情不能自已，在和诗中大呼："一札书来肠寸断，哭声痛彻九重天。"（《谨和家父寄来诗韵四首》）父亲还寄来《自述冬夜二诗》，黄淮和诗两首，其中"承恩簪笔向螭头，薄德终贻父母忧"，"忽拜新诗挥泪读，不知离思几时休"（《谨和家父寄来自述冬夜二诗韵》），深深地表达了对家人的愧疚和思念。此外，黄淮还作《棐子弱冠成人伊始寄一律以勉之》勉励刚成人的儿子，化用杜甫、陶渊明批评儿子

---

① 黄淮：《黄文简公介庵集》卷九《祭少师东里杨公文》，《四库全书存目丛书》集部第27册，第61页。
② 黄淮：《黄文简公介庵集》卷九《祭少师东里杨公文》，《四库全书存目丛书》集部第27册，第61页。

的典故，既有对儿子严厉的一面，也展现出舐犊情深的一面。此外，通过《勉子》一诗，希望儿子要立志轩昂，不能因父亲身陷囹圄就觉得儒冠误人，要坚持用功读书。

《省愆集》中有《冬夜梦会草心愚庄二老友》《用樗庵韵奉简草心愚庄二友二首》。关于"草心"，可略作说明。据方孝孺《草心堂记》、王叔英《草心堂诗序》记载，时吏部郎中永嘉杨景衡官居北京，思念远在永嘉的母亲，因取孟郊"谁言寸草心"之意，将自己所居之堂命名为"草心堂"。杨景衡，名南，字景衡，以字行。洪武间会试中副榜，永乐间任福建左参政，佐闽三十年。黄淮《归田稿》中也有《赋草心堂》《草心堂记》，皆是应缙云知县、闽人陈京（字士瞻）所请而写。黄淮《草心堂记》作于宣德年间，由文本内容可知，黄淮之前与陈京似不认识，此"草心"之名的出现也是宣德年间的事。对于杨景衡，黄淮作有《恭政致仕杨公墓志铭》，由该墓志铭可知，黄淮弱冠时就与杨景衡结识，后"涉历仕途，离会靡常，而夙契弥笃"。① 在杨景衡来京考绩期间，黄淮曾作《送杨参政考漫赴任》相赠。综合来看，狱中通信的"草心"当为杨景衡。关于"愚庄"。赵弼《愚庄先生传》记载："先生姓潘，讳文奎，字景昭，愚庄其号也。世为永嘉人。"② 建文二年中进士，永乐八年二月任左春坊左司直郎。据《明一统志》记载，潘文奎在宣德初年为同知汉阳府。又《明宣实录》记载宣德元年十月，潘文奎升福建布政司右参议（因被召在史馆修实录而未赴任）。潘文奎不仅与黄淮是同乡，还同为洪武二十九年丙子举人。③ 黄淮有《送潘行人使朝鲜》《送潘贰守之任汉阳》等诗，后王直也曾应黄淮之请，给潘文奎的诗集作序。狱中的黄淮在冬夜梦见杨景衡、潘文奎两位好友，作诗《冬夜梦会草心愚庄二老友》云"汉水既深广，闽山

---

① 黄淮：《黄文简公介庵集》卷九《恭政致仕杨公墓志铭》，《四库全书存目丛书》集部第27册，第46页。
② 赵弼：《效颦集》卷上《愚庄先生传》，《续修四库全书》第1266册，第518页。
③ 汤日昭、王光蕴：万历《温州府志》卷一〇，《四库全书存目丛书》史部第210册，齐鲁书社，1996，第695页。

复逶迤",《用樗庵韵奉简草心愚庄二友二首》其一云"楚水闽山千里隔",这两首诗说明彼时潘文奎正在汉阳,杨景衡在福建。因而潘文奎"宣德初任汉阳府同知"的说法不确,当在黄淮出狱前就已上任。

黄淮在狱中多次提及"澹斋",此人是傅舟,字子楫。洪武二十三年与金幼孜同进乡试,后为蕲州学正,永乐中期参与修撰《五经大全》《四书大全》《性理大全》。傅舟与翰林文臣多有交往,金幼孜曾为其作《澹斋记》及《赠傅子楫德安教授》一诗。黄淮与傅舟关系很好,有《赠澹斋》云:"管鲍论心百世豪,陈雷气概漆投胶。嗟余久困艰危日,念子能敦道义交。周庙樽彝存古制,阴崖松柏挺寒梢。由来苦调知音少,慎勿逢人作解嘲。"

此外,《省愆集》中有《闻柯启晖谈黄蒙进学》一诗。柯启晖(1390~1467),名暹,字启晖。永乐初就被选入翰林,与时任翰林院侍读的黄淮当有交往。数年后,柯暹擢户部给事中,永乐二十年因事下狱,洪熙元年(1425)大赦出狱。该诗当作于黄淮入狱之后柯暹入狱之前。另,黄淮曾在某个重阳节作诗《九日》,柯暹次韵一首。黄诗感伤狱中的自己来期未卜,柯诗也为自己的"客途"临风哀叹。

2. 黄淮与狱内人员文学交游

在与外界亲友交流之外,《省愆集》中也有不少和狱友的唱和之作。首先是入狱的东宫官员。黄淮、金问、杨溥三人因"迎驾缓"同年入狱,在狱中时常交流,"相得欢甚,省躬念咎之暇,各持一经讲论,曰:此处忧患之道也"。[①] 永乐十五年,入狱三年的黄淮作《暮秋雨中简同侪》一诗:

三年同作圜扉客,料得闲边况味同。酒到醒时情转恶,诗因愁处句还工。润侵衣袂催寒雨,声透窗纱落叶风。得失固应关定分,相看何必感秋蓬。

---

① 过庭训:《本朝分省人物考》卷一九《金问》,《续修四库全书》第533册,第384页。

由首句"三年同作圜扉客"可知,此诗当是写给金问或杨溥的。整首诗写得最好的是颔联,原本想用一醉解千愁,酒醒时却发现心情更加糟糕,真情流露,不同于以往的台阁文风。尾联则用"得失固应关定分"自我宽慰,故作洒脱,实则无奈。此外,黄淮还有两首和金问的诗。一为永乐十三年所作《追和耻庵诗韵》,首联为"寸心长拟与天游,岂料无才齿系囚",尾联为"何日共沾新雨露,佩环依旧步瀛洲"。可知,关押诏狱一事在黄淮等人的预料之外,他们依旧盼望得到君主的赦免,重新登上朝堂。此外,还有《日本僧雪庭一旦端坐而逝耻庵赋诗挽之余亦次其韵》,此诗当作于永乐二十年。诗题下有注释,"此僧曾住东林,又住峨嵋,年八十五坐累死于狱"。因此,僧人可能与黄淮、金问同为狱友,如此黄淮在得知金问挽诗之后次韵,也就合情合理了。黄淮之前的《赠僧雪庭》,极有可能也作于狱中。

尽管黄淮与狱中东宫同僚较为熟悉,但狱中唱和最多的是"樗庵""兰室"① 二人,这两位都是黄淮的乡友。其中"樗庵"为潘畿,永嘉人,字民止。永乐初年由黄淮推荐入翰林,先预修《太祖实录》,后为《永乐大典》副总裁,永乐九年因解缙牵连入狱,与永乐十二年入狱的黄淮同囚数年,等到仁宗继位才释放出狱。据黄淮为其所作的祭文,二人在狱中相互砥砺,时常一起唱和诗歌,推敲论辩。《省愆集》中提及"樗庵"的诗歌有十一首,其中有七首同时提及"兰室"。由于潘畿《樗庵集》已佚,未能获见更多唱和诗作,"兰室"也暂未考出。据黄淮诗题《癸卯端午承樗庵兰室觞之以酒坐中有诗次韵谢之》可知,永乐二十一年的端午,黄淮、潘畿与"兰室"在狱中饮酒赋诗。黄淮生日时,"兰室"曾作诗相慰。某年重阳节,黄淮作《九日》诗一首,潘畿、"兰室"以及身在狱外的柯暹都曾和诗,之后黄淮再作《承樗庵兰室见和再用韵酬之》一首。永乐二十二年,"兰室"作《病中诗》,黄淮和诗两首,并用"兰室"韵再作诗

---

① 金实:《觉非斋文集》卷七《寄乡友二十首》,《续修四库全书》第1327册,第56页。其二为"余兰室",与黄淮诗中的兰室可能是同一人。

两首赠潘畿。另如《和樗庵中秋诗韵》《用兰室韵为樗庵寿》等诗，都是他们狱中日常交流所作。

此外，黄淮还有《中秋次蘖庵韵二首》。"蘖庵"是江西乐安人萧仪，字德容。永乐十九年四月初八，奉天、谨身、华盖三殿发生火灾，朱棣下诏官员直言，结果"时言者多云建都北京非便，而萧仪言之尤峻。上震怒，加以极刑"。① 在众多官员唾骂言官时，只有夏原吉说："御史、给事职当言路，且应诏陈言，臣等备员大臣不能协赞大议，臣等之罪也。"② 因夏原吉的辩解，萧仪才得以免于死刑，于永乐十九年九月左右关押诏狱，至永乐二十一年七月十九日因病亡故。其间，黄淮与萧仪成为狱友，同处二三年。多年后黄淮为萧仪撰墓表，回忆狱中情景："德容惩艾之次，恬然顺适。与之谈论理道，娓娓忘倦。心有所契，形之于诗，率皆敦厚和平，未尝有愁叹之声。语及其亲，辄鸣咽涕洟，余窃敬爱之。"③ 据黄淮《省愆集》、萧仪《袜线集》记载，可确定以下两次唱和。一是永乐二十年中秋唱和。萧仪有《中秋书怀次黄内翰韵》，黄淮有《中秋次蘖庵韵二首》，可知黄淮应当还有一首《中秋书怀》，否则萧仪就不会有次韵诗作。二是《春日书怀十首》唱和。黄淮《辛丑春日书怀十首》，作于永乐十九年春；萧仪有《春日咏怀十首和黄内翰宗豫韵》，可能作于永乐二十年或二十一年春。萧仪病故后，黄淮在中秋之日作《中秋追和亡友蘖庵去岁所赋诗韵》怀念狱友。

从上可以看出，狱中的黄淮并没有隔绝与同僚、同乡的书信往来及诗歌交流，与同陷牢狱的友人也时有唱和。这在一定程度上能够被黄淮视为情感和精神上的支持，从而缓解恶劣环境下的负面情绪。由于资料

---

① 陈建撰，沈国元订补《皇明从信录》卷一五，永乐十九年九月，《四库禁毁书丛刊》史部第1册，北京出版社，1997，第252～253页。
② 陈九德：《皇明名臣经济录》卷二《夏原吉传录》，《四库禁毁书丛刊》史部第9册，第21页。
③ 黄淮：《黄文简公介庵集》卷七《前户部主事萧德容墓表》，《四库全书存目丛书》集部第27册，第25页。按：题中"户部"误，当为"吏部"。

有限，《省愆集》中一些诗作仅能确定是与诸友活动时所作，如《九日偶沽得一壶坐间诸友索余赋此》《除夕与诸友坐谈罢感怀》等。还有不少唱和、次韵诗作的创作背景与唱和之人无法得知，如《和友人韵》《次韵酬友人》等。但可以确定的是，在狱外与黄淮联系，甚至提供帮助的官员不止上面几位。从政治角度来看，黄淮等人所谓的"失职"，并非大是大非、罪不可恕的政治问题，杨士奇、蹇义也都被无罪释放。这一点可与靖难之役相比较。惩戒黄淮等人，只不过是朱棣用来压制东宫势力的一种手段，而绝不会上升到政治敌对的地步。"迎驾缓"事件对黄淮等人所造成的后果也不是特别严重、不可挽回的。时人所持的是这样的认知态度，甚至黄淮也是这样认识自己这一遭遇的，所以一些同朝官僚不会因政治避嫌而与他断绝往来，反倒会提供物质帮助与精神支持，可以说正是因为他们的物质馈赠与精神宽慰，支撑着身陷囹圄的黄淮、杨溥等人熬过了漫长的十年。

三　黄淮狱中诗歌的创作心态及其诗学内涵

永乐二十二年七月朱棣逝世，同年八月朱高炽登基。仁宗皇帝感念东宫官员蒙冤入狱，将黄淮、金问、杨溥等人释放出狱并复职。其中，黄淮升通政使司通政使兼武英殿大学士，杨溥为翰林院学士，金问为翰林院修撰，王恺丁母艰回乡，芮善为襄府右长史。[①] 黄淮于宣德二年归乡养疾，除了中途入觐进京，乡居二十余年。纵观黄淮一生，阶段分明，反映在文集中，《退直稿》对应在朝，《省愆集》属于狱中，《归田稿》《入觐稿》则作于乡居时期。然而，只有《省愆集》被收入《四库全书》，四库馆臣在《省愆集》提要当中的一段话尤值得注意：

---

① 凌迪知《万姓统谱》记载芮善"洪武间登进士第，历官中书舍人，司经洗马，襄府右长史致仕。"由此推测，襄府右长史一职为被释以后所任。凌迪知：《万姓统谱》卷九六，《景印文渊阁四库全书》第957册，第395页。

其文章春容安雅，亦与三杨体格略同。此集乃其系狱时所作，故以省愆为名。当患难幽忧之日，而和平温厚无所怨尤，可谓不失风人之旨。故特存之，以见其著作之梗概。至其退直、入觐、归田三稿，同编为介庵集者，门径与三杨不异，东里诸集既已著录，则是可姑置焉。①

这段话直接说明《省愆集》与《退直稿》《归田稿》《入觐稿》三稿的不同之处——也即《四库全书》收录《省愆集》而弃其余三稿的原因。如何认识《省愆集》的"不同之处"呢？我们还得回到四库馆臣对《省愆集》的评价上——"和平温厚无所怨尤，可谓不失风人之旨"。"和平温厚"与"春容安雅"较为相近，二者都是台阁文人所追求的诗风。因而，简单地抽出"和平温厚"四个字，并不能充分理解《省愆集》的独特之处。黄淮因"迎驾缓"入狱，可以说是飞来横祸。面对朱棣的责难，狱中的黄淮没有怨尤，依旧保持和平温厚的诗歌风格，这才是四库馆臣看重《省愆集》的关键所在。故上述评价的重心应当落在"无所怨尤"四个字上。换句话说，四库馆臣之所以收录《省愆集》，并不是为了突出《省愆集》"和平温厚"的诗歌风格，而是看重黄淮在面对政治遭遇时对儒家诗教的遵循。所谓"风人之旨"就是对"和平温厚无所怨尤"的简练总结，尽管"风人之旨"也可以指涉怨刺上政、主文谲谏的诗学主张，但考以上述语境，四库馆臣似乎并没有这方面的意思。

四库馆臣的评价，是否能够完整地反映黄淮在狱中的创作情况及书写心态？答案当然是否定的。左东岭就指出，黄淮的内心深处并没有保持温和平静，《省愆集》中有不少对命运的嗟叹与凄伤情感的抒写，这是真情的显现，是自言自语，也有自伤乞怜的色彩在内。② 依此，黄淮实际上并没有做到"无所怨尤"。左东岭以四库馆臣对《省愆集》的评价为切入口，揭示狱中黄淮的妾妇心态。而我们关注的问题是：四库馆臣不可能不知道

---

① 《四库全书总目》卷一七〇，第1484页。
② 左东岭：《王学与中晚明士人心态》，第14~15页。

《省愆集》的全部内容，为什么他们依旧给出"无所怨尤"的评价呢？杨荣在给《省愆集》所作的序中就认为该集怨而不伤，得性情之正。两相比较，似有抵牾之处。问题的关键就出在"怨尤"的对象上。遭受牢狱之灾的黄淮实为罪臣，而罪臣身份所招致的，就是皇权对自我的打压，所以黄淮必然时常面对皇权与自我的二元观照。皇权与自我二者，黄淮是否怨尤，以及如何怨尤，这个问题直接关涉到狱中黄淮的心路历程，并贯穿于整个《省愆集》的创作过程之中。

（一）颂圣与恋阙：黄淮狱中诗歌的正面抒发与心态

受到政治灾祸及恶劣牢狱环境的影响，内心愁苦感伤并发之于诗歌，这是理所当然的事。值得注意的是，黄淮在狱中对皇权不仅没有抱怨，还有不少颂圣之作。《省愆集》共有作品381篇（诗歌369首、赋2篇、词10首），其中语及颂圣的有79篇，占20.73%。作于朝堂时期的《退直稿》有诗、词、赋共369篇，语及颂圣的有72篇，占19.51%。作于归乡时期的《归田稿》有诗、词、赋共115篇，语及颂圣的有20篇，占17.39%。尽管上述统计会受选取标准①与别集收录情况的双重限制，但《省愆集》中1/5的颂圣比例已然能够说明问题。纵观黄淮各个时期的诗文集，颂圣自始至终都存在。《省愆集》与《退直稿》、《归田稿》在颂圣的意旨和话语形式方面并没有什么差异。主要的不同之处在于颂圣主体（黄淮）处于与前后期大为不同的特殊环境，即遭受皇权打压，身陷囹圄。正是这个特别的处境突出了颂圣的独特之处，并生发出一些值得探讨的问题。将黄淮在朝堂与狱中的诗文相比较，语及颂圣的诗歌在主题与内容上有着明显的差异。

《退直稿》中的颂圣诗，主要体现在应制、朝臣唱和、同僚赠行（赴任、考绩、出使）等方面，充分展示了黄淮内阁文臣的身份。狱中的黄淮

---

① 在此需要说明的是，笔者对"颂圣"的选取标准为，诗中明显含有赞颂君主王朝的词句，如宠恩、圣恩、皇恩、圣明、圣君等词，表达对皇权及朝廷的歌颂。

失去了这一显豁的身份标识，随之也失去了应制的资格以及朝臣唱和、同僚赠行的机会，故而黄淮将颂圣的词语和内容转移到了其他诗歌主题上。主要包括元夕诗歌的创作，如《戊戌元夕》《庚子元夕次韵二首》；对往昔生活的怀想，如《乙未夏五月初三日夜梦侍朝因追想平日所见成绝句三十八首》；与友人的唱和，如《和樗庵中秋诗韵》《和友人九日感旧诗》等；自我的感悟与表达，如《释闷》《秋暮书怀》等。由此带来的问题是：狱中失去了诸多颂圣机会的黄淮，为什么还要喋喋不休地将颂圣之语挂在嘴边？如果说《退直稿》中的颂圣是出于阁臣身份迎附、歌颂皇权的心态，是政治风波后台阁文风的群体性表现，那么《省愆集》中的颂圣则稍显刻意。

　　黄淮素有进取之心，他在《送赵子野还乡序》中就说道："虽然命（富贵利达之命）由乎天，而志存乎己。由乎天者，固非人力之可求；存乎己者，岂非平日之当勉。"[1] 在狱中也有"功名富贵须及时，谁肯龌龊陷泥滓"（《短歌行》）等语。皇权的打压并未磨灭黄淮积极进取、博求功名之心。这一方面是黄淮个性所致，另一方面也与当时的政治实情以及他对自己境遇的估计密切相关。朱棣没有给黄淮等罪臣下定牢狱的期限，塞义在押解北京的途中被宥，数月之后，杨士奇也被释。因此，黄淮也一直期待着自己能够不日出狱，重为朝臣，恋阙之心从未磨灭。《省愆集》中有33首诗不同程度地表达了对自己会被赦免的预估和重回朝堂的祈盼，如《送春》云："闻知天上多恩露，不信余生委草莱。"《中秋次韵》云："明年定在南楼上，坐看骊珠出海圆。"如前所述，永乐十四年，因朱高煦逾制，朱棣南下并对其处罚，原属东宫官僚的黄淮对当时的局势持乐观的态度。在由北京诏狱押送至南京期间，作诗《和韵》："梦寐惟应怀魏阙，文章未必误儒冠。于今公论明如日，心地无忧体自安。"[2] 足见其心情甚佳，前两句隐约表达了对自己前途有望的期盼。

---

[1] 黄淮：《黄文简公介庵集》卷三《送赵子野还乡序》，《四库全书存目丛书》集部第26册，第559～560页。
[2] 按：题下有小注"曾同往南京复回"，所和之人应当是因"迎驾缓"入狱的文臣。

事实上这次事件并没有对他产生积极的影响,但黄淮的渴望并不因此而消竭。其原因在于,自己的罪名乃皇帝所定,因此所有的前途与希望都寄托在对方身上,歌颂皇帝、向其表达忠心是唯一可行的道路。《省愆集》中有四首元夕诗。元夕乃观灯应制的佳节,黄淮这几首元夕诗虽非应制,却颇有拟应制的色彩,诗中对君主的歌颂也是不遗余力。此外,《闻车驾幸海子阅海东青》《乙未夏五月初三日夜梦侍朝因追想平日所见成绝句三十八首》也与一般的应制诗相差无几。黄淮身为罪臣而拟作应制,本身就说明他具有强烈的恋阙之心。需要注意的是,在颂圣的同时,时常不忘突出自己的境况、表明心迹。《闻车驾幸海子阅海东青》在一番颂圣之后,末句云:"羁臣闻说升平乐,独倚东风望赤霄。"这隐隐含有盛世之中被遗忘的可怜情绪,也表达了自己迎附皇权的虔诚态度。《戊戌元夕》结尾云:"愚生寡昧自贻戚,回首云泥成迥隔。清宵飞梦绕蓬瀛,落月寒窗正愁寂。侧闻优诏罩恩波,弃瑕摘垢咸搜罗。排云献赋会有待,作诗先继康衢歌。"在表达自己寡昧、处境寒愁之后,"康衢歌"的典故直接揭示自己重为朝臣的意愿。即便与友人的唱和,甚至自我的感慨之中,仍不忘歌颂皇权与表明忠心。如《写诚短古三章》分言自己的丹心、衷情与气节,有"酌以奉君王,寿与天无极"这样极度颂圣之语;《对镜》一诗哀叹年老白发生,却"喜有丹心在,常怀报圣明";《自勖》一诗称"往事悠悠是与非,此心仰荷圣明知";《忆友二首》长叹"中年坎壈鬓成丝,惟有忠君志未衰"。这些诗句均有"表忠"意味,希望君主能够明鉴自己的赤诚之心。总之,我们不能说黄淮颂圣是虚情假意,但可以说这具有明确的目的性。从形式上说,黄淮诗歌的颂圣延续了身在朝廷时的台阁文风,展现出阁臣的身份与创作惯性。从内容上说,颂圣之语就是黄淮在恋阙心态主导下,希望重回朝臣,而主动迎附朱棣的一种主观表达。

(二) 省愆乞怜与关注自我:黄淮狱中诗歌的负面抒发

黄淮将自己狱中的诗文集命名为"省愆"——反省自己的过失,明显是反躬自省之意。他在《省愆集》自序中就说道:"然而质素愚戆,以故处事乖方有不副上意旨者。明年秋逮诣北京，自分当被显辟，乃复蒙恩矜恤但实之狱，俾自省过，一何幸也。"① 所以陈敬宗在为其撰墓志铭时，也称《省愆集》"无非引咎责躬之言"。② 面对"迎驾缓"事件以及自己的牢狱之灾，黄淮一方面歌颂君主的恩德、圣明，另一方面将责任归结到自身，所以说，反躬自省正是颂圣表忠的另一面，二者相辅相成。《省愆集》中约有30首诗歌都表达了自省、自悔之意。他对朱棣没有半句怨言，每言及此，都认为是自己任职之过。永乐十二年初入狱时，黄淮就作了一首"自讼"诗；永乐十四年押解南京时，他又作了一首"自讼"诗。所谓"自讼"，即自责与自省。如作于永乐十二年的《自讼二首甲午秋初入狱赋》云："地位天光近，君恩海水深。竟无经济略，空负圣明心。中岁时同弃，南冠雪渐侵。沈思时引咎，深愧玷儒林。"首联歌颂君恩，颔联和尾联则表达了辜负圣心、有愧儒林的自责之意。再如《承友人和立秋诗韵复成一律以谢之》云"只惭孤圣眷，宁肯哭穷途"，《夜梦二亲》云"臣子立身忠与孝，不才深愧负明时"，《偶成》云"俯仰默无语，悠然愧昨非"。可以看出，处在狱中的黄淮，在写作时既不能抱怨君主，又不能抱怨朝廷，唯有多加反省。也即，在面对皇权与自我的二元观照时，皇权是他日后的希望所在，所以他只有揽下责任，将问题归结到自己身上。

此外，狱中的黄淮有不少自叙境遇的言辞。从恋阙的角度来看，颂圣是对君主的赞美，表忠与自省是向君主表明心迹，自叙境遇则有乞求怜悯的因素在内，希望自己不被忘记。《对镜》前两联哀叹自己的衰容白发，后两联则欣喜自己节义丹心尚存。这里对自我境遇的写照与其说是为了通过重内在而轻外在来表达自己的忠心，毋宁说是突出一个忠心耿耿却老态龙钟的自我形象。《戊戌元夕》《癸卯正旦简同列诸公二十八韵》等诗歌都在一番颂圣之

---

① 黄淮：《省愆集自序》，《丛书集成续编》第169册，台北：新文丰出版公司，1988，第370页。
② 陈敬宗：《明故荣禄大夫少保户部尚书兼武英殿大学士谥文简黄公墓志铭》，程敏政编《明文衡》卷八九，《景印文渊阁四库全书》第1374册，第686页。

后，自叙了狱中境遇，其潜台词就是不希望被皇权与盛世所遗忘。《言志》一诗表现得更为明确，全诗云："六籍穷搜不惮劳，喜承恩宠圣明朝。一心自拟全臣节，万死谁知触宪条。垂老双亲俱白发，应门弱子未垂髫。中情无限凭谁诉，安得因风达九霄。"黄淮希望朱棣知晓的"中情"，除了臣节之外，必定还有上有老、下有小的乞怜之心。此外，黄淮在《晚步》《次韵二首》中都用了"盐车"这一典故——困厄悲惨的老马得到伯乐的关心而嘶鸣。言下之意，黄淮也希望处于悲惨境遇的自己得到"伯乐"的眷顾。

然而，黄淮不可能一直保持颂圣忠君、反躬自省的心态。牢狱生活对其身体和精神造成极大的伤害，由此产生的负面情绪也只能向自己释放。未定期限的牢狱生活能够让他产生被释回朝的期待与预估，也能让他在漫长无止境的等待中消磨意志。日复一日，年复一年，不知出路何在。黄淮难免有这样的情绪波动，深感自己身如萍梗，漂浮无定，发出"谋身多为儒冠误，对客休将旧事拈"（《再和酬黔韵二首》）的感慨与无奈。永乐十九年朱棣迁都北京，大赦天下，黄淮等人却不在被赦之列，他作了一首《辛丑遇赦后未释》："雨露覃恩焕凤纶，岂知屈蠖未全伸。愁来羞看墙东柳，一度春风一度新。"永乐二十年，黄淮在自己生日那天作感怀诗一首云："节近端阳日，予当初度时。劬劳恩罔极，忧患事多岐。踪迹随蓬梗，年华入鬓丝。白云天共远，举目已先悲。"（《壬寅生日感怀》）另有《迹困》《老态》《自悼》等诗歌，都充满了自怜哀婉的情绪。核检《省愆集》，"愁"字共出现90次，分布在78篇作品（包括诗与赋，下同）中，"悲"字出现在18篇作品中。另外，言头发之"白"的有38篇，形容头发如"雪"的有9篇，言"老"（指自己）的有25篇，言"衰"有15篇，言"病"有19篇，言"疾"有7篇。负面情绪产生的直接原因自然是牢狱之灾对黄淮身体和精神的伤害——《退直稿》和《归田稿》就少有类似负面情绪的表达。① 但换个角度来说，黄淮在除掉自己外在的阁臣身份

---

① 《归田稿》及《退直稿》中多是阐述"归田养疾""谢病南归"的事实，这种情形有21处，目的是展示自己远离朝堂、闲适自由的状态，与狱中所写不太相同。

后，才能大量地关注到自我，只不过这时的自我已经饱经风霜。

综上，黄淮在归纳自己狱中创作时说道："或追想平昔见闻以铺张朝廷盛美，或怀恩恋阙以致愿报之私，或顾望咨嗟以兴庭闱之念。"① 这三者实可用"恋阙"二字囊括。狱中的黄淮满怀恋阙之心，诗歌中的颂圣、表忠、反躬自省、自叙境遇等，也都需要在恋阙、渴望重为朝臣的主题下才能得到全面的理解。而这一心态很容易导向时人所认同的创作主张和诗学理念。将杨荣"怨而不伤"的判断与四库馆臣"无所怨尤"的评语相比较，前者指黄淮对自己的态度，后者指黄淮对君主的态度。从根本上说，这两个看似抵牾的表达，在本质上是相通的，"得性情之正"当然也归属于"风人之旨"的范畴。黄淮的狱中诗歌展现了一个罪臣在处理自己与皇权的关系、认识和表达自我遭遇时的一种值得推扬的做法。可以说，诗歌只是黄淮在政治环境中塑造自我、展现自己为人与性情的一种"工具"。所谓的"风人之旨""怨而不伤"，其本质是为臣者如何规训自己的言行。杨溥《省愆集序》云："观公名集之义，岂徒诗云乎哉？"② 这是诗文集序中常见的表述，蕴含着作诗实为做人的理念。从黄淮的狱中创作与心态，以及杨荣、杨溥及四库馆臣的评价中，便能清晰地看出，台阁诗学（以至于正统的儒教诗学）在很大程度上处理的并非诗歌创作问题，而是政治伦理问题。与阁臣未受挫折时和平安雅的诗歌相比，黄淮狱中的创作更能凸显作为文臣的伦理道德和儒教诗学品格，这当是黄淮《省愆集》的典范性所在，也当是四库馆臣收录《省愆集》的根本原因。

四 回望台阁——"迎驾缓"事件下的整体观照

永乐二十二年，黄淮、金问、杨溥等被释出狱。其中，黄淮在担任了两年户部尚书兼武英殿大学士后，便归田养疾，开始了长达二十余年的乡

---

① 黄淮：《省愆集自序》，《丛书集成续编》第169册，第370页。
② 杨溥：《省愆集序》，《丛书集成续编》第169册，第370页。

居生活。此后的黄淮即便钦羡台阁，也只能蓦然回望了。经历了"迎驾缓"事件和十年牢狱之灾，黄淮为人行事变得愈发谨慎，《省愆集》中就有近 10 首诗歌表达自己"兢惕""深惕"的心态。出狱之后所作的"进止有常书汉史，卑微尤必慎持循"，"怀旧料应怜念汝，切宜端谨事枢趋"，"平仲久交惟在敬，平居处事必咨谋"① 等诗句更是直接告诫儿子黄采在朝为官要谨言慎行。这折射出黄淮的畏祸心理，而畏祸的主要源头，乃皇权的控制与压力。黄淮在《省愆集》中为了出狱而颂圣表忠，也可视为畏祸的一种表现。

　　当我们从更广阔的视野回望永乐时期的政治境况时，则会发现靖难之役就像一个筛子，不服甚至反对朱棣的官员或被杀，或归隐，清除殆尽；剩下的官员或甘心迎附，或惧于圣威，激烈的个性逐渐磨灭。这正是滋生台阁文风的政治土壤。换言之，皇权的更易及其带来的政治高压，促进了永乐时期台阁文风的形成，并在很大程度上保证了台阁文风的稳固。黄淮狱中颂圣正是台阁文风稳固性的典型体现。若因正统观念而得罪朱棣，尚可依循儒道大义而指责他，但这样的人大多性命不保，对上怨怒也无济于事。而剩下的像黄淮这样的官员，因自己过失而入罪，找不到任何道义上的依据，除了请求宽宥别无他法，所以，摆在黄淮面前的只有延续台阁文风，颂圣表忠。政治左右着文学，此语放在靖难之役与"迎驾缓"事件背景中来看毫不为过。同时也不可忽视的是，政治对文学的控制有一定的边界，这种边界往往通过创作者的政治身份体现出来。上层官员是台阁文风的绝对主体，就黄淮来说，入狱前的诗歌创作基本符合台阁文臣歌功颂德、舂容安雅的风格；入狱之后，政治身份的改变导致其诗作的复合型表达。典型例子就是《癸卯正旦简同列诸公二十八韵》，前半部分颂圣，语言舂容安雅，展现出阁臣的身份特征；后半部分主要书写自己的凄惨境遇，凸显一个落魄者（罪人）的形象。如前所述，黄淮这样书写自有其目

---

① 黄淮：《黄文简公介庵集》卷一〇《次子采蒙恩留内阁进学临别赋十绝以勉之》，《四库全书存目丛书》集部第 27 册，第 71 页。

的和功用，但是这种独特的两段式结构说明黄淮正处于政治的边缘，也处于台阁文风的边缘。狱中的他或许竭力希望甩掉罪人身份，再次跻身阁臣；与之同时，诗歌也能跟随身份的转变，回到以往和平雅正的诗风。然而，最终事与愿违，宣德二年后，除入觐时期之外，黄淮基本居于家乡。脱离了台阁文风所依附的政治空间，黄淮所作的诗歌基本不含有前一半，值得庆幸的是，后一半也不再像狱中那样凄苦。

另外，台阁文臣是台阁文风的表现主体。"迎驾缓"事件直接影响了台阁成员的变动。朱鸿在《文集与人物研究——以明初阁臣黄淮为例》一文中指出：黄淮在成祖简任的阁臣中，排名仅次于解缙，七人中居第二。解缙罢黜，黄在内阁地位最高。但因入狱十年，出狱后与昔日阁僚杨士奇、杨荣、金幼孜同掌内制，宣德二年归田养疾，居家二十年。黄淮的权势影响力由高至低，此或与其因辅导仁宗获罪，系狱十年有关。[①] 可以说，黄淮的人生走向因"迎驾缓"一事彻底改变。与此同时，在黄淮入狱十年期间，杨荣跟随朱棣左右，深得器重。杨士奇辅佐太子朱高炽，其间虽曾因"辅导有阙"于永乐二十年下狱，但"旬日而释"，因太子入狱两次，加深了他与太子的关系。出狱后的黄淮升通政使司通政使兼武英殿大学士，尽管官秩（正三品）相对有所提升，但无论是地位还是影响力，都只能排在杨士奇、杨荣等人之后。在仁宗继位后的短短四个月内，杨士奇由左春坊大学士升为礼部左侍郎兼华盖大学士，又加少保、少傅。杨荣也升太常寺卿，仍兼文渊阁大学士兼翰林院学士，后又加太子少傅。直到洪熙元年正月，黄淮才升户部尚书，加少保，并仍兼武英殿大学士。因此，杨士奇、杨荣在黄淮之前就完成了两次晋升。对于朝臣来说，除了职位的高低，君主的信任与支持也极其重要。仁宗登基不久，蹇义、杨士奇、杨荣、金幼孜便收到御赐的"绳愆纠谬"银章，并嘱托道："卿等协心赞辅，凡政事有阙，或群臣言之而朕未从，或卿等言之朕有不从，悉用此印密疏

---

① 参见朱鸿《文集与人物研究——以明初阁臣黄淮为例》，《台湾师大历史学报》第 29 期，2001 年 6 月，第 73~93 页。

以闻，其毋惮于再三言之。"① 同年十一月，夏原吉也收到一枚。这足以证明杨士奇、杨荣等人地位高于黄淮。两年后，黄淮告疾归乡。对此，高璐指出：在日夜拘挛、身心受辱的环境中，下狱士人的思维由当初登车揽辔时的意气风发逐渐转向了避世逃名，黄淮在系狱或出狱时明确表现出了归隐的愿望。② 这是黄淮人生另一个重要的节点，他彻底告别台阁，转而成为全国范围内知名的乡绅，而二杨却日益走向权力中心。相较而言，杨溥才出狱时仅为翰林院学士（正五品），不论是政治地位还是文学创作都不及黄淮，但他碰到了难得的机遇。洪熙元年正月，朱高炽设立弘文阁，因感念杨溥受牵连入狱十年，遂让他执掌弘文阁，还亲自将印交给他。同年五月，朱高炽逝世，朱瞻基撤销弘文阁，杨溥顺势入阁。宣德正统年间，"三杨"鼎足的局面逐渐形成。总而言之，我们无法得知若"迎驾缓"事件没有发生，黄淮、杨溥等人会有怎样的人生轨迹，但不可否认的是，"迎驾缓"是影响明初政治的一次关键性事件。这次事件及其所带来的一系列后续效应，导致黄淮失势，造成台阁成员的变动，进而促成"三杨"内阁格局的形成。

---

① 《明仁宗实录》卷二下，永乐二十二年九月戊戌，台北"中研院"历史语言研究所校印本，第 80 页。
② 参见高璐《明代诏狱士人所涉物事考》，《文史》第 4 辑，中华书局，2019，第 236 页。

第三章 迁都事件下的文学与两京文坛

明代永乐时期历史事件与文学研究

在永乐迁都之前，北方发展整体处于劣势。据《中国军事史》统计，仅1101～1400年就发生了600多次战争，北方的人口和经济发展受到战乱的严重破坏。① 而南方无论是科举取士、文人的数量还是著述的数量均以绝对优势胜出，洪武朝"南榜"事件就是南方文化发展的必然结果，也是南北悬殊的有力体现。② 朱元璋有意恢复北方生产力，在文化方面采用"北榜"政策拉拢北方地主，对北方文化的复兴起到了积极作用。③ 靖难之役的发生，使华北地区再受重创，河北河南诸地几乎荒无人烟，给文化发展带来致命的打击。尽管北平在元朝时为大都，在明洪武朝又成为燕王府所在地，但在北方整体凋敝的情况下，经济和文化发展也不容乐观。

随着朱棣的登基，作为龙兴之所的北平，在长达十八年的经营筹划过程中，政治地位得到了显著提升。永乐元年，北平改名为北京，成为陪都；永乐七年至十八年，朱棣三次北巡驻跸北京，以其为行在。在提升政治地位的同时，朱棣也不忘从移民、治理河道、营建宫阙等方面提升北京的经济实

---

① 王丽歌：《宋至明初的战争与北方人地关系变迁》，《光明日报》2014年10月29日，第14版。

② 李济贤：《唐宋以来战乱对北方社会的不利影响——明初"南北榜"历史原因试探》，《史学集刊》1991年第1期。文中，作者对唐、宋（金）、元、明的南（苏州、松江、常州、杭州、嘉兴、湖州）北（山东、山西二省）著作数量进行统计；又统计了北方（河北、河南、山东、山西、陕西五省）在唐、五代、宋、辽、金、元、明的进士数量，南方（苏州、松江、应天、杭州、嘉兴、湖州六府）在唐、宋、元、明的进士数量。这些数据直接展示出南北著作、科举的差异，是南北文化发展差异的真实写照。

③ 马育秀：《春夏榜与明初北方儒学的复兴》，《江西社会科学》2003年第2期。

力，于永乐十九年实现了都城的北迁。① 迁都是靖难之后重要的历史事件，直接影响到明初文学与文坛的演变格局，其中，文学中心北移是一个值得关注的现象。迁都使馆阁中心从南京迁至北京，但迁都从何种程度上触发了台阁体的兴盛，在此过程中迁都的行为又是如何实实在在地发挥作用，这些都是亟待探讨的问题。在地域上，迁都直接引发两京文坛格局的变迁，馆阁群体的北移未必意味着南京文学的衰弱，因此"文学中心北移"这一判断本身就具有一定的限制条件和适用边界，这也引导我们再次审视迁都对文学发展的真正意义。本章将以永乐迁都为背景，以"文学中心北移"的过程为切入点，通过分析该阶段南北两京文坛的诗歌创作，探讨北京行在时期文学的多重面貌，迁都过程中的认同策略与文学书写，迁都后北京文坛的发展以及南京文坛的变化，借此揭示迁都对明初台阁体发展、明初文坛格局的影响。

第一节 北京行在时期的文学与文坛

永乐元年，龙兴之所北平改称北京，这意味着北京政治地位的提升。朱棣在位时，北京先后被作为陪都、行在、京师，这一称谓的变化，其实也是政治地位和文化地位不断提升的过程。从永乐七年北巡至永乐十九年迁都，朱棣三次驻跸北京，通过移民、治理河道等多种措施全面提升北京

---

① 关于永乐迁都的时间线以及迁都准备，学界多有研究。如阎崇年《明永乐帝迁都北京述议》（《中国古都研究》第 1 辑，浙江人民出版社，1985）从北京的地理战略位置、明初民族矛盾、燕王龙兴之所等多个层面分析朱棣迁都北京的原因，论述北京营建过程中的措施及迁都北京的利弊。朱子彦《论永乐帝迁都北京》（《上海大学学报》1989 年第 1 期）论述了迁都的原因、迁都的条件及历史作用。彭勇《成祖迁都与"永乐"国家战略》（《北京观察》2017 年第 1 期）从北方防御、京营制度、卫所体系等国家战略角度对迁都进行了分析。李宝臣《万国来朝的永乐迁都庆典》（《北京观察》2017 年第 4 期）从营建北京核心建筑、郑和下西洋、重振"丝绸之路"入手，讨论了迁都盛典中万国来朝的情形。此外，还有夏维中《明朝迁都六百年："永乐北迁"的历史回顾》（《江苏地方志》2020 年第 6 期）、田澍《明朝迁都北京与多民族国家治理》（《学术月刊》2020 年第 12 期）、万明《全球视野下的明代北京鼎建》（《史学集刊》2021 年第 4 期），都对以往研究及迁都过程进行了全面总结。

的经济实力。这些措施从客观上促进了北方经济发展，也对北方文化发展起到带动作用。在这个过程中，文学中心也在逐渐北移，这是明初文学研究中一个值得关注的现象。

迁都对文学中心北移起到重要作用，这一结论看似显见，却并不容易论证。郑莹《明初中原流寓作家研究》认为洪武朝是文学中心区域向北迁移的准备期，永乐初到定都之前为预热期。北征期间流寓文学的创作主体是扈从人员，他们在北京开展的文学活动，对文学中心北移起到造势和预热作用。[①] 自第一次北巡至正式迁都的十二年中，北京作为行在的时间长达九年。考察此阶段文学和文坛的前提与基础是对北京文臣的梳理，在此基础上整理文臣应制场景、非应制场景的创作。此外，该阶段官员考绩任命设置在北京，扈从文臣不乏与地方官员、亲朋乡友的诗文交流。这些作品所呈现的北京文学动态面貌值得深入全面的关注。

一　行在翰林文臣考

洪武、建文时期，南京作为都城，汇集了朝廷要员，是上层文学核心之所在。靖难之后，这一核心地位虽然还维持着，却因朱棣两次北征行动与迁都计划的实施受到影响。在永乐十九年迁都之前，朱棣曾三次驻跸北京，北京成为行在，有着较高的政治地位。第一次驻跸北京的时间为永乐七年三月至永乐八年十月，第二次为永乐十一年四月至十四年九月，第三次为永乐十五年三月至十八年十二月。前两次与北征相关，后一次则与营建北京及迁都有关。北京作为行在，行政体系完备，设置有行在六部和行在翰林院。文臣（特别是翰林院文臣）是当时文学创作的重要群体。尽管他们在行在任职、停留的时间有长有短，但不可否认的是，他们对行在文学的发展起到了积极作用。考察北京行在时期的文学活动与概貌，需要对随行文臣名单做一个梳理。下文将按照驻跸北京的时间进行论述。

[①] 参见郑莹《明初中原流寓作家研究》，博士学位论文，上海大学，2016，第225页。

（一）第一次驻跸

此次人员基本是永乐七年北巡扈从文臣，前一章中对此已有讨论，现将确定的人员名单罗列如下。

扈从北巡的有胡广（翰林学士）、金幼孜（侍讲）、杨荣（侍讲）、曾棨（侍讲）、彭汝器（修撰）、余鼎（修撰）、王英（修撰）、罗汝敬（修撰）、王绂（中书舍人）、方宾（兵部尚书）、夏原吉（户部尚书）等人。此外，邹缉（侍讲）、梁潜（修撰）、李贯（修撰）、王洪（检讨）、朱纮（编修）、林环（侍讲）奉皇太子命送书至北京。李时勉（庶吉士）、胡俨（国子监祭酒）、陈敬宗（庶吉士）也被朱棣召至北京。

（二）第二次驻跸

据前文对永乐十一年北巡扈从人员的考述可知，此次跟随扈从北巡的文臣有胡广、杨荣、金幼孜、胡俨、王英、王洪、王直、林环、曾棨、邹缉、王绂、许鸣鹤（名翰，以字行）、黄养正（名蒙，以字行），他们跟随朱棣从南京扈从至北京，途中多有唱和。因永乐十二年十一月，朱棣命胡广为《五经大全》《四书大全》《性理大全》总编，"命举朝臣及在外教官有文学者同纂修，开馆东华门外"，① 不少文臣被召至或举荐而来。林志、陈全、梁潜、萧时中②几位文臣被召至北京，陈用、刘永清、陈璲、黄寿生、余学夔、钱习礼六位行在翰林院庶吉士，可能也是因此而来。③ 此外，其他被召至修书的人员，如廖思敬、傅舟等，可由永乐十三年九月赏赐纂修官得知，具体见表3-1，不再罗列。因"迎驾缓"事件的发生，杨士奇、黄淮、杨溥、金问、王恺、芮善被解职并押解至北京，杨士奇很快被释放，其

---

① 《明太宗实录》卷一五八，永乐十二年十一月甲寅，第1803页。

② 参见梁潜《泊庵先生文集》卷五《庐陵曲山萧氏族谱序》，《明别集丛刊》第1辑第20册，第401页。萧时中为永乐九年状元，故此时为第二次北巡。文中有"时中被召来北京"之句。

③ 《明太宗实录》卷一六八，永乐十三年九月戊申，第1871页。

余均坐狱十年。其间黄淮曾随驾押解至南京，但狱中生活基本在北京度过，也可作为文臣在北京的一个注脚。

除了以上扈从、召至和押解三种类型，还有在北京参加会试选拔之人。永乐十三年二月，行在礼部会试天下举人，翰林修撰梁潜、王洪为考官。值得一提的是，这是明朝首次在北京举行会试。作为主考官的梁潜、王洪分别对此进行了记载：

永乐十三年春二月，礼部将合天下贡士而考试之，遂闻于上，诏尚书臣震、侍郎臣绶总其事，翰林修撰臣潜、臣洪合内外儒臣十人，往考其文辞，而以监察御史臣璩、臣健往监焉。于时皇上巡狩北京，天下之士越万里而至者，凡三千人，既撤棘拔其粹得三百五十人，盖试于北京，方自此始，而得士之众，亦前此未之有也。①

永乐十三年春二月，天下乡贡之士会试于北京者三千人，而与选者得三百五十人焉，盖自设科以来未有盛于兹者也。②

在两段引文中，他们都强调了两个数字，一是来北京的天下之士"三千人"，二是取士"三百五十人"（注：实际为三百五十一人），认为此次会试是"前代未有之盛"。杨荣在《进士题名记》中对此也有描述："胪传之日，都城人士抃舞称叹，以为北京之盛美，有以过越前代也。"③ 除此之外，朱棣又下令："礼部会试下第举人中或有学问可取者，命翰林院再试之，得朱瑛等二十四人。"④ 由此可知朱棣对此次会试的重视。状元陈循被任命为翰林修撰，李贞、陈景著为编修。第二、三甲进士中被取为庶吉士者三十人，有洪英、王翱、林文秸、宋魁、陈镛、曾弘、林逌节、胡濙、章文昭、严珊、金关、王瑛、郑珞、袁璞、周崇厚、习侃、郑雍言、牟

---

① 梁潜：《泊庵先生文集》卷七《会试录序》，《明别集丛刊》第 1 辑第 20 册，第 480 页。
② 王洪：《毅斋集》卷五《会试录后序》，《景印文渊阁四库全书》第 1237 册，第 499 页。
③ 杨荣：《文敏集》卷九《进士题名记》，《景印文渊阁四库全书》第 1240 册，第 121 页。
④ 《明太宗实录》卷一六二，永乐十三年三月癸巳，第 1837 页。

伦、吕棠、张益、黄仲芳、廖谟、宋琰、朱昶、范琮、黄瓛、陈文璧、高谷、张坚、沈旸。① 会试的举行使北京在短期内聚集了大量文人，为文学活动的发展提供了基础。

表3-1 第二次驻跸行在文臣

姓名	时间	职位	史料来源
黄宗载、夏礼	十一年十月	监察御史	《实录》卷一四四：命为监察御史
曾棨	十二年八月	翰林院侍讲	《实录》卷一五四：北京行部乡试奏请考试官，命曾棨、邹缉考试赐宴于本部
邹缉	十二年八月	翰林院侍讲兼左春坊左中允	《实录》卷一五四：北京行部乡试奏请考试官，命曾棨、邹缉考试赐宴于本部
陈琏	十二年八月	扬州知府	《同邑礼部侍郎陈琴轩公行状》：十二年为顺天府乡试同考官①
胡广	十二年十一月	翰林院学士	《实录》卷一五八：命编纂四书五经，胡广等总其事，仍命举朝臣及在外教官有文学者同纂修，开馆东华门外，命光禄寺给朝夕馔
	十三年九月	翰林院学士兼左春坊大学士	《实录》卷一六八：五经四书大全及性理大全书成，胡广等上表进。受赏赐宴
	十四年四月	文渊阁大学士	《实录》卷一七五：升文渊阁大学士，仍兼春坊原职
杨荣	十二年十一月	翰林院侍讲	《实录》卷一五八：命编纂四书五经
	十三年三月	右春坊右庶子兼翰林院侍讲	《实录》卷一六二：命行在工部建进士题名碑于北京国子监，命杨荣撰记
	十三年九月	右春坊右庶子兼翰林院侍讲	《实录》卷一六八：五经四书性理大全书成，受赏赐宴
	十四年四月	翰林院学士	《实录》卷一七五：升翰林院学士，仍兼春坊原职②
金幼孜	十二年十一月	翰林院侍讲	《实录》卷一五八：命编纂四书五经
	十三年九月	右春坊右谕德兼翰林院侍讲	《实录》卷一六八：五经四书性理大全书成，受赏赐宴
	十四年四月	翰林院学士	《实录》卷一七五：升翰林院学士，仍兼春坊原职

---

① 《明太宗实录》卷一六二，永乐十三年三月丁巳，第1839页。

续表

姓名	时间	职位	史料来源
梁潜	十三年二月	翰林院修撰	《实录》卷一六一：行在礼部会试天下举人奏请考试官，命梁潜、王洪考试赐宴于礼部
王洪	十三年二月	翰林院修撰	《实录》卷一六一：行在礼部会试天下举人奏请考试官，命梁潜、王洪考试赐宴于礼部
陈循	十三年三月	翰林院修撰	《实录》卷一六二：命第一甲进士陈循为翰林院修撰，同撰性理大全
陈循	十三年九月	翰林院修撰	《实录》卷一六八：五经四书性理大全书成，受赏赐宴
李贞、陈景著	十三年三月	翰林院编修	《实录》卷一六二：命为编修，同纂修性理大全
李贞、陈景著	十三年九月	翰林院编修	《实录》卷一六八：五经四书性理大全书成，受赏赐宴
洪瑛等三十人及原习译书王懋等三十二人	十三年三月	翰林院庶吉士	《实录》卷一六二：第二甲第三甲进士洪瑛、王翱……沈旸及原习译书王懋、姚昇……谢晖为翰林院庶吉士
钱习礼	十三年九月	行在翰林院检讨	《实录》卷一六八：行在翰林院庶吉士升本院检讨
余学夔、刘永清、黄寿生、陈璲、陈用	十三年九月	行在翰林院检讨	《实录》卷一六八：行在翰林院庶吉士升本院检讨
余学夔、刘永清、黄寿生、陈璲、陈用	十三年九月	翰林院检讨	《实录》卷一六八：五经四书性理大全书成，受赏赐宴
萧时中	十三年九月	翰林院修撰	同上
周述、陈全、林志	十三年九月	翰林院编修	同上
涂顺	十三年九月	翰林院庶吉士	同上
王羽	十三年九月	礼部郎中	同上
童谟	十三年九月	兵部郎中	同上
吴福	十三年九月	礼部员外郎	同上
吴嘉靖	十三年九月	北京刑部员外郎	同上

续表

姓名	时间	职位	史料来源
黄裳	十三年九月	礼部主事	同上
段民、洪顺、沈升、章敞、杨勉、周忧、吾绅	十三年九月	刑部主事	同上
陈道潜	十三年九月	广东道监察御史	同上
王选	十三年九月	大理评事	同上
黄福	十三年九月	大常寺博士	同上
王复原	十三年九月	北京国子监博士	同上
赵友同	十三年九月	太医院御医	同上
曾振	十三年九月	泉州府儒学教授	同上
廖思敬	十三年九月	常州府儒学教授	同上
傅舟	十三年九月	蕲州儒学正	同上
王进	十三年九月	大庾县儒学教谕	同上
杜观	十三年九月	济阳县儒学教谕	同上
黄约仲	十三年九月	翰林院典籍	同上
颜敬守	十三年九月	善化县儒学教谕	同上
彭子斐	十三年九月	常州府儒学训导	同上
留季安	十三年九月	镇江府儒学训导	同上
梁潜	十四年三月	翰林院侍读兼右春坊右赞善	《实录》卷一七四：升翰林院修撰兼右春坊右赞善梁潜为本院侍读仍兼右赞善
陈全	十四年三月	翰林院侍讲	《实录》卷一七四：由编修升侍讲
杨尹铭	十四年三月	中书舍人	《实录》卷一七四：铸印局大使杨尹铭为中书舍人仍掌本局事
陈登、陈景茂、黄卓	十四年八月	中书舍人	《实录》卷一七九：擢翰林院习字县丞陈登，秀才陈景茂、黄卓，俱为中书舍人
王英、王洪	十四年八月	翰林院侍讲	《实录》卷一七九：升翰林院修撰王英、王洪俱为本院侍讲

续表

姓名	时间	职位	史料来源
陈敬宗	十二年至十四年	刑部主事	《两浙澹然先生年谱》卷上：命礼部召至北京
胡俨	十一年二月	国子监祭酒	扈从。王洪《癸巳二月十三日扈从奉旨同胡祭酒及同僚先行渡江有作呈诸公》
林环	十一年二月	翰林院侍讲	扈从。王洪《舟中呈崇璧时彦》
王绂	十一年二月	中书舍人	扈从。章昹如《故中书舍人孟端王公行状》：命所司遴选英髦之士以备扈从，时公在选列
许鸣鹤	十一年二月	中书舍人	扈从。梁潜《送许鸣时诗序》：中书舍人许君鸣鹤扈从于北京
黄养正	北巡期间	官生	扈从。黄淮《送黄养正扈从沙漠》
夏原吉	北巡期间	户部尚书	《明史》卷一四九：自是屡侍太孙，往来两京，在道随事纳忠，多所裨益
吕震	十四年八月	礼部尚书	《实录》卷一七九：旦寿星见，钦天监以闻行在，礼部尚书吕震率文武百官请上表贺
袁忠彻	十一年二月	中书舍人	扈从。《明史》卷二九九：改中书舍人，扈驾北巡
杨士奇、黄淮、杨溥、金问、王恺、芮善	十二年秋	东宫辅佐官员，于南京解职，押解至北京	《明史》卷七：以太子遣使迎驾缓，征侍读黄淮，侍讲杨士奇，正字金问及洗马杨溥、芮善下狱，未几释士奇复职 何乔远《名山藏》卷六一：一时同狱者复有芮善、王恺及工部侍郎陈寿

注：①罗亨信：《觉非集》卷五《同邑礼部侍郎陈琴轩公行状》，《四库全书存目丛书》集部第 29 册，第 593 页。

②"命翰林院学士兼左春坊大学士胡广为文渊阁大学士，右春坊右庶子兼翰林院侍讲金幼孜俱为翰林学士，三人俱仍兼春坊原职。"见《明太宗实录》卷一七五，永乐十四年四月乙亥，第 1920 页。按：此条实录有缺，"右春坊右庶子"为杨荣，金幼孜是"右春坊右谕德"，后文中又有"三人"，当知缺失部分词句。

说明：《实录》指《明太宗实录》。史料来源，限于篇幅，部分文字由笔者提炼总结而成。

（三）第三次驻跸

永乐十五年三月，朱棣开始第三次北巡，金幼孜、夏原吉等扈从巡行北京，一同回到北京的还有永乐十四年秋被押解至南京的黄淮。四月，朱棣到达北京，从此一直在北京处理政务。此次时间最长，但因文献散乱和记载缺失，无法得知哪些文臣在北京以及具体时间，但《明实录》中朱棣对官员的任命、赏赐，以及三修《明太祖实录》的纂修信息，可为人员的考辨提供判断依据。故以《明太宗实录》为主，结合相关文集、史料，得出第三次驻跸行在文臣名单（见表3-2）。通过表3-2可知，主要文臣为胡广、金幼孜、胡俨、杨荣、曾棨、邹缉、王洪、王英、王直、罗汝敬、陈敬宗、李时勉、余鼎、姚广孝、余学夔等。此外，户部尚书夏原吉、兵部尚书方宾、礼部官员况钟也扈从至北京。[①] 这些翰林文臣多是前两次扈从人员，能够确定大部分时间都在北京。其余为只能确定时间点的，如周翰、郑叔美等人，具体时间可参见表3-2，此不赘述。

表3-2　第三次驻跸行在文臣名单

姓名	时间	职位	史料来源
胡广	十五年闰五月	文渊阁大学士兼左春坊大学士	《实录》卷一八九：赐金织纱衣一袭
	十五年七月	文渊阁大学士兼左春坊大学士	《实录》卷一九一：赐金织袭衣等物
	十五年九月	文渊阁大学士兼左春坊大学士	《实录》卷一九二：赐白金、彩币、帛布
	十六年五月	文渊阁大学士兼左春坊大学士	《实录》卷二百：《太祖高皇帝实录》成，受赏。五月丁巳，卒于北京
金幼孜	十五年闰五月	翰林院学士兼右春坊右谕德	《实录》卷一八九：赐金织纱衣一袭
	十五年七月	翰林院学士兼右春坊右谕德	《实录》卷一九一：赐金织袭衣等物
	十五年九月	翰林院学士兼右春坊右谕德	《实录》卷一九二：赐白金、彩币、帛布
	十六年五月	翰林院学士兼右春坊右谕德	《实录》卷二百：《太祖高皇帝实录》成，受赏。端午，赏二品金织罗衣一袭

[①] 况廷秀：《太守列传编年》，况钟：《况太守集》卷一，《明别集丛刊》第1辑第35册，第22页。

续表

姓名	时间	职位	史料来源
金幼孜	十六年六月	翰林院学士兼右春坊右谕德	《实录》卷二〇一：诏纂修天下郡县志书，命总之
	十六年九月		金幼孜《瑞象赋有序》
	十七年四月		金幼孜《白乌颂有序》
	十八年闰正月	文渊阁大学士兼翰林院学士	《实录》卷二二一：升杨荣、金幼孜并为文渊阁大学士兼翰林院学士，赐宴于礼部
	十八年十一月	文渊阁大学士兼翰林院学士	《实录》二三一：赐同尚书
胡俨	十六年五月	国子监祭酒兼翰林院侍讲	《实录》卷二百：《太祖高皇帝实录》成，受赏
杨荣	十五年闰五月	翰林院学士兼右春坊右庶子	《实录》卷一八九：赐金织纱衣一袭
	十五年七月	翰林院学士兼右春坊右庶子	《实录》卷一九一：赐金织袭衣等物
	十五年九月	翰林院学士兼右春坊右庶子	《实录》卷一九二：赐白金、彩币、帛布
	十六年五月	行在翰林院学士兼右春坊右庶子	《实录》卷二百：上表进《太祖高皇帝实录》，受赏。端午，赏二品金织罗衣一袭
	十六年六月	翰林院学士兼右春坊右庶子	《实录》卷二〇一：诏纂修天下郡县志书，命总之
	十六年九月		杨荣《白象歌》
	十八年闰正月	文渊阁大学士兼翰林院学士	《实录》卷二二一：升杨荣、金幼孜并为文渊阁大学士兼翰林院学士，赐宴于礼部
	十八年十一月	文渊阁大学士兼翰林院学士	《实录》二三一：赐同尚书
夏原吉	十六年五月	行在户部尚书	《实录》卷二百：上表进《太祖高皇帝实录》，受赏
	十六年六月	行在户部尚书	《实录》卷二〇一：诏纂修天下郡县志书，命总之
	十六年九月		夏原吉《瑞象赞有序》
	十六年九月至十一月		秋九月，命兼掌礼部事。冬十一月罢之[①]
	十八年九月	行在户部尚书	《实录》卷二二九：受命召皇太子来北京

续表

姓名	时间	职位	史料来源
曾棨[2]	十五年五月朔	翰林院侍讲	曾棨《丁酉五月朔驾至北京御西内新殿朝贺》
	十五年六月	侍读学士	《实录》卷一九〇：升翰林院侍讲曾棨为本院侍读学士[3]
	十六年二月	行在翰林院侍讲学士	《实录》卷一九七：行在礼部会试，命曾棨、王英考试赐宴于本部
	十六年五月	侍讲学士	《实录》卷二百：《太祖高皇帝实录》成，受赏
	十七年正月		曾棨《己亥元日雪》
方宾	十五年七月	行在兵部尚书	《实录》卷一九一：方宾言幼官袭者有免缺例不应袭
	十七年五月	尚书	《实录》卷二一二：荐封禅之事
邹缉	十五年八月	行在翰林院侍讲兼左春坊左中允	《实录》卷一九二：北京行部乡试请考官，命邹缉、王洪考试赐宴于本部
	十六年五月	翰林院侍读[4]	《实录》卷二百：《太祖高皇帝实录》成，受赏
	十八年八月	行在翰林院侍讲	《实录》卷二二八：北京刑部乡试奏请考试官，命邹缉、王英考试赐宴于本部
王洪[5]	十五年八月	翰林院侍讲	《实录》卷一九二：北京行部乡试请考官，命邹缉、王洪考试赐宴于本部。随即取消王洪资格，于本月出为礼部主事
沈粲	十五年九月	翰林院侍读	《实录》卷一九二：由翰林院修撰升本院侍读
王英	十五年八月	行在翰林院侍讲	《实录》卷一九二：改命王英代替王洪为乡试考官
	十六年二月	行在翰林院侍讲	《实录》卷一九七：行在礼部会试，命曾棨、王英考试赐宴于本部
	十六年五月	翰林院侍读[6]	《实录》卷二百：《太祖高皇帝实录》成，受赏
	十八年八月	行在翰林院侍讲	《实录》卷二二八：北京刑部乡试奏请考试官，命邹缉、王英考试赐宴于本部
郑叔美	十五年十月	翰林院检讨	《实录》卷一九三：升翰林院典籍郑叔美为检讨
吕震	十五年十一月	行在礼部尚书	《实录》卷一九四：吕震以金河水、太液池祯祥屡见率百官上表贺，上拒而不受

续表

姓名	时间	职位	史料来源
韩达	十五年十月	太医院判	金幼孜《太医院判韩公达挽诗序》：永乐丁酉冬十月卒于北京之官舍
李骐	十六年三月	翰林院修撰	《实录》卷一九八：一甲进士，擢为修撰
刘江、邓珍	十六年三月	翰林院编修	《实录》卷一九八：一甲进士，俱为编修
周叙等十六人	十六年三月	翰林院庶吉士	《实录》卷一九八：俱为翰林院庶吉士
姚广孝[⑦]	十六年三月	太子少师	《实录》卷一九八：姚广孝卒
余鼎	十六年五月	翰林院修撰	《实录》卷二百：《太祖高皇帝实录》成，受赏
罗汝敬	十六年五月	翰林院侍读	《实录》卷二百：《太祖高皇帝实录》成，受赏
李时勉	十六年五月	行在刑部主事	《实录》卷二百：《太祖高皇帝实录》成，受赏
	十六年五月	翰林院修撰	《实录》卷二百：由主事改翰林院侍读
陈敬宗	十六年五月	行在刑部主事	《实录》卷二百：《太祖高皇帝实录》成，受赏
	十六年五月	翰林院侍讲	《实录》卷二百：由主事改翰林院侍讲
何贤、蒋礼、赵勖、陈坤奇、曹义、钟英	十六年五月	行在翰林院编修	《实录》卷二百：由行在翰林院庶吉士擢本院编修
萧湘、卢儒、张士寔、周中和、陈景和、陆伯纶、袁文、杨学曾、赵迪、林虎儿、王真	十五年九月	中书舍人	《实录》卷一九二：擢为中书舍人

续表

姓名	时间	职位	史料来源
戴觐、王璜、王观、潘勤、邵遥、樊敩、石庆、黎民	十六年五月	中书舍人	《实录》卷二百：擢为中书舍人
刘敏、黄养正	十六年五月	中书舍人	《实录》卷二百：升中书舍人
苏镒	十六年六月	中书舍人	《实录》卷二〇一：由儒士擢为中书舍人
周翰	十七年五月	行在翰林院检讨	《实录》卷二一二：由行在翰林院典籍升本院检讨
张习	十七年五月	中书舍人	《实录》卷二一二：由行在翰林院庶吉士升中书舍人
王直	十七年六月	行在翰林院侍读	《实录》卷二一三：由行在翰林院修撰升本院侍读
胡檀	十七年十月	翰林院检讨	《实录》卷二一七：命胡广之子为翰林院检讨，俾进学翰林院
余学夔	十六年、十七年、十八年	翰林院检讨	余学夔《戊戌元夕御赐观灯》《己亥元夕御赐观灯》《庚子元夕赐宴观灯八首》

注：①夏原吉：《忠靖集》附录《夏忠靖公遗事》，《景印文渊阁四库全书》第1240册，第547页。

②曾棨在永乐十七年丁忧。杨荣《西墅曾公墓志铭》记载："预修太祖高皇帝实录，书成，重沐赐赉，丁父忧，复起就职。"《进太祖高皇帝实录表》为永乐十六年五月，而永乐十七正月初一曾棨还在北京，可能是因为消息从江西传至北京存在一定的时间差。曾棨在得到消息之后，便丁忧回乡。

③谢贵安：《明实录研究》，湖北人民出版社，2003，第204页。该书认为"曾棨升侍读学士的时间当为《太祖实录》书成之后"。《明太宗实录》卷一九七，永乐十六年二月丁亥，第2061页。该条记载："命行在翰林院侍讲学士曾棨、侍讲王英考试赐宴于本部。"因此可知，《明太宗实录》卷一九〇所记"侍读学士"当为"侍讲学士"之误。

④据谢贵安考证，邹缉修《太祖实录》时担任的是翰林院侍讲。见谢贵安《明实录研究》，第205页。

⑤胡俨《王希范墓志铭》云："永乐十八年三月辛未，礼部仪制主事王希范卒。"见《胡祭酒文集》卷二二，《原国立北平图书馆甲库善本丛书》第702册，第396页。

⑥这里的"侍读"也当为"侍讲"，见谢贵安《明实录研究》，第206页。

⑦永乐十六年，姚广孝奉命赴北京觐见，三月二十八日病故于庆寿寺，年八十四。朱棣亲撰祭文和《荣国公神道碑》。六月，以僧礼塔葬于北京房山。

说明：《实录》指《明太宗实录》。史料来源，限于篇幅，部分文字由笔者提炼总结而成。

第三次驻跸期间，于永乐十六年二月，在北京举行了第二次会试，曾棨、王英为会试考官。三月，朱棣举行殿试。杨荣《进士题名记》记载道：

> 永乐十六年三月朔，上在北京廷试天下贡士，擢李骐等为进士。礼部尚书臣震请立石题名于国子监，于是上命臣荣记其实……题名者凡二百五十人，第一甲第一名即李骐也，骐初名马，上特改今名云。①

随后，李骐被任命为翰林院修撰，刘江、邓珍为编修。第二甲、第三甲中的周叙、董璘、杨洪、褚思敬、尹凤岐、陈询、徐律、习嘉言、王宾、胡文善、周懋昭、王暹、雷遂、莫圭、孔友谅、秦初等人，俱选为翰林院庶吉士。张铭等五人为行人，其愿为教职。韩著等六人俱为府教授，余分隶诸司观政。②

此外，在第三次驻跸期间大量擢选中书舍人。如永乐十五年九月擢升萧湘、卢儒等十一人；永乐十六年五月先升行在翰林院庶吉士戴觐、王瑺等八人，又升常山群牧所吏目刘敏、官生黄养正两人；永乐十六年六月，擢儒士苏镒；永乐十七年五月，擢升行在翰林院庶吉士张习。大量擢选中书舍人当和营建北京都城有关，他们可以在营建宫殿过程中绘制壁画彩绘。此次北巡之前，朱棣在南京"复诏群臣议营建北京"。③李燮平认为这不是营建北京的始点，而是为迁都北京制造的"政治舆论"，北京宫殿的营建应始于永乐五年。④ 可以肯定的是，第三次驻跸期间无疑是营建北京宫殿的重要阶段，这也是文人画师聚集北京的原因。

在三次驻跸北京的过程中，翰林文臣占据了相当大的比重。前两次北巡的主要目的是北征，仅胡广、金幼孜、杨荣、袁忠彻四位文臣随军出塞，其余翰林官员都留居北京。第三次北巡与营建新都及迁都有关，朱棣

---

① 杨荣：《文敏集》卷九《进士题名记》，《景印文渊阁四库全书》第1240册，第121~122页。
② 《明太宗实录》卷一九八，永乐十六年三月丙寅，第2070页。
③ 《明太宗实录》卷一八二，永乐十四年十一月壬寅，第1964页。
④ 李燮平：《明代北京都城营建丛考》，第242~296页。

自永乐十五年四月到达北京后没有再回南京，扈从文臣大部分时间也在此地。从政治层面来说，北巡期间皇太子奉命监国，但军机及朝堂要务仍然由朱棣定夺。为了维持自己对皇权的掌控，朱棣带大量官员到北京，设置行在六部和行在翰林院，北京的行政地位也随之提升。从文学层面来说，大量翰林文臣的进入，为北京的文学活动增添了许多新元素。故而在行在文学活动中，翰林文臣无疑处于主导地位。由此，北京成为名副其实的行在，在政治地位得到提高的同时，文化吸引力、文学活动与创作面貌也发生了变化。可以说，北京文坛的变迁，在行在时期就已经初步显现出来。以下将以翰林文臣为中心，将北京行在期间的文学分为以下三个层次论述：应制场景下的翰林文臣创作，非应制场景下翰林文臣的内部创作，翰林文臣与外界（地方官员、族人乡绅）的交游创作。

二 应制场景下的翰林文臣创作

翰林院的日常办公职能主要是起草诏书诰命、撰写表笺公文和誊录图籍档案。作为跟随皇帝驻跸行在的文臣，在日常职能之外，也会进行诗文创作。叶晔《明代中央文官制度与文学》一书将明代翰林院应制作品的题材类型分为六类：朝贡献纳、祥瑞呈报、节候赐观、扈从游幸、礼制仪用、启导规诫。① 依此分类，身居行在的翰林文臣的应制创作主要表现在扈从游幸与节候赐观两方面。

（一）扈从游幸

《翰林记》云："永乐中，学士解缙、胡广等七人从上幸北京，每令节燕闲，扈驾登万岁山、侍宴广寒殿、泛太液池以为常，广等多为歌诗以纪之。"② 第一次北巡到达北京时，朱棣下令："公、侯、伯、都督、尚书、

---

① 叶晔：《明代中央文官制度与文学》，浙江大学出版社，2011，第59~80页。
② 黄佐：《翰林记》卷六，中华书局，1985，第73页。

侍郎、学士、庶子、谕德从游万岁山,并赐宴赏。"① 胡广作《春日陪驾游万岁山十首》,金幼孜、王洪、曾棨均有奉和之作,随后被召至而来的梁潜、胡俨也分别对此进行了唱和。② 直至永乐十三年,新晋进士郑雍言作《次胡学士广从游万岁山韵》(存二首)。③ 此外,胡广还有《重陪驾至太液池十首》,从诗题就能知晓游览之频,诗中"非因频侍从,那尽此中奇"一句更说明陪驾游览实为常事,连胡广自己都不由得感慨:"圣恩令遍览,感此兴无穷。"④ 金幼孜在追和诗中不仅赞扬胡广"故人诗句好,尽得写清奇",也用"宸游多乐事,侍从忝词人"表达了陪驾之幸。⑤ 行在时期,北京城内的游幸以万岁山、太液池为主要游览地,这对于没有目睹过元大都的南方文臣来说,可谓一场视觉盛宴,也难怪胡广、金幼孜等人会作组诗十首来应制唱和。

(二) 节候赐观

一是元夕观灯应制。《明太宗实录》中明确记载永乐朝有"元宵节"活动十七次,基本都是"赐文武群臣宴"。在赐宴之外,能够确定的观灯活动有十次(见表3-3)。

---

① 《明太宗实录》卷八九,永乐七年三月甲子,第1181页。黄佐《翰林记·赐游观》云:"永乐七年三月车驾至京,命学士胡广,谕德杨荣、金幼孜,修撰王英等从游万岁山,荣以母忧辞,弗与,特召之行,皆赐赉之。"见黄佐《翰林记》卷一六,第214页。
② 和诗分别为:金幼孜《金文靖集》卷三《奉和学士胡公春日陪驾同游万岁山十首》(《景印文渊阁四库全书》第1240册,第606~607页);王洪《毅斋集》卷三《奉和胡学士光大侍从游万岁山诗韵十首》(《景印文渊阁四库全书》第1237册,第460~461页);曾棨《刻曾西墅先生集十卷》卷七《春日陪驾游万岁山和胡学士韵》(《四库全书存目丛书》集部第30册,第175~176页);梁潜《奉和胡学士从驾幸万岁山》(十首选六),(《泊庵先生诗钞》,《明别集丛刊》第1辑第20册,第585~586页);胡俨《次韵胡学士春日陪驾游万岁山十首》(《颐庵文选》,《景印文渊阁四库全书》第1237册,第629页)。
③ 胡文学:《甬上耆旧诗》卷一三,《景印文渊阁四库全书》第1474册,第272~273页。
④ 胡广:《胡文穆公文集》卷五《重陪驾至太液池十首》,《四库全书存目丛书》集部第28册,第559页。
⑤ 金幼孜:《金文靖集》卷三《追和学士胡公秋日同陪驾重游太液池十首》,《景印文渊阁四库全书》第1240册,第608页。

表3-3 永乐元夕观灯活动

时间	地点	史料来源	文集作品
永乐七年	南京		胡广《元夕观灯侍宴二十韵》（永乐七年）
永乐八年	北京		曾棨《庚寅元夕午门侍宴观灯》
永乐十年	南京	《明太宗实录》卷一二四	曾棨《壬辰元夕观灯午门应制四首》
永乐十二年	北京	《明太宗实录》卷一四七	王直《甲午元夜午门外观灯进诗四首》、胡广《甲午元夕午门观灯四首》
永乐十三年①	北京	《明太宗实录》卷一六〇	袁忠彻《乙未元宵赐观灯》、王直《乙未元夕午门观灯赐宴赋诗四首》、陈全《乙未元夕赐午门观灯》
永乐十四年	北京		余学夔《丙申元夕御赐观灯五首》、周忱《丙申元夕观灯诗》
永乐十五年②	南京		陈敬宗《元夕赐观灯诗五首》（五言律永乐十五年进）、邹济《丁酉上元恩赐宴赏》
永乐十六年	北京	《明太宗实录》卷一九六	陈敬宗《元夕赐观灯诗十首》（七言律永乐十六年进）、余学夔《戊戌元夕御赐观灯》
永乐十七年	北京	《明太宗实录》卷二〇八	陈敬宗《元夕赐观灯》（五言排律三十韵永乐十七年进）、李时勉《元夕观灯》（己亥）、余学夔《己亥元夕御赐观灯》
永乐十八年	北京	《明太宗实录》卷二二〇	余学夔《庚子钦和圣制元夕观灯》、陈敬宗《钦和圣制元夕观灯诗》、王英《钦和御制元夕观灯诗》、夏原吉《钦和御制元夕观灯诗》、金幼孜《拜和圣制元夕观灯诗》、周述《钦和御制诗》、王直《元夕钦和御制观灯诗》③陈敬宗《元夕赐观灯》（七言排律十二韵永乐十八年进）、余学夔《庚子元夕赐宴观灯八首》、柯暹《庚子年元夕观灯》

注：①《明太宗实录》记载朱棣还因此年观灯失火一事敕谕皇太子："朕以上元节张灯午门，意在与民同乐，不意失火伤人，虽由不谨之故，亦上天以垂戒不德也。"（见《明太宗实录》卷一六〇，永乐十三年正月丁巳，第1818页）可知，永乐十三年元夕有观灯活动。

②"永安公主薨讣闻，上深悼之，时初举张灯宴，遂罢之。"见《明太宗实录》卷一八四，永乐十五年正月壬寅，第1978页。然而陈敬宗确有进诗，笔者推测可能取消了张灯之宴，并没有取消进诗之事。

③按：关于这组"钦和圣制元夕观灯诗"的时间，余学夔诗题"庚子"为永乐十八年，陈敬宗《钦和圣制元夕观灯诗》小注为"永乐十四年进"，王英《钦和御制元夕观灯诗》小注为"永乐十三年"。据《明太宗实录》知，朱棣在永乐十四年十一月于南京复诏群臣议营建北京，十五年春回到北京。这组唱和诗中有不少关于营建都城的诗句，如余学夔"圣皇建都功业隆，万里山河气势雄"、金幼孜"天眷皇明基祚隆，肇建两京壮且雄"、周述"新都肇建永世业，宝祚闳开万代功"、陈敬宗"圣皇建都固鸿业，成此赫赫万世功"，可知这应当是在诏议迁都之后，所以组诗的时间定在永乐十八年更准确。

由朱棣驻跸北京的时间可知，在南京举行的观灯仅有永乐七年、十年、十五年三次活动，其余七次均在北京。翰林文臣创作的元夕观灯应制诗数量众多，梁潜、胡俨、王绂、胡广、王英等人文集中多有应制之作，因缺乏时间、地点等关键词，很难确定具体的创作时间，有些能够根据内容确定创作地点，如杨荣《元夕赐观灯》云"圣皇抚昌运，肇基营北京"，① 据此可窥元夕观灯应制活动在北京的兴盛。

二是端午击球射柳，已有学者论述，认为该活动始于永乐朝，在永乐十一年、十三年和十四年均有文学应制之事。② 据梁潜诗歌还可再补两次。其一为《辛卯端午日赐观击球射柳二首》，③ 此次应制时间为永乐九年，是目前所知最早的击球射柳活动，地点为南京。其二为《甲午端日赐观击球射柳》，④ 时间为永乐十二年端午，这时朱棣在北征，可能是由监国皇孙朱瞻基主导的活动。能够确定的五次击球射柳应制活动，除永乐九年在南京外，其余四次都在北京。据《明太祖实录》中的记载，永乐十一年、十三年、十四年的击球射柳都在"东苑"举行。"东苑"是原来的元垛场，朱棣对此处并没有过多营造，使用的时间是永乐十一年至十四年。⑤ 据此，可确定王绂《端午赐观骑射击球侍宴》"球场新开向东苑，一望晴烟绿莎软"与曾棨《侍从东苑观击球射柳应制》都作于北京。《明太宗实录》对永乐十一年端午活动记载甚详：

车驾幸东苑，观击球射柳，听文武群臣四夷朝使及在京耆老聚观。先是命行在礼部议仪注，分击球官为两朋。是日天清日朗，风埃不作，命驸

---

① 杨荣：《文敏集》卷一《元夕赐观灯》，《景印文渊阁四库全书》第1240册，第11页。
② 叶晔：《明代中央文官制度与文学》，第72~73页。永乐十四年端午击球射柳可补一例证：陈全《蒙庵集》卷六《丙申端午赐观击球射柳二首》。
③ 梁潜：《辛卯端午日赐观击柳二首》，《泊庵先生诗钞》，《明别集丛刊》第1辑第20册，第590页。
④ 梁潜：《甲午端日赐观击球射柳》，《泊庵先生诗钞》，《明别集丛刊》第1辑第20册，第582页。
⑤ 李燮平：《明代北京都城营建丛考》，第393页。

马都尉广平侯袁容领左朋,宁阳侯陈懋领右朋,自皇太孙而下诸王大臣以次击射,皇太孙击射连发皆中,上大喜。①

王直的《车驾北巡五月五日独坐斋阁忆去年从幸东苑观亲王群臣击球射柳赋诗宴乐述怀》,所忆当为永乐十一年之事。此外,永乐十三年进士曹义的《端午日赐观击球射柳》,当作于北京。

应制诗文活动是由翰林文臣参与并创作的,主导方却是皇权的拥有者——朱棣。在皇权的主导之下,无论是作于南京还是北京的应制之作,从本质上而言,都是春容安雅的颂圣之作。从两京的应制内容来看,北京的应制文学依然拥有属于自己的特点。在众多节序赐宴中,元夕赐观灯、端午赐击球射柳二事最具影响力,这两项应制活动起源于南京,但在北京的活动次数远多于南宋,规模和影响远大于南京。万岁山、太液池等皇家园林的游幸,对南方文臣而言,既是朱棣对他们的赏赐,也是熟悉认识北京的窗口,是朱棣为迁都北京做的一个小小铺垫。

三 非应制场景下的翰林文臣内部创作

在非应制场景中,行在翰林文臣内部的创作主要是历史事件主导下的创作及日常创作。在某种程度上,文臣们在历史事件背景下的创作风格与应制诗文风格十分相似,均有歌功颂德的一面,但前者是文臣自主选择的结果,后者是君臣互动的结果。

(一) 历史事件主导下的创作

北征蒙古和营建宫殿是当时的重要事件,翰林文臣不可能对此漠然置之。此类创作虽然没有应制之名,但时常透露着歌颂圣朝的主旋律和家国情怀。

---

① 《明太宗实录》卷一四〇,永乐十一年五月癸未,第1680~1681页。

1. 北征蒙古

永乐七年、永乐十一年两次北巡，朱棣的主要目的是北征蒙古，北巡时扈从文臣有十多人。永乐八年、十二年，朱棣两次从北京出发征讨蒙古，扈从文臣只有金幼孜、胡广、杨荣、袁忠彻及个别中书舍人，其余文臣留守北京。正因为许多翰林文臣没有扈从北征，反倒触发了他们对这一军事活动的表达欲，大量的赠行诗由此产生。永乐八年二月初十，朱棣为亲征胡虏由北京出发，曾棨作《二月初十日车驾北征送至德胜门外还守北京》《车驾北征》以记之。永乐十二年三月十七日，朱棣再次由北京出发率军北征，曾棨《二月十七日车驾北巡沙漠送至德胜门外》[①]、梁潜《三月十七日送驾出德胜门》均记录了此事。在此期间，留守文臣还为北征文臣作诗赠行，如王洪《送金谕德扈从北征》、王英《送金谕德扈从征虏四首》、胡俨《送金谕德扈驾北征》赠金幼孜，王洪《送胡学士扈从北征》、王英《送胡学士扈从北征歌》赠胡广，王洪《赠袁舍人忠彻》、王英《送袁舍人忠彻扈从出塞》赠袁忠彻，胡俨《送杨庶子扈驾北征》赠杨荣，王绂《送张中书愿中扈从出塞》、王英《送中书舍人张侗扈从北征》赠张侗。此外，还有王英《送杨都指挥出塞》、梁潜《送哈千户序》这类送给士兵的诗文。受北征系列事件的影响，这类诗歌通常会表现出塞外的壮阔之感，如王洪云"天营日月近，玉帐风云高。春色照大旗，边声入鸣鞘"，[②]曾棨云"胡沙漠漠黄入天，鸣笳叠鼓过祈连。雕戈昼明瀚海雪，铁骑夜走狼山烟"。[③] 这种壮阔之感多来源于对塞外异域的想象，与金幼孜、胡广在北征诗中的真实表达不同。此外，像王洪"瀚海烽火息，大漠烟尘清。归

---

① 金幼孜《北征后录》中："永乐十二年三月十七日庚寅，上躬帅六师……马步官军凡五十余万，予与学士胡公光大、庶子杨公勉仁偕扈从。"曾棨诗中有"圣主戎衣总六师"，可知"二月十七"当为"三月十七日"之误。

② 王洪：《毅斋集》卷三《送金谕德扈从北征》，《景印文渊阁四库全书》第1237册，第446页。

③ 曾棨：《刻曾西墅先生集》卷五《送胡学士扈从北京》，《四库全书存目丛书》集部第30册，第148页。

来麟阁上,千载扬高名"①,王英"誓扫犬羊空瀚海,要令烽火静阴山。军威况借天威重,早见春城奏凯还"② 这样的壮行之语也颇为普遍。

2. 营建宫殿

朱棣驻跸北京期间,营建宫殿也是一个重要的任务。身处北京的翰林文臣必然会对营建之事多加关注,如北京内阁新馆的建成就引起翰林文臣极大的兴趣。曾棨《东华门内新馆初成入直有作》称:"东华楼观郁岧峣,高阁新成抗碧霄。秘府书图金作匮,御沟流水玉为桥。"③ 描述了新内阁的环境。王绂《和曾侍讲题新建秘阁韵两首》、王直《敕建新阁于东华门为翰林寓直之所侍讲曾君喜而有作依韵奉和二首》对此进行唱和,金幼孜也有一诗《和子启曾侍讲敕建内阁之作》,以"共喜临池多暇日,彩云时向座间飘"④ 表达出欣喜之情。据金幼孜《内阁新成次大学士胡公韵四首》、胡俨《次韵胡学士内阁新成四首》、杨荣《和胡学士韵四首》可知,胡广也曾作诗四首记内阁新成之事。有学者认为所咏唱的"当是十四年四月以后九月以前新建的北京内阁",⑤ 结论可以进一步细化。因为王绂是参与唱和的文臣之一,他于永乐十四年春二月初六卒于北京,⑥ 因此内阁建成的时间应当不晚于永乐十四年二月。除内阁新馆之外,永乐十五年五月北京御西内殿成,曾棨有诗《丁酉五月朔驾至北京御西内新殿朝贺》;永乐十五年冬北京奉天殿甫成,因有五色瑞光,王直《圣德瑞应词十首》、金幼孜《圣德瑞应赋有序》、梁潜

---

① 王洪:《毅斋集》卷三《送胡学士扈从北征》,《景印文渊阁四库全书》第1237册,第446页。
② 王英:《王文安公诗集》卷四《送杨都指挥出塞》,《续修四库全书》第1327册,第278页。
③ 曾棨:《刻曾西墅先生集》卷四《东华门内新馆初成入直有作》,《四库全书存目丛书》集部第30册,第137页。
④ 金幼孜:《金文靖集》卷四《和子启曾侍讲敕建内阁之作》,《景印文渊阁四库全书》第1240册,第630页。
⑤ 徐卫东:《明初内阁的位置变迁》,中华书局编辑部编《中华同人学术论集》,中华书局,2002。
⑥ 胡广:《胡文穆公文集》卷一四《中书舍人王孟端墓表》,《四库全书存目丛书》集部第29册,第103页。

《瑞应赋并序》均有记录；此外，礼部建成之日，朝臣还设宴庆祝，金幼孜作《礼部新建诸卿设宴落成遂赋此》记之。营建宫殿影响着迁都的进展，这些诗作体现出曾棨、金幼孜等文臣对营建进度的关注，也反映出迁都对文臣诗歌创作的影响。

（二）翰林文臣的日常创作

行在文臣不仅关注国家大事，也会关注日常生活和交流，留下不少诗文作品。根据场景可以划分为宴集游玩与其他日常生活两类。①

1. 宴集游玩

宴集唱和多集中在传统节日，如元宵、重阳、除夕等。这本是家庭团聚的欢乐时光，行在的文臣却满怀愁苦思乡之情，如：曾棨《除夜有感》云"腊酒渐浇乡思苦，夜灯相对客愁孤"，② 胡广《客中秋夕》云"官舍两京同月色，乡心一夜堕砧声"。③ 因无法与亲人团聚，同僚同乡只好在节会开展宴游活动稍解思乡之苦。

永乐七年中秋，胡广和同院僚友在北京城南举行中秋宴集活动。梁潜《中秋宴集诗序》记之甚详：

于是永乐七年中秋之夕，翰林学士胡公合同院之士会于北京城南公宇之后，于时凉露既降，清飙悠然，明月方升，而酒行乐甚。公乃命分韵赋诗，凡若干首……④

---

① 郑莹《明初中原流寓作家研究》（博士学位论文，上海大学，2016）在第三章第三节第三部分论述流寓作家之间的交往，其中，侍游唱和以永乐十二年八景诗为例；节令唱和以永乐七年中秋、重阳宴集唱和为例，提及永乐十二年立春日分韵唱和，永乐十三年岁除分韵唱和；私人唱和以永乐七年冬日对雪、永乐八年金幼孜冰雪轩为例。本节将以上内容均归入翰林文臣的日常创作，因重点考察行在期间的文学活动，对永乐七年至十八年文臣交游唱和进行补充梳理及考证。
② 曾棨：《刻曾西墅先生集》卷八《除夜有感》，《四库全书存目丛书》集部第30册，第203页。
③ 胡广：《胡文穆公文集》卷八《客中秋夕》，《四库全书存目丛书》集部第28册，第582页。
④ 梁潜：《泊庵先生文集》卷七《中秋宴集诗序》，《明别集丛刊》第1辑第20册，第476页。

胡广《己丑中秋邹侍讲诸公招饮》就于此次活动所作，金幼孜《中秋宴集和答胡学士》、李时勉《和胡学士中秋韵》为唱和之作。《翰林记》对此也有记载："酒酣，分韵赋诗成卷，学士王景为之序。此节会倡和之始也。"① 但《翰林记》对王景的记载有误，据陈琏《故翰林院学士王公景彰墓碑铭》载，"永乐戊子七月十三，其卒之日"，② 可知卒于永乐六年的王景，无法参加永乐七年的集会。

永乐七年重阳节，据梁潜《九日宴集诗序》记载，王洪、曾棨、林环、朱纮、陈敬宗、李时勉、梁潜在北京旅邸举行诗会。席间，王洪摘"江涵秋影雁初飞"之句分韵赋诗。梁潜《重九写怀分韵得江字》、王洪《九日宴集分韵得涵字》、李时勉《九日得飞字》当为此次分韵之作。③

永乐七年冬，某日下雪，曾棨、彭汝器、余鼎等七人夜饮于彭汝器之家，席间以"长安雪后见春归"分韵赋诗。④ 这次赋诗的形式与众不同，采用计时写作的方式："即坐上刻烛，期不过半寸，诗皆成，诗不成者罚，且不得运意默构，即运意默构者又罚。"⑤ 由此可知，与席者须在半寸烛期内完成，且不得构思，有炫耀才技之嫌。

永乐七年十二月庚申，乃立春之日，王英、余鼎、曾棨等七人在余鼎宅中宴饮，席中分韵赋诗。事见王英《立春日宴集诗序》：

今天子在位之七年，四方清平，乃举巡守之典，驻跸北京……冬十二月庚申，乃新春之日，内廷既赐宴，百官皆得休暇。于是合同官凡七人，宴于修撰余君之私第，饮酒乐甚，因取杜少陵"忽忆两京梅发时"之句分

---

① 黄佐：《翰林记》卷二〇，第351页。
② 陈琏：《琴轩集》卷二四《故翰林院学士王公景彰墓碑铭》，第1537页。
③ 叶晔：《明代中央文官制度与文学》，第222页。作者据曾棨《己丑重九日北京官舍宴会分韵得落字》一诗的时间、地点与梁潜所记相符，推测整个诗会过程或有多次唱和，杜牧《九日齐山登高》每句皆有分韵。
④ 胡广：《胡文穆公文集》卷一三《翰林修撰彭汝器墓志铭》，《四库全书存目丛书》集部第29册，第71页。彭汝器卒于永乐八年九月。因此，此次对雪赋诗活动当为永乐七年冬。
⑤ 梁潜：《泊庵先生文集》卷七《西垣对雪诗序》，《明别集丛刊》第1辑第20册，第477页。

韵各赋之。明日，侍讲曾君命予为序。①

曾棨有《立春日忽忆两京梅发时分韵得梅》、陈敬宗有《立春日分韵得忆字》，但并不能判断为该次所作，因为在第二次北巡的永乐十二年十二月，曾棨、王直等七人在宴毕后退坐秘阁，再次以杜甫《立春日》"忽忆两京梅发时"为韵赋诗。关于分韵的过程，王直《立春日分韵诗序》中有较为详细的记载："于是取唐杜甫立春日诗'忽忆两京梅发时'之句，书为丸，投器中，各探一言为韵，赋诗一首，而直僭为之序云。"②

永乐十二年三月至八月，朱棣带领金幼孜、胡广、杨荣等人北征蒙古。留守北京的文臣生活相对悠闲，"故凡居守侍从之臣皆优游无事，遂相与游焉。既周览而乐之，因又以知夫国都之壮且险，诚天府之固也"。③梁潜、邹缉、曾棨、王英、王直和周忱一起游览北京城西的长春宫遗址，并以"蓬莱山在何处"为韵，各赋六首。梁潜、王直、王英、曾棨、周忱五人均有诗文作品存世。④

北征结束之后，胡广、杨荣、金幼孜等人回到北京，与留守北京的文臣一起进行了一场规模更为宏大的诗文唱和活动，即北京八景的唱和。参与唱和的翰林文臣多达十三人，首倡者为邹缉，唱和者有胡广、金幼孜、杨荣、胡俨、曾棨、梁潜、林环、王洪、王直、王英、王绂和许鸣鹤。胡

---

① 王英：《王文安公文集》卷一《立春日宴集诗序》，《续修四库全书》第1327册，第303~304页。

② 王直：《西昌王抑庵集》卷一六《立春日分韵诗序》，《明别集丛刊》第1辑第33册，第529页。

③ 梁潜：《泊庵先生文集》卷七《游长春宫遗址诗序》，《明别集丛刊》第1辑第20册，第481页。

④ 按：现存诗作有，梁潜《登长春宫故址同邹侍讲仲熙曾侍讲子棨王修撰时彦以蓬莱山在何处为韵各赋诗六首》（存一首）、王直《同邹侍讲诸公游长春宫故址六首》、王英《游白云观访长春宫故址作以蓬莱山在何处六字为韵》、曾棨《春日同邹侍讲梁赞善二王修撰周主事游长春宫遗址以蓬莱山在何处六字为韵六首》、周忱《同曾邹王三侍讲梁王二修撰游长春宫遗址以蓬莱山在何处为韵各赋诗六首》。

广《北京八景图诗序》、杨荣《题北京八景卷后》记此事甚详。在七言诗之外，胡广"再赋五言诗八首，以发前之所未至"。① 胡广将这八首五言古诗并序，抄录寄送友人李士文。后来李士文之子李敞谒见陈琏求序，陈琏对此多有赞赏：

诗则浑厚典雅，有汉魏之风，观其序，可见圣化之广大、京都之雄胜、山川之秀丽、景物之繁华，诚所谓万古磐石之基也，虽两都二京三都之盛无以过。②

永乐十三年除夕，在北京的泰和官员举行宴会唱和。梁潜年纪最长，辈分最高，"为乡先辈。当岁除之夕，置酒高会，觞酌酬劝迭起为寿"。③ 在梁潜的建议下，各分韵赋诗一首，"因书'为此春酒，以介眉寿'八字，丸而投之，各探一言为韵，赋诗一首，以写其殷勤之意"。④ 据王英所作序跋，可知除夕分韵诗凡八首，因此参加宴集的泰和官员当为八人。梁潜《除日宴集分韵得此字》小注为"八人皆同邑"，诗中有"合欢贵同心，托交在知己。既无外嫌猜，况乃我同里"，⑤ 表达出同乡之谊。除梁潜、王直、王英外，在北京的江西官员还有曾棨、金幼孜、胡广、邹缉等人，因缺少文献，并不能够完全确定唱和人员。此次同乡会举办于北京，但他们并没有忘记以杨士奇为主而下至监学的十多位南京官员同乡，在梁潜的授意下，王直抄录诗文分给八位参与者，并寄给杨士奇。

此外，永乐十六年除夕，邹缉、余学夔、李时勉、周忱、刘鼎贯、刘

---

① 胡广：《胡文穆公文集》卷一二《再赋八景诗序》，《四库全书存目丛书》集部第 29 册，第 57 页。
② 陈琏：《琴轩集》卷二一《书胡文穆北京八景诗文后》，第 1381～1382 页。
③ 王英：《王文安公文集》卷六《跋燕会诗文后》，《续修四库全书》第 1327 册，第 377 页。
④ 王直：《西昌王抑庵集》卷一六《岁除日分韵诗序》，《明别集丛刊》第 1 辑第 33 册，第 529 页。
⑤ 梁潜：《除日宴集分韵得此字》，《泊庵先生诗钞》，《明别集丛刊》第 1 辑第 20 册，第 575 页。

侃等人在钱习礼宅宴集唱和,分韵赋诗为乐。① 永乐十八年闰正月十五,余学夔、罗汝敬宴集分韵赋诗。② 能够确定具体时间的宴集活动有以上种种,不能够确定时间的更多,如王绂、王英游北京天王寺,有王绂《游天王寺用修撰王时彦韵》为证。曾棨、王英、钱习礼同游北京海印寺,③ 现存王英《和钱检讨游海印寺之作》、曾棨《春日同王修撰时彦钱检讨习礼游海宁寺》,据梁潜和诗可知,曾棨题中"海宁寺"当为"海印寺"。④ 梁潜有《长春宫分韵得遥字》一诗,和前述七人游长春宫韵不同,很有可能属于另外一次游玩活动。

2. 其他日常活动

文臣除宴饮游玩之外,还有不少记录日常生活的诗作,如上下朝堂、雨雪天气、思亲念家等。其中,最突出的是对北京"居所"的吟咏,这当和简陋的居住环境有关。

永乐七年秋,予与翰林编修朱公文冕偕被召来北京。既至,于五云坊之东得屋以居。然迫乎车马尘坋之中,寝处之外无尺寸地空,又垆酤之与邻,歌姬舞妓之嘈杂乎朝夕也。文冕病之,不得已,乃背衢反置其户,别为道出入,以稍绝市喧。又恶其弗饰也,束苇梗架上座为承尘,而幕以楮,墙壁左右以楮墁之,又向明为楮窗,楮莹洁,而窗甚疏达,于是通一室皎然。⑤

---

① 周忱:《双崖诗集》卷一《戊戌除夕同邹侍讲缉余检讨学夔李侍讲时勉刘御史鼎贯彭进士刘上舍侃少卿彦奇吉士叙宴钱检讨宅分韵得枥字因效韩体赋五十四韵》,《明别集丛刊》第 1 辑第 34 册,第 159 页。
② 余学夔:《北轩集》卷一二《庚子闰正月望日宴罗修撰分韵得筵字》,四库未收书编纂委员会编《四库未收书辑刊》第 5 辑第 17 册,北京出版社,2000,第 257 页。
③ 吴长元:《宸垣识略》卷八记载:"海印寺在海子桥北,明宣德间重建,改名慈恩寺。内有镜光阁,今废。"北京古籍出版社,1981,第 153 页。
④ 按:梁潜有《和曾子棨游海印寺》,《泊庵先生诗钞》,《明别集丛刊》第 1 辑第 20 册,第 590 页。梁诗的韵与曾诗相同。
⑤ 梁潜:《泊庵先生文集》卷四《楮窝记》,《明别集丛刊》第 1 辑第 20 册,第 390 页。

梁潜和朱纮在北京的住处，灰尘飞扬，环境嘈杂。他们调整了房屋门户朝向与进出道路，居住环境才得到改善。王洪题"楮窝"二字，梁潜作《楮窝记》，王绂还有《楮窝》一诗，为此事增添了几分诗意。

金幼孜遇到过同样的问题。"其居当阛阓之中，车马往来，市声远迩，杂沓而相闻，每退自玉堂燕休之际，思有以屏其尘嚣，接乎高明，乃于所居东偏辟一室，垩其中，疏其牖，以纳乎天光日华，暨风月之夕，皎乎如在冰雪中。"① 避免喧嚣的办法是在偏僻处另辟一室。文臣们为"冰雪轩"赋诗歌咏，胡俨作序记之。现存相关作品还有：李时勉《冰雪轩赋》、王直《冰雪轩辞》、梁潜《冰雪轩赞并序》、王洪《冰雪轩铭有序》、余学夔《金学士先生冰雪轩三首》、陈全《金谕德先生冰雪轩》。

行在的居所是一个大问题，不少的文臣都有相关诗作。如梁潜《新得居适在禁垣下过者戏曰苑外墙东第一家也漫续之凡三首》云："西山翠色朝回看，北舍香缪醉里赊。"可知在北京期间梁潜曾搬进新居，王直有《和梁先生移居》三首。胡俨在北京期间也曾搬家，金幼孜《和答祭酒胡公移居》云："共喜北来风景好，霜晴十月暖如春。"② 胡俨原诗不存，除金幼孜唱和外，曾棨《和胡祭酒新居之作韵》云"门对西山添爽气，地连上苑隔嚣尘"，③ 梁潜《胡祭酒新居》云"爱尔尚书旧直房，西山十倍胜南昌"，④ 也都对胡俨的居住环境进行了赞赏。

综上所述，行在翰林文臣不仅对北征蒙古、营建宫殿这类重大事件予以关注，也会关注宴集游玩和衣食住行。通过以上内容可知，文臣在行在的日常生活丰富多彩。值得注意的是，能够确定时间的八项宴集活动中，第一次北巡与第二次北巡各占四项；有关"居所"的唱和活动，也多集中

---

① 胡俨：《颐庵文选》卷上《冰雪轩诗序》，《景印文渊阁四库全书》第 1237 册，第 573 页。
② 金幼孜：《金文靖集》卷四《和答祭酒胡公移居》，《景印文渊阁四库全书》第 1240 册，第 625 页。
③ 曾棨：《刻曾西墅先生集》卷九《和胡祭酒新居之作韵》，《四库全书存目丛书》集部第 30 册，第 209 页。
④ 梁潜：《胡祭酒新居》，《泊庵先生诗钞》，《明别集丛刊》第 1 辑第 20 册，第 591 页。

在前两次北巡。笔者认为原因主要有两点。其一，这与前两次扈从文臣相对清闲有关。其二，前两次跟随驻跸的文臣在北京停留时间不长，新鲜感与陌生感并存，游览和宴饮活动也就比较频繁。后来宴集活动的减少，一方面是因为北京逐渐承担都城职能，翰林文臣忙于公务；另一方面是核心人员的缺失，与王绂、梁潜、林环、胡广、王洪等人相继离世也有一定的关联。①

四 翰林文臣与外界的交游创作

身处行在的翰林文臣，并不会失去与外界交流的机会。考绩或任命而来的各地官员、省亲会友而来的族人、慕名而来的乡绅，使翰林文臣获得了与外界进行文学交流的机会，无形中也达到宣传北京的效果。

（一）官员考绩与诗文赠行

朱棣北巡的九年间，虽然命皇太子监国，但军机及王府要务和重要文武官员的任命仍然权归成祖。② 太子负责的仅是一小部分官员的考绩黜陟、复职改用，重要官员还需到北京由朱棣任命，来北京的官员络绎不绝。官员离开北京时，诗歌序文和书画作品成为重要的离别赠品，起到搭建官员与文人交流交往桥梁的作用，翰林文臣在其中扮演了重要角色。

南京的官员会到北京考绩。如中书舍人吴胜到北京考绩，临行赠诗的有金幼孜作《赠吴舍人胜复任还南京》，诗云"十载抽毫侍禁闱，天官书考共称宜"；③ 胡广《送吴中书胜回南京二首》云"故友难为别，分携有底忙"。④

---

① 参见郑莹《明初中原流寓作家研究》，博士学位论文，上海大学，2016，第130页。
② 尹霄：《明代监国制度研究——以朱高炽监国为中心》，硕士学位论文，福建师范大学，2012，第32页。
③ 金幼孜：《金文靖集》卷四《赠吴舍人胜复任还南京》，《景印文渊阁四库全书》第1240册，第634页。
④ 胡广：《胡文穆公文集》卷五《送吴中书胜回南京二首》，《四库全书存目丛书》集部第28册，第558页。

王绂《送周编修复任还南京》云："十载词林来考绩，两京佳丽遍游观。"① 为来北京考绩的翰林同僚赠行。至北京考绩的多是地方官员，因人数众多、内容散乱，用语言描述比较烦琐，故将梁潜、胡广、金幼孜等文臣别集中的诗文赠序，通过表格形式呈现出来（见表3-4）。

表3-4 行在时期部分翰林文臣的诗文赠序

时间	人物	职位	文献来源
永乐七年十二月	罗贞吉	江宁簿	金幼孜《送罗贞吉还江宁序》
永乐十一年七月	钱述	福建参政及盐运使	王洪《送钱参政序》
永乐十一年	夏文度	太学生	王洪《送夏文度序》
永乐十二年十月	郑干	监察御史	金幼孜《赠郑叔恭致仕还乡序》
永乐十二年十二月	王彦修	四川按察司佥事	金幼孜《送王彦修佥宪四川序》
永乐十三年	萧奇	进士	金幼孜《赠进士萧迪哲序》
永乐十三年	胡直	太学生	曾棨《送胡敬方下第还南京太学》
永乐十三年	史常	进士，授行人	梁潜《溧阳史氏族谱序》
永乐十三年	任敬敏	教官	梁潜《送任敬敏归南监诗序》
永乐十三年冬		宿州太守	胡广《乙未冬北京别徐宿州》
永乐十四年二月前	李汝成		王绂《写竹赠李大理汝成》
永乐十四年二月前	钟子勤	中书舍人	王绂《送钟子勤之南京复职中书》
永乐十四年二月前		教谕	王绂《送阙教谕》
永乐十四年夏	王伯贞	琼州太守	金幼孜《赠王太守赴肇庆序》；胡广、胡俨、梁潜赠诗
永乐十六年五月前	王所存	会昌训导	胡广《别表兄王所存归会昌训导》
永乐十六年五月前	廖季习	松溪教谕	胡广《赠季习重教松溪》
永乐十六年五月前	汤礼（字文仪）	宣城训导	胡广《赠汤司训序》
永乐十七年四月	郑干	御史	杨荣《送郑御史致仕还金华并序》

---

① 王绂：《王舍人诗集》卷四《送周编修复任还南京》，《景印文渊阁四库全书》第1237册，第136页。

续表

时间	人物	职位	文献来源
永乐十七年十月	杨太守	莒州太守	王直《送杨太守序》
第一、二次北巡	邵玘（字以先）	御史	梁潜《送邵御史序》
		江西按察廉使	梁潜《送邵廉使之任江西序》
第一、二次北巡	刘天锡	沂州学正	梁潜《送刘校书天锡除沂州学正》 胡广《刘校书调沂州学正赋此题画赠别》 王洪《送刘天锡校书之沂州学正》
第一、二次北巡	廖潜仲	海康教谕	梁潜《廖氏族谱序》
北巡期间	蒋暹	御史	夏原吉《送御史蒋暹乞假归省金台诸友诗图赠饯》
北巡期间	张子仪	博士	金幼孜《赠子仪张博士还南京青监》
北巡期间	徐则宁	福建按察司佥事	王英《送徐佥事赴任诗序》
北巡期间	尹循	御史	王英《送尹循御史还南京序》
北巡期间	刘克己	礼部司务	王英《蓟门送别图序》：交游之士相与饯于蓟城门之外，遂为图，而各赋以诗。曾棨作序
北巡期间	项民彝	监察御史	王英《送项佥事赴江西诗序》
北巡期间	沈均（字仲声）	北京库官	王洪《送沈副使秩满序》
		擢鄱阳递运所大使	王洪《送沈大使之任序》
北巡期间	刘宗庆	县丞	尹昌隆《送刘宗庆考绩序》

当然这不能涵盖行在时期所有的赠行之作，但通过表3-4，在北京任命或考绩的地方官员可见一斑。从官职而言，低的有主簿、县丞，高的有参政、御史；从地域而言，包含广东、江西、四川等地。可以说，朱棣驻跸北京的九年内，各地方各职位的官员都很有可能因考绩等各种事务来到北京。

（二）翰林文臣与亲朋乡友

地方官员的聚集，是因为朝廷中心跟随朱棣转移到北京。家人与乡友的到来，则是因为文臣们生活在北京。

1. 亲朋省亲

身处蓟北的文臣，对亲人的思念不仅表现在传统节日当天，更存在于日常生活之中。梁潜《雨中和邹侍讲韵述怀并柬子啟侍讲》云："慈母衰年长入梦，鸰原远道倍关心。"①在唱和诗中直抒胸臆。胡广《寒夜遣怀四首》云："大儿别久浑无信，幼女新来解诵诗。多少旅愁排遣得，白头老母不成思。"②愁苦之思迎面而来。王英"客居何事倍伤情，恨不全家住蓟城"一句，③更是写出对家庭团聚的期待。因此，亲友的来访，会让人倍感欣慰。如大理寺评事熊仲彝扈从居北京，其父熊自诚前来探望，在北京期间，时常与曾棨、梁潜等人下棋为乐。和熊自诚欢娱嬉戏时，他们忘却了"旅寓之思"，仿佛身处家乡，颇得其乐。梁潜对此有详细记录：

> 邹君稍劣于予（梁潜），独子棨精出过人，累与予弈辄累胜。自君之来，子棨数与君对，君稍难之，而其胜与负常均。君又尝佐予以一胜，子棨因大笑以为乐……顾惟远去其乡，而忽然得以欢娱而嬉戏，以遂忘其旅寓之思，如在乎里闾乡党之近，其为乐可胜道耶？夫乐之既深，则于其去有别离不忍之态，亦人之常情也。于是子棨相率赋诗送之，予因道其平居相与之乐以为序。④

永乐八年四月，曾棨之弟曾栩从南京来行在翰林院省亲。在兄弟相聚的这段时间，他们一起追寻祖父的生活轨迹。北京城南的骖龙门、城外西边的长春宫遗址和文明门等，都是二人祖父在元大都任职时所到之处。金幼孜不禁感叹："慨然怀思其流风遗韵，将有以绍续焉，固有非寻常骚人

---

① 梁潜：《雨中和邹侍讲韵述怀并柬子啟侍讲》，《泊庵先生诗钞》，《明别集丛刊》第1辑第20册，第592~593页。
② 胡广：《胡文穆公文集》卷八《寒夜遣怀四首》，《四库全书存目丛书》集部第28册，第600页。
③ 王英：《王文安公诗集》卷四《寓馆有怀》，《续修四库全书》第1327册，第281页。
④ 梁潜：《泊庵先生文集》卷五《送熊自诚南归序》，《明别集丛刊》第1辑第20册，第402页。

墨客之流,遨游江湖以骋其登高吊古之怀而已也。"① 王直认为其内兄萧诚德游北京意义非凡,云:"海内外有志之士莫不延颈跂足,思欲一游以观圣明之大业,而依道德之末光,盖千载之良遇也。"② 除此之外,胡广、汪敬夫、韩达等人的亲友也来探望,具体见表3-5。

表3-5 行在时期翰林文臣的亲朋往来

时间	姓名	关系	文献来源
永乐八年春	金幼孝	金幼孜之弟	金幼孜《亡弟幼孝征士墓志铭》
永乐七年夏	林珪	林环之弟	林珪《金台七夕陪曾侍讲子启彭修撰汝器诸公宴集分韵得斗字》
永乐八年四月	曾棩	曾棨之弟	金幼孜《送曾棩还南京序》
永乐十一年夏		胡广家兄	胡广《北京别家兄》
永乐十五年前	韩伯承	韩达之子	梁潜《送韩伯承还姑苏序》
永乐十一年	金凤仪	金幼孜族弟	金幼孜《赠教谕刘九成序》
永乐十七年秋	金昭伯	金幼孜之子	杨荣《送金昭伯省父还江西诗序》
永乐十八年冬	金幼孚	金幼孜之弟	金幼孜《亡弟幼孚征士墓志铭》
北巡期间	汪伯彰	汪敬夫仲兄	梁潜《送汪伯彰诗序》
北巡期间	熊自诚	熊仲彝之父	梁潜《送熊自诚南归序》
北巡期间	萧诚德	王直内兄	王直《送萧诚德归泰和序》

2. 求文作序

翰林文臣载笔扈从,素有文名,尤其是梁潜、胡广、金幼孜等资历较深的文臣。不论他们身在何处,前来求文、求序之人都络绎不绝。当他们来到北京后,任职或寓居于北京的官员乡绅常请他们作序。如胡广为北京国子司业董子庄作《书高闲云集后》;金幼孜为选入北京修书的张郁作《友顺楼记》,为居住在北京的靖难功臣余成德作《云松轩诗序》《一乐堂记》;胡俨为北京通州判官黄海作《章华书屋记》;王英为居住在北京的袁

---

① 金幼孜:《金文靖集》卷七《送曾棩还南京序》,《景印文渊阁四库全书》第1240册,第741页。
② 王直:《西昌王抑庵集》卷一六《送萧诚德归泰和序》,《明别集丛刊》第1辑第33册,第532页。

珙作《书四明袁氏族谱后》；王绂《为袁将军题梅花轩》《为王彦本题乐善堂》《怡寿堂为张指挥赋》也均为任职于北京的官员所作。除此之外，各地官员乡绅也时常请文臣写文作序。

在北巡期间，不少官员被召至北京，他们也会顺便请翰林文臣作文纪念。第一次北巡时，翰林修撰林环被召至北京，梁潜为其作《林氏族谱序》；第二次北巡时，翰林修撰萧时中被召至北京，梁潜作《庐陵曲山萧氏族谱序》。除此之外，梁潜为文鼎作《清风楼记》，为廖潜仲作《廖氏族谱序》。郑伯予起复来北京，手持其先祖东皋诗文一卷求序，胡广作《书东皋卷后》。韩伯永，承先荫韩茂为御医，在扈从北京后谒见杨荣，杨荣作《广寿堂有序》。

不少官员乡绅千里迢迢来到北京，也会求翰林文臣赠文。金幼孜就记录了孔志仁游历北京的经过：

> 今年春二月，志仁买舟下鄱阳，逾采石，上金陵，逦迤淮泗，过邹鲁之乡，览幽冀之区，访余于金台之上，间因退朝之暇，篝灯夜坐谈论往昔，志仁复以前记为请。①

这段文字说明了孔志仁到达北京后前去拜访翰林文臣金幼孜，并与其交流之事。在其他文集中，可以找到更多的例证，以亭台楼阁的记文与族谱序文为主，具体见表3-6。

表3-6 行在时期向翰林文臣求文的情况

姓名	关系	过程	文献来源
杨孟完	同里	杨世冲建静轩，其子来北京求序	梁潜《静轩记》
史常	同僚后辈	永乐十三年进士，求序	梁潜《溧阳史氏族谱序》
彭敷询	李时勉之友	敷询来北京，因其李时勉，以谒序	梁潜《彭氏族谱序》
陈汉隆（字世贤）	同僚之父	其子贞豫为北京道监察御史，因其友欧阳允和求铭	梁潜《陈处士墓志铭》

---

① 金幼孜：《金文靖集》卷八《慈寿堂记》，《景印文渊阁四库全书》第1240册，第779页。

续表

姓名	关系	过程	文献来源
刘士皆	同里刘仲良之子	河南按察佥事，求记	梁潜《醉吟楼记》
黄济亨	同乡	间尝至北京，介许鸣鹤征文为记	胡广《明秀楼记》
朱子贵	彭子斐之友	寓居北京，介彭子斐之名求记	胡广《守静斋记》
彭永年	同僚太常赞礼郎	余与永年乡人也，求予为记，有不可辞	胡广《重修崇道观记》
黄济亨	同乡	以其家谱来北京征言为序	胡广《黄氏族谱序》
刘叔愍	同僚北京工曹员外郎	以其家谱征言为序	胡广《夏派刘氏族谱序》
刘令闻	王英同乡	持其家先世文翰来燕台，介王英征言识其后	胡广《书墨庄卷后》
张宇清	方外友	真人四十四代天师永乐十二年三月求记	胡俨《上清宫北真观记》
谢庭循	黄维同乡	介彭子斐来求言为序	金幼孜《静乐轩诗序》
孔志仁	同里	远道而来求序	金幼孜《慈寿堂记》
孙孟修	同里	复自南来，以其帝记为清	金幼孜《暎雪斋记》
廖均卿	同乡	永乐八年以乡故相往还，求记	金幼孜《廉泉书舍记》

另有来北京游览获赠序文者。如金幼孜儿时的伙伴谢绳正，遍游名山大川时到达北京，金幼孜为其作序，称："与其兄弟子姓宾客故人从容宴笑，具道夫四方登览之胜，哲人文士交游之美，与夫圣天子制作之盛，其为快乐可胜既哉。"① 湖南甫溪聂士安，为增长见闻两次买舟北上，第二次游览北京之时，与金幼孜相会累月，并获赠序文：

> 今士安之行，几万余里，以至于斯仰居庸、西山之高，俯桑乾、易水之深，登黄金之台，吊涿鹿之野，其厌饫于山水之奇胜，古人之尘迹，不特黄河、泰华而已也。况今天子仿成周营洛之意，肇建一都，北京都会之区，而车驾临幸，四方万国，轮毂辐凑，人士云集，士安游其间，岂无所得哉？②

---

① 金幼孜：《金文靖集》卷七《送谢绳正南归序》，《景印文渊阁四库全书》第1240册，第720页。
② 金幼孜：《金文靖集》卷七《送聂士安重游金台序》，《景印文渊阁四库全书》第1240册，第750~751页。

谢绳正、聂士安来京游览在一定程度上反映出北京作为古都的吸引力，而金幼孜为二人所作的序文在肯定游览行为的同时，强调游览者在北京的独特体验，着重于"天子制作之盛""北京都会之区"等不同于其他地方的特殊之处。

综上，朱棣三次北巡，均有翰林文臣数十名跟随。驻跸北京期间，为处理政务设置了行在六部和行在翰林院。其间，会试天下举人，营建北京宫殿，编纂《五经大全》《四书大全》《性理大全》，修纂《明太祖实录》，使北京在短时间内聚集了大量文臣。加之考绩官员的到来，为文学活动的开展提供了基础和前提。北京行在时期以翰林文臣为主的文学创作分为三个层次：第一，应制场景下的翰林文臣创作；第二，非应制场景下翰林文臣的内部创作；第三，翰林文臣与外界（地方官员、族人乡绅）的交游创作。北京的应制文学拥有属于自己的地域特点，但与南京的应制文学一样，均为春容安雅的颂圣之作。非应制场景下的翰林文臣创作虽然不像应制文学那样直接明确表达"颂圣"和"感恩"，但实际上并没有完全脱离皇权的影响。对北征蒙古的赠行、对营建北京宫殿进度的关注，都是对国家和皇权的回应；在宴集唱和的诗文及诗序中，也不乏歌功颂德之句。行在时期，皇权由南京移到北京，服务皇权的主要行政系统（六部与翰林院）也完成了一次"迁徙"。对于阁臣来说，职位、职能、政治生活方式都没有发生变化，那么文学创作也不会有所变易，这就是文臣们能够迅速适应行在馆阁生活，并创作出与南京馆阁文学风格一致的作品的原因。由此可以说，第一层次与第二层次的文学创作从本质上而言，都是南京馆阁文学活动的平移与复制。平移与复制的结果，是两京馆阁文学的发展与衰落。这一点在他们的创作活动中也能体现出来。永乐十三年除夕，在北京的泰和官员宴会唱和，八位与会者以"为此春酒，以介眉寿"为韵，各赋诗一首。在梁潜的授意下，王直抄录诗文分给八位参与者，并寄送给在南京的杨士奇。这个例子反映出翰林主体已经北移的现实情况。

从表面上看，第三层次的行在文学创作也脱离不了南京文学生态的藩篱，但在性质上，却与第一、二层次不同。其一，朱棣以北京为行在，其直接影响就是权力中心北移,包括将六部与翰林院复制至北京,会试、考绩的地点由南京改为北京。与主要行政系统的北移相比,会试、考绩地点的变化更能展示北京在全国的政治辐射力,从而为北京文学、文化的繁荣带来相当的向心力和传播效应。如果说第一、二层次的文学创作具有"向内"的性质,那第三层次的文学创作就具备一种"向外"的性质,充分体现出政治中心由南到北转移之后,给相关赠行创作带来的变化,并引发相应的后续。其二,权力中心北移直接引起阁臣文学的北移,阁臣不仅仅是政治身份的代表,在很大程度上还是文化身份、文学身份的代表。换言之,政治的北移引发了以阁臣为核心的文化、文学主体的北移,而这一北移,提升了北京的文化吸引力。乡绅求文正可被视为文化、文学主体转移北京后的直接体现。因此,权力中心的北移与文化中心的北移使北京行在时期文学呈现多重面貌。不论是政治造势方面,还是上层文学地理版图的形成方面,行在时期的北京已经展现出都城变迁的早期征象,该时期翰林文学创作的立体层次也由此得以呈现。

第二节 迁都过程中的认同策略与文学书写
——以瑞应与京都赋为中心

将北京作为行在,这一举措初步实现了政治中心和文化中心的北移,也有助于从客观层面确立北京的都城地位。永乐十四年十一月,朱棣于南京复诏群臣共议营建北京,正式拉开迁都的序幕。在整个迁都过程中,缩小南北二京的客观差距固然重要,但消除士人心理上的南北隔阂,增强他们对北京的认同感,更是朱棣必须考虑的核心问题。朱棣主导的一系列政治行为,必然蕴含着针对新都北京的认同策略。这些策略与都城南北转换中的政治谋划引导着翰林文臣的文学书写——包括瑞应作品与京都赋,为进一步加强都城认同和舆论宣传提供了有效的渠道。政策可以从宏观上规范士人的行为,而文学能起到统一思想、舆论造势的作用。二者相互配合，贯穿于行在、建都和迁都的全过程。对于永乐迁都史实，学界在都城选址①、营建北京的过程及规划②等方面，梳理比较详细。本节将在以往研究成果的基础上，以诗文为中心分析迁都前后的认同策略及翰林文臣所作的文学造势，深入挖掘其内在的政治关联和意义。

一 迁都背景下的都城认同策略

朱棣于永乐十四年下达的迁都命令并没有达到预期，南方官员对迁都一事存在异议。永乐十五年，河南参议陈祚，布政使周文褒、王文振一起上疏："言建都北京非便，并谪均州太和山佃户，躬耕力作，处之晏然。"③可见，官员并不都认同迁都，迁都过程同样不会十分顺利。对于迁都，有学者认为："尽管双方所争的焦点是地理形势与经济条件，但背后还隐藏着南北文化的差异。"④ 此言甚确，不过文化的差异必须通过主体的认同心理，才能转化为质疑迁都的思想倾向和舆论态势。是以，朱棣有必要通过一系列措施来增强南方官员对北京的认同。

众所周知，朱棣前两次驻跸北京的目的是北征，真正参与北征的仅有胡广、金幼孜、杨荣、袁忠彻四位文臣。这个数量不足第一次随行文臣人数的1/7，不足第二次的1/10。驻跸北京人数为什么远多于随征人数呢？

---

① 相关论著有周金鑫《明前期都城选址研究》，硕士学位论文，陕西师范大学，2015；周乾《朱棣为何定都北京紫禁城》，《北京档案》2017年第6期；等等。
② 相关论著有杨真《明初营建北京宫殿时伐木民伕的暴动》，《紫禁城》1984年第1期；贺树德《明代北京城的营建及其特点》，《北京社会科学》1990年第2期；万依《论朱棣营建北京宫殿、迁都的主要动机及后果》，《故宫博物院院刊》1990年第3期；钟焓《吸收、置换与整合——蒙古流传的北京建城故事形成过程考察》，《历史研究》2006年第4期；李燮平《明代北京都城营建丛考》；王岗《明成祖与北京城》，《北京社会科学》2008年第3期；蔡小平、方志远《南京地震与明朝定都北京》，《江西社会科学》2011年第4期；曹子西主编《北京通史》第6卷《永乐迁都北京》；等等。
③ 《明史》卷一六二《陈祚传》，第4401页。
④ 李若晴：《玉堂遗音——明初翰苑绘画的修辞策略》，中国美术学院出版社，2012，第144页。

首先，让大批官员聚集北京是提升北京文化政治向心力，增强认同感的举措。朱棣以行在翰林文臣为中心，在此基础上召集、挑选天下文人，于北京修撰《五经大全》《四书大全》《性理大全》《明太祖实录》。这些大型修书活动有利于北京文化吸引力和辐射力的提升。① 更重要的是，朱棣在驻跸北京期间将国家政治活动也安排至行在，如绝大多数官员的考绩黜陟、复职改用、外国使臣朝贡等。金幼孜《送罗贞吉还江宁序》就说道："永乐七年春，仿古巡狩，举省方之典，驻跸北京，凡四方藩臬暨郡县有司皆奔走效职。"② 这既是掌控国家政权的策略，也是提升北京政治地位、增强地方官员对北京政治认同的方式。迁都之前，曾在北京举行了永乐十三年、十六年两次会试。特别是永乐十三年会试，天下之士来北京者有"三千人"，取士"三百五十一人"，王洪、梁潜均认为此次会试是"前代未有之盛"。杨荣在《进士题名记》中对此也有描述："胪传之日，都城人士抃舞称叹，以为北京之盛美，有以过越前代也。"③ 会试的举行，一方面让北京提前行使都城的职能，另一方面增强了士人与文人对北京的认同感。④ 与此同时，迁都之前顺天府的三次乡试（分别为永乐十二年、十五年、十八年）也值得注意，前一次考试官为邹缉、曾棨，后两次为邹缉、王英，均由朱棣直接任命，既展现朱棣对北方士子的重视，也强调了顺天府的地位。

其次，以笔侍上是翰林文臣最主要的职能，与之相关的一系列活动以及随之而来的应制创作，对提升北京的形象和增强北京的政治文化活力具有不可忽视的作用。朱棣安排大量文臣留居行在，应有这方面的考虑。永

---

① 朱冶《明永乐〈四书五经性理大全〉纂修地及其背景考》(《南都学坛》2015 年第 6 期)指出《四书五经性理大全》纂修于北京，在时间上与首次北京会试相互配合，共同为迁都起到文化上的宣示作用。
② 金幼孜：《金文靖集》卷七《送罗贞吉还江宁序》，《景印文渊阁四库全书》第 1240 册，第 751 页。
③ 杨荣：《文敏集》卷九《进士题名记》，《景印文渊阁四库全书》第 1240 册，第 121 页。
④ 孟义昭《为何明代会试、殿试改至北京举办要早于永乐迁都?》(《文史杂志》2019 年第 1 期) 认为会试、殿试举办城市改移先于迁都，既是明初政治的现实需要，也是永乐年间迁都北京准备工作的重要一环。

乐朝的元夕赐观灯活动有十次，永乐七年、十年、十五年三次举行于南京，其余七次均在北京。端午击球射柳活动有五次，永乐九年在南京，其余四次均在北京。此外，朱棣还带领群臣游万岁山、太液池，足见行在时期北京应制活动的兴盛。① 应制活动强化了北京作为天子之所的政治地位，为提高北京的都城影响力起到预热和铺垫作用。对于翰林文臣而言，应制活动能使其发挥以笔侍上的职能，是让他们熟悉并融入北京政治文化生活的有效方式。值得注意的是，翰林文臣的颂圣文风本身就是可以利用的一种手段。通过应制诗文，翰林文臣为朱棣展现出一个国富民安的大明盛世，如永乐十七年元夕，李时勉称："圣人御极四海宁，佳辰令节乐事并。"② 同时，行在北京也会得到竭力的赞美与推扬，如永乐十八年元夕，余学夔感叹："圣主宸游夕，新都艳绮罗"，"天上逢元夕，都城炫绮霞"。③

再次，如果说赐观灯等应制活动能让文臣对北京产生政治文化上的认同，那么长期轻松的生活则为他们融入北京提供了有利的条件。跟随朱棣驻跸北京期间，文臣们公务相对轻松，有足够的时间游览山川古迹。金幼孜曾感慨："独予居北京，数年以来，幸从属车之后，巡历郊甸，徘徊登览。仰居庸西山之高，俯桑乾易水之深。访黄金之台，吊涿鹿之野。其厌饫于山水之奇胜，古人之陈迹，亦可谓荣且幸矣。"④ 从较为宏大的视角展现了北京山川古迹的魅力。相比而言，衣食住行的书写则体现出文臣对日常生活的融入。比如，夏日的北京瓜果丰盛，曾棨分别写了桃、杏、瓜、李四种水果，"冀北偏多杏，垂垂似弹丸"⑤ 等赞誉之语，形象生动。胡俨在北京期间迁入新居，金幼孜《和答祭酒胡公移居》云"共喜北来风景

---

① 这部分所说的应制，尚不包括瑞应应制和都城赋应制。
② 李时勉：《古廉李先生诗集》卷六《元夕观灯》（己亥），《原国立北平图书馆甲库善本丛书》第 704 册，第 50 页。
③ 余学夔：《北轩集》卷一三《庚子元夕赐宴观灯八首》，《四库未收书辑刊》第 5 辑第 17 册，第 269 页。
④ 金幼孜：《金文靖集》卷八《深州八景记》，《景印文渊阁四库全书》第 1240 册，第 806 页。
⑤ 曾棨：《刻曾西墅先生集》卷七《夏月食四果·杏》，《四库全书存目丛书》集部第 30 册，第 185 页。

好，霜晴十月暖如春"，① 梁潜《胡祭酒新居》云"爱尔尚书旧直房，西山十倍胜南昌"，② 均对居住环境表达了赞美之意。冬至之时，曾棨和梁潜也有"喜陪载笔归东观，更欲移家住北京"③ 之语。这些诗句免不了刻意夸耀、褒扬的可能，但夸耀、褒扬本身就意味着对北京生活的融入与接受。

从在北京举行考绩黜陟、复职改用、会试等国家政治活动，到元夕观灯、端午击球射柳等君臣文化活动，再到游览名胜、迁居宴饮等日常生活，层次由高到低，作用由广及深，体现出北京认同策略的立体效果。认同策略须立足于宏观与群体，通过每一个个体，从上往下渗透，才能见其成效。其中，翰林文臣起到了非常重要的作用。他们通过诗文，对上述行政举措、文化活动、日常生活进行褒扬，体现出自身对北京的认同。另外，应制活动和日常交流时创作的诗文在文臣之间形成一种情绪氛围，在互相感染的同时，通过文辞载体向外释放。这一点最能体现认同感的传播效应。因而，上层的认同策略也就自然而然地转换成翰林文臣诗文创作的立场和视角。随着北京地位的提升，省亲、访友、考绩、游玩之人增多。北巡期间，王直内兄萧诚德游玩北京，王直对此行赞赏有加，云："海内外有志之士莫不延颈跂足，思欲一游以观圣明之大业，而依道德之末光，盖千载之良遇也。"④ 熊自诚自江西至北京探望其子大理寺评事熊仲彝，梁潜在《送熊自诚南归序》中也说："北京据幽蓟之会，伟大壮丽之观，古所谓形胜之都也。士生于南服者，常以不得往游其中为恨。"⑤ 湖南甫溪聂士安再游北京，金幼孜在赠序中这样说道："况今天子仿成周营洛之意，肇建一都，北京都会之区，而车驾临幸，

---

① 金幼孜：《金文靖集》卷四《和答祭酒胡公移居》，《景印文渊阁四库全书》第1240册，第625页。
② 梁潜：《胡祭酒新居》，《泊庵先生诗钞》，《明别集丛刊》第1辑第20册，第591页。
③ 曾棨：《巢睫集》卷三《冬至喜暖和梁赞善韵》，《北京图书馆古籍珍本丛刊》第105册，书目文献出版社，1998，第16页。
④ 王直：《西昌王抑庵集》卷一六《送萧诚德归泰和序》，《明别集丛刊》第1辑第33册，第532页。
⑤ 梁潜：《泊庵先生文集》卷五《送熊自诚南归序》，《明别集丛刊》第1辑第20册，第402页。

四方万国，轮楫辐凑，人士云集，士安游其间，岂无所得哉？"① 从以上三例可以看出，翰林文臣不断地借赠序向离京之人传达他们对北京的赞赏，这种情绪必然通过诗文感染到北京以外的士人。

最后，朱棣曾下令大规模移民以充实北京。靖难之役对北方人口和经济发展造成严重破坏，朱棣多次下令将各地民众迁移至北方，以恢复生产发展。在这些大规模移民中，来自江南的富户是一类特殊的存在。从永乐元年开始，朱棣就选择"直隶苏州等十郡，浙江等九布政司富民实北京"。②《明世宗实录》中的记载更为详细："初，永乐间，徙浙江、南直隶富民三千户，实京师，充宛、大二县厢长。"③ 关于迁徙的具体情况，学界已有相关研究成果。④ 这些来自江南的富户与北京的文人士大夫多有交游。洪庭信身为富户被迁至北京，成为京师之民，无法回乡探母。因思念母亲，"徘徊南望孤云"，众人作"望云之诗"。王英作有《望云诗序》，在序中，王英认为京师之民"优游安闲"足以慰其亲：

> 括苍洪庭信以富室徙居北京，去家日远，而母孺人在堂，思欲归省而未得，常徘徊南望孤云，慨然兴叹。于是大夫士竞为赋望云之诗，庭信集为卷帙，征余言序之……夫人之心固不能忘乎亲也，昔者孝子行役于外，则有"陟彼屺岵"之辞，至于心之忧伤，则有"明发不寐"之叹，此自遭时不偶，故其辞若有所悲愤者，亦宜其然也。今天下承平，民物恬熙，而庭信复得为京师之民，优游安闲，固足慰其亲矣。⑤

---

① 金幼孜：《金文靖集》卷七《送聂士安重游金台序》，《景印文渊阁四库全书》第1240册，第751页。
② 《明太宗实录》卷二二，永乐元年八月甲戌，第415页。
③ 《明世宗实录》卷三五八，嘉靖二十九年三月辛未，台北中研院历史语言研究所校印本，第6416页。
④ 相关研究有：魏连科《明初河北移民史料辑补》，《河北学刊》1989年第5期；曹树基《永乐年间河北地区的人口迁移》，《中国农史》1996年第3期；董倩《明代永乐年间移民政策述论》，《青海社会科学》1998年第6期；冯剑辉《明代京师富户之役考论——以徽州文献为中心》，《史学月刊》2015年第1期；等等。
⑤ 王英：《王文安公文集》卷二《望云诗序》，《续修四库全书》第1327册，第315页。

遂昌王孔融也因移居北京，念去亲远，作《双溪亲舍图》，胡俨为其作记：

括之遂昌王孔融居双溪之上，读书奉亲，有溪山之乐。邑计户之甲乙，移实北京，孔融念去亲远，而子职弗克，尽朝夕形乎梦思，乃图其所居之胜，题曰"双溪亲舍"，来谒余求为之记……今子获居京师，依日月之光华，睹山河之壮丽，朝廷清明，民物殷阜，沐浴膏泽，含煦生息，□幸大矣。去子之居虽曰千里而遥，而舟车所会，曾无南北之限，子又何惜迎二亲于双溪而来哉？①

这两篇序不免有故作宽慰之语的嫌疑。但是，这两个例子既说明移居北京的富民对北京产生情感认同需要一定的时间，也能从中看出翰林文臣通过文辞进行宽慰，并增强富民对北京的认同感的意图。宽慰之语也透露出作序者对北京的刻意推扬。朱棣迁民于北京，一来是要依靠他们充实人口，发展经济；二来也希望富户通过长期居留增强对北京的归属感与认同感。由此看来，王英、胡俨的两篇序已经在主观方面向富户渗透这一认同思想。作为上层文坛的核心成员，王英等人的宣扬必定具有不小的效力，在皇帝政策与富民言行思想之间，发挥传达与联动的作用。总之，对于来往于北京、留居于北京的两类人群，翰林文臣都在运用同样的文辞策略，加深他们对北京的美好印象。同赐观灯等应制诗文一样，这些作品没有刻意围绕北京进行阐发，也没有形成完整统一的宣传文本。但是，上述个案以及零散的言语已然从侧面表露出认同策略向下层渗透的毛细管作用。

二 认同策略下瑞应诗文的书写变化

在迁都的认同策略下，前文所述翰林文臣的诗文多有对北京的赞誉之

---

① 胡俨：《胡祭酒文集》卷一七《双溪亲舍图记》，《原国立北平图书馆甲库善本丛书》第702册，第350~351页。

语，但没有把北京及迁都作为核心话题。要想达到更高层次的宣传效果，需要以北京为主题的主旋律文本作支撑。永乐十二年，跟随朱棣第二次巡狩北京的翰林官员以诗歌唱和的形式吟咏北京八景，并绘制《北京八景图》。此次唱和影响广泛。宣德末年，王直为吉水富溪王氏族谱作序，云："忆前廿年尝从翰林诸公取北京八景而赋之，制作之盛，至今在人耳目。"① 正统年间，王直又为刘髦作序，称："今之北京，万方会同之都也，山河之雄深，宫阙之巨丽，声明文物之炳焕，诚超越古昔，而有所谓八景者，赋咏之传于天下久矣。"② 李若晴认为扈从文臣吟咏北京八景，对迁都起到支持和传达的作用。③ 诚如此言，北京八景诗的确是朱棣采取措施增加南方文臣对北京了解的结果。不过，此事影响虽广，也只是迁都文学造势过程中的一环。

与北京八景相比，瑞应的重要性和意义要大得多。永乐朝的瑞应现象和瑞应诗文，绝不应当被简单地视为神异思维下对皇权和国家的歌颂，而是在靖难、迁都等重要历史背景下，为达成某种宣传目的，君臣之间心照不宣的言行策略。永乐一朝，祥瑞的种类异常丰富，有外国进呈的白象、麒麟，国内出现的驺虞、神龟，还有甘露、醴泉、寿星、云霞等。其中，有文臣参与应制唱和的祥瑞多达 30 次。这些祥瑞应制，以永乐十四年十一月朱棣公布迁都计划为界，可划分为两个阶段。

第一阶段为永乐元年至十四年，其间祥瑞应制共 17 次。分别为：永乐二年，白象、驺虞、神龟、河清；永乐三年，瑞麦；永乐四年，白象、白鹿、神乐观醴泉；永乐五年，灵谷寺祥瑞；永乐六年，瑞星；永乐十年，甘露；永乐十一年，驺虞；永乐十二年，麒麟；永乐十三年，寿星、麒麟、狮子；永乐十四年，狮、象、熊、豹、土物之类。这一阶段的祥瑞应

---

① 王直：《西昌王抑庵集》卷二〇《富溪八景诗序》，《明别集丛刊》第 1 辑第 33 册，第 574 页。

② 王直：《西昌王抑庵集》卷一八《石潭八景诗序》，《明别集丛刊》第 1 辑第 33 册，第 551 页。

③ 李若晴：《玉堂遗音——明初翰苑绘画的修辞策略》，第 145 页。

制，主要有两种模式。一是歌颂朱棣自身的仁德。如永乐十三年麒麟应制，诗文多追述三代，"借此暗喻当今皇上的德化之治，可与上古圣贤相比拟"。① 二是歌颂朱棣的孝心。如永乐二年为孝陵碑采石得"神龟"，金幼孜云"皇上仁孝感乎，故上天昭示景贶，虽神禹洛书之呈，未足拟伦"；② 永乐四年神乐观出现醴泉，金实云"皇上孝感所致"；③ 永乐五年，灵谷寺法坛祥祯自天而降，胡广云"诚孝之所感召"，④ 黄淮云"于以昭我皇之孝诚"。⑤ 尽管祥瑞形式各异，但都强调来源于朱棣的孝心，凸显朱棣与太祖的继承关系，暗示朱棣继承皇权的合法性。此类瑞应诗文的书写昭示出朱棣在继承权合法问题上存在的心结，因而瑞应也就成了朱棣君臣达成政治宣传目的的有力工具。

第二阶段为永乐十五年至十八年，瑞应作品的政治目的有所转变。短短四年之内，应制13次，作品47篇。具体情况见表3-7。

表3-7 永乐十五至十八年祥瑞应制

祥瑞内容	时间	出现地点	征引文献
五色瑞光	永乐十五年十一月	北京奉天殿	金幼孜《圣德瑞应赋有序》（第三层）、梁潜《瑞应赋并序》（第三层）、王英《圣德瑞应词十首》（第三层）、吴溥《圣德瑞应赋有序》（第三层）、郑棠《瑞冰卿云赋》（第三层）
瑞兔	永乐十五年十一月二十七日	陕西	夏原吉《瑞兔并序》（第一层）
白象	永乐十六年九月	占城	金幼孜《瑞象赋有序》（第一层）、杨荣《白象歌》（第一层）、夏原吉《瑞象赞有序》（第三层）、胡广《应制赋白象歌》（第二层）、陈敬宗《瑞象赋有序》（第一层）

---

① 叶晔：《明代中央文官制度与文学》，第60页。
② 金幼孜：《金文靖集》卷六《神龟颂有序》，《景印文渊阁四库全书》第1240册，第692页。
③ 金实：《觉非斋文集》卷一《圣孝瑞应乐词》，《续修四库全书》第1327册，第21页。
④ 胡广：《胡文穆公文集》卷九《圣孝瑞应歌有序》，《四库全书存目丛书》集部第28册，第611页。
⑤ 黄淮：《黄文简公介庵集》卷三《圣孝瑞应赋有序》，《四库全书存目丛书》集部第26册，第555页。

续表

祥瑞内容	时间	出现地点	征引文献
云霞	永乐十七年正月	海印寺	金幼孜《圣德瑞应赋有序》（第一层）、陈敬宗《圣德瑞应颂有序》（第一层）、习经《瑞应诗并序》（第一层）、曹义《海印祥瑞诗》（第三层）
白乌	永乐十七年四月	直隶顺天	金幼孜《白乌颂有序》（第三层）、余学夔《恭纪瑞象瑞乌并序》（第一层）、陈敬宗《白乌》（第一层）、余学夔《瑞乌十四韵》（第二层）
麒麟	永乐十七年八月	阿丹国	杨荣《瑞应麒麟诗有序》（第一层）、夏原吉《圣德瑞应诗》（第二层）、金幼孜《麒麟赞有序》（第一层）
狮子	永乐十七年八月	木骨都束国	金幼孜《狮子赞有序》（第一层）
驼鸡	永乐十七年八月	西南之国	金幼孜《驼鸡赋》（第一层）、余学夔《瑞应诗八首并序》（第二层）、曹义《圣德瑞应诗》（第三层）
甘露	永乐十七年十一月	南京孝陵	金幼孜《瑞应甘露诗》（第一层）、金幼孜《瑞应甘露赋》（第一层）、王直《瑞应甘露诗有序》（第一层）、陈敬宗《甘露颂有序》（第一层）、周叙《瑞应甘露颂有序》（第一层）、周述《瑞应甘露颂有序》（第三层）、习经《瑞应甘露赋》（第一层）、余学夔《恭纪瑞应甘露并序》（第一层）
白象	永乐十七年	交趾	余学夔《瑞象十四韵》（第一层）
甘露	永乐十八年十月	南京孝陵	习经《瑞应甘露颂有序》（第三层）
黄鹦鹉	永乐十八年十二月	云南	余学夔《黄鹦鹉赋》（第一层）、习经《黄鹦鹉赋应制》（第一层）、夏原吉《应制赋黄鹦鹉诗二首》（第一层）、金幼孜《黄鹦鹉赋》（第一层）、陈敬宗《黄鹦鹉》（第一层）、周叙《黄鹦鹉赋》（第一层）
龙马	永乐十八年	山东诸城	陈敬宗《龙马赋有序》（第一层）、罗汝敬《龙马赋有序》（第三层）、胡俨《龙马颂并序》（第一层）、余学夔《龙马歌》（第一层）、周述《龙马歌》（第二层）

表3-7罗列了祥瑞内容、时间、出现地点以及相关文臣的诗文。为了分析文本的政治目的，将该阶段瑞应诗文分为三个层次。第一层次应制诗30篇，延续了之前的瑞应主题，集中歌颂朱棣的仁孝与才能，尚未涉及迁都与北京，此类作品的目的与第一阶段没有差别。第二层次应制诗5篇，

在新形势之下，应制内容涉及北京。在该层次作品中，文臣会用"玉京"指代北京，如永乐十六年胡广作《应制赋白象歌》，诗云："蕃臣奉贡朝玉京，蹑云腾雾浮沧溟。"① 永乐十八年周述作《龙马歌》，诗云"神行千里趋玉京"。② 另外，有些人将北京的地位由行在提升为"帝畿""帝乡"，永乐十七年余学夔《瑞应诗八首并序》中就有这样的表述，如写白乌"偶尔栖殊域，翩然入帝畿"，写驼鸡"远贡经炎海，长鸣入帝乡"。③ 同年，顺天府进白乌，余学夔云"府树祥乌集，生雏近禁城"，④ 直以北京为禁城。随后，阿丹国进献麒麟，夏原吉云："渺渺来中夏，惓惓观帝居……既将昭帝德，尤足壮神都。"⑤ 此时尚未正式迁都，瑞应诗文中也未明言迁都之事，但文臣们已经用"帝都""帝乡"来代指北京，说明他们早已将北京当作京师来看待。

第三层次的应制诗有 12 篇，该层次最能看出政治目的的转变。对未来迁都的造势、对都城北京的宣扬是该类瑞应诗文的重要内容。其中，一些祥瑞本身就因迁都而起。如永乐十五年十一月，北京奉天殿、乾清宫刚建成，祯祥频现，奉天殿、乾清宫内现五色瑞光，金水河、太液池内现玲珑凝冰。祥瑞降临在北京宫殿之中，暗示迁都乃合上天之意。

未几，殿中俱现五色瑞光，由地亘天，朗耀辉彻。卿云彩霭，煜煜轮囷。天花璀璨，大如日轮。回旋宫苑，蔽亏霄汉。金水河、太液池，冰复凝瑞，内含诸象，毫发可鉴。自是卿云瑞霭缤纷杂遝，无日不见，文武群臣上表称贺，以为圣天子至德所感，实应太平。⑥

---

① 胡广：《胡文穆公文集》卷四《应制赋白象歌》，《四库全书存目丛书》集部第 28 册，第 547 页。
② 周述：《东墅诗集》卷二《龙马歌》，《四库全书存目丛书补编》第 97 册，第 58 页。
③ 余学夔：《北轩集》卷一三《瑞应诗八首并序》，《四库未收书辑刊》第 5 辑第 17 册，第 272 页。
④ 余学夔：《北轩集》卷一三《瑞乌十四韵》，《四库未收书辑刊》第 5 辑第 17 册，第 273 页。
⑤ 夏原吉：《忠靖集》卷二《圣德瑞应诗》，《景印文渊阁四库全书》第 1240 册，第 496 页。
⑥ 金幼孜：《金文靖集》卷六《圣德瑞应赋有序》，《景印文渊阁四库全书》第 1240 册，第 679 页。

与此同时，北京附近的密云也出现瑞冰：

其时密云来献瑞冰，如水晶含玉者凡七，与金水河所结无以异者。工师执事之人，万众共睹，莫不欢忻踊跃。既而，皇上命以示南京小大臣民，瞻望咨嗟，都城人士骈肩累迹，交相称庆，盖前此未尝有也。於乎！方宫殿经营之始，而上瑞叠臻，此天意所在，岂无所自而然哉？①

朱棣命人将密云瑞冰展示给南京大小臣民观看，正如引文中梁潜所言"方宫殿经营之始，而上瑞叠臻，此天意所在"，不正是向世人宣告自己迁都的正确性吗？文臣在瑞应诗文中也不遗余力地展现这一点，如金幼孜云"惟圣皇之御极，因龙潜而作都。建两京之伟观，恢万世之鸿图"，"斯乃天府之国，是为兴王之居"；②王英云"经营合天意，机巧运神功"，"营谋皆睿智，经始自灵台"，③都着重宣扬将北京作为都城是顺应上天的安排。

由宫殿祥瑞开始，翰林文臣们常将祥瑞与迁都联系在一起，试图以此证明迁都北京符合天意。永乐十六年九月，占城进献白象，夏原吉就将其置入迁都的背景之下，作为迁都过程中的祥瑞事件，称："正当皇上建玉京，成宝殿之日。庶民子来讴歌鼓舞，趋事效力，不督而成。嘉祥奇瑞纷纭而至，况兹瑞象出于海外遐荒之地，重译而来，旷古未有，自今而见。则所以昭皇上功业之广大，德化之远乎，以固万万年永久之鸿业，以隆万万年一统之太平。夫岂偶然之故哉？"④永乐十七年，海印寺举行水陆大斋，其间"庆云、天花、瑞光、甘露、醴泉"相继出现，⑤曹义云："天命

---

① 梁潜：《泊庵先生文集》卷一《瑞应诗并序》，《明别集丛刊》第1辑第20册，第334页。
② 金幼孜：《金文靖集》卷六《圣德瑞应赋有序》，《景印文渊阁四库全书》第1240册，第679页。
③ 王英：《王文安公诗集》卷三《圣德瑞应词十首》，《续修四库全书》第1327册，第276页。
④ 夏原吉：《忠靖集》卷一《瑞象并序》，《景印文渊阁四库全书》第1240册，第490页。
⑤ 习经：《寻乐习先生文集》卷一《瑞应诗并序》，《四库全书存目丛书补编》第97册，第70页。

眷大德，宝历归圣皇。建极御寰宇，垂衣临万方。好生均化育，治道超虞唐。"① 同年，西南之国献麒麟、福鹿、鸵鸡等，曹义采取了相同的书写策略，称："圣主建皇极，垂衣统万拜。"② 除此之外，永乐十八年龙马的出现，也被当成迁都的祥瑞，罗汝敬称："夫大禹成治功而神马呈，羲皇宣人文而马图出，今皇上为兆民开万世太平之基以建北京，而龙马适见感召之机，岂偶然哉？"③

此外，值得一提的是白乌瑞应。永乐十七年顺天府出现白乌，吸引了文臣的注意。

> 臣幼孜退而稽诸载籍，有曰："乌，孝鸟也，能反哺。天子有至孝之德，则白乌见。"又曰："乌，仁禽也，性至慈。天子能礼敬宗庙，则白乌至。"今顺天实古京兆，为四方表率而政教之所先也。一旦白乌之见不于他所，而适出于辇毂之下，达孝纯诚，格于宗庙，至仁厚泽，洞于幽明，德化流行，洽于远迩，盖与《关雎》《麟趾》之应，异世而同符者矣。④

乌鸦自古便有"孝鸟"之称，这一祥瑞出现说明朱棣有至孝之德，突出朱棣与太祖朱元璋的继承关系；出现地点顺天府与未来都城北京相近，意味着北京也是祥瑞之地。这相当于把继承权的合法性问题与迁都问题结合起来，在突出皇位继承合法性的同时，借助朱元璋为迁都之事扫清障碍。这一点在永乐十七年南京孝陵甘露应制中表达得更为直接。周述指出："皇上营建都邑，肇新庙宫，二圣在天监观昭格，悦怿于兹景，贶以

---

① 曹义：《默庵诗集》卷一《海印祥瑞诗》，《原国立北平图书馆甲库善本丛书》第705册，第857页。
② 曹义：《默庵诗集》卷一《圣德瑞应诗》，《原国立北平图书馆甲库善本丛书》第705册，第858页。
③ 罗汝敬：《龙马赋有序》，陈元龙：《御定历代赋汇》卷一三五，《景印文渊阁四库全书》第1421册，第749页。
④ 金幼孜：《金文靖集》卷六《白乌颂有序》，《景印文渊阁四库全书》第1240册，第693页。

彰皇上至仁达孝之诚，以为国家亿万年无疆之庆也。"① 此次甘露应制的出现，首要原因就在于孝陵的特殊意义，但周述进一步将营建都城之事纳入甘露祥瑞产生的原因当中，潜在目的是借此表现太祖对迁都的认同。次年，甘露复降于孝陵，习经云："太祖高皇帝在天之灵，尤以降监焉。故甘露复降于孝陵，而不在于他所者，实以昭陛下仁孝之至，而表新都之盛，亦以降圣子神孙万万年无穷之福也。"② 该文从书写策略层面来看，是第一层次瑞应诗与第三层次瑞应诗的有机组合，实际上已然映现出迁都与皇权继承的内在关联，蕴含着对靖难和迁都两个事件的深层思考和言论策略。这一点，在迁都后的京都赋中将会得到更为明显的体现。

三 两京关系与京都赋颂的创作思路

北京由行在至都城的过渡，得益于朱棣坚定不移地推行政策，通过富户迁移、文臣扈从、官员考绩，增强南方士人对北京的认同；与此同时，又利用祥瑞予以烘托。迁都完成之后，是否意味着南方士人内心不再存有疑惑？答案当然是否定的。永乐十九年夏四月，奉天殿、华盖殿、谨身殿发生火灾，朱棣诏群臣直言："群臣多言都北京非便。"③ 朱棣对此大怒，"侍读李时勉、侍讲罗汝敬俱下狱；御史郑维桓、何忠、罗通、徐瑢，给事中柯暹俱左官交阯。惟（邹）缉与主事高公望、庶吉士杨复得无罪"。④ 由此可知，即便在迁都之后，南方士人也未对新都北京产生统一的认同。与其说"三殿之灾"导致部分官员质疑新都，毋宁说这一灾祸刺激人们对新都产生不满情绪，形成摇摆的态度。

在思想上加强自己的皇权统治，巩固新都城北京的地位，继续开展舆

---

① 周述：《东墅诗集》卷一《瑞应甘露颂有序》，《四库全书存目丛书补编》第97册，第7页。
② 习经：《寻乐习先生文集》卷九《瑞应甘露颂有序》，《四库全书存目丛书补编》第97册，第126页。
③ 《明史》卷一四九《夏原吉传》，第4152页。
④ 《明史》卷一六四《邹缉传》，第4438页。

论宣传，是朱棣的必然选择。故此时期翰林文臣以赋颂等形式大力歌颂北京，可以说是秉承上意的有效举措。永乐十九年，翰林文臣作北京都城赋九篇，分别有钱习礼、李时勉、陈敬宗《北京赋》各一篇，金幼孜、杨荣、胡启先、习经、吴溥《皇都大一统赋》各一篇，余学夔《皇都一统赋》一篇，邓林《皇都大一统颂》一篇。所谓《皇都大一统赋》，其内容、主题与《北京赋》无异。此外，还有周述《北京新都颂》一篇。对永乐十九年《北京赋》的考察，有两个维度。一是将其放置于历代京都赋的历史流程与书写范式中考察，对此，已有研究者关注。[①]二是将其放置于靖难与永乐迁都的历史背景下，从官员士人对北京的认同与书写的时间序列角度来认识。通过这一点，永乐时期《北京赋》的独特性、对迁都的实际效用及反映出的官员认同心态都能得到充分的展示。

在谋划迁都的整个过程中，如何处理旧都南京与新都北京的关系，是朱棣必须解决的问题。在朱棣之前，以南京为都城的皇帝除了朱元璋，还有朱允炆。朱棣发起靖难夺得帝位后，竭力抹掉建文帝的政治痕迹。迁都北京，难免不被认为是改换门庭，消除前任影响的举措。若依此思路，迁都就意味着推尊北京而贬抑南京，但同时也让朱棣截断明皇室正统、革新皇权的意图充分暴露出来。为了避免上述情况，将重要变革事件溯源于开国皇帝朱元璋，是一个不错的选择。这既能强调自己的正统性和合法性，

[①] 如王欣慧《历代京都赋的文化审视》（博士学位论文，台湾政治大学，2009）对京都赋作了历时性考察，认为各朝建都、择都的思维不外乎"居中"与"恃险"。东汉时期非"居中"即"恃险"，宋以后演变为"居中"与"恃险"两者兼具，至明代又开创出南面而王的新观点。刘青《明代京都赋研究》（硕士学位论文，山西师范大学，2013）对永乐年间6篇京都赋作品（注：缺少余学夔、习经、吴溥三人作品）进行了梳理。从内容而言，该时期京都赋开篇追溯历史，为成祖即位与迁都正名，其后多描绘北京周围地理风貌、京城营建以及宫殿建筑；从主题而言，脱离了汉赋的政见争论与讽谕之声，多是为成祖歌功颂德。翁燕珍《吾都与他方——明赋之人文地理书写研究》（博士学位论文，台湾中正大学，2013）以永乐年间京都赋为对象，详细分析了李时勉、陈敬宗、钱习礼三人作品，并放置于整个明代的京城赋序列中，得出明代京城赋的共同点在于描述京城选址、规划、建筑以及两京气象差异。

消除建文帝的影响，又能保证变革顺利进行。因此，在迁都这个大前提下，"南京－朱允炆""北京－朱棣"这一对立关系被转换成"南京－朱元璋""北京－朱棣"的顺承关系。

早在永乐十五年时，吴溥就认为营建北京实太祖所愿，称："于皇太祖兮，肇定乎金陵；乃眷北京兮，授我皇而经营。"① 永乐十八年，朱棣在诏书中说道：

开基创业，兴王之本为先；继体守成，经国之宜尤重。昔朕皇考太祖高皇帝受天明命，君主华夷，建都江左，以肇邦基。肆朕缵承大统，恢弘鸿业，惟怀永图。眷兹北京，实为都会。惟天意之所属，实卜筮之攸同。乃仿古制，徇舆情，立两京。置郊社宗庙，创建宫室。上以绍皇考太祖高皇帝之先志，下以贻子孙万世之弘规。爰自营建以来，天下军民乐于趋事，天人协赞，景贶骈臻。今已告成，选永乐十九年正月朔旦御奉天殿，朝百官。②

这份诏书有两点值得关注。第一，朱棣没有排斥南京而推尊北京的意思，而是通过"仿古制，徇舆情"来"立两京"，这一表述使南、北二京的转换更加自然。第二，立北京为都，是"绍皇考太祖高皇帝之先志"。可见，在不否定南京作为都城意义的同时，将迁都的意愿归于朱元璋，这可看作朱棣为迁都舆论宣传定下的基调。

翰林文臣完全秉承了朱棣的宣传基调。在永乐京都赋中，既没有出现对迁都的质疑或争论，也没有出现两京优劣的比较，而是强调迁都北京是对朱元璋迁都意愿的继承。表3-8列出了京都赋中对南京、正统继承书写。

---

① 吴溥：《古崖先生诗集》卷一《圣德瑞应赋有序》，《原国立北平图书馆甲库善本丛书》第703册，第136页。
② 《明太宗实录》卷二三一，永乐十八年十一月戊辰，第2235~2236页。

表 3-8　永乐年间京都赋中对南京、正统继承的书写

作者及篇名	京都赋中的南京	京都赋中对正统继承的书写
钱习礼《北京赋》	太祖：廓区宇于一统，开万世之太平。会夷夏以朝贡，乃定鼎于金陵	太祖：北眷天府，欲营神京 成祖：肆圣皇之嗣历，宜重光而继明……抚盛世之熙洽，运宸断而经营。建丕基于不拔，实显谟其是承
李时勉《北京赋》	太祖：定鼎金陵，抚绥万邦（序）	太祖：乃眷兹土，实雄朔方。仿成周之卜洛，欲并建而未遑（序） 成祖：逮我皇上，继明重光。握乾御极，一遵旧章（序）
陈敬宗《北京赋有序》	太祖：乃遂建都江左，肇造鸿基，功冠古今，福延万世（序）	成祖：惟圣皇之建北京也，绍高帝之鸿业，启龙潜之旧邦
金幼孜《皇都大一统赋有序》	太祖：既渡大江，金陵是都。虎踞龙蟠，兴王之居。爰启鸿业，肇开皇图。振光华于旷古，恢万世于宏模	太祖：维此北京，太祖所属 成祖：而自莅祚以来，宵旰拳拳，惟思所以继志述事，以承太祖高皇帝之意。于是仿古制，肇建两京，以为北京……绍先皇之初志，迈丰镐之旧规（序）
杨荣《皇都大一统赋有序》	太祖：既渡江左，乃都金陵。金陵之都，王气所钟。石城虎踞之险，钟山龙盘之雄。伟长江之天堑，势百折而流东。炯后湖之环绕，湛宝镜之涵空。状江南之佳丽，汇万国之朝宗	成祖：思继志之所先，惟都邑之为重……视往圣而独超，继高皇之先志。乃相乃度，载经载营。眷兹北京，山川炳灵
胡启先《皇都大一统赋》	无	成祖：故宜帝皇之都，而为万世之良谋，此太祖之所以创业，而皇上之所以阐皇猷也
余学夔《皇都一统赋》	太祖：受命自天，龙兴淮甸，抚有八埏。即位金陵，文德昭宣	太祖：察兹都之神伟，道里均而平平。奋睿志于作京，永垂图于万年 成祖：肆圣皇之继统，致时运之隆丰。扩帝谟之显绩，弘列祖之神功。谟明弼谐，龟吉筮从。乃命司徒，乃召司空。营之经之，万国是同
习经《皇都大一统赋》	无	成祖：肆我皇上，圣继神承……瑞应蝉联而日呈。此北京之所以肇建，而洪基之是营是经
周述《北京新都颂有序》	太祖：定鼎南京，钟山龙蟠，石城虎踞，巍巍皇畿，赫赫天府	太祖：将都于北，志不及施 成祖：惟我圣皇，绍即鸿基。巍巍两京，实兹始建。太祖之志，克循以践

续表

作者及篇名	京都赋中的南京	京都赋中对正统继承的书写
邓林《皇都大一统颂有序》	太祖：大明启运，定鼎金陵……维彼京陵，俯临淮甸。龙飞渡江，洪基肇建	成祖：皇上继统，再营北京……维此北京，冀域尧封。龙潜旧邸，王气所钟。昔在太祖，心存北顾。允惟圣皇，是简是付

通过表3-8可以清晰地看出，十篇赋颂（包括序）中谈及朱元璋定都南京的有七篇，其中金幼孜《皇都大一统赋有序》、杨荣《皇都大一统赋有序》、周述《北京新都颂有序》三篇对旧都南京不吝赞美之词。如杨荣《皇都大一统赋有序》，开篇大谈南京：

维皇明之有天下也，于赫太祖，受命而兴。龙飞淮甸，风云依乘。恢拓四方，弗遑经营。既渡江左，乃都金陵。金陵之都，王气所钟。石城虎踞之险，钟山龙盘之雄。伟长江之天堑，势百折而流东。炳后湖之环绕，湛宝镜之涵空。状江南之佳丽，汇万国之朝宗。此其大略也。①

然后再过渡到对北京的描述。金幼孜《皇都大一统赋有序》正文也是先述南京"虎踞龙蟠，兴王之居"，②再述北京。周述在《北京新都颂有序》中，对南、北二京依序而论，赞南京，则云："号为东南形胜之域，表以钟山，带以长江，龙蟠而虎踞，真帝王之都也。"③赞北京，则云："西连太行，北控居庸，东抵碣石，南引淮汴，而四方万国，道里之适均，此诚天造地设，盖有待于今日者也。"④朱棣及其宣传者（翰林文臣等）希望尽力消除都城由南京迁移到北京所带来的割裂感，化解其中可能出现的

---

① 杨荣：《文敏集》卷八《皇都大一统赋有序》，《景印文渊阁四库全书》第1240册，第108页。
② 金幼孜：《金文靖集》卷六《皇都大一统赋有序》，《景印文渊阁四库全书》第1240册，第677页。
③ 周述：《东墅诗集》卷一《北京新都颂有序》，《四库全书存目丛书补编》第97册，第4页。
④ 周述：《东墅诗集》卷一《北京新都颂有序》，《四库全书存目丛书补编》第97册，第4页。

矛盾。北京的都城地位只有在承认南京的前提下才能得到巩固，先南京后北京的叙述是一种典型的书写方式。京都赋颂的出现，反映出朱棣与翰林文臣在迁都事件上对南、北二京的认同策略。

永乐京都赋颂对朱棣的意图贯彻得较为彻底。一方面，以建两京代替换新都，表明建立北京是"两京之制"的结果。在这一策略下，迁都更容易为人所接受。京都赋颂非常重视对这一内容的表述，如杨荣云："仿成周卜洛之规，诏建两京，以肇国家万万世之鸿基，以开天下万万世之太平。"① 金幼孜云："于是仿古制，肇建两京，以为北京。"② 胡启先云："仰东西两京之制于往昔，观南北二京之壮于今日。"③ 周述云："皇上以圣继圣，建兹两京"。④ 陈敬宗云："于是建都于兹，仿成周卜洛之制，以为南北两京。"⑤

另一方面，突出迁都北京是"高皇帝之先志"。在宣传新都的过程中，如何处理南、北二京关系的问题，归根到底就是如何处理朱元璋与朱棣关系的问题。将迁都的意图归到朱元璋身上，那么继承先志、以北京为新都也就成了顺理成章之事。十篇赋颂作品中，讨论这一点的多达九篇，如李时勉《北京赋》云："乃眷兹土，实雄朔方。仿成周之卜洛，欲并建而未遑。逮我皇上，继明重光。握乾御极，一遵旧章。"⑥ 周述《北京新都颂有序》亦云："太祖高黄帝平一海内，定鼎南京，欲复都于北而未果，故特

---

① 杨荣：《文敏集》卷八《皇都大一统赋有序》，《景印文渊阁四库全书》第 1240 册，第 107 页。
② 金幼孜：《金文靖集》卷六《皇都大一统赋有序》，《景印文渊阁四库全书》第 1240 册，第 676 页。
③ 胡启先：《皇都大一统赋》，陈元龙《御定历代赋汇》卷三五，《景印文渊阁四库全书》第 1419 册，第 779 页。
④ 周述：《东墅诗集》卷一《北京新都颂有序》，《四库全书存目丛书补编》第 97 册，第 5 页。
⑤ 陈敬宗：《重刻澹然先生文集》卷一《北京赋有序》，明万历崇祯间递刻本，美国哈佛燕京图书馆藏，第 2 页。
⑥ 李时勉：《古廉文集》卷一《北京赋》，《景印文渊阁四库全书》第 1242 册，第 660 页。

命皇上建国于兹，此其意盖有所属也。"① 所说无非朱元璋生前就想建立北都，未及实施而卒，朱棣建都北京正是完成了太祖的遗愿。将迁都方案的制定人由朱棣成功转向朱元璋，既能够有力地说服持异议者，又能彰显朱棣的孝道。

然而问题在于，朱元璋建国之初就以应天为南京，汴梁为北京。洪武二年，召集群臣商议定都，关中、洛阳、汴梁、北平、临濠、应天都在备选之列。他认为："若就北平，要之宫室不能无更作，亦未易也。"② 从一开始，他就没有想定都北平。朱元璋后来确有迁都念头，于洪武二十四年派太子朱标考察陕西，有迁都关中的意向，后因各种原因而未果。可见，朱元璋不想定都于南京，有迁都之意为实，而迁都北京之意为虚。朱棣及其文臣的策略就是在太祖迁都问题上做文章，鼓吹朱元璋迁都之意，进一步把目的地落实到北京，将己意附会到明太祖身上，并通过翰林文臣的赋颂进行包装与美化。于是，继承正统与迁都就完美地融合在一起，靖难事件留下的阴影得以消除，使人们对新都北京产生认同感这一难点问题也得以解决。

处理南、北两京的关系问题，贯穿于整个迁都过程，永乐朝的京都赋颂就是对此问题最为集中也最为完善的表达。非但如此，与此前的颂圣诗文、瑞应作品相比，京都赋颂对北京的宣扬更具完备性。除了赞颂北京的地理形胜，强调迁都是继承正统太祖遗愿，一切嘉言懿行、瑞应现象都被调动起来。如杨荣《皇都大一统赋有序》云："于是天意鉴观，人心和同。神灵效顺，龟筮协从。既应天以顺人，爰辨方而正位。视往圣而独超，继高皇之先志。乃相乃度，载经载营。眷兹北京，山川炳灵。"③ 永乐时期的瑞应现象和瑞应作品颇多，但时人未必都会将瑞应与迁都联系起来。对于

---

① 周述：《东墅诗集》卷一《北京新都颂有序》，《四库全书存目丛书补编》第 97 册，第 4 页。
② 《明太祖实录》卷四五，洪武二年九月癸卯，台北"中研院"历史语言研究所校印本，第 881 页。
③ 杨荣：《文敏集》卷八《皇都大一统赋有序》，《景印文渊阁四库全书》第 1240 册，第 108 页。

这一点，前一部分已述。然而在北京赋颂中，所有瑞应都理所当然地为迁都服务。如陈敬宗《北京赋有序》云："至若灵囿之所蓄，亦杂沓而纷纶。麒麟之振振，驺虞之彬彬。白象之莹洁如雪，金猊之威猛如神。显灵姿于龙马，逞奇文于福鹿。绚彩霞于丹凤，胚玄兔于苍玉。鹦鹉之色维黄，素鸟之质耀霜。纷珍异之炳焕，咸献瑞而呈祥。"① 可以说，永乐朝的京都赋颂将声援朱棣迁都和宣扬北京的意图发挥到极致，至此，永乐君臣对增强北京认同感的文辞策略也基本完成。

综上，从迁都筹备之初到迁都后的几年，如何让官员、士人熟悉新都北京，增强认同感，是朱棣不得不考虑的问题。在北巡期间，朱棣命大量文臣扈从、留居北京，又将官员的考满黜陟、复职改用，外国使臣朝贡，士子会试等重大活动安排至行在，采用移民以充实北京等举措，在不同程度上起到了发展与宣传北京的实际效用。从中既能看出翰林文臣传达上意，为新都鼓吹的政治职能，又能看到认同策略通过个人向下、向外渗透的过程。瑞应诗文的出现，是翰林文臣履行职能的进一步表现，初显美化迁都文辞宣传的效果。迁都之后，京都赋颂的创作完全以新都北京为主题，融合了之前的文辞宣扬策略，成为都城认同策略之下文学书写的完整形态。从具体的策略行为到文辞的表达模式，这一系列过程展示出都城认同宣传的层层递进，朱棣君臣之间也完成了一系列完美的配合。

第三节　迁都与北京文坛的变迁

有明一朝，永乐迁都一事影响巨大，南京与北京的地位发生变动，由此引发上层文坛中心的转移。永乐十九年正月，朱棣正式迁都北京，行在北京一跃成为都城，南京则变为陪都；迁都北京三年后，朱棣去世，太子朱高炽即位。跟朱棣不同，朱高炽对南京更有好感，洪熙元年三月，他

---

① 陈敬宗：《重刻澹然先生文集》卷一《北京赋有序》，第5~6页。

"决意复都南京",并"命诸司在北京者悉加行在二字,复建北京刑部及后军都督府",① 标志着南京再次成为都城,北京降为陪都(行在)。然而,朱高炽在位仅一年就去世,迁都之事也就作罢。他在传位给皇太子的诏书中说道:"南北供亿之劳,军民俱困,四方向仰咸南京,斯亦吾之素心,君国子民宜从众志。"② 可见之所以萌发复都南京的意图,是南北供应上的现实问题。但其中也不可避免地存在朱高炽的主观喜好,毕竟他在南京生活、监国十多年。宣宗朱瞻基即位后,依旧遵循仁宗之诏,北京名为"行在",南京名为"京师"。直到正统六年(1441)十一月,朱祁镇才正式将北京确立为都城,南京为陪都。在朱高炽即位后的相当长一段时间内,南、北二京名号的转换与波动似乎意味着北京都城地位的不稳定。实则不然,洪熙年间没有发生明确的迁都行动,朱瞻基之所以遵循北京"行在"的称呼,主要是因为仁宗之制不宜更改,所以,从洪熙元年至正统六年近十六年间,北京名为"行在",实际上却行使着都城的所有职能,从未更易;南京名为"京师",却仅仅保留陪都的职能。以此而言,自永乐十九年迁都以来,北京的都城地位已经确定,并维持了足够稳定的状态。

目前对迁都之后的研究,主要体现在南北两京制以及后续影响方面。③ 总体而言,这些讨论多集中在历史制度的层面。都城政治地位的影响不仅体现在权力方面,也体现在文化方面。然而,迁都造成的南、北两京文坛的变化并没有得到足够关注。迁都更大的意义在于,它标志着永乐靖难系列事件的落幕,永乐时期那种大力打压建文忠臣,两京之间不断来回奔波,多次出征蒙古等对政治造成震荡的行为已然告一段落。尽管此后关于建文的舆论还未完全消歇,宣德年间还先后发生过平叛朱高煦、剿灭南侵

---

① 《明仁宗实录》卷八下,洪熙元年三月戊戌,第272页。
② 《明仁宗实录》卷一〇,洪熙元年五月辛巳,第306页。
③ 相关论著有:刘中平《明代两京制度下的南京》,《社会科学辑刊》2005年第3期;朱晓艳《明代两京制研究》,硕士学位论文,山东师范大学,2011;林家豪《两京制度形成后南京职能的转变及原因》,《湖北函授大学学报》2014年第3期;郭素红《永乐迁都与两京体制下的经学科举》,《文化学刊》2022年第4期;等等。

的蒙古部落等战争事件，但这些事件持续时间不长，且均以胜利告终，未对时局造成太大影响。整体来说，从洪熙到正统土木堡之变之前，整个政局尚算稳定。迁都之后，原本居于南京的重要文臣，如杨士奇、金实等人移至北京，北京文臣的规模进一步扩大。身居北京的翰林文臣较少受到各种历史事件的影响，相对稳定的政治环境对北京文学，特别是台阁体的兴盛起到了至关重要的作用。

一　迁都初期：南北两京文臣的会合与交游

永乐十九年，朱棣实现了迁都，两京重要文臣会合。在行在时期所奠定的基础上，迁都进一步确定了南、北两京各自文坛的格局和发展趋势。明初台阁体的兴盛，也与迁都一事有着必然的联系。行在时期，大部分重要官员跟随朱棣来到北京。朱高炽虽为监国太子，但在朱棣面前，他的权力毕竟有限，其间发生的"迎驾缓"事件，就反映出朱棣对太子一党的压制。像杨士奇那样在南京陪同太子的文臣，尚不能借助太子发挥政治优势。这一点，从翰林文臣地位的变迁就可以看出端倪。在迁都前的两次北巡中，扈从文臣为胡广、金幼孜和杨荣，充分说明朱棣对三人的重视与喜爱。有学者认为，永乐十三年解缙死后，胡广成为内阁第一人，逐步接替文坛领袖的地位。[①] 其实，这个时间可以提前至永乐八年解缙因朱高煦谗言入狱之时，因为狱中解缙的影响力已经非常有限了。胡广在永乐十六年因病卒于北京，朱棣命杨荣掌管翰林院事，益见亲任，[②] 这意味着杨荣在馆阁地位的显著提升。与胡广、杨荣、金幼孜等围绕在朱棣身边的文臣相比，杨士奇离政治中心尚有一段距离，在地位和影响力方面还不能与前者相比。其中一个重要原因就在于南、北两京政治地位的高低。杨士奇《授散官二首》小序记载：

---

① 何坤翁：《明前期台阁体研究》，《古典文学研究辑刊》第11编第27册，第157~158页。
② 《明史》卷一四八《杨荣传》，第4139页。

旧制除官后即授散官，仆为学士五年，始授奉议大夫。盖因吏部郎中陈宗问言："凡外职皆不给散官。"时车驾幸北京，而吏部遂以南京亦为外职，不给授。至是随侍来北京，始得蒙恩。而当时外职虽布政使，亦未有授散官者，愧无补报，用志二绝。①

当朱棣身处北京时，在都城南京的杨士奇被吏部郎中陈宗问当成外职，并以此为由不授散官。杨士奇到达北京之后，才获此恩荣。对此，他不禁在诗中感叹："幸因近侍沾荣命，犹胜超迁典大藩。"② 可见官员的地位受制于皇帝与太子的关系，也受制于南、北二京的政治地位差异。建都之后，两京重要文臣会合。对于移居北京的杨士奇来说，其政治影响力有所提高，这一点在上述授散官的例子中就有所体现。杨士奇长期在南京侍奉太子监国，参加君主主持政治活动的机会较少，这一情况在他移居北京之后有了转变。可以说，从迁都北京至朱高炽登基的这段时间，正是以杨士奇为主的南方文臣弥补以往远离权力中心，提升政治地位与影响力的关键时期。

朱棣定都北京之后，其间三次征讨阿鲁台，分别为：永乐二十年三月至九月，随征文臣有杨荣、金幼孜③、王英④，陈琏为北征督运官⑤；永乐二十一年七月至十一月，随征文臣为杨荣；⑥ 永乐二十二年四月至七月，随

---

① 杨士奇：《东里续集》卷六〇《授散官二首》，《景印文渊阁四库全书》第 1239 册，第 525 页。
② 杨士奇：《东里续集》卷六〇《授散官二首》，《景印文渊阁四库全书》第 1239 册，第 525 页。
③ "以文渊阁大学士兼翰林院学士杨荣、金幼孜扈从之劳，特命坐列前食上肴，各赐二品金织纻丝衣一袭，钞五千贯。"见《明太宗实录》卷二五一，永乐二十年九月己巳，第 2350 页。另，杨荣《送金幼学还临江诗序》载："永乐二十年秋九月，予与学士金公幼孜扈从自塞北还。"《文敏集》卷一四，《景印文渊阁四库全书》第 1240 册，第 217 页。
④ 《明史》卷一五二《王英传》记载："二十年扈从北征。"第 4196 页。
⑤ 见陈琏《琴轩集》附录四，第 2096～2114 页。
⑥ 按：金幼孜出征漠北为四次，杨士奇《北征诗集序》载："公（金幼孜）侍太宗皇帝凡四出师征漠北，此盖永乐八年第一出师也。"见《中国人民大学图书馆藏古籍珍本丛刊》第 120 册，第 409 页，可知永乐二十一年金幼孜并未随征。

征文臣为杨荣、金幼孜。① 这里透露出两条关键信息。一是朱棣在北京的时间比较分散，太子监国的重要性充分凸显出来。行在时期，朱高炽监国南京，南京不论权势还是地位，都低于北京，是第二政治中心。迁都后，太子的继承权优势和都城政治中心的优势合二为一，作为陪伴太子十多年的老师，杨士奇的政治优势在这个时期有了充分发挥的可能。二是杨荣、金幼孜这两位重要翰林文臣常跟随朱棣北征。杨士奇一直任职于北京，有充分的时间精力与原来处于行在的文臣相熟，并逐步奠定自己的地位。在京的杨士奇时常参加宴集聚会，弥补了曾经远离权力中心的不足。重要的活动有以下几次。

永乐二十年闰十二月二十六日，居住在北京城西的杨士奇、曾棨、王英、余学夔、桂宗儒、章敞、陈敬宗、钱习礼、张宗琏、周忱、陈循、彭麟应、周叙、胡永齐、刘朝宗十五人，还有余鼎、萧省身共同参与了此次宴集活动。杨士奇对此写道："举《宾之初筵》四章之末四句为韵赋诗，韵少则叠其一，而以道夫相乐之意，可谓盛哉。礼有之，一张一弛，文武之道，且先王之属民也。岁终休之，而饮酒于序，以正齿位，况吾徒皆仕有职任，旦暮在公，惟惰慢之是戒，则以其闲暇相合为一日之乐者，其于义固宜也。"② 可知宴集以"醉而不出，是谓伐德。饮酒孔嘉，维其令仪"分韵赋诗，杨士奇《西城宴集得醉字》为首赋，另有周忱《壬寅岁除宴集分韵得孔字》、陈循《岁暮西城宴集分韵得嘉字》。另外，杨士奇在诗序中也指出了诗会的意义，"即居官与雅会、政治与文学的关系"。③

永乐二十一年正月，朱棣于十三日大祀于南郊，百官斋沐出宿。杨士奇与余学夔、钱习礼、陈敬宗、周忱、曾鹤龄、陈循、彭麟应、胡永齐、周叙、刘朝宗同宿斋庐。其间举行了两次唱和活动，即初八"对雨"，初九"听琴"，两次活动中杨士奇均起到领头作用。具体情形如下：

---

① "上召文渊阁大学士杨荣、金幼孜至幄中。"见《明太宗实录》卷二七一，永乐二十二年五月甲申，第2452页。
② 杨士奇：《东里文集》卷五《西城宴集诗序》，第75页。
③ 何宗美：《文人结社与明代文学的演进》（上），第83页。

（初八）是日微风东兴，及午而雨，霏霏冥冥，迨夕弗止，春阳初畅，寒沍不作，而斋庐同宿者……咸心悦神融，若堪适者。而焚香瀹茗，或论文谭道，或琴弈以嬉。余咏杜少陵《喜雨》之诗，顾谓众曰："盍有赋乎？"遂析"随风潜入夜，润物细无声"之句为韵，各赋五言六韵一首。①

在这次活动中，杨士奇出题作序，其余十人各赋诗一首。

（初九）是夕，月色在户，清香满庭，宴坐雍容，怀抱和畅，功叙援琴而鼓之……于是余赋五言古诗一首，而众和之。恂如并和其韵，皆以道夫适于琴之趣也。夫雅与俗，不相谐也，荒荡靡靡之音，世所同好，则为此诗者，固无与于世，而独吾徒之所寄意也。则虽一时之适，不可以弃，故录而序之。②

此次活动，杨士奇赋诗，众人唱和。现存诗歌有杨士奇《斋宿听周编修弹琴》、周忱《斋宿听琴和杨学士韵》。

永乐二十一年二月，王英、钱习礼、陈敬宗约杨士奇郊游。十一日退朝，王英未能成行，其余三人便邀余学夔、周忱同游，骑马出行至北京城西南的白云观。途中遇农田时蔬十数畦，"皆津津驻马观之，恂如马上论种莳法娓娓，学夔、习礼相与辩析，习礼又善言南北土地所宜，余与光世唯唯而已"。③此番描述，颇有情趣。至白云观后，五人饮酒赋诗。

还坐东轩，静幽明爽，俗迹所不至。出所携具以饮，两童子侍客益恭，爵数行，一童歌以佐酒，歌词皆古道人遗世离俗之意，客亦欣然以乐也。习礼曰：乐必有诗。遂取陈伯玉"白玉仙台古，丹丘别望遥"之句为韵，各赋二诗。④

---

① 杨士奇：《东里文集》卷五《对雨诗序》，第76页。
② 杨士奇：《东里文集》卷六《听琴诗序》，第81~82页。
③ 杨士奇：《东里续集》卷一《郊游记》，《景印文渊阁四库全书》第1238册，第380页。
④ 杨士奇：《东里续集》卷一《郊游记》，《景印文渊阁四库全书》第1238册，第380~381页。

现存诗作有杨士奇《游白云观二首得白丹二字》、周忱《春日游白云观分韵得古遥二字》、陈敬宗《游白云观分韵得台望二字》。此时，杨士奇已移居北京三年，这是他第一次游览北京城郊，欣喜之情昭然可见。

永乐二十一年三月，王直以内艰服阕至京师，居于城东。而姻亲欧阳允和，旧友杨士奇、余学夔、刘朝宗、王英、钱习礼、张宗琏、周忱、周叙则居住在城西。杨士奇重乡谊之情，提议王直买城西之宅。六月迁居，举行宴集活动，"因呈诗四章，杨先生首和之，继者凡十有八人，皆一时之杰，和平清丽，可传而诵也"。①

上述事例为我们展现出从迁都到仁宗即位这段时间内，以翰林文臣为中心的诗歌唱和活动的兴盛，在这些活动中，杨士奇或是诗歌首赋，或被推为作序者，或是活动倡议者，在一定程度上能够反映出他在文臣中的影响力与地位。这两年多的时间并不算长，但结束了自永乐七年开始翰林文臣时常分隔南北两地的局面，迅速汇集壮大了文学团体。特别是以杨士奇为代表的南京翰林文臣，通过公私不同场景下的交游唱和，密切了与曾棨、余学夔、陈敬宗等旧相识的交往，也与在北京取得进士的陈循、周叙、曾鹤龄等后辈有了密切联系。这些都是日后翰林群体以及翰林文学活动的主要力量。可以说在仁宗之后，台阁体的兴盛、三杨格局的形成，都只有在迁都事件以及迁都初期各种铺垫的基础上才能实现。

二 洪熙至正统初年的应制文学创作

朱高炽即位之后，释放了永乐十九年入狱的夏原吉，以及因永乐十二年"迎驾缓"事件入狱十年的黄淮、杨溥、金问、芮善等人，又命长期掌管交趾的黄福还朝，进一步凝聚了翰林文臣群体的力量。宽松温和的政治环境之下，翰林文学活动在北京也明显增加。仁宣时期的应制文学创作，

---

① 王直：《西昌王抑庵集》卷一六《移居唱和诗序》，《明别集丛刊》第 1 辑第 33 册，第 533 页。

对永乐时期的创作形式和场景多有继承，最明显的是节候赐观。如元夕应制观灯，永乐时期多在行在北京举行，宣德正统时期仍有延续。尤其宣德年间，可谓元夕应制的鼎盛时期，基本每年都会举办元夕观灯应制活动，其中，以宣德八年观灯盛况最为壮观，正统以后应制活动逐步走向衰落。[1] 目前所见正统年间的观灯活动，仅有正统四年周忱所作《己未元宵禁中观灯诗应制》一诗为证。端午击球射柳在宣德时期也有所继承，如曾棨《端午侍宴奉天门赐扇五色寿丝》、杨荣《西江月·端午赐观击球射柳》五阕均为宣德年间所作，[2] 这当与宣宗对文学的热爱有一定的关系。此外，还有两个应制场景值得关注：君主赏赐、文学互动。虽说赐游、赐物也是君臣互动的一种形式，但更多而言还是一种恩赐。因此分为以下两类讨论。

（一）君主赏赐

迁都之前，朱棣已经带领文臣游览了万岁山、太液池等皇家园林，这既是对文臣的赏赐，也是让他们熟悉认识北京的一个途径。迁都以后，赐游就是皇帝对诸臣的恩赐。宣德时期，朱瞻基的赐游次数较为频繁，[3] 具体见表3-9。

表3-9 洪熙至宣德年间赐游园林情况

时间	地点	已知人员	相关史料
洪熙元年秋	内苑	夏原吉	夏原吉《洪熙乙巳秋仲赐观内苑珍禽奇兽应制赋》

---

[1] 叶晔：《明代中央文官制度与文学》，第69页。宣德八年，除李时勉、刘铉、习经、孙瑀的诗作外，现存还有王直《宣德八年元夕赐宴饮》，见《西昌王抑庵集》卷三，《明别集丛刊》第1辑第33册，第412页。宣德九年还有曹义《元夕赐观灯诗四首宣德九年也》，见《默庵诗集》卷四，《原国立北平图书馆甲库善本丛书》第705册，第884页。

[2] 黄佐：《翰林记》卷一六载："宣德四年端午，赐扇及五色长命缕、系腰等物，荣复为诗识之。"第216页。

[3] 宣宗爱好游乐，具体事例可见林莉娜《游艺与玩物——明代宫廷绘画所反映的明宣宗行乐等事宜》，《永宣时代及其影响——两岸故宫第二届学术研讨会论文集》，故宫出版社，2012。

续表

时间	地点	已知人员	相关史料
宣德三年二月十八日	西苑	金幼孜、杨荣、杨士奇、蹇义等十八人	杨荣《赐游万岁山诗十首有序》 金幼孜《钦惟圣天子……不胜幸甚诗曰》 杨士奇《赐从游万岁山词有序》
宣德三年七月十一日	东苑	杨荣、蹇义、夏原吉、杨士奇	杨荣《赐游东苑诗有序》 杨士奇《赐游东苑诗九首有序》
宣德三年十二月	南海子	杨士奇、杨荣等	杨士奇《侍从海子飞放应制五首》 杨荣《随驾幸南海子》
宣德七年	南海子	黄淮	黄淮《宣德壬子入觐赐留屡月扈从幸南海子阅海东青应制赋五言排律一首》
宣德八年四月二十六日	西苑	蹇义、杨士奇、杨荣、王班、胡濙、魏骥、王英、王直、李时勉、钱习礼、黄淮、朱勇等十五人，黄采跟随同行	杨荣《赐游西苑诗有序》《侍游西苑应制九首》 杨士奇《赐游西苑诗序》 黄淮《赐游西苑诗有序》 王直《赐游西苑诗四首》《赐游西苑诗引》
宣德八年	西湖、西山	黄淮	黄淮《赐游北京西湖观荷花仍游西山新寺进律诗三首》
宣德八年	太液池	黄淮	黄淮《赐游太液池观荷进律诗二首》
正统三年六月	万岁山	王直、习经、蹇义、杨士奇、杨荣等	王直《六月七日焚三朝实录草本诏许游万岁山赐宴纪实五首》 习经《正统戊午六月七日奉旨从诸阁老暨学士而下焚三朝实录稿……诗凡六首》

宣德七年冬，黄淮由永嘉入觐朝堂谢恩，其间扈从至南海子。次年，获赐游西苑，同游者杨士奇、蹇义、杨荣等十四人。黄淮身体疲弱，"许乘肩舆，勇（朱勇）等乘马径至白玉桥"，游览万岁山、太液池等景时，黄淮对此感慨道："窃臣淮一介儒士，叨逢隆遇，兹者复蒙宠以非常之恩，天高地厚，莫罄名言，自愧才庸质懦，不能补涓埃，辄效康衢之谣，撰述近体五章，祝圣寿于万万年。"[①] 王直《赐游西苑诗引》云："同游者凡十五人，赋者七人而已，所以颂上之德而鸣国家之盛也。"[②] 对于文臣而言，

[①] 黄淮：《黄文简公介庵集》卷一〇《赐游西苑诗有序》，《四库全书存目丛书》集部第 27 册，第 66 页。

[②] 王直：《西昌王抑庵集》卷二五《赐游西苑诗引》，《明别集丛刊》第 1 辑第 33 册，第 627 页。

被赐游代表君主的肯定与重视,因此感激之情不胜言表。后来,王直请周忱为该诗卷题序,① 可见赐游一事的影响颇为广泛。

皇帝对臣子的赏赐,除赐游之外,还有一种更为普遍的方式——赐物。大范围表彰性质的赐物(如修实录成,给总裁、撰修官等的赏赐)暂不考虑在内,本节侧重于小群体范围的赏赐(见表3-10)。朱高炽与大臣关系亲密,"居东宫时,尤重文学侍从之臣,凡赐赍洎有所陈请,必亲为题识。当时被其眷礼者,不数人"。王直曾受恩赐三次,"首则端午赐扇,次则以直目疾赐药,次则直遭丧将归,赐白金为道里费"。② 即位之后,仁宗赐近臣"绳愆纠缪"印章,并言:"凡政事有阙,或群臣言之而朕未从,或卿等言之朕有不从,悉用此印密疏以闻,其毋惮于再三言之,君臣之间,尽诚相与,庶几朝无阙政,民无失所,而朕与卿等皆不负祖宗付记之重。"③ 目的是鼓励近臣进言,带有政治革新的意味。洪宣年间,近臣所得敕印,如蹇义"忠贞"、杨士奇"贞一"、杨荣"方正刚直"、夏原吉"含弘贞靖",多是对他们个人的表彰。宣德时期也会进行物质赏赐,如蹇义的新居,周忱的羊、酒等,这是生活层面的体现。

正统时期赐物的范围更加广泛,有扇、纱衣、杏、枇杷等,生活气息更加浓厚。赏赐场景多为经筵侍讲,所赐之人多是讲官。这是因为英宗年幼,需要继续接受教育,杨士奇曾上疏"自古圣贤之君,未有不学而能致治者也",请求"早开经筵,以进圣学",④ 经筵之制由此确立下来。主讲经筵的都是朝堂的重要大臣,如张辅、杨士奇、杨荣、杨溥、王直、王英等

---

① 周忱:《双崖文集》卷三《题王抑庵游西苑诗卷》,《明别集丛刊》第1辑第34册,第341页。
② 金幼孜:《金文靖集》卷一〇《恭题仁庙御书后》,《景印文渊阁四库全书》第1240册,第868页。
③ 《明仁宗实录》卷二下,永乐二十二年九月戊戌,第80页。
④ 杨士奇:《请开经筵疏》,陈子龙等辑《皇明经世文编》卷一五,《续修四库全书》第1655册,第204页。

人，在侍讲结束之后还会赐宴。① 王直云："盖自开经筵以来，会讲之日必有此宴，乃特恩也。内臣传旨，赐上林珍果，且命尽醉而归。"② 讲毕赐宴已成定制。除赐宴之外，也会通过赐物对讲官予以奖励。文臣们对于能够侍讲经筵一事倍感光荣，王直《经筵诗引》云："凡侍经筵有所赋咏，皆录而传之，使后之人因臣之蒙幸，而知圣明宠待儒臣之厚如此。"③ 王直集中不乏与经筵侍讲有关的诗作，还有《经筵讲义》一卷，足见对此事的重视。

表 3-10　洪熙至正统年间赐物情况

时间	所赐之物	人员	相关史料
永乐二十二年九月	"绳愆纠缪"印章	蹇义、杨士奇、杨荣、金幼孜	《明仁宗实录》卷二下、杨士奇《赐印章记》
永乐二十二年十一月	"绳愆纠缪"印章	夏原吉	《明仁宗实录》卷四下
洪熙元年四月	敕印	蹇义、杨士奇	杨士奇《恭题仁庙玺书录本》：蹇义"忠贞"，杨士奇"贞一"
宣德元年十月初一	白金图书	谢庭循	王直《御赐谢庭循图书记》："笔精入神""谢氏庭循"
宣德二年	镀金银刻图书	杨荣	杨荣《御赐图书记》："方直刚正""忠孝流芳""关西后裔""建安杨荣""杨氏勉仁"
宣德三年二月	银图书	夏原吉	杨士奇《少保户部尚书赠特进光禄大夫太师谥忠靖夏公神道碑铭》："含弘贞靖"
宣德四年四月	鲥鱼醇酒	杨士奇、杨荣、金幼孜	《明宣宗实录》卷五三
宣德七年	新居	蹇义	王直《承恩堂诗有序》、杨溥《御赐承恩堂记》、马愉《题承恩堂》、杨荣《承恩堂为少师吏部尚书蹇公赋》、杨士奇《承恩堂记》
宣德七年	画屏	谢庭循	周叙《画鹤屏记》

---

① 王直：《西昌王抑庵集》卷五《三月初九日上御经筵……喜而成诗以志盛美二首》，《明别集丛刊》第1辑第33册，第429页。

② 王直：《西昌王抑庵集》卷五《六月初二日会讲……赋诗以志一时盛事云》，《明别集丛刊》第1辑第33册，第429页。

③ 王直：《西昌王抑庵集》卷二五《经筵诗引》，《明别集丛刊》第1辑第33册，第627页。

续表

时间	所赐之物	人员	相关史料
宣德八年七月初一	象牙图书	谢庭循	王直《御赐谢庭循图书记》："青泉白石"
宣德九年正月初七	酒	蹇义、杨荣、杨士奇、郭琎、胡濙、吴中、熊概、黄宗载、郑诚、赵新、王佐、成均、吴玺、章敞、吴政、王骥、于谦、李昱、魏源、施礼、曹弘、周忱、陈勉、李湻、凌晏如	陈琏《赐宴史馆唱和诗后序》、胡俨《春雪赐宴史馆公卿唱和诗序》、周忱《宣德九年正月七日雪中赐伯而翰酒》
宣德十年九月二十二日	羊、酒	周忱	周忱《乙卯九月廿二日予朝京师陪诸公议事于户部蒙恩遣中官赐羊五牵酒五十瓶以为午膳之助感而赋此》
正统二年	黄封内珍	杨荣、杨溥	杨荣《正统丁巳腊月望后大雪三日圣情悦怿赐黄封内珍已而杨公弘济赋七言律一首予勉赓韵用识其事云》
正统五年前	扇、长命缕	王直、杨荣、杨士奇	王直《五月初二日同少傅二杨公及诸学士皆侍经筵承赐扇及长命缕》
正统年间	纱衣	王直等十六人	王直《六月十一日午召入经筵自少傅而下十六人各赐纱衣一袭直忝与焉诗以志之》
正统年间	上林珍果	王直等人	王直《六月初二日会将赐宴于右春坊用虞伯生韵》
正统年间	杏	王直	王直《五月十四日承赐讲臣杏实一衮》
正统年间	枇杷、桃	王直	王直《二十五日承赐枇杷桃实》

（二）文化互动

仁宗朱高炽爱好诗文，身居东宫之时就常与大臣进行文学互动。监国南京之时，蹇义以忧去，朱高炽作赠行之作。王直认为该诗"言词温厚，恩意笃至，君臣上下一心一德，于斯可见，岂特奎画之精妙而已"。[1] 永乐

---

[1] 王直：《西昌王抑庵集》卷二六《恭题少师蹇公所藏仁宗皇帝御制诗后》，《明别集丛刊》第1辑第33册，第630页。

十五年，朱高炽监国南京，作二诗赠杨士奇、梁潜。永乐十六年，梁潜被牵涉入狱卒于北京，诗作散落，其子梁棨犹记得《重阳日》《冬至日》二诗，于宣德年间求善书者录为卷，并请梁潜的同僚作序。目前所见有杨士奇、王直、余学夔、陈循、曾鹤龄、庄琛、梁棨七人之序。[1] 杨士奇回忆往事道："仁庙好文重士，乐善有诚，时节宴群臣，间赐诗奖谕，而三人者所得为多。右诗二，前赐臣士奇、臣潜，凡书二纸，悉识以东宫图书而分赐之，盖同侍宴也。后诗亦识图书，而专赐潜。其诗一书侍读，一书赞善者，从略而互见也。"[2] 可知，侍从监国的蹇义、杨士奇、梁潜三人常得到御制赠诗。余学夔的序文从君臣关系着笔，称："词气和畅，奎画飞动，君臣相悦之意于此焉见之。"[3] 曾鹤龄观点与之相似，称："昔虞廷君臣赓歌以相责难，成周亦有《伐木》《天保》之篇，以咏君臣相与之盛。今观乎我朝，其风岂减古哉？"[4] 两者都认为仁宗与大臣的互动是君臣相悦的重要表现。仁宗执政时间短暂，君臣互动材料不足，仅能从东宫时期的记载中略知一二。与朱棣的严苛不同，仁宗与臣子关系融洽，王英为成祖所写挽诗着重述丰功伟绩，为仁宗所写则是"尊亲昭大孝，辅德重群儒"，"雅言垂听纳，忠告赖箴规"。[5]

宣宗与仁宗相比，在雅好诗文、游戏翰墨方面更胜一筹，君臣互动也更加频繁，君臣关系十分融洽。主要表现为三个方面。

其一，常驾幸文渊阁。如宣德四年七月，宣宗临文渊阁，少傅杨士奇、太子少傅杨荣论经史遂咨政务，已而悉召诸学士及史官，谕之曰：

---

[1] 杨士奇、王直、余学夔、陈循、曾鹤龄作于宣德五年，庄琛作于景泰三年，梁棨作于正统八年。

[2] 杨士奇：《东里文集》卷九《恭题仁庙御制诗后》，第129页。

[3] 余学夔：《仁庙御制诗后》，梁潜《泊庵先生文集附录》，《明别集丛刊》第1辑第20册，第565页。

[4] 曾鹤龄：《仁庙御制诗后》，梁潜《泊庵先生文集附录》，《明别集丛刊》第1辑第20册，第567页。

[5] 王英：《王文安公诗集》卷三《仁宗昭皇帝挽辞四首》，《续修四库全书》第1327册，第274页。

"国史贵详实,卿等宜尽心于是。"① 曾棨作《驾幸文渊阁》记之。同年十月,宣宗再次临视文渊阁,杨士奇、杨荣、金幼孜、杨溥、曾棨、王直、王英、李时勉、钱习礼、陈循等人侍从。其间,君臣讨论,"上命典籍取经史,亲自披阅,与士奇等讨论已,询以时政从容密勿者,久之,命中官出尚膳酒馔赐士奇等,并赐纂修实录官"。② 王直感慨道:"阳春布德今皆遍,湛露垂恩古亦稀。何幸遭逢明圣主,词林倍觉有光辉。"③ 此外,曾棨作诗《驾幸文渊阁赐酒馔》,杨荣作《驾幸文渊阁谢表》。宣德八年十一月廿九日,夜雪达旦兆丰年,宣宗赐宴于文渊阁,蹇义、杨士奇、杨溥、王英、王直、胡濙等十人侍宴,王直感恩作诗两首。④

其二,赐赠诗画。宣德二年三月,宣宗作《赐少傅工部尚书兼谨身殿大学士杨荣》;⑤ 宣德三年,为庆夏原吉七十寿辰,亲绘《寿星图》,作诗褒之。⑥ 身为近臣的杨士奇亦获诗不少,《示稷子书》(十二)中就有三次获赐御制诗的记录,还写到要将御制诗寄回以及如何保存之类。⑦ 谢庭循陪侍左右之时,"每承顾问,必以正对,尤精绘事,每有所进,必荷褒锡",⑧

---

① 《明宣宗实录》卷五六,宣德四年七月己未,台北"中研院"历史语言研究所校印本,第1336页。

② 《明宣宗实录》卷五九,宣德四年十月庚辰,台北"中研院"历史语言研究所校印本,第1400页。

③ 王直:《西昌王抑庵集》卷五《己酉十月日车驾幸文渊阁少傅臣杨士奇率臣直等祇迎列侍左右上顾问者久之赐酒凡翰林之臣皆呼至前命中官酌大卮饮之小大皆遍尽醉而罢臣欢忭之余退而有作以纪一时之盛事云二首》,《明别集丛刊》第1辑第33册,第427页。

④ 王直:《西昌王抑庵集》卷五《癸丑十一月廿九日夜雪达曙盖前此未有明日上大喜以为丰年可望因赐大臣宴于文渊阁许尽醉而归坐者少师蹇公少傅二杨公吏部郭尚书黄郑二侍郎礼部胡尚书工部吴尚书时彦学士暨直凡十人感恩述事二首》,《明别集丛刊》第1辑第33册,第428页。

⑤ 朱瞻基:《宣宗皇帝御制诗集一卷》,《明别集丛刊》第1辑第40册,第92页。

⑥ 穆益勤:《明代院体浙派史料》,上海人民美术出版社,1985,第112页。

⑦ 杨士奇:《东里续集》卷五二《示稷子书》,《景印文渊阁四库全书》第1239册,第367~368页。

⑧ 杨士奇:《东里续集》卷一六《恭题谢庭循所授御制诗卷后》,《景印文渊阁四库全书》第1238册,第574页。

也曾获宣宗御制诗。正统年间，杨士奇见到该诗卷，"拜稽瞻诵，感恸歆艳，并发于中，有不能已焉"，① 睹物思人，对宣宗的感情可谓深厚。据《宣宗皇帝御制诗集》可知还有不少赠诗，如《花朝诗》赐张本、《重阳歌》赐胡濙、《赏菊诗》赐马麟、《绿竹引》赐孙忠等。

其三，诗文唱和。宣宗所作之诗，有时也会得到文臣的唱和。如宣德五年九月，宣宗颁赐群臣御制诗一首，金幼孜奉和一首，序中云："臣窃惟皇上自莅阼以来，四方宁谧，雨旸时叙，年谷阜成，德化覃被，蛮夷顺服，朝觐会同，一统无外，盖所谓全盛之日也。"诗中"圣主优贤隆眷遇，愚臣何幸重遭逢"一句，当为金幼孜的真实想法。② 同年十二月，天降大雪，"帝示群臣《喜雪》诗，复赐赏雪宴。群臣进和章，帝择其寓警戒者录之，而为之序"。③ 金幼孜《瑞雪应制诗有序》、陈循《奉和圣制喜雪歌有序》就是此次奉和之作。宣德六年春，忽降甘霖，宣宗大喜赋诗，"敬天之泽，乐甘雨之及时，喜丰年之有望，乃赋喜雨之诗以颁示臣工，且出上尊内膳锡宴史馆以同乐之"。④ 金幼孜对此恩荣心怀感激，依韵奉和一首。除此之外，宣宗还精通绘画，杨荣《恭和御赐春山图诗有跋》《恭和御制竹石图诗有跋》等均是为宣宗所作，是君臣共同进行文化创作的典型。

朱棣执政时，翰林文臣或因靖难、"迎驾缓"等事件而谨小慎微，对朝廷和君王竭力歌颂；或因扈从北巡、北征途中的行游与征战，诗歌中多了一些异于馆阁雍容之态的风采。与朱棣的严苛不同，朱高炽与臣子关系融洽，他爱好诗文，身居东宫之时就常与大臣进行文学互动，永乐翰林旧臣面对新皇时的心态变得轻松起来，诗风也就日趋雍容和雅。宣宗朱瞻基在雅好诗

---

① 杨士奇：《东里续集》卷一六《恭题谢庭循所授御制诗卷后》，《景印文渊阁四库全书》第1238册，第574页。
② 金幼孜：《金文靖集》卷五《恭和御制诗有序》，《景印文渊阁四库全书》第1240册，第674~675页。
③ 《明史》卷五三，大宴仪，第1360页。
④ 金幼孜：《金文靖集》卷五《恭和御制喜雨诗有序》，《景印文渊阁四库全书》第1240册，第675页。

文、游戏翰墨方面，比之仁宗又更胜一筹。因此，仁宣时期的君臣文化互动总体呈现繁荣的趋势。英宗朱祁镇登基时年仅九岁，过于年幼，对诗文创作也缺乏兴趣，无法像仁宗、宣宗那样与臣子互动，相应的元夕观灯、端午击球射柳、赐观游幸等应制活动也比较少。不过，在土木堡之变前，整个政治环境尚较宽松，翰林文臣在文学活动与创作心态方面仍旧延续了由前朝发展而来的态势。另外，永乐十三年、永乐十六年北京会试录取的文臣已经成长起来，逐渐在翰林文坛中占据一席之地。如永乐十三年的状元陈循，在仁宗即位后升为侍讲，宣德五年升为侍讲学士；永乐十三年进士高谷，在仁宗即位后迁翰林侍讲，正统三年升为侍讲学士；永乐十六年进士周叙，宣德五年升为修撰，正统三年升为侍读。在这批官员看来，南京的地位与影响力显然不如北京。馆阁文学创作的成员基础与后续力量，自然也离不开这一批成长于永乐时期并对北京具有高度认同感的年轻文臣。

三　洪熙至正统初年的翰林文臣内部活动

迁都之后稳定的环境和时局，为馆阁文学创作的兴盛和持续发展提供了基础。洪熙至正统初期，翰林文臣之间的交游唱和非常活跃，展现出悠游的生活姿态。在此期间，既存在单纯偶发的出游宴集活动，也出现了具有延续性的宴集活动，后者以"聚奎宴"和"东郭草亭宴集"为代表，宴集频繁举行，主持者、核心成员基本稳定。虽没有命名为"诗社"，但从性质与规模而言，已经比较接近诗社。

（一）偶发宴集

宣德二年正月，宣宗以元宵节敕假十日。曾棨提议出游古城，应者八人。李时勉、陈循未能成行，出游者为曾棨、王英、陈敬宗、钱习礼、王直、周述六人。游览完天王寺后，众人在白云观饮酒作诗。

乃坐其东室饮茶毕，诸从者各置酒馔相与劝酬……然后知朋友相从于无事，而得燕游以嬉为甚难，彼汩汩于流俗不能少暇者为可惜也。饮既酣，皆谓不可无纪。钱君乃析唐人诗"福地阴阳合，仙都日月开"二句为韵，各赋二诗，诗百言，俾予为序。①

宣德八年正月元夕赐观灯，赐宴结束之后众人散去。李时勉感叹在京师的同邑士人数量颇众，但得相聚会者才几人。随后遇到河南参政王公、太守陈公，遂邀二人至家中，举办了元夕宴集。

予于是邀延至家，粗具酒肴，相与欢宴，咸曰：今日之事不可以无述。乃取诗人"双凤云中扶辇下，六鳌海上驾山来"二句，各分一字为韵，赋五言诗一章，以纪一时之盛，诗既成，众以序属予。②

在此次元夕宴集中，李时勉作《元夕分韵得云字》，"勉旃树勋业，庶以扬休芬"③一句，与序中所言用以"自警"相符合。

宣德九年正月二十六日，顺天尹李执中邀请王直、王英、李时勉、钱习礼游城隍庙，并提议圆通寺之行，邀蔺从善、黎潜辉、许彬（字道中）同往。次日，李执中因公务、钱习礼因病未能成行。面对圆通寺的衰败之景，王直回忆起十年前与曾棨、王英等五人之游，颇有感触。回城途中，留饮于杨能之家，席间提议作诗。

众皆喜曰：兹游诚乐矣，荷上恩之厚得致此，不可无歌咏。因记昔游时以孟浩然诗"朝游访名山"五字为韵，各赋五言律诗五首。今既重来，乃复以下句"山远在空翠"为韵，各赋五言古诗五章，章八韵。饮醉而归。④

---

① 王直：《西昌王抑庵集》卷一七《郊游诗序》，《明别集丛刊》第1辑第33册，第544页。
② 李时勉：《古廉文集》卷四《元夕燕集诗序》，《景印文渊阁四库全书》第1242册，第716~717页。
③ 李时勉：《古廉李先生诗集》卷三《元夕分韵得云字》，《原国立北平图书馆甲库善本丛书》第704册，第34页。
④ 王直：《西昌王抑庵集》卷一三《游翠微山圆通寺记》，《明别集丛刊》第1辑第33册，第499页。

现存诗王英《游翠微山圆通寺诗五首》、李时勉《春日游平坡寺五首》（以山远在空翠为韵）。

宣德九年，黄淮至北京贺宣宗万圣节，蒙恩赐留数月。其间，永嘉同乡黄养正提议游览洞阳宫。端午前日，除黄养正外，黄淮还"拉取翰林修撰金公耻庵，桂坊庶子沈君简庵，秀才张助、郭缙携琴而往"，① 黄采亦从行。日当午，黄养正设酒馔，席间金实、沈粲即席赋诗，黄淮、黄养正和之，金、沈二人又互相唱和。黄淮云："今朝廷穆清，庶僚和协，民庶乂宁。淮也得与二三同志悠游于春风和气之中，盍亦知所自哉？"② 展现出悠游闲适的心态。现存黄淮《游洞阳观和诗四首》，两首和金实韵，两首和沈粲韵。

正统元年正月，翰林词臣循故事，朔望俱赐假，相与出游。翰林同僚有至翠微山者，周叙、习经等八人相约四月望日前往。是日，同行者有周叙、习经、陈淑刚、孙曰恭、洪宗器，尹邦祥率门人及子若孙先行前往。游览完毕分韵赋诗，"众因取唐人'香阁披青磴，雕台控紫岑'之句十字为韵分赋之，人二章八韵，余一人，推以属予（周叙）为记"。③

正统二年元旦，柯暹因公事"旧理者颇迁，新至者未积"，趁着空闲出去郊游。同游者有二尹陆顺、王仲文，判簿胡谦，长史冯受，儒学司训陈阳，中书舍人许鸣鹤，评事解祯期，同僚李德言，一起畅游太平山。柯暹作诗一首，"余因成一诗，初不计其工拙，诸君子不鄙而和之，时太守郭公（郭日章）有故，虽不偕往，亦和之"。④ 同年三月，杨士

---

① 黄淮：《黄文简公介庵集》卷一一《游洞阳宫唱和诗序》，《四库全书存目丛书》集部第27册，第79页。
② 黄淮：《黄文简公介庵集》卷一一《游洞阳宫唱和诗序》，《四库全书存目丛书》集部第27册，第80页。
③ 周叙：《石溪周先生文集》卷七《游翠微山记》，《四库全书存目丛书》集部第31册，第730页。
④ 柯暹：《东冈集》卷三《登太平山诗序》，《四库全书存目丛书》集部第30册，第527页。所作诗题为《丁巳正月六日同许中书鸣鹤解评事祯期李同知德言同僚王二尹仲文陆二尹显宗胡判簿谦新恩冯大尹受陈广文阳登太平山》，见《东冈集》卷五，《四库全书存目丛书》集部第30册，第547~548页。

奇、杨溥、王直、王英、李时勉、陈循、周述、钱习礼齐聚杨荣的杏园，开展诗文雅集活动，谢环作《杏园雅集图》。这次活动有闲适的一面，但参与人员均为朝廷重臣，故不乏颂圣心态。关于"杏园雅集"的研究较多，不再赘言。①

正统四年四月，正阳门建成。该月十五日退朝之后，杨荣与杨士奇、王英、王直、钱习礼前往观之。在城门遇到都督沈公，五人被他引导登上城楼、观新制作。面对太平盛世，杨士奇道："然吾辈叨逢盛时，得从容登览胜概以舒其心目，可无纪述乎？"② 遂赋诗二首，杨荣等人皆和之。杨荣"治化纯和民物盛，载歌行苇颂皇明"③一句，将"俾观者知诗之作，所以颂上之大功也"表现得淋漓尽致。

正统六年前后，王英与李时勉、钱习礼、陈循、曾鹤龄出城登高。先后至天王寺塔、广恩寺，又在王英的小圃中饮酒，随后至李时勉之园。次日，钱习礼以"江山留胜迹"为韵各赋五诗，嘱王英作序。王英回忆以往城西之游道："思前时城西之游，皆侍郎王公行俭所倡，率公承上命出掌部政，位望尊崇，有所不暇，五人者为之恋恋焉。然公亦未必忘情于此也，乃并书之，不鄙诵予之言，又岂无所歆羡哉。"④ 王直自正统五年二月掌管礼部事，公务繁忙以致无法出游。相比而言，王英、李时勉等翰林文臣还是有闲暇时刻的。

---

① 主要有：陆九皋《谢廷循杏园雅集图卷》，《文物》1963 年第 4 期；李若晴《玉堂遗音：〈杏园雅集图〉卷考析》，《美术学报》2010 年第 4 期；付阳华《由文人雅集图向官员雅集图的成功转换——析明代〈杏园雅集图〉中的转换元素》，《美术》2010 年第 10 期；尹吉男《政治还是娱乐：杏园雅集和〈杏园雅集图〉新解》，《故宫博物院院刊》2016 年第 1 期；陈翔《〈杏园雅集图〉及其政治意蕴考论》，《宁夏大学学报》2016 年第 3 期；等等。
② 杨荣：《文敏集》卷一一《登正阳门楼倡和诗序》，《景印文渊阁四库全书》第 1240 册，第 156 页。
③ 杨荣：《文敏集》卷一一《登正阳门楼倡和诗序》，《景印文渊阁四库全书》第 1240 册，第 156 页。
④ 王英：《王文安公文集》卷一《登高诗序》，《续修四库全书》第 1327 册，第 293~294 页。

(二) 延续性宴集活动

与永乐时期不同的是，除了文臣之间偶然出游和宴集外，持续性的甚至具有诗社性质的宴集活动也在宣德正统年间出现。

1."聚奎宴"

宣德二年三月，杨荣于长安门之南的居所，宴请当年新科一甲进士马愉、杜宁、谢琏三人。

其第一甲三人皆授职翰林，马愉修撰，杜宁、谢琏皆编修，于是馆阁诸贤相与置酒堂中，为三人贺。主献宾酬，觞行甚乐，有言于列者曰："斯会斯堂诚称古之人名其居盖有因事而志喜者，请名堂曰'聚奎'何如？"众皆曰："然。"少傅公属余为记，众皆为诗。①

这是杨荣首次在聚奎堂举行宴集活动，拉开了聚奎堂系列活动的序幕。"聚奎宴"的影响颇大，《壬寅销夏录》中有《聚奎堂诗卷》，收录作品四十五篇。上卷有：金幼孜《聚奎堂铭有序》、曾棨《聚奎堂诗有序》、尹凤岐《聚奎堂赋有序》，还有蹇义、胡濙、黄淮、杨溥、王英、王直、周述、余学夔、蒋骥、沈民则、李时勉、蔺从善、杨敬、刘永清、苗衷、王雅、曾鹤龄、孙日恭、邢宽所作"聚奎堂诗"。下卷有：张洪、陈继所作之文，周叙、裴纶、刘矩、潘文奎、罗渊、陈询、杨鼐、张益、胡穜、庞叙、许彬、梁禋、张习、马愉、杜宁、谢琏所作之诗，以及周旋《聚奎堂赋有序》、陈文《聚奎堂赞并序》、刘定之《聚奎堂颂有序》、陈循《书聚奎堂卷后》，以及杨荣《题聚奎堂卷后》。诗卷中有宣德二年一甲马愉、杜宁、谢琏，正统元年一甲进士周旋、陈文、刘定之的作品。胡濙《聚奎阁诗有序》又云："已而历两科，以第一甲进士入翰林为修撰者二人，编修者四人，皆宴贺于斯堂，皆如其初会之欢。"② 可知，宣德五年、八年两

---

① 杨士奇：《东里续集》卷二《聚奎堂记》，《景印文渊阁四库全书》第1238册，第391页。
② 胡濙：《聚奎阁诗有序》，端方《壬寅销夏录》，《续修四库全书》第1089册，第507页。

科也举行了宴集活动,而这些诗文应当是四次活动累积而成。

2."东郭草亭宴集"

正统年间,杨善(字思敬)在东郭草亭多次举行宴集活动。杨士奇《书东郭草亭宴集诗后》对此进行了记录:"鸿胪卿大兴杨君思敬,每岁季春之望,必置酒会文儒于东郭之草亭。自正统改元之岁至今己未,凡会者三。与于斯者皆文学之名流,极觞咏之雅致,宾主洽欢,适乎内而遗乎外。京师若斯会者,殆千百之十一见也,非由鸿胪之难遇乎?"① 从正统元年至正统四年,举行了三次,参加者皆为文学名流。如此大规模的集会在京城中也并不多见,由此可见东郭草亭宴集的重要性。

东郭草亭宴集始于正统元年,据王英序可知参与者为十位江西在朝士大夫,分别为杨士奇、杨荣、杨溥、胡濙、王直、周述、李时勉、钱习礼、陈循、王英,雅歌者光禄监事致仕李通。主人杨思敬举酒饮客,客人皆乐而赋诗。杨士奇《东郭草堂宴集》、王英《游杨卿东郭草亭》、陈循《丙辰三月十五日与少傅尚书学士九人同宴鸿胪寺卿杨善东郭草亭》当为此次宴集所作。杨士奇对此次宴集的评价为"乐":

今圣明在上,百职举而群生,遂海内无事可乐,旦暮勚于职务,而得适意于旷闲萧散之滨以坐玩,夫时物之发育可乐,斯集又皆卿大夫之贤,蕴道德而服诗书,志合而言契,靡不可乐。矧思敬好客,有郑当时陈孟公之风,若之何不乐哉?乐而形诸诗歌,乐之至也。②

王英亦对此发表了自己的观点:

诗之作岂徒然哉?因事即物有所感,则形之于言。至于燕饮游观之胜,心有所乐则发为咏歌者,皆非偶然哉?天下承平优游无事,缙绅大夫

---

① 杨士奇:《东里续集》卷一九《书东郭草亭宴集诗后》,《景印文渊阁四库全书》第1238册,第627页。
② 杨士奇:《东里续集》卷一四《东郭草亭宴集诗序》,《景印文渊阁四库全书》第1238册,第556页。

乃得以遂其乐,而言之发有不能已者。昌黎韩子所谓"饮酒而乐,所以同其休、宣其和、感其心而成其文者"是也。①

两者都以"乐"为主题,杨士奇通过皇帝圣明、职务繁忙来反衬"乐"之难得,王英则以此"乐"为天下承平的外在表现,二人的阐述思路不同,但都能囊括于颂圣的框架之下。杨士奇以"蕴道德而服诗书"为"乐"之一源,已然将此"乐"置于儒家传统背景下,而与真正疏离政治和道统、放浪形骸的山川风月之"乐"异辙。②

第二次宴集本打算在正统二年举行,因公务推迟至正统三年。杨荣云:"去年以公务弗果行,乃以今年兹日寻旧约……惟朋簪之盍,视初会少二人焉。因相与慨叹,以为斯须之乐有不偶然得也。"③风景如昨,但参与宴集的人却少了两位,这让杨荣感叹不已。王英《再游杨鸿胪东郭草亭》、杨士奇《重游东郭草亭》、杨荣《重游东郭草亭》应当为第二次所作。杨荣对诗作评价道:"首简洪惟圣天子在上治道日隆,辅弼侍从之臣仰峻德、承宏休,得以优游暇豫登临玩赏,而岁复岁,诚可谓幸矣。意之所适,言之不足,而咏歌之,皆发乎性情之正,足以使后之人识盛世之气象者,顾不在是欤。"④

第三次宴集为正统四年,杨士奇因南归未能参加,"己未之集,余以南归不及与,鸿胪间出其诗若文属余题,因附氏于末云,是岁六月三日"。⑤这三次宴集活动均有诗作,目前所见王英二首、杨士奇二首、杨荣

---

① 王英:《王文安公文集》卷一《东郭草亭宴集诗序》,《续修四库全书》第1327册,第300页。
② 张德建《明代台阁文学中的快乐图景与抒情文化》(《文学遗产》2018年第1期)指出台阁文学中多有快乐图景的描绘。
③ 杨荣:《文敏集》卷一一《重游东郭草亭诗序》,《景印文渊阁四库全书》第1240册,第158~159页。
④ 杨荣:《文敏集》卷一一《重游东郭草亭诗序》,《景印文渊阁四库全书》第1240册,第159页。
⑤ 杨士奇:《东里续集》卷一九《书东郭草亭宴集诗后》,《景印文渊阁四库全书》第1238册,第627页。

三首、李时勉二首、杨溥一首、陈循二首、苗衷一首、魏骥一首、马愉一首，①虽然不能完全确定每首为何次所作，但可知宴集活动的影响之广。

杨思敬对宴集有着浓厚的热情。除东郭草亭之外，在正统三年后又有南园宴集活动。王直对此有记载："朝罢，公（杨思敬）与学士李公时勉先行，而钱公习礼，蔺公从善，陈公德遵继之。礼部侍郎兼翰林侍讲学士王公时彦又继之。直从宗伯胡公归视事毕，乃得行。"②此外，侍讲学士苗公、马公，侍讲曹公因事没有成行。在这次活动中，杨思敬首赋七言近体诗一首，又自和一首，在场宾客王直、王英、钱习礼、李时勉、蔺从善、陈循、胡濙皆唱和。这次南园雅集可以看作东郭草亭的延续。正统五年杨士奇倡办"真率会"，与会者有杨荣、杨溥、钱习礼、李时勉、王英、王直六人。可以说"真率会"的出现，与之前宴集活动的频繁举行密切相关，是对延续性宴集进一步规范和发展的结果。这些持续性的集会印证了都城北京政治局势、生活的稳定，以及翰林文臣诗文创作活动的兴盛。

综上，迁都对北京的文学与文坛带来了巨大影响。迁都之前，北京作为行在，该时期的文学创作以扈从翰林文臣为主。不论是应制场景下的文学，还是非应制场景下的文臣内部创作，抑或是与外界的交游创作，都脱离不了南京文学生态的藩篱。迁都之后，南、北两京重要文臣齐聚北京。从永乐迁都至仁宗即位的这段时间，原南京翰林文臣通过公私不同场景下的交游唱和，弥补了以往远离权力中心的缺憾，也推动了以三杨为首的台阁文学的形成和发展。整体来说，从洪熙到正统土木堡之变，政局尚算稳定，身居北京的翰林文臣也较少受到各种事件的影响。相对稳定的环境对

---

① 诗作如下：王英《游杨卿东郭草亭》《再游杨鸿胪东郭草亭》，杨士奇《东郭草堂宴集》《重游东郭草亭》，杨荣《东郭草亭宴集》《重游东郭草亭》《游东郭草亭》，陈循《丙辰三月十五日与少傅尚书学士九人同宴鸿胪寺卿杨善东郭草亭》《东郭草亭宴集鸿胪卿杨思敬宅》，苗衷《杨思敬东郭草亭燕集》，杨溥《杨思敬东郭草亭燕集》，李时勉《东郭草亭宴集》《东郭草亭》，魏骥《补题游兴济伯杨公东郭草亭亭在北京东城之外》，马愉《宴杨鸿胪东郭草亭》。

② 王直：《西昌王抑庵集》卷二〇《南园燕集诗后序》，《明别集丛刊》第 1 辑第 33 册，第 578 页。

北京文学，特别是台阁体的兴盛至关重要。加之君臣关系和谐，君主对文学的参与，尤以宣宗文学热情最高，刺激了文臣的创作，对文学的发展起到了促进作用。北京的官员时常举行雅集宴会，以出城游玩宴集最多，创作热情高涨，生活颇为闲适。文臣所作诗文也多春容安雅、雍容平易之风。迁都北京及其带来的政治走向成为馆阁文学繁盛的主要外因，但迁都的意义尚不止于此。南、北二京正好是南北双方经济、文化差异的突出代表。洪熙元年五月，杨士奇建议科举兼取南、北士人："如一科取百人，南取六十，北取四十，则南北人才皆入用矣。"① 在讨论到南、北文人时，杨士奇给出了"南人有文多浮"的判断。② 不论如何，在科举中保证北方士人的录取比例，正是迁都后增强北方政治文化吸引力的重要举措。北方士人也就更有机会在北京政坛与文坛崭露头角。另外，北京拥有了一大批翰林文臣和郎署官员，形成了与地方官员、山林文人相对应的上层文学创作主体，以杨士奇为代表的台阁文臣和以前后七子为代表的郎署官员，都曾以北京作为文学活动的核心地带，文学的正统观念也在此不断发酵与推扬。

第四节　迁都与南京文坛的变迁

迁都之后，南京作为陪都依然保留了一套中央行政机构。在两京制度之下，南、北两京均有翰林院、六部。由于北京处于权力的中心，重要翰林文臣集聚北京翰林院，加之仁宣时期政治环境良好，君主对文学的喜爱及参与激发了文臣的创作热情，对文学的发展起到了促进作用。北京的官员时常举行雅集宴会，创作热情高涨，上层文学活动展现出繁荣兴盛的势头。南京则恰恰相反，名为"京师"却实为"陪都"，远离帝王朝堂与政

---

① 杨士奇：《圣谕录中》，《东里文集》，第404页。
② 杨士奇：《圣谕录中》，《东里文集》，第404页。

治中心。因此，南京的文学必然走向与北京不同的发展之路。

目前，已有学者对明代南都制度①、南京文坛②给予了关注，叙述较为详细。对于隆庆之前的南京文坛，可以放在迁都的事件下，更加细致地考察。迁都之后的南京远离政治中心，官员缺少与君主互动的机会，无法像北京翰林文臣一样进行君臣互动的文学创作，抑或是秉上意进行应制唱和，南京文坛与北京文坛走向了不一样的道路。洪宣时期，南京文坛由南京中央机构主导，虽然也是上层文学，却与北京由翰林院主导不同；正统时期，南京文坛则出现南京官员与地方文人平分秋色的情况。

一　南京官员任职情况

细究起来，从北京作为行在开始，南京文臣就已经逐渐远离政治中心，前文所言杨士奇在南京未能授散官一事便是证明。这种与政治中心的疏远在迁都之后愈发明显，由任职官员一项便可知晓。

永乐十九年迁都之前，北京已经聚集了绝大多数翰林文臣。据表3-6可知，有胡广、杨荣、金幼孜等人，再加上庶吉士，文臣的数量至少有七十名。迁都之后，杨士奇、蹇义、郭资等中央官员离开南京，导致南京翰林文臣群体进一步缩减。据田吉方考证，永乐至正统年间在南京翰林院任

---

① 对南京制度方面的研究有：王慧明《明留都南京宫廷典制研究》（硕士学位论文，东北师范大学，2013）从留都的行政机构、宫廷及礼制方面进行了梳理；田吉方《明代南京翰林院考》（硕士学位论文，武汉大学，2004）对南京翰林院的机构设置、职务运作及特点进行了分析；孙精远《明代南京刑部研究》（硕士学位论文，华东政法大学，2021）从法律史角度对南京刑部的设立、内部设置及司法网络进行了探析；朱忠文《论两京制度下明代官员对南京官场重要性的塑造》（《历史教学》2023年第2期）对明代官员塑造南京官场重要性的现实依据及重要历史资源进行了分析。

② 对南京文坛方面的研究有：叶晔《明代中央文官制度与文学》（第224～228、263～271页）梳理了南京瀛洲雅会、南曹诗会等文学活动，考察了南都文学去政治化的进程，认为南都官员主盟隆庆以前，地方官员主盟万历以后；赵靖君《从〈旧京词林志〉看明代南京翰林院地位的下降》（《池州学院学报》2017年第5期）认为迁都之后南京成为陪都，内部管理不善以及对掌院官员的随意任命，导致了明代南京翰林院地位的下降。

职的有：陈全，翰林侍读，任职于永乐十九年至宣德元年；张伯隶，翰林修撰，任职于永乐十九年至二十一年；周孟简，詹事府丞，任职于永乐二十一年至二十二年；陈用，宣德元年以翰林检讨任，宣德三年升修撰，正统五年升侍讲，七年丁忧归乡；曾鹤龄，侍讲学士，任职于正统三年至五年；周叙，侍讲学士，任职于正统十二年至景泰三年；① 翰林典籍高棅也任职于南京翰林院，他于永乐九年升翰林典籍，永乐二十一年二月卒于南京官舍。② 与北京相比，南京翰林文臣数量较少，有威望者更少。至正统十二年时，南京翰林已经许久未置学士了，周叙以翰林学士任职南京无疑是一个重大的事件，据王英为周叙所作诗序可略知一二：

然南京翰林久未置学士，以属官权署，位卑望轻，人皆易视之。上所以特命功叙辍经帷之讲，授学士之职，以为词林之重也。其任岂不专于他官乎？功叙行端而学邃，文章之作典则宏奥，足以鸣国家之盛，南京缙绅大夫莫不以为具瞻，而知学士之重如是哉。③

南京作为陪都，拥有一套完整的中央机构，六部以尚书与侍郎为主。其中，有两个人比较引人注意，即黄福和王英。他们原来都处于政治中心，却因各种原因被贬至南京。宣德七年，黄福由行在户部尚书改任南京，当与不受宣宗喜爱有关。

宣庙初思用旧人，召寒义等数人宠待之，皆依违承顺之不暇。惟户部尚书黄福持正不阿，命观戏，曰：臣性不好戏。命围棋，曰：臣不会着棋。问：何以不会。曰：臣幼时父师严，只教读书，不学无益之事，所以不会。上意不乐，居数日，敕黄福年老，不烦以政，转任南京户部，优闲

---

① 田吉方：《明代南京翰林院考》，硕士学位论文，武汉大学，2004，第26页。
② 林志：《续刻葑斋公文集》卷六《漫士高先生墓铭》，《原国立北平图书馆甲库善本丛书》第704册，第373页。
③ 王英：《王文安公文集》卷一《送周学士赴南京诗序》，《续修四库全书》第1327册，第302页。

之，实疏之也。向使寒、夏诸公皆如此持正，其势未必尽疏之。则君德可修，天下可肥矣。初，文庙命学士解缙评大臣十人何如，缙每用八字断之，首许黄福，自余互有得失，人以为确论，具载缙传。①

正如文中所言，黄福改任南京，名义上是为了让他悠闲度过晚年，实为疏远之措。因为无论是官员设置、执掌范围还是政治地位，南京六部都远低于北京六部。

宣德正统年间，王英与王直均受到排挤。王直于正统五年出莅部事，正统八年迁吏部尚书，与翰林之职再无瓜葛。同年，王英接替王直之任，主管部政之事。王直为人谨慎，出理部事时，"尚书胡濙悉以部政付之，直处之若素习者"。对于未能入阁一事，也是直到退居还乡才有所表露："曩者西杨抑我，令不得共事。然使我在阁，今上复辟，当不免辽阳之行，安得与汝曹为乐哉！"②王英性格不同，"性直谅，好规人过，三杨皆不喜，故不得柄用"。③他在为周叙所写赠行序文中对遭遇嫉忌一事予以表露：

惟学士清华之秩，非他官可比，职在典词命，论思献替，朝夕侍上左右，于功叙固宜矣……永乐初，予以选入翰林，与今吏部尚书王公行俭同官至学士，同拜侍郎，同功叙侍经幄，而予以迂疏，不能与时俯仰，为人所嫉忌，出理部政，礼文事烦，劳勤朝夕，安得如功叙受恩命之荣，为词垣之长乎？既深有所叹美……④

在写完这篇序文的次年，王英就改任南京礼部尚书。当然，此事不是"三杨"所为，他们已经过世。这样的表述与性格应不为当权者所喜，改任一事很可能与此有关。无论是黄福还是王英，在南京任职都是被疏远贬

---

① 李贤：《古穰集》卷三〇《杂录》，《景印文渊阁四库全书》第 1244 册，第 788 页。
② 《明史》卷一六九《王直传》，第 4541 页。
③ 《明史》卷一五二《王英传》，第 4197 页。
④ 王英：《王文安公文集》卷一《送周学士赴南京诗序》，《续修四库全书》第 1327 册，第 302 页。

职的结果。

除此之外，南京国子监也值得注意。宣德二年，陈敬宗转任南京国子监司业，宣德九年升任国子监祭酒，其转任南京是被杨荣、蹇义排挤的结果。宣德元年，陈敬宗入馆修太宗、仁宗实录得罪了蹇义，"初见时，皆止莫拜。予则揖之，蹇公为之侧目，似有嫌予之傲也"。后来又得罪了杨荣，"杨荣声势日张，众皆奔趋阿附，予独不能，大为杨公之所不喜，于是与蹇公谋予出之"。接着，宣德二年，因帮中书舍人张习整理实录书稿，杨荣愈不喜。随后，被认为是杨士奇同党，"泰和杨公私约与曾棨、王直、周述同往神乐观赏牡丹。建安杨公愈益不喜，以为予（陈敬宗）党于泰和杨也"。① 至此，陈敬宗被排除出政治中心。远离政治中心的南京官员总体发展不如北京，就连南京国子监的入仕机会也少于北京国子监。杨士奇为太学生贺敏所作序文中说道："时初建北京，学舍未备，郡县学生贡至者日益众。礼部奏请，以南籍者分处南京国学，诏可。于是诸生之急于仕者多不乐远去。"② 只有贺敏以"求进于学"怡然而往。

二　南京官员生活状态及文学活动

从洪熙元年至正统六年，北京名为行在实为都城，政府职能基本归于北京，南京官员的公务减少，生活状态较为清闲。对于这一点，时人经常语及。杨士奇于永乐末年送陈叔振赴南京时曾云："今南京诸司职务，视往年千百之什一，而载籍所萃，四方莫加焉，诚以其余闲，探索义理之正，以究圣贤之用心。"③ 为郭鼎贞赠行时再次说道："今外百司之务皆上计北京，而南京所治惟应天一郡，其政务视昔裁千百之什一，公庭清虚，

---

① 陈其柱：《两浙澹然先生年谱》，美国哈佛燕京图书馆藏明刻本，第25页。
② 杨士奇：《东里续集》卷六《赠太学贺生序》，《景印文渊阁四库全书》第1238册，第444页。
③ 杨士奇：《东里文集》卷三《送陈叔振序》，第43页。

吏牍简静。鼎贞之官可谓称其资也。"① 在赠萧伯辰赴任时，文字之间更是展现出殷羡之情。

> 今外之庶务皆上计北京，繁于此必简于彼，故南京之官守优逸多矣。而宗伯典礼，其优逸加多焉。宗伯领四属，惟祠祭典常祀，岁时有事，伯辰为其长，推其所负蓄，且练习之久，宜绰乎有余矣。今年六十余而进进于荣且逸如此，亦晚节之福哉。②

南京官员生活安逸，杨士奇认为此乃晚节之福。因此，北京官员在为赴任南京的同僚作诗时，常常设想对方在南京的闲暇生活，如杨士奇云"官府日长无一事，寄诗频到五云坊"③，"南京公馆多闲暇，时咏武公淇澳诗"④，"应到南京公事简，朝朝清趣在韦编"⑤，"柏堂昼掩无公务，竹槛春吟有妙辞"⑥ 等。曾棨云"南京此去多清暇，挂笏钟山好咏诗"⑦，杨荣云"华发萧萧坐庙堂，南京政简足徜徉"⑧，金幼孜云"到官预想多清暇，日对钟山送酒杯"⑨，也都表达出相同的意思。南京职位确有养老之实，如

---

① 杨士奇：《东里续集》卷六《送郭鼎贞诗序》，《景印文渊阁四库全书》第 1238 册，第 440 页。
② 杨士奇：《东里续集》卷六《送萧郎中序》，《景印文渊阁四库全书》第 1238 册，第 445 页。
③ 杨士奇：《东里诗集》卷二《送萧雅容郎中归南京吏部》，《景印文渊阁四库全书》第 1238 册，第 341 页。
④ 杨士奇：《东里续集》卷六二《题竹寄本清良友二首》，《景印文渊阁四库全书》第 1239 册，第 568 页。
⑤ 杨士奇：《东里续集》卷五九《潘赐主事升鸿胪少卿赴南京》，《景印文渊阁四库全书》第 1239 册，第 487 页。
⑥ 杨士奇：《东里诗集》卷二《送陈时显归南京兼简广哲二首》，《景印文渊阁四库全书》第 1238 册，第 344 页。
⑦ 曾棨：《刻曾西墅先生集》卷九《送段侍郎之南京》，《四库全书存目丛书》集部第 30 册，第 218 页。
⑧ 杨荣：《文敏集》卷七《挽古尚书朴》，《景印文渊阁四库全书》第 1240 册，第 101 页。
⑨ 金幼孜：《金文靖集》卷四《送葛延琮南京都察院检校》，《景印文渊阁四库全书》第 1240 册，第 647 页。

魏骥任南京吏部尚书，习经为其赠行，曰"高年未遂乞闲身，冢宰荣迁宠命新"。① 可知，自宣德时期开始，南京官员闲暇的生活状态已经定型。

洪熙至正统年间，在南京任职的官员数量众多，在如此闲暇氛围之下，文学活动必不可少。南京翰林院及六部的官员数量较少，若只局限在各院各部范围之内，文学交流活动很难展开。因此，可将南京中央机构，即翰林院、六部、通政司、国子监等作为一个整体，由此来看南京的文坛状况。在南京任职的官员中，陈全、周叙、黄福、王英、陈敬宗、陈琏、魏骥七人有文集存世，本节即以此为中心，考察洪熙至正统年间南京中央机构南京文坛的情况。

中央机构内部的交游唱和。宣德七年，魏骥由行在吏部考功员外郎升南京太常寺少卿，黄福改任南京户部尚书。同年九月，两人一起乘舟赴南京入职，途中多有唱和。如重阳之日，舟行至张家湾，黄福请魏骥饮酒赏菊；② 九月十二日，舟次直沽，黄福再次备酒，魏骥不胜酒力，作诗谢之；③ 此外，魏骥《舟中呈同行少保黄尚书公福》《途中有怀次尚书黄公韵》《渡杨子写怀呈黄尚书》等诗作，都是对两人友谊的展示。在南京任职期间，中央机构各部交流频繁。如正统四年冬，南京下雪，陈琏作《和吏部黄尚书喜雪》，黄尚书就是黄宗载。除此之外，黄福曾设宴款待成均，魏骥有诗《秋日宴集少保户部尚书东莱黄公为钱侍郎成公而设分韵得见字》；黄福与吾绅多次出游，有诗《和吾秋官大报恩寺韵二律》《游后湖布吾秋官诗韵》；陈琏为郑辰作题画诗，分别为《孟浩然图为工部侍郎辰赋》《王孟端古木古竹石为工部郑侍郎赋》；黄福与黄宗载席上同乐，黄福作

---

① 习经：《寻乐习先生文集》卷七《送魏骥升南京吏部尚书》，《四库全书存目丛书补编》第97册，第108页。

② 魏骥：《南斋先生魏文靖公摘稿》卷四《九月九日泊舟张家湾辱尚书黄公具酒赏菊》，《四库全书存目丛书》集部第30册，第366页。

③ 魏骥：《南斋先生魏文靖公摘稿》卷四《九月十二日舟次直沽尚书黄公具酒舟中余既不胜举酒以谢公曰我固不辞此杯明日午当以诗二十韵答我故赋此塞责》，《四库全书存目丛书》集部第30册，第354页。

《端午席上口占奉吏部黄公》；魏骥有诗《十一月廿六日陪吏部尚书黄公登报恩塔》，记与黄宗载同游古迹；黄福与陈琏关系密切，曾作《陈通政九日登雨花台不赴》《陈通政考绩》《和陈通政静海寺牡丹韵》；陈琏用陈敬宗韵作《送景祥回姑苏省墓用陈祭酒韵》；陈琏送俞士吉南归，赠诗《和刑部侍郎俞士吉致仕南归韵》；蔚绶致仕，陈琏赠诗《送礼部尚书蔚公致仕归合肥》《送礼部尚书蔚公致仕序》。由此可知，黄福、黄宗载、陈琏、魏骥等人的交流较为频繁。

南京在迁都之前已有五十多年的都城历史，作为全国最重要的两个城市之一，有不少伯侯公爵任职于此。因此，南京文臣的文学交往对象还有驸马都尉、伯爵等皇亲国戚。驸马都尉赵晖曾作"日省斋"，文臣多有记文，如杨士奇《日省斋记》、金幼孜《日省斋为驸马赵晖赋》、金实《日省斋箴有序》、陈敬宗《日省斋记》、黄福《赵驸马日省斋》、黄淮《日省斋说》、陈琏《日省斋铭》等。赵晖与陈敬宗、陈琏关系密切，陈敬宗作《借马谢赵驸马》《题野堂雪鹅为赵驸马作》，陈琏作《崔白鹅为驸马赵公题》可为证明。

除赵驸马外，南京城内还有一位声名显赫的沐驸马——沐昕。为沐英之子，沐春、沐昂之弟，朝中文臣如杨荣、刘球、陈琏、陈敬宗等为其清乐轩作文，沐昂、王璲、黄福、陈琏等均有诗歌记之。关于在清乐轩的活动，金实《清乐轩记》记之甚详：

驸马都尉沐公第宅之东有轩焉，颜曰"清乐"……至则鸣弦赋诗，挥翰作诸体书，未尝挂俗事。大夫士之贤者，时来候谒，躬出肃入，謦折忘势。居南京三十年，未尝一日变易，是以好贤乐善之誉，弥久而日新。①

由此可知，清乐轩为沐昕与文臣交流的重要场所。沐昕喜欢邀请文人

---

① 金实：《觉非斋文集》卷一二《清乐轩记》，《续修四库全书》第 1327 册，第 101 页。

士大夫宴集唱和，与陈敬宗、黄福、魏骥、陈琏等人交往频繁。沐昕曾赠陈敬宗砚台，①赠黄福牡丹，②二人皆有诗记之。沐昕还喜欢邀人饮酒，魏骥同陈琏曾一同赴宴。③黄福也曾与之饮酒，"醒处不忘心北向，醉时应怕日西斜"一联，④写出了南京文臣的处境与辛酸。

众多文人聚集南京，举行了不少宴集活动。某年中秋沐昕作诗一首，陈敬宗作《和沐驸马中秋韵》，黄福作《和清乐公中秋韵》；重阳之日，陈琏、沐昕、李隆、张瑛等同登雨花台，据"京城城北雨花台，岁岁登高此处来"⑤一句推测，重阳登览雨花台的活动不止这一次，陈琏《和清乐公九日韵》不知为哪次活动所作。除了节日宴集，还有游览活动，如宣德年间，沐昕前往北京，襄城伯李隆与诸缙绅送之于龙江之畔，送别至观音山。在返城途中，李隆建议游览幕府山，说："此即晋元帝渡江王导建幕府之所，盍往一登？"⑥众人从之。陈琏对从游之人记载较为详细：

同游者公（守备南京襄城伯李公）与礼部尚书兼华盖殿大学士张公、前府都督同知李公、左府都督佥事刘公、宜宾二王公、国子司业陈先生、署吏部事佘郎中、孝陵卫梅指挥，其一予也。⑦

陈敬宗、陈琏、张瑛、李隆等人参加了此次游览之行。正统十二年九月，徐时用、彭大用约周叙游牛首山，同游者共十二人，其中三人为儒

---

① 陈敬宗：《重刻澹然先生文集》卷三《承驸马都尉沐公惠砚》，第61页。
② 黄福：《黄忠宣公文集》卷一二《清乐公惠牡丹九年春也时兼兵部事故联中及此》，《四库全书存目丛书》集部第27册，第359页。
③ 魏骥：《南斋先生魏文靖公摘稿》卷四《五月一日都督沐公邀饮时在座琴轩通政陈公与余及公宾主三人既归赋此以谢》，《四库全书存目丛书》集部第30册，第357页。
④ 黄福：《黄忠宣公文集》卷一二《沐都督邀饮归醒偶成》，《四库全书存目丛书》集部第27册，第358页。
⑤ 陈琏：《琴轩集》卷一〇《陪驸马沐公襄城伯李公礼部尚书张公等九日同登雨花台》，第484页。
⑥ 陈敬宗：《澹然居士文集》卷五《游幕府山记》，《原国立北平图书馆甲库善本丛书》第704册，第142页。
⑦ 陈琏：《琴轩集》卷一五《游幕府山记》，第754~755页。

士。其间分韵赋诗,"取唐人'危石才通鸟道,空山更有人家'十二字为韵分之,人各赋五言八韵一首,以记一时登览之兴"。① 正统末年,陈敬宗、赵晖、王英、周叙、张本、廖庄六人在鸡鸣寺举行宴集活动,以"花宫仙梵远微微"为韵各赋七诗,现存陈敬宗《鸡鸣寺宴会以花宫仙梵远微微为韵》。

综上,南京在永乐十九年后失去都城的政治职能,其文坛地位和格局也悄然发生变化。迁都导致南京政治地位下降,翰林院人员大幅减少,南京文坛呈现多样化的面貌。洪宣时期,南京文坛中占据主要地位的是中央机构官员,其中不少是政治失意者,公务减少,生活状态较为清闲。由于远离政治权力中心,南京官员转向对日常悠闲生活的关注与书写,在旨趣上逐渐与地方官员和文人相融合。正统年间蒋主孝南京诗社的成立,以及以周叙为主的南都吟社的成立,改变了洪宣时期以官方人员为主的文坛面貌,非官方人员开始加入。正统十二年周叙办"牛首山"活动,与会人员十二人,儒士三人,占四分之一;景泰元年(1450)周叙办"九日分韵"活动,与会人员二十五人,儒士十三人,占二分之一,其中王金栗、蒋主忠均是蒋主孝诗社中的成员。由此说明南京文坛的主导人发生变化,洪宣年间南京官员占据主要地位,至正统末已变为由南京官员与当地文人平分文坛。总之,迁都之后,南、北二京的文坛地位和格局发生了巨大变化,并与台阁、郎署、地方、山林的文坛立体结构产生了多维度的关联,从而影响了整个明代文学。

---

① 周叙:《石溪周先生文集》卷六《游牛首山诗序》,《四库全书存目丛书》集部第 31 册,第 685 页。

第四章 永乐历史事件与明初文学的多重关联

明代永乐时期历史事件与文学研究

本书前三章以永乐年间的靖难、北征和迁都三个重要历史事件为线索，对相关人员及文学书写进行了探讨。这种方式能够展现事件的影响力，但影响范围集中在中央文臣，缺少立体的呈现。本章将综合观照中央文臣、地方文臣、藩王三个方面，分析历史事件对他们各自的影响。据前文可知，靖难、北征、迁都对台阁体的产生与发展有着重要影响，但仅从几个分离的事件着手，不利于全面认识台阁体的发展进程。因此，本章首先以中央文官为对象，通过他们内部成员的变动、所受政治波折以及政治环境下的心态，综合分析历史事件与台阁文学、台阁体的关系。尽管文坛的核心成员是中央文臣，但地方官员也是一个不容忽视的创作群体。从他们与政治中心的关系来看，黄福由中央至边疆，远离了政治中心；梁本之终身任职于地方，却与中央文臣紧密相连；陈琏由地方向中央积极靠拢。他们分别代表了三种不同的状态，文学创作也由此具有不同的表现。此外，藩王也是一个值得关注的对象。因靖难之役的影响，永乐朝的藩王处于游离状态，他们拥有藩王称号和封地，却没有相应的职权和自由。他们的文学创作是个人言行与政治局势相互博弈和互动的结果，是永乐历史事件与文学的一个重要表象。

第一节 永乐政治与台阁体发展之关系

有明一朝，尤其是明初，台阁体在文学发展中占据了重要位置。对于台阁体的流行时间，多认为是明代前期，具体时段略有差异。据统计，目前学界大致有五种界定，分别是：永乐至正德的百年之说，永乐至成化的八十年之说，永乐至天顺的六十年之说，永乐至正统的半世纪之说，仁宣两朝之说。① 具体而言，前两种说法的认同度较高。黄卓越认为台阁文学"多指由明永乐至弘、正约一百年间占主流地位的文学形态，直至李、何等复古主义的崛起"。② 李精耕认为："明代'台阁体'是指永乐至成化时期以馆阁名臣'三杨'（杨士奇、杨荣、杨溥）等为代表的一种文学创作风格。"③ 尽管分期较多，但不同的是截止点而非起始点，因此将永乐朝作为台阁体的初始期是没有异议的。

目前对于台阁体的研究，有从基本概念、流行时间、创作人员等方面进行的梳理，有从地域、制度、个案等方面进行的探讨，已经取得了不少进展。我们需要考虑的是：在台阁体发展的初始阶段，即永乐年间，台阁体经历了怎样的发展与变化？何坤翁在《明前期台阁体研究》中认为台阁文学具有偶然性，靖难之役的失败以及方孝孺之死，改变了明初政治文学的走向，引出了台阁体文学。④ 在永乐一朝，靖难之役影响大、时间长，对台阁体的产生有着重要影响。这一点应无异议。然而，永乐时期的历史事件与政治环境以什么样的方式，在何种程度上影响了台阁文学，仍是值得继续探讨的问题。本节将在前面几章研究的基础上，对永乐历史事件下的台阁文学作一通盘分析，从台阁作家的构成、永乐历史事件与台阁作家心态三个视角切入，厘清该时期台阁文学的具体形态。最终我们能够看到，台阁体产生于永乐年间的说法，还可以进一步细化。

---

① 史小军、张红花：《20世纪以来明代台阁体研究述评》，《南阳师范学院学报》2006年第2期。

② 黄卓越：《明永乐至嘉靖初诗文观研究》，第1页。

③ 李精耕：《明代"台阁体"的相关问题浅探》，《甘肃社会科学》2008年第6期。持相同观点的还有汤志波《明永乐至成化间台阁诗学思想研究》，第36~37页。书中认为：台阁体有狭义与广义之分，其中狭义指歌功颂德、风格平正典雅的应制进呈诗文；广义则是指明永乐至成化间占据文坛主导地位的文学风气，作者主要是内阁和翰林官员，但不局限于此。

④ 何坤翁：《明前期台阁体研究》，《古典文学研究辑刊》第11编第27册，第31页。

一 靖难事件下的人员变动与台阁体

讨论台阁体的产生，离不开对前期台阁作家的梳理。何坤翁认为台阁作家的来源主要有两种：一是经历过洪武文化洗礼，在前朝中进士或被荐举的官员，他们在靖难之役后从建文朝归顺至永乐朝；二是永乐朝的进士，他们是由永乐政府自己培养的官员，以甲申年所选二十八位庶吉士为典型。作者认为，由建文朝归顺而来的文臣具有惭德心理，而永乐登第进士与建文朝没有瓜葛，没有历史愧疚感。① 这样的分类，展现出靖难之役对台阁体的推动作用，与此同时忽略了归附文臣群体的内在差异。对人员的筛选与控制，是永乐历史事件发挥作用的重要方面，馆阁文学也由于创作主体的变化而深受影响。然而，这种通过人员的变动施加于馆阁文学的作用力，一方面使文风明确走向台阁体，另一方面又因成员的内在差异而平添诸多障碍。因之，永乐历史事件对台阁体的影响，绝非"促成"二字可简单囊括。

众所周知，朱棣通过发动靖难之役获得皇位继承权。面对朱棣的谋逆之举，忠于建文者，如方孝孺、练子宁、卓敬、刘璟等不惜牺牲生命来捍卫君臣之道，如龚诩、袁敬所、王琎等以"不食周粟"的行为来表明内心之志；此外还有一批归附朱棣的人。站在当事者的立场，靖难这个"政治筛子"将建文旧臣划为以上两类。对于归附朱棣的建文旧臣，情况又各有不同。"在榜文臣"当中，工部尚书郑赐、户部尚书王钝、吏部尚书张紞等人被逮归附，其归附行为也是在朱棣政治高压下的无奈之举，内心充满了纠结与压力。郑赐先后担任刑部尚书、礼部尚书，身居要职，却于永乐六年忧悸而卒；朱棣处分建文时期改官制之人，张紞因惧怕而自经于吏部后堂；王钝致仕归乡，郁郁而死。御史尹昌隆于靖难期间就曾上疏建议建

---

① 参见何坤翁《明初台阁体形成刍议》，《中国文学研究》第 22 辑，复旦大学出版社，2013，第 65 页。

文帝让位于燕王，工部侍郎黄福也有主动迎附的姿态，二人在心态上或许比郑赐等人轻松一些。不过二人在永乐朝的仕途遭遇也不乐观，尹昌隆于永乐二年擢为左春坊左中允，永乐六年改任礼部主事；永乐十四年被诬陷参与谷王谋反，入狱并处以极刑。黄福于永乐三年任北京行部尚书，后下狱贬谪，任职交趾，远离朝堂中心，已不属于中央官员。可见，归附朱棣的"在榜文臣"以六部人员为主，他们在永乐时期受到任用，有的职位还不低，但大多没能善终。在建文朝担任显职的经历，以及作为"在榜文臣"的畏祸心态，是他们仕途人生遭遇不幸的重要原因。

归附新朝的"榜外文臣"数量众多，比较知名的有蹇义、夏原吉、刘儁、古朴、刘季箎、薛岩、董伦、王景、胡靖（广）、李贯、吴溥、杨荣、杨溥、黄淮、芮善、解缙、金幼孜、胡濙、方宾、宋礼、王达、郑缉、杨士奇、胡俨等人。其中不少是翰林官员，他们的职位与影响小于"在榜文臣"，又是主动归附的人员，受靖难之役的影响也要小得多。朱棣对他们比较重视，登基之后，选择解缙、黄淮、杨士奇、胡广、金幼孜、杨荣、胡俨七人入直文渊阁，并参预机务，地位与影响不可同日而语。胡濙成为朱棣的心腹，从永乐五年开始遵照朱棣的旨意"访仙人张邋遢，遍行天下州郡乡邑"，实际上是"隐察建文帝安在"，① 在外时间最久，至永乐十四年乃还。夏原吉一直身居户部尚书之职，方宾多次跟随朱棣北巡北征，无不说明朱棣的重用。总之，这批归附朱棣的"榜外文臣"，大多数仕途发展比较稳定，成为永乐以至正统初年政坛以及台阁文坛的核心成员。

以往论及靖难对台阁作家的影响，多强调靖难造成士人精神的崩塌，磨平了性格的棱角，趋于疲软。这可以从两方面来理解。其一，靖难具有人员筛选的作用，通过靖难这个"筛子"，像方孝孺那样具有气节的刚毅之士已被清除，其余臣子不会如此锋芒毕露。其二，靖难及其带来的政治高压不断打压士人精神，使其原本外放的性格趋于内敛、疲软。然而，上

---

① 《明史》卷一六九《胡濙传》，第 4534~4535 页。

述两个判断都必须放在历史背景中重新考量。靖难事件与方孝孺之死确实影响了士人精神，但靖难是否造成归附文臣个性的缺失，值得进一步商榷。换句话说，归附朱棣的臣子被认为缺少臣子气节，在传统意义上有着道德的缺失，但靖难带来的政治高压，真的能让他们的个性完全磨灭以致变得软弱吗？文臣心态的变化固然与朱棣主导下的政治氛围密切相关，但文臣在建文朝及靖难之役中的作为才是持续影响心态的直接原因。归附的"在榜文臣"与"榜外文臣"之间的心态差异由此可见一斑。前者战战兢兢，心理负担较大，精神与性格的"磨损"更多一些；后者在建文朝职位不高，又不在朱棣重点关注的"在榜文臣"名单内，迎附姿态主动积极，更有甚者通过迎附朱棣博得了政治机遇，他们的心态要缓和一些，个人的精神与性格受到的影响相对较小。如解缙，"才高，任事直前，表里洞达。引拔士类，有一善称之不容口。然好臧否，无顾忌，廷臣多害其宠"。① 最能体现这一点的就是朱棣曾经让解缙各疏廷臣的短长，而解缙也毫无顾忌地加以评判。再如胡广，为人为文都较为感性，不会刻意遏制自己情感的抒发。他跟随朱棣北征，有《别马叹》《征途遇雨》等描述低落情绪和情感的诗句，这与金幼孜《北征诗集》大为不同。北巡途中，他两次经过宿州，都探望了徐氏姊，作《宿州见徐氏姊》一诗，诗云：

一见一回别，一别一伤悲。依依骨肉情，恋恋庭闱思。同气五六人，契阔成乖离。伯兄客幽蓟，长姊殴江涯。仲姊居故乡，已说鬓如丝。季姊戍山海，死生殊未知。姊随官宿州，我宦在京师。旅寓偶相会，恻然泪先垂。喜我荣扈从，念我恒驱驰。酌酒慰羁怀，劝我以盈卮。剪烛到夜阑，虽倦已忘疲。款款意难尽，拂曙复言辞。问我几时还，约我重见期。再拜出门去，行道意迟迟。②

---

① 《明史》卷一四七《解缙传》，第4121页。
② 胡广：《胡文穆公文集》卷二〇《宿州见徐氏姊》，《四库全书存目丛书》集部第29册，第170页。

情感真挚外露，足见其性情。解缙、胡广都是朱棣极为看重的翰林文臣，由此可见，靖难事件与永乐朝的政治环境，并没有完全扼杀官员的个性表达，造成千人一面的情况。虽然他们在仕途中需要处处谨慎小心，不过在维护朱棣正统的前提之下，依然具有相当大的个性展示空间。

  如果把关注时段往后移，就会发现类似于解缙、胡广的情况在永乐年间的荐举人员和进士中也出现过。他们没有与靖难产生直接的瓜葛，在为官为臣的心态上与归附之人又有些许差异。永乐二年首次会试，取士四百七十二，曾棨、王英、王直、余鼎、陈敬宗、余学夔、罗汝敬、李时勉等二十八人进入文渊阁学习，成为永乐朝首批庶吉士。其中，曾棨文采激昂，颇不类馆阁之风；李时勉"性刚鲠，慨然以天下为己任"；① 王英"性直谅，好规人过，三杨皆不喜，故不得柄用"。② 这些都说明，在永乐政治高压之下，台阁作家并没有被压迫为一种模式，而是在颂圣的旗帜之下保持着各自独特的一面。一般认为，靖难之役导致的馆阁文臣心态变化，是台阁体兴盛不可忽视的前提。经过以上分析可知，真正战战兢兢的"在榜文臣"并非馆阁中人，对于归附的这些"榜外文臣"，靖难之役筛选的，主要是他们的姿态与立场，性格则不完全处于政治环境压迫的范围之内。靖难与朱棣夺权为台阁体的形成提供了契机，但它并没有一蹴而就。在馆阁成员与整齐划一的台阁文风之间，历史事件并没有指示一条通畅的大道，在促成台阁文风的同时，一些扰动因素也造就了馆阁文学创作的复杂面貌。

二　历史事件对台阁文学的扰动

  对于永乐政治环境与文臣性格之间的关系，应当做一个客观的判断。不能因为朱棣的政治高压遮蔽掉一些文臣富有个性的表达，反之，也不

---

① 《明史》卷一六三《李时勉传》，第4421页。
② 《明史》卷一五二《王英传》，第4197页。

能因为某些文臣性格的外放而忽视政治高压的大环境。朱棣对官员施加的压力及作用效果是一个漫长的过程，特殊环境下皇权的强势和威慑力也不会因靖难的结束而截止。由上视之，朱棣的行为意在统一臣子的思想；由下视之，臣子通过与皇权的接触而寻求个人精神表达和上意之间的磨合平衡。这意味着永乐时期的政治环境未必是滋生台阁文风的最佳土壤。

朱棣执政的二十二年中，有迁都、北征、平叛安南、郑和下西洋等重要的历史事件，既影响了馆阁人员的分布，也将永乐朝切分为几个阶段。此外，永乐年间靖难事件、太子之争等也给众臣带来了巨大的政治压力，尤其是文臣入狱，从作家个人层面扰乱了台阁文学的发展。永乐年间的政治高压比较严重，朝臣处于政治风波的中心，稍有不慎便遭祸入狱。据统计，永乐一朝有入狱或贬谪经历的朝臣就有四十余人。入狱的原因主要分为自己过失、被进谗言、忤逆朱棣等，但更多的文臣还是因皇太子而入狱。在北巡期间，朱棣驻跸北京，太子朱高炽在南京监国，由于政治上的分工与合作，相互之间产生了矛盾与冲突。如皇太子监国时，吕震女婿张鹤朝参失仪，"太子以震故宥之。帝闻之怒，下震及骞义于锦衣卫狱"。① 朱棣对太子的决定不满，吕震因此事获罪，后来官复原职。相比而言，身为东宫官僚的梁潜就没有那么幸运了，他因永乐十五年太子第三次监国时赦免陈千户获罪，具体如下：

有陈千户者，擅取民财，令旨谪交阯。数日后念其有军功，贷还。或谮于帝曰："上所谪罪人，皇太子曲宥之矣。"帝怒，诛陈千户，事连潜及司谏周冕，逮至行在，亲诘之。潜等具以实对。帝谓杨荣、吕震曰："事岂得由潜！"然卒无人为白者，俱系狱。或毁冕放恣，遂并潜诛。②

文中向朱棣进谗言的可能是朱高煦或党羽，但朱棣的态度表明他对太

---

① 《明史》卷一五一《吕震传》，第 4180 页。
② 《明史》卷一五二《梁潜传》，第 4192 页。

子并不信任。朱高煦一直觊觎太子之位，朱棣在靖难之役时也曾暗示他极有希望。朱棣登基之后，听从了文臣的建议，立嫡长子朱高炽为太子。朱高煦对太子之位并没有死心，他倚仗着朱棣的偏爱，多次进献谗言，打击与之作对的官员，为实现夺嫡清除障碍。如永乐八年，太子留守南京时，解缙奏事入京并谒见太子。朱高煦向朱棣进谗言称："缙伺上出，私觐太子，径归，无人臣礼。"① 解缙入狱后，汤宗、高得抃、李贯、王汝玉、朱纮、蒋骥、潘畿、萧引高、李至刚皆牵连下狱，五人卒于狱中，解缙于永乐十三年被纪纲灌醉埋积雪中，剩余人等至仁宗即位才获释出狱。永乐十二年，朱棣以太子派遣使者"迎驾缓"归咎于东宫官员，黄淮、杨士奇、金问、杨溥、芮善、王恺等人相继入狱，除杨士奇在一个月后复职以外，其余至仁宗即位才得以恢复自由。朱高煦对太子的打击不仅在于用谗言迫害东宫官僚，连太子看中的官员也免不了受此磨难。如左赞善徐善述，太子尊称为"先生"，坐累死于狱中；工部左侍郎陈寿、行部左侍郎马京、吏部侍郎许思温，为太子所重用，被朱高煦诬陷下狱，卒于狱中。

永乐年间的政治环境严苛，翰林文臣的行为与语言变得谨慎小心，在此背景下显得合情合理。关于政治高压下翰林文臣的心态与台阁文风之间的联系，后文会详论。这里需要指出的是，入狱等外在事件导致一些文臣的文学创作风格发生变化，从而在一定程度上偏离了馆阁文风，扰乱了馆阁创作氛围的形成。黄淮就是其中的典型，他因"迎驾缓"入狱十年，《省愆集》自序云："在狱逾十年，惩艾之余，他无所事，凡触于目而感于心者，一皆形于诗。甲辰秋，伏遇今上皇帝即位，覃恩肆赦，淮获全喘息，复从诸大夫后，退食之暇，绅绎腹稿，得诗赋词曲合若干篇，汇次成帙，名之曰《省愆集》，志不忘也。"② 狱中所作的诗歌既有颂圣之作，展现出阁臣的身份与创作惯性，又有不少负面情感的抒发，极大地关注到自我。这种文学表现的双重性，既可以说是冲淡了黄淮以往诗歌的台阁气，

---

① 《明史》卷一四七《解缙传》，第 4121 页。
② 黄淮：《省愆集自序》，《丛书集成续编》第 169 册，第 370 页。

也可以说是证实了颂圣话语通过皇权产生的强大效力。

除入狱等负面遭遇之外，北巡与北征这类对阁臣来说看似积极正面的事件，也没有对台阁文学产生直接的推动作用。一方面，北巡与北征造成了翰林文臣南北分离的局面。三次北巡与前两次北征均在迁都之前，朱棣每次驻跸北京都有大量文臣随行。如第一次扈从北巡的就有翰林学士胡广，翰林侍讲金幼孜、杨荣、曾棨，翰林修撰彭汝器、余鼎、王英、罗汝敬，中书舍人王绂，兵部尚书方宾，户部尚书夏原吉。其间，翰林侍讲邹缉、林环，翰林修撰梁潜、李贯，翰林检讨王洪，翰林编修朱纮奉太子命送书至北京。庶吉士李时勉、陈敬宗，国子监祭酒胡俨被朱棣召至北京。三次驻跸北京的时间长达九年，其间，中央翰林文臣被拆分为两部分，以胡广、金幼孜、杨荣为主的扈从文臣身处北京，以杨士奇、黄淮、杨溥为主的东宫文臣留守南京。值得一提的是，朱棣驻跸北京期间，于永乐十二年命胡广总编《五经大全》《四书大全》《性理大全》，不少文臣被召至或举荐而来；永乐十三年、十六年在北京举行会试；永乐十五年营建北京都城过程中大量擢选中书舍人。这些举措有利于北京文坛的发展，也导致南、北两京翰林文臣割裂分离的状态。从小范围来讲，金幼孜、胡广、杨荣三位翰林文臣扈从北征，使他们缺席了其他翰林文臣的日常宴集与创作活动。

另一方面，北巡北征造成台阁文风的不连续。朱棣五次北征均有文臣扈从，主要有杨荣、金幼孜、胡广、袁忠彻、王英以及陈琏。金幼孜、胡广等人的阁臣身份决定了他们会延续以往堂皇舂容的文辞风格来歌颂圣德，从而带来具有台阁风的创作。但所处的环境已由朝堂转变为塞外，脱离了台阁文学创作环境的阁臣创作出了异于台阁体的诗歌，诸如展现塞北的壮阔气象和冷暗色调，抒发对家乡故土亲人的真挚怀念，表达投笔从戎的报国之志等。这些诗作在一定程度上冲淡了台阁诗的氛围，使诗歌创作具有了台阁文风之外的意义。因此，可以说北征诗歌有颂圣之风，却无馆阁之气。北京的众多翰林文臣也会因北征事件而受到影响，创作出关于塞外景象、战争胜利的壮阔诗句。这些作品与以往的台阁风不同，打乱了他们的文学创作序列，需要时常转换身份与环境。从翰林文臣个人角度而言，创作环境出现了朝堂—北巡北征—朝堂的变化，相应的文学创作也就出现了台阁风—边塞风—台阁风的转换。在这样的环境之下，台阁文风连贯的文学线索受到极大的干扰。

三 永乐阁臣的心态与台阁体

有明一朝，台阁体的影响非常广泛。尽管台阁体发展过程中有代表性作家、特定的诗文风格，但它与"前后七子"这样的文学流派并不相同。台阁作家不以文学创作为宗旨，其目标也不是产生一个足以影响和控制文坛的文学流派。与其视之为文学流派，毋宁视之为弥漫于明代文坛的一种文学创作风貌。实际上，台阁体是创作主体在特定时代与身份影响下的产物，是翰林文臣心态与价值观念趋同之后，在文学创作及文学观念上的一种共性表现，所以台阁文风不仅仅指文学创作的风格问题，其背后还有某种主体心态的驱使。只有在主体心态与文学表达高度重合，甚至完全一致的时候，真正意义上的台阁体才得以形成。换言之，阁臣所推崇的那种和平雅正、春容安雅的文风，其背后隐藏的应当是创作者春容平和的心态。由此可得出一个推论，颂圣的诗歌并不一定具有台阁文风，前文的论述已经证明了这一论断，而下文将说明，永乐时期的政治环境使阁臣难以维持和平安雅的心态，进而其诗歌也不能被认为是台阁体发展与兴盛的标识。

永乐时期，文臣心态与文风时常处于不统一的状态，因而台阁文风并没有得到持续完美的呈现。从朱棣登基开始，政治高压就持续不断。朱棣通过靖难谋权篡位，为巩固自己的统治，大力打击建文旧臣。尤其是建文四年的"壬午之难"，方孝孺、练子宁、铁铉等人不屈而死，刘璟、周是修等忠臣自杀明志，加之永乐年间长期穷治"建文奸党"，无论是官员还是士人，都会有动荡不安之感。对于朝臣而言，伴君如伴虎，还有更多的不安。朱棣与太子朱高炽的关系因政治分工产生矛盾，皇子朱高煦与太子朱高炽因太子之位一向不和。朱棣对朱高煦所进谗言颇为相信,给东宫官僚带来极大威胁,包括黄淮、杨士奇在内的数十位文臣曾饱受牢狱之苦,还有不少官员卒于狱中。这无疑让朝臣内心充满恐慌,邹济就因恐惧得疾。

济为人和易坦夷,无贵贱皆乐亲之。秩满,进少詹事。当是时,宫僚多得罪,徐善述、王汝玉、马京、梁潜辈被谗,相继下狱死。济积忧得疾。皇太子以书慰曰:"卿善自摄。即有不讳,当提携卿息,不使坠蓬蒿也。"卒,年六十八。①

在如此高压之下,朝臣自然要谨慎小心,以确保自己的人身安全。如夏原吉云:"有雅量,人莫能测其际。同列有善,即采纳之。或有小过,必为之掩覆。"② 夏原吉为官期间,不仅谨慎地保全自己,还会想办法维护同僚。永乐十九年"三殿灾"一事,若不是夏原吉将责任归咎到自己身上,应诏直言的群臣可能会受到更大的伤害。杨士奇亦如此,"在帝前,举止恭慎,善应对,言事辄中。人有小过,尝为掩覆之"。③ 不过,杨士奇与梁潜共同辅佐太子监国期间,梁潜入狱,作为好友的杨士奇并没有为之辩白。杨士奇也许曾想帮助梁潜,但在皇权与太子之权冲突的情况下,辩白只会招来同样的罪过。永乐一朝,翰林文臣因靖难、"迎驾缓"等事件谨小慎微,他们的作品却少有这类心态的反映,更多的是对王朝君王的歌颂。像"驺虞""河清""神龟""白象""麒麟"等祥瑞应制自不必说,朝贺、内值、赐宴等君臣场景下应制诗风的出现也是理所当然,就连考绩赠行、宴集、交游等同僚之间的场景也多充满颂圣之语。他们时常感到如履薄冰,在此情况下用力歌功颂德,不可避免地存在欲通过竭力迎合朱棣以自保的心态。靖难之役没有完全导致官员精神心态的疲软,但在朱棣掌握皇权的二十多年中,通过其强大的威慑力和政治高压逐步造成这一结

---

① 《明史》卷一五二《邹济传》,第 4190 页。
② 《明史》卷一四九《夏原吉传》,第 4154 页。
③ 《明史》卷一四八《杨士奇传》,第 4131 页。

果。可以说，政治高压促使歌功颂德诗歌的产生，并蕴含台阁诗风的因子，但永乐文臣的谨慎心态与猛力赞颂的笔调离和平安雅尚有一大段距离。

永乐十九年，朱棣迁都北京，标志着都城的南北转换，更大的意义在于预示着政治环境趋于稳定。朝臣在两京之间不断奔波的局面已然告一段落，靖难事件也逐渐落幕。其间，虽然朱棣三次北征蒙古，但太子朱高炽监国都城北京极大地稳定了当时的政治局面。与朱棣的严苛不同，朱高炽向来与臣子关系融洽，身居东宫之时就时常与大臣进行文学和情感互动。他即位之后，政治高压得以缓解，先后释放了永乐年间入狱的夏原吉、黄淮、杨溥、金问、芮善等人，抚慰了朝臣受伤的心灵。杨士奇、杨荣、黄淮等人得到提拔与重用，他们作为先朝重臣资历较深，面对君主时的心态也较原来轻松得多，试举一例：

> 时有进赋颂太平者，上（仁宗）召义、原吉、荣、士奇示之，览竟，曰："今朝无阙政，生民皆安，信乎？"义等皆起，赞曰："陛下即位诏敕无非仁政，百姓无科敛徭役之苦，可谓安矣。"惟士奇以为尚未，曰："陛下恩诚覃被，但流徙尚未归，疮痍尚未复，远近犹有艰食之众，须加意休息，庶人各得所。"上喟然曰："吾意非为此也。朕去年各赠卿等银章，望匡辅，惟士奇五封章以进，卿三人曾无一言，岂朝政果皆无阙，生民果皆安乎？非朕始望，故以谓卿耳。"三人皆顿首惭谢。①

通过这则材料，可知仁宗朱高炽的政治政策较为宽容，以仁政为本，也鼓励朝臣表达观点。在四人之中，杨士奇敢直言不讳，一方面是因为他曾辅佐太子十余年，与仁宗关系最为亲密；另一方面是因为仁宗创造出的政治环境，这样的直言在永乐年间是万万不敢提出的。因此，朝臣心态趋于平缓，心态与创作也开始走向一致。

---

① 邓元锡：《皇明书》卷四，《续修四库全书》第315册，第566页。

仁宗在位不到一年，宣宗继承大统，延续了前期的宽松政策。此时关于建文的舆论还未完全消歇，但建文亲属得到宽宥，关于靖难事件的氛围已经缓和。宣德年间政治局面较为平稳，虽然发生过平叛朱高煦、剿灭南侵的蒙古部落等战争事件，但持续时间不长，且均以胜利告终，对时局没有造成太大影响。身居北京的翰林文臣也较少受到各种历史事件的影响。相对稳定的环境对北京文学，特别是台阁体的兴盛至关重要。从个体而言，杨士奇、杨荣、杨溥等人作为成祖、仁宗的旧臣，在宣德时期备受恩宠，以"三杨"为主的朝臣常被赐游赐物，还经常受到御赐诗画，可谓恩荣备至，文臣心态更加平和。宣宗在君臣互动、雅好诗文、游戏翰墨方面，比之仁宗又更胜一筹，曾多次驾幸文渊阁，与翰林文臣同乐。君臣之间诗文唱和活动较多，君臣文化互动呈现繁荣发展的趋势。稳定的环境和时局，为馆阁文学创作的兴盛和持续发展提供了基础。文臣的心态完全平和，交游唱和非常活跃，经常结伴出游，甚至开展持续性的宴集活动，这无一不展现出文臣生活氛围的轻松稳定以及悠游的生活状态，其间所作诗文也就日趋雍容和雅，达到了心态与文风的统一。总之，与永乐时期相比，洪熙宣德及正统初期更能体现出台阁体的发展与兴盛。

综上，本节从官员的变动、历史事件的波折、政治环境下文臣的心态三个方面入手，综合分析永乐朝历史事件与台阁体之间的关系。从历史进程的角度来看，台阁体的形成绝对不能忽视永乐时期的奠基作用。比如，若没有靖难、迁都等事件，以"三杨"为核心的馆阁未必能形成。但也需要看到，台阁文学自身的发展与兴盛需要稳定的内在心态与外在环境，由于永乐朝的历史事件及政治压力，这两方面的条件均不成熟。该时期的台阁作家时常作颂圣之语，却缺乏与之对应的平和心态，台阁文风也因历史事件的干扰而时常出现断裂与脱离，没有得到持续的发展。台阁文学就在永乐时期政治环境的双向作用下，进入了洪宣时期稳定发展和兴盛的阶段。

第二节 永乐时期政治环境与地方官员群像

永乐时期的历史事件影响很大，政治环境也比较复杂。前一节讨论了以馆阁文臣为主的中央文臣在明初政治环境中的遭遇与反应，及其与台阁文学的关系。中央文臣是当时文坛的核心，但地方官员也是不可忽视的创作主体，历史事件对地方官员文学创作的影响，在中央与地方的二维关系中台阁文风发挥了怎样的作用，这些也就成了必须面对的问题。需要说明的是，地方官员中有文集存世者不多，因此，本节选择了三位地方官员作为典型个案，以点带面地观察地方官员群像。黄福，经历过靖难之役，因失宠由中央调至交趾，任职边疆十九年；梁本之，与翰林文臣交往密切，终身任职于地方；陈琏，从洪武年间开始任职于地方，永乐年间积极向朝廷靠拢，仕途平稳上升，是重要的地方行政长官。这三位遭遇各不相同的人物具有各自的典型性，又都受到永乐时期大环境的影响，政治影响了他们的仕途和命运，并由此带来不同的文学创作风格。

一 由中央至边疆的官员——以黄福为例

黄福，字如锡，昌邑人。洪武年间，因上书言国家大计，被太祖提拔为工部右侍郎。永乐年间，由中央改任北京行部，后任职交趾。在永乐朝二十二年之中，黄福任职交趾长达十九年，基本无缘中央；从洪熙开始，又多居于陪都南京。可以说，黄福的仕途较为坎坷。具体经历如下：

洪武中以大学生授项城县主簿，改清源，皆有惠政。升金吾前卫经历，上书论国家大计，升工部右侍郎。永乐初迁左侍郎，寻升工部尚书。肇建北京，置行部，改为行部尚书。累年民困，赖其苏息。交阯叛，命将讨之，福治军需，调度有方，暨郡县其地，命以尚书兼掌交阯布按二司事，威惠并行，远人怀服。洪熙改元，召还京，命兼詹事，以辅皇储。其后官交阯者抚治失政，致令复叛，再命将出师讨之，守臣乞命福往，福至，将已失律，交人得福，皆下马罗拜曰："公不北归，我曹岂至此。"相与泣下，送福出境。宣德初，改南京户部尚书，上龙飞初，进少保仍兼尚书，参赞南京守备。襄城伯李隆机务，隆用其言，政肃民安。正统五年正月卒，年七十八。①

黄福非但没有受到靖难之役的冲击，反而因此获得了机遇。朱棣入主南京时，黄福主动迎附，在被李景隆质疑身为"建文奸党"时，以"臣固应死，但目为奸党，则臣心未服"，② 被朱棣官复原职，不久升为工部尚书。黄福对靖难的态度现在已不可知，文集中没有与靖难相关的诗文，但他对朱棣的认同是确凿的，永乐二年进献《瑞应驺虞颂》，对朱棣继承太祖的正统地位予以肯定，"皇上圣神，乃武乃文，克宽克和，缵承祖宗，天历在躬，业广功崇"。③

黄福的仕途没有继续顺利下去，改任北京和安南就是被疏远的结果，《明史》对此记载更加详细："永乐三年，陈瑛劾福不恤工匠，改北京行部尚书。明年坐事，逮下诏狱，谪充为事官。已，复职，督安南军饷。"④ 从此远离中央，开始了边疆地方官的生活。解缙曾经各疏大臣的短长，认为黄福"秉心易直，确有执守"。⑤ 事实证明，黄福确实是一位恪尽职守的官员。在任职交趾布政使兼按察使期间，政局并不稳定，先后有两次叛乱，黄福既要保证明朝军队的供给，同时完成农业生产、征收赋税等日常行政

---

① 雷礼：《南京守备参赞机务少保兼户部尚书黄福传》，焦竑《国朝献征录》卷三一，《续修四库全书》第526册，第528页。
② 《明史》卷一五四《黄福传》，第4225页。
③ 黄福：《黄忠宣公文集》卷六《瑞应驺虞颂》，《四库全书存目丛书》集部第27册，第292页。
④ 《明史》卷一五四《黄福传》，第4225页。
⑤ 《明史》卷一四七《解缙传》，第4122页。

工作，还要调节明朝官员与安南官员的关系。① 因此，黄福也对守土之事心怀忧虑：

> 守土忧何事，胸中少万兵。国恩深悚惧，民瘼重屏营。几日干戈息，何时治教成。此怀向谁道，都付楮先生。
>
> 乱中思治切，咸欲据征鞍。尽道平蛮易，谁知守土难。柳营求足食，茅屋怨祈寒。击壤知何日，情思颂帝銮。②

诗中描述出安南的社会现状，诗人关注民生，抒发由此带来的忧愁。黄福作《闲中和韵八首》，诗云"盗应蛮酋起，民辞乳保逃"，③ 又作《和刘博士韵》，云"天南何事不知秋，地在青天欲尽头。草木连城烽火在，薇垣空倚晚风忧"，④ 都描述了交趾叛乱的情形。此外，他有数十篇与陈洽、冯给事、黎主事等官员的往来书信，内容基本是交趾的政务。可以说，黄福在边疆任职困难重重，却一心为当地的稳定与发展贡献自己的力量。⑤

在交趾的十九年间，黄福远离了中央与朝廷，即远离了皇权与政治波动。因此，与身处朝堂的杨荣、金幼孜等人不同，这期间黄福的诗文作品没有多少颂圣的内容，除了日常的赠行、应酬之作外，更多的是对家人故乡的思念。黄福在给北京同僚的书信中写道："念予亲在东莱，子居蓟北，

---

① 参见〔美〕富路特、房兆楹原主编，李小林、冯金朋主编《哥伦比亚大学明代名人传（叁）》，北京时代华文书局，2015，第 892~896 页。
② 黄福：《黄忠宣公文集》卷九《翰林王检讨有从军乐二诗见示遂步其韵作守土忧二首》，《四库全书存目丛书》集部第 27 册，第 329 页。
③ 黄福：《黄忠宣公文集》卷九《闲中和韵八首》，《四库全书存目丛书》集部第 27 册，第 326 页。
④ 黄福：《黄忠宣公文集》卷一一《和刘博士韵》，《四库全书存目丛书》集部第 27 册，第 348 页。
⑤ 黄福在交趾布政使司的经历及政绩，可参见朱亚非《论黄福——兼论明代中国文化对安南的传播》，《齐鲁文化研究》第 2 辑，齐鲁书社，2003；雷超《论明交趾布政司黄福——兼论 1407~1427 年中越关系》，硕士学位论文，南昌大学，2013。

愚寄越南，惟孜孜于官而不戚戚于家者，恃有列位在也。"① 一家人分散在不同的地方，路途遥远，只能靠鸿雁传书聊解思乡之情，"去国三千里，离家二十年。恩深鸾诰下，道远雁书传"。② 有时候信件无法托人送达，黄福曾写诗给弟弟和侄子，诗题中写道："知道我与汝等相去既远，相别亦久，托人不能以寄书，托书不能以达意，政以暇时，驰想不止，掇成绝句十章，以写彼此交怀之意。倘一存心，宛如会面，乡曲达者，亦与知之。"③ 对此，他有诗云："万里相思不相见，西风惟有雁声频"，"万里天南思见处，一窗明月梦三更"。④ 写出了远在他乡的心境。交趾的物候与北方大不相同，"楚江霜落柳初黄，华夏秋深菊亦香。独有天南偏异样，绿阴八月荫高堂"。⑤ 在北方秋菊绽放之时，安南依旧是八月的气象。物候最容易被观察到，容易提醒作者身处异乡，继而引发思乡之情。黄福在诗中也流露出这样的情绪，诗云："七旬六七白头亲，长乐田园日日春。昨夜梦归无限喜，觉来还是异乡人。"⑥ 强烈的异乡之感时刻围绕着他。

黄福身处异乡担任要职，无法照顾年迈的父母。面对忠孝难以两全的问题，他在第一篇《奉老亲》中云："虽然，人生天地间，所重所大惟君惟亲，忠孝之事少能两全。况男读书十五年，入官三十载，未尝敢以家事而先于国。故常如富重负，履薄冰，以才力不及为忧，展布不到为虑，又

---

① 黄福：《黄忠宣公文集》卷四《奉北京郭朱二尚书》，《四库全书存目丛书》集部第27册，第254页。
② 黄福：《黄忠宣公文集》卷九《不寐有怀二绝》，《四库全书存目丛书》集部第27册，第325~326页。
③ 黄福：《黄忠宣公文集》卷一一《凡如锡示弟如珪如璧并侄瓚璲瑾……亦与知之不一一》，《四库全书存目丛书》集部第27册，第350页。
④ 黄福：《黄忠宣公文集》卷一一《凡如锡示弟如珪如璧并侄瓚璲瑾……亦与知之不一一》，《四库全书存目丛书》集部第27册，第350~351页。
⑤ 黄福：《黄忠宣公文集》卷一一《和刘左参东究见寄韵三首》，《四库全书存目丛书》集部第27册，第349页。
⑥ 黄福：《黄忠宣公文集》卷一一《凡如锡示弟如珪如璧并侄瓚璲瑾……亦与知之不一一》，《四库全书存目丛书》集部第27册，第351页。

岂肯持私心怠公务,学区区小人之所为哉?"① 只能以效忠为先。在第二篇《奉老亲》中表达了自己对父母的惦念和关心,云:

> 但以男远仕南交垂十余年,不得平安于朝夕,不得奉承于左右,人子之道是以为慊。至于掌方面之两司,受朝廷之重任,承流宣化,激浊扬清,精白一心,展布四体。惟恐有负,日加黾勉,无敢怠荒。此固子职之当为,不烦膝下之远念。年纪高大,子孙众多,家事皆能成,立租徭,不劳作为,惟愿衣食任意,起居以时,欢娱于亲□,悠游乎田里,以永天年,以乐治世。②

黄福在信中表示,自己因朝廷重任不能侍奉左右,希望父母能够优游度日,行文不失孝子之心。正因为如此,永乐十七年八月,黄福听闻父亲病逝,哀痛不已,云:"今吾遨游仕路三十余年,归田里,登丘陇,睹亲颜色以侍欢笑者,才两回而已矣。其生而奉甘旨以养志,病而迎医,乐以调摄,没而卜宅,兆以安厝,祭而严俎豆以荐享,皆尔弟尔侄之能事也。余曾分毫有益于是哉,徒哀哀而已。"③ 远在交趾的黄福,能做的仅仅是哀伤而已,颇为凄凉。

仁宗即位之后,黄福受召重新进入权力中心;宣德二年,因没有得到宣宗的喜爱,以悠闲之由改任南京,实际上又是一次贬谪。任职南京期间,黄福恪尽职守,做了不少重要工作。④ 因南京政务相对清闲,黄福与陈琏、沐昕、魏骥、赵晖等人交往密切,时常聚会游览,交往唱和中时常感叹年华老去,青春不再,如"惭余衰老君休笑,深叹青春不再来"⑤,"老夫勉强赓严

---

① 黄福:《黄忠宣公文集》卷四《奉老亲》,《四库全书存目丛书》集部第27册,第268页。
② 黄福:《黄忠宣公文集》卷四《奉老亲》,《四库全书存目丛书》集部第27册,第269页。
③ 黄福:《黄忠宣公文集》卷四《付弟祐禧侄瑱璲瑾等》,《四库全书存目丛书》集部第27册,第269页。
④ 参见王彦军《明代南京参赞机务职掌浅探——以明初黄福任职期间为主的考察》,《黑龙江史志》2015年第11期。
⑤ 黄福:《黄忠宣公文集》卷一三《陈通政九日登雨花台不赴》,《四库全书存目丛书》集部第27册,第370页。

韵，临楮深惭字不真"①，"昔怜白日休闲过，今信青春不再来"②。诉说自己年迈的背后，也有对仕途的不甘，如《漫兴》一首云：

老夫有幸际唐虞，五十年来在仕途。北阙恩深新少保，东莱人老旧尚书。丹心有志恭弘化，白发无能效敬敷。四海交游知我众，何须屑屑赋归与。③

诗中"丹心有志""何须屑屑"，分明透露出不甘与不满。类似的表达还有"常秉担心依日月，何惭白发际虞唐"④，明显不能坦然接受贬谪现状。在这样的环境之下，写出"良辰美景堪行乐，设酒教人没奈何"⑤这样无可奈何之语也在所难免了。

综上，黄福从中央到交趾是贬谪之旅，诗文多作于任职交趾期间，常有思念家乡亲人之作，与朝堂阁臣以舂容安雅、雍容华贵之辞颂圣大为不同。宣德年间，改任南京，依旧远离朝堂和政治中心，诗作中常有哀叹年迈之语，面对仕途又有不甘之心。正因为如此，杨荣在正统三年六月为黄福所作的序文中说道："或谓公之言，皆公志所发也。而有激切和平之不同者，何哉？盖其出镇南交，则锐意于抚绥；及既还朝居守南京，则存心于经纶。故其所发自然有异也。其他随寓兴怀，即物赋形，而魁特超迈之气，见于其间者，无不可喜可爱。"⑥认为黄福的诗歌与激切和平不同，是黄福的经历所致，此言不虚。

---

① 黄福：《黄忠宣公文集》卷一三《和清乐公九日韵》，《四库全书存目丛书》集部第27册，第371页。
② 黄福：《黄忠宣公文集》卷一二《正统三年四月初五日……乃强运灯前之秃笔设词以陈肺腑过目乞付丙丁呵》，《四库全书存目丛书》集部第27册，第359页。
③ 黄福：《黄忠宣公文集》卷一二《漫兴》，《四库全书存目丛书》集部第27册，第359页。
④ 黄福：《黄忠宣公文集》卷一三《端午席上口占奉吏部黄公》，《四库全书存目丛书》集部第27册，第369页。
⑤ 黄福：《黄忠宣公文集》卷一二《和陈通政静海寺牡丹韵》，《四库全书存目丛书》集部第27册，第360页。
⑥ 杨荣：《文敏集》卷一四《黄少保集序》，《景印文渊阁四库全书》第1240册，第207页。

二 与中央文臣联系密切的地方官员——以梁本之为例

梁本之，名混，字本之，以字行。自少勤奋好学，尤其精于经传。从洪武中期开始担任多地学官，后为王府僚属，一直都是地方官员。

自幼嗜学，始从其父兄。稍长，出就乡先生质疑请益，弱冠即穷日夜研钻传注，力求诸古人，不畅不止，遂贯通四书及《诗》《书》二经，乡之号前辈者，或不及也。瑞州府学聘训导，瑞学久阙师，士习卑陋，本之力作新之……九年，升溧阳县学教谕，溧阳学亦久弛，本之笃于教，不减在瑞。数年，其学者勃兴如瑞。未满九年，父丧，服阕，改纳溪县学。纳溪士习尤陋，亦尽力作新，学者稍知向方，旁邑学者亦有来从。蜀献王闻其贤，奏举为纪善。献王崇儒重士，作宝贤堂，日引官属之贤而有文者，讨论古义，或命题试文章以适，而尽出府中书籍资之，由是其官属学识皆进，而本之尤杰出……母丧，服阕，改鲁府纪善，僖王复因使存问，赐白金等物。在鲁府五年卒，春秋六十有五。①

在这篇墓志铭中，杨士奇对梁本之的生平进行了详细介绍。值得注意的是，无论在何地担任学官，梁本之都竭力改变当地士人的学风，历经数年努力之后均取得相应的成绩。除此之外，他很注重教学条件的改善。如任职溧阳县学教谕数月，"凡学之政教弛废者，一旦翕然且兴，既又以其书籍缺未备，不足以资学者考习，命其徒杨刚来太学摹印以归"。② 积极充实县学的藏书。另外，县学礼殿经过五十余年已经毁坏，梁本之设法修缮，"谒先师，顾瞻惕然，惧无以妥明灵副德意，于是积俸廪，节百费，

---

① 杨士奇：《东里文集》卷二〇《梁纪善墓志铭》，第 293 页。
② 梁潜：《泊庵先生文集》卷六《送杨生刚归溧阳序代作》，《明别集丛刊》第 1 辑第 20 册，第 458 页。

以谋更新"。① 在他的倡议下，同僚也随力出钱，最终在永乐九年六月竣工。作为一名学官，梁本之是非常合格与称职的。

虽然梁本之从踏入仕途开始就一直辗转于地方任职，但他与翰林文臣一直有着密切的联系。其一，梁潜是本之的哥哥，永乐元年被招修《太祖实录》，后升为翰林修撰。朱棣两次北巡，梁潜均被召至北京。在北京期间，交游广泛。如永乐七年其父梁兰在病中得到梁潜书，因作《病中得长儿潜书至北京喜而赋此因便书示潜》，梁潜得书后示意同僚，"一时馆阁文人纷纷唱和，如邹缉、曾棨、王英、沈度、林环、李时勉、余鼎、朱纮、许翰、王洪等均有和诗，汇而成袟将以复梁兰，然梁兰已离世未能获睹"。② 这一点充分说明梁潜与翰林同僚的交往密切。此外，梁潜还与王洪一同担任永乐十三年的礼部会试主考官，这是首次在北京举行会试，意义重大，充分说明梁潜在翰林中的地位与影响。正因为梁潜，梁本之也获得了与翰林诸臣交往的机会，如赴任溧阳之时，胡广有诗《送梁本之溧阳教谕》；拜鲁王府纪善之时，金幼孜作有《送梁本之赴任序》，杨荣有诗《送梁本之纪善赴鲁府》等。其二，梁家与杨士奇、王直还有姻亲关系。王直在赠易通判的序文中曾说："往年予姻家梁先生本之，分教瑞州，时易锐仲载实从受业，与先生之子叔庄相好。"③ 杨士奇曾云："梁杨世婚姻家，本之之考畦乐先生、妣陈安人及兄用之，皆余铭其葬矣，今于本之，又义不可固辞。"④ 据相关研究，梁潜之子梁楫娶杨士奇长女，⑤ 因此，杨士奇与梁家渊源颇深。梁本之服阕改泸州纳溪教谕，杨士奇多有关心，不仅作《赠梁本之二首》《送梁本之纳溪教谕二首》赠行，还作有《送梁教谕序》

---

① 杨士奇：《东里续集》卷四《溧阳县儒学重修大成殿记》，《景印文渊阁四库全书》第1238册，第420页。
② 汤志波：《明永乐至成化间台阁诗学思想研究》，第252页。
③ 王直：《抑庵文后集》卷二一《赠易通判序》，《景印文渊阁四库全书》第1241册，第847页。
④ 杨士奇：《东里文集》卷二〇《梁纪善墓志铭》，第292~293页。
⑤ 徐兆安：《明初泰和儒师杨士奇早年的学术与生活》，田澍等主编《第十一届明史国际学术讨论会论文集》，天津古籍出版社，2007。

多加宽慰，序文云：

今以丁外艰起复，改泸州纳溪县教谕，繇泰和至纳溪五千里，川路之险绝天下，本之上有七十之母，其长子官侍近，今扈从在北京，独幸本之得禄近地便娱养，又违之而远去，行道观者犹有不忍之色，而况孝子之心哉。故本之遑遑乎斯行者，迫事亲爱日之诚，天理之公也。余从而解之曰："凡人出处得失，其各有命。"孟子曰："行止，非人所能。"君子以义安命，所不可必于已者，盖无容心也。①

杨士奇的关心与呵护，在文中表现得非常明显。因此，梁本之不仅有身为翰林侍讲的兄长梁潜，梁家还与文坛领袖杨士奇及朝廷重臣王直有姻亲关系，相对于其他地方官员而言，他与翰林文臣的交往更为密切。

对于梁本之的文章，萧镃曾评价道："坦庵先生之文，泓渟澄深，如千顷之陂，茫无际涯而微风恬波；文采焕发，观之使人正襟敛容肃然起敬；徐而察之，则端重典则不矜不肆，如庄人正士动合矩度。"② 四库馆臣则云："然规模与其兄相近，骨力根柢则皆不及其兄也。"③ 在梁本之的文集中，有《到任谢恩启》《贺建北京表》《贺仁宗皇帝登极表》等以藩王纪善身份所作之文，也有《江津县重修学记》这样契合学官身份的作品。梁本之诗歌存世较少，仅在《江西诗征》中录有九首，试举两例：

《秋夜有怀》：碧树生寒早，虚窗贮月深。鸣蛩先近枕，惊鸟数移林。茵接怀双璧，囊空耻一金。不眠清夜永，劳想为知心。

《赋龙洲神彩赠别》：龙洲何迢迢，逶迤亘长天。神物不可攀，五采烂且鲜。沙迴被繁草，水积横孤烟。君侯昔游衍，绮罗耀通川。清商激金奏，屡舞纷琼筵。宾从俱才雄，词赋累成编。佳赏君不见，余韵人犹

---

① 杨士奇：《东里续集》卷七《送梁教谕序》，《景印文渊阁四库全书》第1238册，第452页。
② 萧镃：《坦庵先生文集旧序》，梁本之《坦庵先生文集》，《四库全书存目丛书》集部第27册，第443页。
③ 《四库全书总目》卷一七五，第1552页。

传。兹晨饯行迈，感慨情弗宣。中觞起交寿，相爱各赠言。亹勉企前烈，忠义良所先。①

从用词来说，清新典雅，没有华丽的辞藻，没有台阁诗风。梁本之虽然与翰林交往密切，但因一直任职于地方，远离朝堂和中央，所以诗歌创作较少受到台阁诗风的影响。

三 由地方向中央靠拢的官员——以陈琏为例

陈琏，字廷器，东莞人，有《琴轩集》存世。② 洪武年间曾在广西桂林任儒学教授九年，至建文三年回到中央，永乐年间得到提拔，从此成为重要的地方官员。在永乐一朝，仕途轨迹处于平稳上升阶段。

岁辛巳九载秩满去官，人皆不忍别。书最铨曹，升国子监助教。公道明行敦，馆下之士莫不倾心向学。永乐元年，太宗皇帝登大宝位，大布维新之政，近臣荐公有剸烦之才，居闲散之地。取赴吏部试策二道，考中高等，升除河南开封府许州知州……永乐三年，改除直隶滁州知州，州为近京要地，政务繁冗……五年二月，考满诣京，上《平安南颂》，吏部考最复职。六年，为陕西乡试考官……（八年）特升扬州府知府掌滁州事……九年为顺天府乡试考官，十年为礼部会试同考官，十二年为顺天府乡试同考官，十三年为礼部会试同考官，十五年为浙江乡试考官，十七年丁父忧，十八年十一月夺情起复，仍掌滁州事，十九年考满，二十一年为顺天府乡试同考官，二十二年自知府掌滁州事。③

---

① 曾燠：《江西诗征》卷四五，《续修四库全书》第1689册，第63页。
② 《琴轩集》版本文献研究主要有：李遇春《陈琏〈琴轩集〉版本考略》，《岭南文史》2014年第2期；李国栋《陈琏〈琴轩集〉佚文七篇辑考》，《齐齐哈尔大学学报》2017年第10期；李国栋《陈琏〈琴轩集〉佚文辑存》，《文教资料》2018年第16期。
③ 罗亨信：《行状》，陈琏《琴轩集》附录，第1934~1937页。

建文时期，陈琏只是一位居闲散之地的国子监助教，职位算不上高。永乐时期，先后被提拔许州知府、滁州知州、扬州府知府，其间又多次成为乡试、会试同考官，地位与影响不可同日而语。能够有这样的发展，个人能力固然是一个重要因素，但积极靠拢政权的姿态与行动也不容忽视。可以说，陈琏的仕途与永乐一朝的政治发展有着紧密的联系。

首先，对靖难的态度。第一章已对死难、逃匿、归附这三种不同选择的建文旧臣进行了论述。陈琏自然属于归附文臣，而且属于归附诸臣中心理负担较小的一类。心理压力最大的是以郑赐、王钝为主被迫归附的"在榜文臣"，其次是尹昌隆、黄福等主动归附的"在榜文臣"，再次是解缙、胡广等具有一定影响的"榜外文臣"，最后才是陈琏这类职位低影响小的旧臣。最后一种归附的人，多数可能只是随波逐流，继续本职工作而已。如果没有靖难和朱棣的维新之政，可能就没有陈琏由国子监助教向地方官员的转变。可以说，靖难是陈琏仕途的一个转折点。在新朝之初，他对朱棣的态度就等同于对靖难的态度。陈琏为同乡户科给事中李孟昭省亲作序，其中不乏对朱棣的赞誉：

余惟汉司马相如当汉武帝时，常建节使蜀，蜀人以为宠，然则李君兹行亦奚异于彼哉。今圣天子威武焜煌，湛恩汪濊，群生沾濡，无间遐迩，四夷八蛮，效职贡琛，恐后自三代以来未有盛于今日也。①

在序文中，陈琏将李孟昭和司马相如相类比，实际上就是将朱棣与汉武帝相类比，而文中"三代以来未有盛于今日"，更是强烈推崇朱棣的地位。这篇序文作于永乐元年三月左右，离靖难事件发生不久，仅从这一点就可以看出陈琏对朱棣和靖难没有抵触之心。永乐七年，他又直接歌颂靖难："肆惟我皇上禀上圣之资，有文武之略，入清内难，天下归心，继守洪图，光昭先烈。品物资以再生，海宇为之宁谧。太平之治，中兴之功，

---

① 陈琏：《琴轩集》卷一六《送李给事序》，第884页。

推校千古，无所与让，而犹愈加谦慎。"① 这篇文章用溢美之词描述靖难事件，丝毫看不到内心的纠结与犹豫。宣德年间，他为靖难功臣李敬作墓志铭，文称："事太宗文皇帝于潜邸，小心谨慎，声迈同列，屡尝随侍迤北征进，劳绩甚著。洪武三十五年，奉天征讨，克大宁，取大同、广昌、蔚州，若郑村坝、东昌、夹河、藁城、西水寨诸处鏖战皆有功。"② 该文没有直接赞颂靖难，但为靖难功臣作墓志铭一事，以及详细描述靖难中的战役，还是能够说明他的政治取向。

其次，对颂圣的书写。陈琏从永乐元年前往河南担任许州知州，由中央走向了地方，一直持续颂圣诗文的创作，尤其关注与国家或祥瑞相关的事件。

（陈琏）于是扬历中外三十余年矣。凡遇国家大庆暨祯祥之事，无不播之歌颂，而其平生抚景触物，有所感激振奋于中，又莫不于此焉发之。③

这篇序文是曾棨为陈琏所作，时间在永乐二十一年十二月。文中，曾棨对陈琏在永乐朝的创作进行了总结，所言不虚。永乐二年八月，周定王朱橚进献祥瑞之物——驺虞，引发朝臣创作了一批应制诗文。如梁潜、姚广孝、胡广、杨士奇、陈琏各有《驺虞诗》，胡俨、高得旸各有《驺虞赋》，黄淮、唐文凤各有《驺虞颂》，王偁、李昌祺各有《驺虞歌》。其中，唐文凤与陈琏并非中央官员。陈琏在诗序中对朱棣进行了赞颂："肆惟皇上禀仁圣之资，绍高帝之业，寅恭天地，辑和神人，笃亲亲之恩，弘雍熙之化，贞符斯应，千休兹彰，驺虞之现，适当今日。"④ 永乐二年冬，黄河自蒲州至韩城，清澈见底，毫发可鉴。朝中文臣多有应制之作，如解缙、杨荣、夏原吉、高得旸分别作有《河清颂》，胡广、杨士奇、章敞分别作有《河清赋》，黄淮、梁潜分别作有《河清诗》，曾棨所作《黄河清

---

① 陈琏：《琴轩集》卷一《巡狩颂》，第 65~66 页。
② 陈琏：《琴轩集》卷二六《故荣禄大夫右军都督府同知李公墓志铭》，第 1610 页。
③ 曾棨：《重刻琴轩集序》，陈琏《琴轩集》卷首，第 21 页。
④ 陈琏：《琴轩集》卷一《驺虞诗有序》，第 78~79 页。

赋》。除此之外，陈琏也作有《河清颂》云："今上皇帝嗣承大业，仁洽德流，光被四表，至于海隅。越小大邦，蛮貊师长，罔不钦于成宪以承天休。于是，天用彰报圣德，来此嘉征，太平之应，实在今日。"① 与前一次相同，从朱棣的正统地位出发阐述祥瑞的出现，对朱棣进行热烈的赞颂。值得注意的是，在这次创作河清瑞应的众多文臣中，仅陈琏一人为地方官员，由此可以看出他对朱棣皇权的积极靠拢。接下来的时间内，陈琏一直持续颂圣诗文的创作，如永乐五年五月，陈琏至南京考绩，上《平安南颂》；永乐七年二月，朱棣巡幸北京经过滁州，陈琏上《巡狩颂》；永乐八年八月，朱棣第一次北征胜利，陈琏上《平胡颂》，又上《饶歌鼓吹曲》；永乐十二年九月，榜葛剌国进献麒麟，陈琏进《麒麟诗有序》；永乐十三年夏，西域以狮子来进贡，陈琏作《狮子诗有序》。这种积极向朝廷靠拢的心态与行为对他的仕途多有帮助。

值永乐初，时铺张国家威德，有《平安南》《巡狩》《平胡》三颂以献，藻誉益起，遂超擢西蜀宪使，召入纳言，为太学国师，拜少宗伯，岂偶然之遇哉？总之，儒者所欲自效于君，惟以勋业文章为两骖，而或不能两运。②

从袁昌祚这篇序文中，可以看到陈琏能够受到朱棣的青睐，与他多次进献歌颂颂德的作品脱不了关系。因此有学者认为，陈琏作为偏于一隅的广东官员，献"颂"不过是顺势而为，是为了获取施展才华的平台。③

最后，对历史事件的参与和关注。永乐一朝，重要的历史事件主要就是北征与迁都，积极融入新朝的陈琏自然不会忽视。永乐七年，朱棣第一

---

① 陈琏：《琴轩集》卷一《河清颂》，第63页。
② 袁昌祚：《重刻琴轩集序》，陈琏《琴轩集》卷首，第29~30页。
③ 参见高建旺《明代广东作家和明代广东文学研究》，博士学位论文，上海师范大学，2006，第67~68页。

次北巡，经过滁州，陈琏进《巡狩颂》，还率领官吏父老迎接，有诗云："时巡今睹雍熙世，礼乐文章迈汉唐。"[1] 永乐十五年，朱棣第三次北巡，陈琏再次率僚属和父老乡亲在郊外迎接朱棣，并有诗记之，诗云：

圣朝崇典礼，大驾重时巡。銮舆度淮甸，驰道争纤尘。金吾肃前驱，平原毂骑分。日华辉宝盖，烂若五采云。皇风被寰宇，草木亦欣欣。欢声动黎庶，喜气腾三军。礼文焕有光，功烈迈前闻。幸哉睹盛世，稽首歌皇仁。[2]

诗中对圣驾经过感到无比荣幸，又充斥着皇风、盛世、皇仁之语，颇有台阁之风。永乐二十年三月，朱棣第三次北征，陈琏担任督运官，其间作有《督运稿》，有诗六十余首。[3] 这些诗作从内容与风格来说，与金幼孜、胡广所作北征纪行诗较为接近。主要有以下四点。第一，身为臣子对皇权的歌颂，如"矧属京畿内，无复风尘惊。斯民亦何幸，熙熙乐其生"[4]，"当今圣化被万里，此关矧复居京畿"[5]，在肯定朱棣征战蒙古的同时，也肯定了迁都北京的价值。第二，文士乐游的心态，陈琏作为岭南人，看到漠北大雪时还是比较震撼的，作诗云："维时适当孟夏终，黑云张空如墨色。大风刮地沙石走，雷雨中宵惊霹雳。不眠帐下拥貂裘，晓视四山皆雪白。"[6] 面对北人直接用冰雪煮饭烹饪，陈琏更是惊奇万分，称："南人睹之自惊异，北客视此犹寻常。谩将毫楮纪所见，要知朔土殊炎方。"[7] 第三，用嗅觉来表达对敌寇的讨厌与反感，如"只今圣化大无外，

---

[1] 陈琏：《琴轩集》卷九《永乐七年春二月九日上巡狩北京越三日至滁阳予率官吏父老郊迎》，第435页。
[2] 陈琏：《琴轩集》卷三《圣驾幸北京率僚属父老郊迎》（永乐十五年），第165~166页。
[3] 具体考证见杨宝霖《华瞻博大的琴轩诗》，陈琏《琴轩集》附录四，第2097~2108页。
[4] 陈琏：《琴轩集》卷三《古长城》，第178页。
[5] 陈琏：《琴轩集》卷五《居庸关》，第278页。
[6] 陈琏：《琴轩集》卷六《宿大王川雷雨大作晓视四山皆雪时四月二十五日也》，第333页。
[7] 陈琏：《琴轩集》卷五《凿冰行》，第281~282页。

胡羯远遁无腥膻"①。第四，面对战争也表达了书生报国之志。如"铁衣光耀日，宝刀新发硎。誓当献奇捷，何须请长缨"②，"王师早晚平胡羯，洗耳风前听凯歌"③，或希望从戎报国，或期盼战争胜利。这些与金幼孜、胡广在前两次北征中的书写有着异曲同工之妙，可见北征事件和环境对文臣创作的影响。除了北征以外，迁都也是一件值得关注的重大事件。陈琏对迁都的关注，主要体现在《正月十九日至北京即事偶成》八首五言诗中，兹举两列：

圣皇绍丕基，抚运膺天眷。日月垂光华，河山悉安奠。玉帛来万方，衣冠萃群彦。同风旷千古，六合今畿县。④

驱车入京国，周道何逶迟。玉帛来诸侯，金汤固城池。宫阙五云里，金碧相交辉。图籍聚东观，文光昭璧奎。⑤

该诗从城市繁华、万国来朝、城池坚固等方面对新都北京进行了描述，充分肯定朱棣迁都的正确性。用词雍容华贵，整体风格与台阁风完全一致。

然而，作为地方官员的陈琏毕竟不同于一直处于皇权中心的馆阁文臣，颇显台阁风的颂圣之作绝大多数是在面对朱棣，或靠近皇权时产生的。这一方面彰显出文学创作风貌通过政治权力向地方扩张的潜在能量，另一方面也直接展示出这一扩张的限度，文学影响力的施展远没有政治权力那样强大与深入。陈琏平日的诗歌创作远非春容安雅等台阁语所能囊括，傅贵清评其作品云："其言骋而不肆，丽而不靡，敦朴而不野，雕刻而不凿，神气流动，精采焕发。"⑥ 更值得注意的是，陈琏在论诗文之时，

---

① 陈琏：《琴轩集》卷五《郎山》，第 280 页。
② 陈琏：《琴轩集》卷三《出塞四首》，第 179 页。
③ 陈琏：《琴轩集》卷一〇《归至开平偶赋》，第 494 页。
④ 陈琏：《琴轩集》卷四《正月十九日至北京即事偶成》，第 200 页。
⑤ 陈琏：《琴轩集》卷四《正月十九日至北京即事偶成》，第 202 页。
⑥ 傅贵清：《重刻琴轩集序》，陈琏《琴轩集》卷首，第 16 页。

不是只有台阁文臣那样高标温柔敦厚、和平雅正等高端却又不切实际的话语。或许是职位使然,他时不时会阐发一些文章创作观念,如《送钟震会试序》云:"然世目科举之作为时文,以其雕篆相夸,组绘相尚,虽幸宠一时,而不适于用,予以为士者,既通经术,于古文何有?若铲去浮华,归于典质,则足绍先圣之道,垂将来之法,又岂必诘曲聱牙其言辞而后为古乎?……虽然,文虽工,不载乎道,不足以传,由兹脱去故习,一归于古,而又求正乎?"① 在"文以载道"这个招牌之下,还能看出陈琏并不因道废文,相反他还比较重视对文章、文辞的研习。《上广西韩参政书》中说自己"亦尝学古文辞","(求)古人制作文章之端绪"。② 他又曾作书,为黄受益讲述作文之法,信中颇推崇屈原、宋玉、司马谈父子、韩愈、柳宗元、欧阳修、苏轼等人,指出要"取法于经传与屈宋以来诸大家之制作"。③ 可见陈琏之文章有明显的学古倾向,他所强调的不仅仅是先秦两汉传下来的儒家之道,还有自秦汉诸家而来的古文辞。在他看来,学习古文辞须有法度,却又不能拘泥于言辞。雕饰辞藻,或故意用佶屈聱牙的险语都不好,是以"自然"二字成为他反复提及的创作境界。如云屈宋以下诸家之文辞"如风行水流,皆出于自然",④ 云宋濂、王祎等人之文"皆出于自然"。⑤ 与台阁文臣相比,陈琏的文学主张更具生命力,甚至蕴藏着推崇学古、矫正台阁弊端的有益因子,或可将其视为地方官员文学创作观念的一个代表。永乐政治环境在很大程度上钳制了中央文臣的文学表达,台阁风也就把持了整个文坛的核心位置,陈琏等地方官员虽然有大片自由创作的天地,但一旦靠近皇权,其创作路向与风格便受到台阁风侵染。复古的主张也就处于外放且蛰伏的状态,待皇权威势减弱、台阁文风势头回落,它才有重掌文坛的可能。

---

① 陈琏:《琴轩集》卷一六《送钟震会试序》,第 866~868 页。
② 陈琏:《琴轩集》卷二三《上广西韩参政书》,第 1438、1440 页。
③ 陈琏:《琴轩集》卷二三《答黄受益书》,第 1451~1452 页。
④ 陈琏:《琴轩集》卷二三《答黄受益书》,第 1451 页。
⑤ 陈琏:《琴轩集》卷一六《莪庵文集序》,第 925 页。

第三节　永乐历史事件与藩王文学

在明初的历史事件中，藩王是一个不可或缺的角色。学界对明代藩王关注较多，[①] 藩王个案研究中朱有燉的成果最为丰富。[②] 燕王朱棣本职是驻守边疆的藩王，建文帝削藩之时，以反对削藩维护祖制起兵靖难，最终由藩王成为君王。受靖难之役影响，无论是成祖朱棣还是以后的仁宗宣宗，都深知削藩的重要性，坚定不移地实施削藩。在靖难之役的影响下，藩王多被禁锢在各自的封地之中，生活空间变得异常狭窄。受制于永乐时期的政治高压，藩王需要谨言慎行，以朱权、朱有燉为代表的藩王远离政治与朝廷，虽然有时也会通过诗歌赞颂皇权，但多是基于表忠自保的心态顺势为之。藩王逐渐关注自己的日常生活，是他们文学创作的总体态势。

一　靖难事件下的藩王政策

朱元璋登上皇位之后，为了巩固大明江山，遏制地方分裂与叛乱，决定对诸子进行分封，以达到藩屏的效果。这项措施的起源如下：

（洪武三年）上谕廷臣曰："昔者元失其驭，群雄并起，四方鼎沸，民遭涂炭。朕躬率师徒，以靖大难，皇天眷佑，海宇宁谧。然天下之大，必

[①] 对藩王研究比较集中的有：陈清慧《明代藩府刻书研究》，博士学位论文，南京大学，2011；杜颜璞《明代周藩著述、刻书研究》，硕士学位论文，河南大学，2015；梁曼容《明代藩王研究》，博士学位论文，东北师范大学，2016；宗立东《明代宗室文学研究》，博士学位论文，上海师范大学，2017；葛晓洁《明初藩王诗文研究》，硕士学位论文，天津师范大学，2018；等等。

[②] 对朱有燉研究比较集中的有：闫春《朱有燉诗歌研究》，硕士学位论文，广西师范大学，2006；朱仲东《朱有燉研究》，博士学位论文，山东师范大学，2013；贺云《朱有燉的审美思想研究》，硕士学位论文，四川师范大学，2018；等等。

建藩屏，上卫国家，下安生民。今诸子既长，宜各有爵封，分镇诸国。朕非私其亲，乃遵古先哲王之制，为久安长治之计。"群臣稽首对曰："陛下封建诸王以卫宗社，天下万世之公议。"上曰："先王封建，所以庇民，周行之而久远，秦废之而速亡，汉晋以来莫不皆然，其间治乱不齐，特顾施为何如尔，要之为长久之计，莫过于此。"①

从洪武三年至二十四年，朱元璋先后分封了二十三个亲王及四个郡王。② 这些藩王的存在是为了保障国家安定，因而权力较大，且多有王府护卫。分封于北方边塞的诸王，如燕王、宁王、代王等，出于防范蒙古侵略的需要，拥有更多的军事力量，但容易对皇权产生威胁，这也是朱允炆即位后实施削藩的直接原因。在朱允炆削藩过程中，朱棣以维护祖制为借口反对建文削藩，兴兵靖难，最终在建文四年攻破南京，谋取了皇位。

朱棣靖难的理由是建文削藩违背祖制，登基后自然要善待诸王，以显示与建文的不同。谷王朱橞与李景隆开启金川门，对靖难的成功起到了巨大作用，朱棣赐之甚厚。对于被建文废除的藩王，朱棣也多加关照。典型的例子就是周王橚，建文时期他被软禁于都城南京，朱棣登基之后将其释放并复爵，还加禄五千石，在"永乐元年正月诏归其旧封"。③ 此外，他还恢复齐王榑、代简王桂等人的爵位。实际上，朱棣希望通过这些手段笼络其他藩王，让他们承认自己继承皇位的合法性。诸王在建文时期备受责难，面对恢复爵位待遇的拉拢之措，自然感恩戴德。周王朱橚甚至帮朱棣策划了一场驺虞进献事件，以达到宣扬正统巩固统治的目的。《翰林记》载："永乐二年八月，周王畋于钧州，获驺虞。九月丁未，王献于阙下，侍读梁潜进《驺虞诗》，侍讲杨荣进《驺虞颂》。"④ 这是永乐朝的首次祥瑞，吸引翰林群臣积极进献诗歌，如梁潜、姚广孝、胡广、杨士奇、陈琏

---

① 《明太祖实录》卷五一，洪武三年四月辛酉，第999页。
② 参见胡倩《明代宗室的文化成就研究》，硕士学位论文，湖南师范大学，2013，第7页。
③ 《明史》卷一一六《朱橚传》，第3566页。
④ 黄佐：《翰林记》卷一一，第145页。

各作《驺虞诗》，胡俨、高得旸各作《驺虞赋》，黄淮、唐文凤各作《驺虞颂》，王偁作有《驺虞歌》。此外，李昌祺、柯暹还均有《驺虞歌命补作》。"驺虞"引发瑞应创作热，这些作品无不强调朱棣的仁孝，暗示朱棣继承朱元璋皇权的合法性，成为政治宣传的有力工具。而这一切，都源于周王朱橚对新朝的感激之情。

朱棣由藩王篡位起家，不可能不知道削藩的重要性，故优待藩王只是一时之策，不会持续下去。随着政局和社会的稳定，朱棣接过当年建文帝没有完成的削藩任务，继续实施起来。具体的削藩细节，在明代藩王研究中已有不少讨论。如梁曼容认为朱棣削藩的主要目的是削夺军事权力，并总结出四种方式，分别为：将宁王朱权、辽王朱植等边镇藩王迁往内地，采取各种措施削夺王府护卫，剥夺军事指挥权，并在礼仪方面规范诸王。①张明富认为，朱棣的削藩之策与建文不同，朱棣将削藩之意寓于分封之中，在优待的同时夺取权力。②尽管如此，仍不免存在藩王谋逆之事，如谷王以建文帝为名谋反，被朱椿告发。

谷王橞，椿母弟也，图不轨。椿子悦燇，获咎于椿，走橞所，橞称为故建文君以诡众。永乐十四年，椿暴其罪。帝报曰："王此举，周公安王室之心也。"入朝，赉金银缯彩巨万。③

因谷王谋反，当时驻跸北京的朱棣立刻回到南京，对此严加处理。朱棣能够如此警觉和迅速，当和他自身发动靖难的经历紧密相关。值得一提的是，朱棣之子汉王高煦一直觊觎太子之位，在跟随朱棣北巡北征期间，常向朱棣进献有关东宫的谗言，导致众多辅佐之臣入狱。永乐年间，还有图谋不轨之行。

十三年五月改封青州，又不欲行。成祖始疑之，赐敕曰："既受藩封，

---

① 参见梁曼容《明代藩王研究》，博士学位论文，东北师范大学，2016，第50~53页。
② 参见张明富《永乐建元与太祖所封诸王心态》，《社会科学辑刊》2016年第5期。
③ 《明史》卷一一七《朱椿传》，第3580页。

岂可常居京邸！前以云南远惮行，今封青州，又托故欲留侍，前后殆非实意，兹命更不可辞。"然高煦迁延自如。私选各卫健士，又募兵三千人，不隶籍兵部，纵使劫掠。兵马指挥徐野驴擒治之。高煦怒，手铁瓜挝杀野驴，众莫敢言。遂僭用乘舆器物。成祖闻之怒。①

对汉王以往的所作所为，朱棣都给予了包容。但在得知他谋反后，朱棣震怒，欲将朱高煦废为庶人，朱高炽涕泣力救，最终削去两护卫，徙封乐安。朱高煦并没有安定下来，在朱棣逝世之时，还派人探查京师情况。仁宗逝世时，朱瞻基从南京至北京奔丧，高煦于途中埋伏军队，仓促不果。宣德元年八月，身为叔叔的朱高煦策划谋反，想要效仿当年的靖难之役。不同的是，宣宗率军亲征，一举平叛，高煦及诸子相继死亡。

可以说，朱元璋的藩屏制度引发了朱允炆的削藩政策以及靖难之役。朱棣夺取政权后，吸取靖难之役的经验与教训，先采取措施安抚藩王，以确保政权的稳定。随着政局的稳定，继续推行削藩政策，但对皇子的偏爱，导致削藩并不彻底。仁宗、宣宗也均知晓藩王统兵的巨大危害，尤其是朱高煦蓄意模仿靖难之变企图颠覆政权，宣宗一举平定叛乱，将兵权回收，坚定不移地执行削藩政策。

二 政治环境与藩王的文学创作

因靖难之役的影响，从永乐朝就开始对藩王实行较为严格的藩禁政策。除了剥夺藩王的军事权力，还对宗藩子弟进行种种限制和禁止，将削藩政策从军事推广到政治、经济、文化等各个领域，主要包括：禁止干预地方行政，禁止同勋贵联姻，禁止来京朝觐奏事，禁止出仕和参与国事，甚至连亲王相互见面以及出城的自由也受到限制。② 因此，藩王只能远离

---

① 《明史》卷一一八《朱高煦传》，第3617页。
② 参见胡倩《明代宗室的文化成就研究》，硕士学位论文，湖南师范大学，2013，第17～19页。

朝堂与政治。由于朱元璋设置的宗藩教育体制，藩王多接受过良好的教育，勤奋好学者，如朱橚"能词赋，尝作《元宫词》百章"。[①] 他们无法在政治层面发挥才智，便致力于文化层面，在诗文辞赋、史学著作、书法绘画、戏曲音乐以及刊刻书籍方面都有着突出的表现。[②]

藩王致力于文化是被迫的选择。以宁王朱权为例，靖难之役中，他曾与朱棣联合，时时为燕王草拟檄文，朱棣曾答应要与他中分天下。靖难成功后，朱权不仅没有得到允诺的天下，甚至连封地都由不得自己选择，先乞改苏州，以位于京畿之内被驳回；又乞改钱塘，被直接否定。与此同时，朱棣给出了建宁、重庆、荆州、东昌等选项，最后将朱权改封南昌，达到了让他远离政治中心的目的。但朱权的生活并没有因此得到安宁。

> 已而人告权巫蛊诽谤事，密探无验，得已。自是日韬晦，构精庐一区，鼓琴读书其间，终成祖世得无患。仁宗时，法禁稍解，乃上书言南昌非其封国。帝答书曰："南昌，叔父受之皇考已二十余年，非封国而何？"宣德三年请乞近郭灌城乡土田。明年又论宗室不应定品级。帝怒，颇有所诘责。权上书谢过。时年已老，有事多龃龉以示威重。权日与文学士相往还，托志翀举，自号臞仙。尝奉敕辑《通鉴博论》二卷，又作家训六篇，《宁国仪范》七十四章，《汉唐秘史》二卷，《史断》一卷，《文谱》八卷，《诗谱》一卷，其他注纂数十种。[③]

即使朱权已经不参与朝事，但他依旧没有办法摆脱来自中央的监控，只能鼓琴读书以避难，通过这种方式躲过永宣年间对藩王的政治高压，现存作品也多是记载宫中传闻逸事的宫词。拥有雄心壮志的朱权，未必真心

---

① 《明史》卷一一六《朱橚传》，第3566页。
② 关于明代宗室的文化研究，主要有：苏德荣《明代宗室文化及其社会影响》，《河南师范大学学报》1996年第4期；都樾《明代宗室的文化成就及其影响》，《学术论坛》1997年第3期；张凤霞、张鑫《明代宗室藏书文化述论》，《东岳论丛》2010年第7期；胡倩《明代宗室的文化成就研究》，硕士学位论文，湖南师范大学，2013；等等。
③ 《明史》卷一一七《朱权传》，第3592~3593页。

喜欢这种生活。他作有《日蚀》一诗，云："光浴咸池正皎然，忽如投暮落虞渊。青天俄有星千点，白昼争看月一弦。蜀鸟乱啼疑入夜，杞人狂走怨无天。举头不见长安日，世事分明在眼前。"① 这首诗表面上是为日食而作，特别是前两联，描绘出太阳被遮蔽、光彩顿暗的场景，但自第三联始，诗意转深。朱权化用了杜宇和杞人的典故——杜宇化为杜鹃，不断悲鸣，杞人因天而忧愁，隐含着作者对自身境遇的情感投射，故而"入夜"与"无天"不应被简单地当作对日食的描写。第四联"长安日"的典故源于《世说新语》："（晋元帝）问明帝：'汝意谓长安何如日远？'答曰：'日远。不闻人从日边来，居然可知。'元帝异之。明日，集群臣宴会，告以此意，更重问之，乃答曰：'日近。'元帝失色曰：'尔何故异昨日之言邪？'称曰：'举目见日，不见长安。'"② "日近长安远"之语也当为朱权心中所想，末句"世事分明"直接反映出他内心的不甘。钱谦益曾评价称："史称王怨望不逊，以《日蚀》诗征之，信矣。"③ 诚为的论。

朱有燉为周王朱橚之子，曾因父亲多次遭遇政治巨变：洪武年间朱元璋惩罚朱橚擅离封地至凤阳一事，有燉代理藩事；建文年间，朱橚被废为庶人，徙之云南，朱有燉代父认罪；永乐年间，有燉有心问政，却屡受父亲牵连。宣德年间，有燉主政周藩，又因其弟诬陷深受其害。④ 他的一生颇不平静，祸患也多由他人引起。永乐一朝的藩王受到极大的限制，朱权与朱棣为同辈兄弟，又是靖难功臣，尚且遭遇如此。作为侄子的朱有燉，辈分低权威小，更不敢随意造次，已安然接受命运的安排。他虽有藩王的身份，但更像一位着力于文学创作的文人，诗文作品存世较多，主要有《诚斋录》《诚斋新录》《诚斋牡丹百咏》《诚斋梅花百咏》《诚斋玉堂春百咏》。诗歌平和自然，得到高度评价：

---

① 钱谦益：《列朝诗集·乾集下》，中华书局，2007，第38页。
② 刘义庆著，刘孝标注，余嘉锡笺疏《世说新语笺疏·夙惠》，中华书局，2007，第694～695页。
③ 钱谦益：《列朝诗集·乾集下》，第38页。
④ 参见朱仰东《朱有燉研究》，博士学位论文，山东师范大学，2013，第39～51页。

故宁藩祖臞仙谓其乃宗室中角出而翘立者焉。郑长史谓其古选及五七言律能造盛唐诸作之奥,词、赋、序、记等篇得并前宋诸公之驱。合二序观之,盖当时亲见其盛,故称异如此,夫岂欺我哉。①

文中的"宁藩祖臞仙"是朱权,"郑长史"是郑义,二人对朱有燉诗文创作评价甚高。钱谦益也曾云:"皆风华和婉,沨沨乎盛世之音也。"②朱有燉的诗歌主要是体现文人情趣的咏花诗、咏物诗、咏怀诗以及题画诗,也不乏体现藩王身份与处境的作品。

处于永宣年间的政治高压之下,藩王需要向君王表忠心,达到保护自己的目的。朱有燉通过朝谒与瑞应作品进行颂圣,表达对皇权的拥护与支持。作为藩王,朱有燉行动多受限制,朝谒进京对他而言并不是轻松之旅,《舟下颍岐口登岸散步》云:"朝京不是从容事,为待皇华欲去难。"③朝谒过程中的作品,也会展现出藩王对皇权的敬重。如《朝谒皇陵》云:"万壑松风卷翠涛,花间晴露滴征袍。龙收夜雨归沧海,虎带春泥过石壕。千古衮旒藏玉匣,九重宫殿压金鳌。经过此地频回首,五色氤氲玉气高。"④诗中的"玉匣"指"金缕玉衣",象征着皇权的尊贵与规格;"金鳌"是传说中的神龟,是权力与财富的象征,均是颂圣之词。尾联盛赞此地布满五色祥瑞之气,这才引得自己经过此地时频频回首。祥瑞应制更是表达忠心的绝佳机会。永乐十五年仲冬,周王府于河北捕捉海东青一只,全获而无伤,作为家国之祥瑞进献给朱棣。朱有燉作《海东青赋》云:"每遗食以成仁,弗恒见而为瑞。产于北塞,偶至中原。隔汪洋之海屿,限渺邈之山川。乃奇特之一遇,匪寻常之可言。若邵子之神智,知禽鸟得气之先。故今藩方忠孝,恩降自天。明时治世,稔岁丰年。欣是禽之有

---

① 朱睦㮮:《诚斋集序》,朱有燉《诚斋录》,《续修四库全书》第 1328 册,第 94~95 页。
② 钱谦益:《列朝诗集小传》乾集,第 8 页。
③ 朱有燉:《诚斋录》卷二《舟下颍岐口登岸散步》,《续修四库全书》第 1328 册,第 225 页。
④ 朱有燉:《诚斋录》卷二《朝谒皇陵》,《续修四库全书》第 1328 册,第 226~227 页。

感，乃自北而南焉。此又瑞应之大，享福祉于绵延者矣。"① 文中将海东青的出现归于藩方忠孝，海东青又是周王府捕获的，"周王府对朝廷忠孝"之意不言而自明。随后，朱有燉乘兴再作《海东青后赋》，辞云："故此海东青随天地之和气，感王国之孝忠。表亲亲之大德，览皥皥之淳风。如鹊巢之俯窥，若驺虞之景从。实仁闻之所致，乃积善之全功。自希有而能有，初艰逢而遂逢。此非昔人之可羡，实昭圣代之兴隆者矣。"② 在第二篇赋中，朱有燉再次强调"王国忠孝"与"海东青"的出现，进一步加深祥瑞与仁君德政之间的联系。文中还讲到"亲亲之大德"，《汉书》载："古者朝廷必有同姓以明亲亲，必有异姓以明贤贤，此圣王之所以大通天下也。"③ 也是对朱棣的一种赞扬。此外，《送遣祭蒋行人》所云"吾皇圣泽溢天潢，眷顾宗藩被宠光"④，《喜雪》所云"吾皇恩泽溥，万载乐升平"⑤等句，都是对皇帝朝廷的歌颂。作为被打压的藩王，朱有燉十分清楚自己的定位，藩国存在的意义是维护国家安定，他在诗中也多次提及，如《赐驾感恩而作》云：

天锡洪恩及小邦，锦街秋日旆旌扬。龙飞彩扇来甘露，凤舞金盘出建章。六尺顽冥沾德泽，九重亲睦降荣光。藩方定省无余事，一寸丹心仰太阳。⑥

前三联盛赞君恩广大恩惠小邦（周王府），最后一联"藩方定省无余事"颇有发誓保证之感，"一寸丹心仰太阳"极力表现藩府的忠心。再如《秋祀礼成》云"丹心愿祝丰年馀，潘屏皇图万事昌"，⑦ 也是表达作为藩

---

① 朱有燉：《诚斋录》卷四《海东青赋》，《续修四库全书》第1328册，第422页。
② 朱有燉：《诚斋录》卷四《海东青后赋》，《续修四库全书》第1328册，第428页。
③ 《汉书》卷七五《翼奉传》，中华书局，1962，第3173页。
④ 朱有燉：《诚斋录》卷二《送遣祭蒋行人》，《续修四库全书》第1328册，第207~208页。
⑤ 朱有燉：《诚斋录》卷一《喜雪》，《续修四库全书》第1328册，第188页。
⑥ 朱有燉：《诚斋录》卷二《赐驾感恩而作》，《续修四库全书》第1328册，第229~230页。
⑦ 朱有燉：《诚斋录》卷二《秋祀礼成》，《续修四库全书》第1328册，第201页。

王，他完全明白藩府的作用。

这些热烈颂圣之语的背后，实际上是对皇权的恐惧。朱有燉任职期间，时刻规范自己的行为，曾作诗《偶成》云："高才贵含蓄，英姿在缜密。寄言君子操，言行当谨饬。"① 既是对自己的劝诫，也是藩王真实生活的写照。朱有燉与长史郑义关系亲密，曾作《送郑长史进表》，云："长史朝京去，河梁送别时。早梅呈远驿，新柳发长丝。久别宁无过，嘉言愿有遗。五云遥望处，代我拜丹墀。"② 第三联"宁无过"反映了内心的惧怕，因而希望郑长史代为美言。这种惧祸避事的心理，《青蜘蛛说》一文中体现得更为明显，文称：

予昨偶步园中，有老圃掘地得虫而杀之者。予怜而诘其故，答曰："所杀者，青色蜘蛛也。夜则食花木之苗，昼则潜藏于穴，恐人见其形也，又高覆其土以固之。仆因踪迹其土，识其穴而获焉。其为道也贼，故除之耳。"予闻而叹之，曰："此有心以绝其命也。彼方夜食其苗，昼潜于穴，复固之以土，自以为智识之深，关防之密，有以安其生也。孰不知彼之智识关防，人从而得其计焉。彼之至巧乃至拙，彼之至安乃至危。彼以至得于谋，然而至失于计。彼深潜于形者，实至显其迹也。於乎，人若此者亦多矣。孰若蜻蜓、蝴蟪不害物于夜，亦不必潜形于昼也。直行吾道，平处吾心，乐夫天命，听其自然，复何虞哉。"故为说。③

文中的"青蜘蛛"夜晚啃食花木之苗，白天藏匿于洞穴之中，还覆盖土粒加固。表面看似聪明，实则弄巧成拙，就是隐藏太多反而露出马脚。对此，朱有燉不由得感叹人世间这类事情更多，还不如向蜻蜓（蟋蟀）、蝴蟪（蝉）一样，晚上不做害物之事，白天也无须潜藏于地下，做一个"直行吾道，平处吾心，乐夫天命，听其自然"的人。永宣年间，藩王经

---

① 朱有燉：《诚斋录》卷一《偶成》，《续修四库全书》第1328册，第154页。
② 朱有燉：《诚斋录》卷一《送郑长史进表》，《续修四库全书》第1328册，第189~190页。
③ 朱有燉：《诚斋录》卷四《青蜘蛛说》，《续修四库全书》第1328册，第411~412页。

常处于被监视的环境之下，稍有不法就会被惩罚，何况藩王被告发的事件频发，如果想要保全自己，唯有安分守己谨言慎行。在这样的政治背景之下，青蜘蛛的故事也颇有深意。

  在朱有燉的作品中，与颂圣相关的诗文并不多。有学者认为，朱有燉身处台阁文风盛行之时，受到的影响却微乎其微，"这一颇有意思的现象也或得益于特殊的身份与地位，无须如其他文人有过多顾虑，正如皇帝可以写诗较少受他人监管，朱有燉可以有创作的自由"。[①] 其实不然，作为藩王的朱有燉并没有那么多自由，政治的高压使朱权、朱有燉等藩王被禁锢于各自的封地，日常生活束缚重重，无法自由会见其他藩王，更无法自由朝奏进京，连国家政治也无缘参与。身处这样狭窄的环境之中，朱有燉连创作台阁文风作品的场景都微乎其微，又怎会创作出带有台阁文风的作品呢？因此，他的诗文与盛行的台阁体迥然不同，几乎没有应制唱和之作，而是以琐碎的生活为主，或咏花、咏物、咏怀，或参禅、悟道、拟古，形成了与主流文学不一样的风格。

---

① 朱仰东:《朱有燉研究》，博士学位论文，山东师范大学，2013，第 415 页。

附录　金幼孜《北征录》版本辨析

　　自永乐八年至二十二年，朱棣曾五次亲征漠北，馆阁文臣金幼孜、胡广和杨荣被选中扈从。在扈从过程中，馆阁文臣创作了相关行纪，金幼孜有《北征录》《北征后录》各一卷，分别记载永乐八年、十二年的北征情形；杨荣有《北征记》，记载永乐二十二年北征之事。这些行纪对深入了解北征这一明初重要的军事行动具有不可忽视的重要作用。然而，在查阅文献的过程中，笔者发现以下三个问题：一是关于《北征记》的作者，有的文献混淆不清；二是金幼孜《北征录》《北征后录》存在繁简两种版本；三是存在金幼孜三卷本《北征录》，比《北征录》《北征后录》多出一卷内容。下文就通过梳理《北征录》的版本流传，对这三个问题进行辨析。

一　《北征录》《北征记》早期刻梓与繁简本的分流

　　今所见最早《北征录》《北征记》版本为明弘治十七年（1504）刘氏安正堂刻本（国家图书馆藏），题名为《新刊金文靖公前北征录》《金文靖公后北征录》《新刊杨文敏公后北征记》。其中，《北征记》无序，而《北征录》前有秦民悦序，后有桑悦序，这两篇序作于成化二十三年（1487）。据序文内容，该《北征录》是金氏家藏之书，金幼孜之孙金荣让龙泉令姜学夔刻梓以广其传，并请秦民悦作序。嘉靖中，朱当㴐《国朝典故》收金幼孜前后《北征录》，并收录罗鳌《序金文靖公北征录后》一文。据该序，弘治十二年抚治商洛参议李应和出示金幼孜《北征录》一册，将刻梓以广其传，并令罗鐾作序。由上可知，在新刊本之前，成化二十三年、弘治十二年就有两次前后《北征录》的刻梓行为。

在新刊本之后，《北征录》被很多丛书不断收录（见附表1）。其中，梅纯《艺海汇函》（南京图书馆藏）仅收《前北征录》一卷，《艺海汇函》自序作于正德二年，故该书当是目前所见最早收录《北征录》的丛书。明至清初收录《北征录》《后北征录》《北征记》的丛书有：霍韬《明良集》、陆楫《古今说海》、袁褧《金声玉振集》、朱当㴐《国朝典故》、李栻《历代小史》、沈节甫《纪录汇编》、邓士龙《国朝典故》、冯可宾《广百川学海》、陶珽《说郛续》。丛书的收录使《北征录》的版本形态丰富起来，也让该书流传得更加广泛。值得注意者有三。第一，嘉靖二十三年（1544），俨山书院云山书院刻《古今说海》在收录《北征录》时，对北征过程中的细节描述进行大量删减，仅留存主要事件和行迹，形成简本《北征录》。此后的丛书如《历代小史》、《国朝典故》（邓士龙）、《广百川学海》、《说郛续》都采用了简本《北征录》。其他丛书仍旧沿用繁本，各种繁本之间除个别字句差异外，基本相同。第二，新刊本形成了《前北征录》《后北征录》《北征记》的组合形态，丛书中除《艺海汇函》之外，基本都保持了这一组合形态。然而，丛书在题名、署名和序文收录方面存在很大的随意性。通过对以上丛书收录形制的归纳，可得知以下信息。其一，除《说郛续》外，在其他丛书中，《前北征录》《后北征录》《北征记》形成了较为固定的、前后相接的收录顺序。其二，各丛书的《北征记》均没有序文。其三，霍韬《明良集》、朱当㴐《国朝典故》、邓士龙《国朝典故》均未署名。其中，霍韬《明良集》、朱当㴐《国朝典故》的题名《金文靖公前北征录》已表明了金幼孜的作者身份，而《北征记》则没有任何作者信息。沈节甫《纪录汇编》在《前北征录》《后北征录》前都署名金幼孜，《北征记》则没有署名。这种收录方式在某种程度上会减弱杨荣《北征记》的作者身份，甚至有将《北征记》纳入金幼孜名下的可能。其实，杨荣对《北征记》的著作权当是无可异议的。杨士奇在给杨荣作墓志铭时就说道："所著文章有《默庵集》《云山小稿》《静轩稿》《退思集》《北征记》《训子编》藏于家。"① 中晚明的一些目录书也有明确记录，如焦竑《国史经籍志》云："前后《北征录》二卷，金幼孜。《北征记》一卷，杨荣。"② 祁承㸁《澹生堂藏书目》载："《北征记》一卷，杨荣，前后《北征录》二卷，金幼孜。"③ 然而，目录书中也有混淆不清的记载，如高儒《百川书志》一书，在《北征录》一卷、《后录》一卷、《北征记》一卷后，题上"文靖公金幼孜撰"七个字。④

附表 1　明代收录《前北征录》《后北征录》《北征记》的丛书

丛书名及版本	《前北征录》	《后北征录》	《北征记》
霍韬《明良集》 嘉靖十二年刻本	《金文靖公前北征录》题目中已有署名，有秦民悦序	《后北征录》 有桑悦序	《北征记》 未署名，无序
陆楫《古今说海》 嘉靖二十三年俨山书院云山书院刻本	《北征录》 未署名，无序	《北征后录》 末尾署名金幼孜，无序	《北征记》 末尾署名杨荣，无序
袁褧《金声玉振集》 嘉靖间吴郡袁氏嘉趣堂刻本	《前北征录》 前署名金幼孜撰，前有桑悦序	《后北征录》 前署名金幼孜撰，无序	《后北征记》 前署名杨荣著，无序
朱当㴐《国朝典故》 明抄本	《金文靖公前北征录》题目中已有署名，前有秦民悦、桑悦序	《后北征录》 后有罗鉴序	《北征记》 未署名，无序
李栻《历代小史》 明刻本	《北征录》（包括前后录，前录末有"前录"二字） 前署名金幼孜撰，无序		《北征记》 前署名杨荣著，无序
沈节甫《纪录汇编》 明万历四十五年陈于廷刻本	《前北征录》 前署名金幼孜，前有秦民悦序、桑悦序	《后北征录》 前署名金幼孜，后有罗鉴序	《北征记》 未署名，无序

---

① 杨士奇：《东里续集》卷三六《故少师工部尚书兼谨身殿大学士赠特进光禄大夫左柱国太师谥文敏杨公墓志铭》，《景印文渊阁四库全书》第 1239 册，第 139 页。
② 焦竑：《国史经籍志》卷一，《续修四库全书》第 916 册，第 286 页。
③ 祁承㸁：《澹生堂藏书目》，《续修四库全书》第 919 册，第 588 页。
④ 高儒：《百川书志》，古典文学出版社，1957，第 54 页。

续表

丛书名及版本	《前北征录》	《后北征录》	《北征记》
邓士龙《国朝典故》 万历间邓氏刊本	《北征录》 未署名，无序	《北征后录》 未署名，无序	《北征记》 未署名，无序
冯可宾《广百川学海》 明末刻本	《北征录》 前署名金幼孜，无序	《北征后录》 前署名金幼孜，无序	《北征记》 前署名杨荣，无序
陶珽《说郛续》[①] 明末清初刻本	《北征录》 前署名金幼孜，无序	《北征后录》 前署名金幼孜，无序	《北征记》 前署名杨荣，无序

注：陶珽《说郛续》中的顺序为《兆征记》《兆征录》《兆征后录》，表格中略作调整。

二 三卷本《北征录》与《北征诗集》

除了前后《北征录》之外，还出现了三卷本《北征录》。目前所见有三种，分别为明万历四十六年金镗刻本（国家图书馆藏）、清光绪七年活字本（中国人民大学图书馆藏）、清抄本（国家图书馆藏）。金镗，字声希，是金幼孜的八世孙。依此，金镗所刻三卷本《北征录》当是金氏家藏稿。金镗刻本《北征录》的第一、第二卷分别是《前北征录》与《后北征录》，第三卷则是永乐二十二年的北征记录，此为两卷本所无。如果金氏家藏《北征录》原来就为三卷，那刘氏安正堂新刊本中也应当是三卷，而非我们现今所见到的两卷。细核其内容，发现金镗刻本《北征录》第三卷与杨荣《北征记》重合度非常高。二者的关系如下。其一，行程（时间、地点）以及当天发生的事件基本一致。在时间表述方面两书存在差异，杨本是干支；金本卷三是月份日期，与前后《北征录》保持一致，但有七处既有日期又有干支，与前后《北征录》体例不太融洽。其二，在内容上，金本较杨本有删改。杨本先是介绍了永乐二十二年春正月阿鲁台弑主、群臣上奏请求出征、调兵遣将的历史背景，此段金本卷三无。接下来杨介绍了三月阅兵、军事安排的情况。据《明太宗实录》卷二六九，此事发生在永乐二十二年三月戊寅；而金本卷三放在了四月初三，显然不符合实际。杨本接着介绍朱棣对诸将的敕谕，金本直接省略，却增加了一句"上命幼孜等写敕敕诸将"，略显突兀。从这点可知，金本卷三有拼凑之嫌。此外，金本的君臣对话也较杨本简略，虽然不影响整体文本的阅读，却存在模糊事实的嫌疑。其三，金本改动了相应称谓。如五月初十，杨本云"学士杨荣与幼孜"，金本云"上召予与勉仁"；五月十八日，杨本云"文渊阁大学士杨荣、金幼孜侍上"，金本云"上召予等"，接下来杨本云"荣等对曰"，金本云"予等对曰"；五月二十三日，杨本云"英国公张辅等稽首"，金本云"予等俱稽首"；等等。

根据金氏家藏本的卷次情况，以及金铠刻本《北征录》第三卷的内容，我们大致可推测，该卷乃金铠依据杨荣《北征记》更换主语、称谓，以及相应内容而成。换言之，挂名金幼孜的《北征录》第三卷乃伪作。更明显的证据是，金铠刻本《北征录》照样收录了秦民悦、桑悦的序。按新刊本及其他两卷本《北征录》，秦序云："时驾征北虏，文靖扈从，此北征前后录之所以作也。"① 桑序云："永乐八年、十有二年，太宗文皇帝亲征北虏，出师者二。临江金文靖公实当帷幄之寄，作北征前后录。"② 金铠却将其分别改为"时驾征北虏，文靖扈从，此北征三录之所以作也"③，"永乐八年、十有二年，迄二十有二年，太宗文皇帝亲征北虏，出师者三。临江金文靖公实当帷幄之寄，作北征前后三录"④。这明显是为契合三卷本《北征录》而故意篡改。邹元标为金铠刻本作序，堂而皇之地认为《北征录》乃金幼孜随朱棣三次北征而作。⑤

---

① 秦民悦：《金文靖公北征录序》，《新刊金文靖公北征录》卷首，明弘治十七年刘氏安正堂刻本。
② 桑悦：《金文靖公北征录序》，《新刊金文靖公北征录》卷尾，明弘治十七年刘氏安正堂刻本。另，万历二年活字本桑悦《思玄集》卷五也收有此文。
③ 秦民悦：《金文靖公北征录序》，《中国人民大学图书馆藏古籍珍本丛刊》第121册，第1页。
④ 桑悦：《金文靖公北征录序》，《中国人民大学图书馆藏古籍珍本丛刊》第121册，第7页。
⑤ 见邹元标《金文靖公三从北征录后序》，《中国人民大学图书馆藏古籍珍本丛刊》第121册，第13~17页。

此外，清光绪七年活字本和清抄本《北征录》内容与金镗刻本基本相同，当是同一版本系统。值得一提的是，光绪七年活字本《北征录》与《北征诗集》一同刻梓而成。该诗集有北征诗约 200 首，从《驾发北京》开篇，到《驾至北京》结尾，完整地呈现出北征的路线。据卷首 15 篇与金幼孜同时代阁臣的序文以及诗歌内容，可知这些诗歌是金幼孜于永乐八年第一次扈从北征时所作，且金幼孜生前已将其编辑成册。而曾鼎的序文则提到了《北征诗集》较早的一次刊刻情况：天顺八年（1464），金幼孜的女婿、萧时中之子萧亨在辰溪教谕任上命人刻梓《北征诗集》以传永久。清抄本《北征录》也有抄诗一卷，但数量还不及活字本的 1/10，当是抄写者据足本选录而成。《北征诗集》的传播度远低于《北征录》，清初朱彝尊曾见此《北征诗集》，但后来的四库馆臣并未见到[①]，以致后人研究金幼孜诗歌的时候，这本《北征诗集》没有得到足够的关注。

三 《北征录》的流传及其文献意义

综上，《北征录》有单行本、丛书本两大系统。单行本以家藏本为主，扩而言之，金幼孜的著作在明代的刻梓，基本都是源于金氏家藏之稿（或刻板），现统计如下（见附表 2）。

附表 2　金幼孜著作在明代的刊刻情况

刻梓年份	藏稿者	刊刻著作	作序者
天顺八年	萧亨（金幼孜女婿）	《北征诗集》	曾鼎
成化四年	金昭伯（金幼孜长子）	《金文靖公集》	李龄
成化二十三年	金荣（金幼孜孙）	前后《北征录》	秦民悦、桑悦
弘治六年	金荣（金幼孜孙）	《金文靖公集》	卢渊
弘治十二年	李应和	《北征录》	罗鉴
万历四十六年	金镗（金幼孜八世孙）	《北征录》三卷	邹元标

[①] 参见《四库全书总目》卷一七〇《〈金文靖集〉提要》，第 1484 页。

丛书本《北征录》当源于家藏本，但同时也产生了繁简之别，今人所见的简本《北征录》当来源于丛书本。并且，经过一些丛书的收录，真实的作者信息很容易被混淆。金镗所刻三卷本《北征录》当是混淆作者信息后，故意将杨荣《北征记》删改后挂于金幼孜名下的产物。

厘清了这一系列过程，有助于我们理解相关历史文献，而避免各种程度的误解。如黄景昉《国史唯疑》云："金幼孜《北征录》三篇……至末篇，则读未终卷，而已萧然有骑龙堕髯气象矣。"① 朱棣死于永乐二十二年，根据文义，末篇记载的必定是永乐二十二年北征之事，故黄景昉所读《北征录》三篇当为金镗刻本。再如正统年间浙江提刑按察司副使江铁所撰《杨公行实》记载了第一次北征期间金幼孜坠马一事，称：

公（杨荣）等复迷入穷谷中，幼孜坠马，胡学士、金侍郎不顾而去，公下马为整鞍辔，不数步，幼孜复坠，马鞍尽裂，公即以所乘马让之，自乘骟马……至午方诣中军，太宗皇帝大喜，慰问良久，嘉公之义，复笑语幼孜曰："此中多狼，汝非杨荣，讵能免乎？"公谢曰："僚友之分谊所当然。"太宗皇帝曰："胡广岂非僚友耶，何不顾而去也？"②

这种说法在何乔远《名山藏》、焦竑《玉堂丛语》、李贽《续藏书》、唐鹤征《皇明辅世编》、颜季亨《国朝武功纪胜通考》等书籍中都有记载，经《明史·金幼孜传》的传播，流传更广。该故事甚至被收入李绍文《皇明世说新语·德行》之下，胡广也被当成了弃友的缺德之人。对此，何坤翁依据金幼孜《北征录》中的"三人同时至军帐"一语，以及两人记录的互参，认为《明史》所载不实，③ 于理相合，但需要指出的是，何坤翁所据

---

① 黄景昉：《国史唯疑》卷二，上海古籍出版社，2002，第44页。
② 江铁：《少师工部尚书兼谨身殿大学士赠特进光禄大夫左柱国太师谥文敏杨公行实》，杨荣：《文敏集》附录，《景印文渊阁四库全书》第1240册，第406~407页。该文末有"正统元年岁次庚申"，但"庚申"为正统五年，杨荣也卒于该年。因此"元年"当为"五年"之误。
③ 何坤翁：《明前期台阁体研究》，《古典文学研究辑刊》第1编第27册，第132页。

的《北征录》当为简本,而非繁本。繁本《北征录》对此事有详细的描述:"时昏黑,下马徐行,过此又上山,予马鞍坏,不堪骑,而前骑皆去,惟勉仁相去稍近,乃呼之少待。勉仁视予鞍已破裂,不可骑,乃急追宁阳侯索马鞍,则其已远。勉仁遂回,以已马让予,自骑予散马。光大闻之,亦勒马复回,相与盘旋于山顶上,不知路所向。更过两山,遂与光大相失……俟天曙,鞍马复行……至山坡下,有一帐房,戈戟围列。渐闻人语声,予意必光大也,询之果然。盖光大与金侍郎随数骑追逐一宵,亦回息于此。"[1] 由此可知,杨荣让马一事当为确凿,但"胡广弃金幼孜而走"则与事实不符,真实状况是"勒马复回",只是因道路复杂而再次迷失。由此可见,繁本《北征录》能够还原诸多北征细节,以纠正其他史料的失实之处。

---

[1] 金幼孜:《北征录》卷一,《中国人民大学图书馆藏古籍珍本丛刊》第 121 册,第 47~49 页。

参考文献

古籍类

班固：《汉书》，中华书局，1962。

曹义：《默庵诗集》，《原国立北平图书馆甲库善本丛书》，国家图书馆出版社，2013。

陈道：《八闽通志》，福建人民出版社，2006。

陈继：《怡庵文集》，明刻本，南京图书馆藏。

陈建：《皇明通纪法传全录》，《续修四库全书》本。

陈建撰，沈国元订补《皇明从信录》，《四库禁毁书丛刊》本。

陈敬宗：《陈文定公澹然遗书全集》，明万历崇祯间递刻本，美国哈佛燕京图书馆藏。

陈九德：《皇明名臣经济录》，《四库禁毁书丛刊》本。

陈琏：《琴轩集》，上海古籍出版社，2011。

陈全：《蒙庵集》，明崇祯刻陈氏家集本，日本内阁文库藏。

陈循：《芳洲文集》，《原国立北平图书馆甲库善本丛书》本。

陈元龙：《御定历代赋汇》，《景印文渊阁四库全书》本。

陈子龙：《皇明经世文编》，《续修四库全书》本。

成化《中都志》，《四库全书存目丛书》本。

程敏政：《明文衡》，《景印文渊阁四库全书》本。

程通：《明辽府左长史程节愍公贞白遗稿》，《明别集丛刊》本。

邓林：《退庵邓先生遗稿》，《四库全书存目丛书》本。

邓士龙：《国朝典故》，明万历间邓氏刊本。

邓元锡：《皇明书》，《续修四库全书》本。

端方：《壬寅销夏录》，《续修四库全书》本。

方孝孺：《逊志斋集》，宁波出版社，2000。

高儒：《百川书志》，古典文学出版社，1957。

高巍：《高不危文集》，《明别集丛刊》本。

龚诩：《龚安节先生遗文》，《明别集丛刊》本。

龚诩：《野古集》，《景印文渊阁四库全书》本。

谷应泰：《明史纪事本末》，中华书局，1977。

顾炎武：《肇域志》，上海古籍出版社，2004。

过庭训：《本朝分省人物考》，《续修四库全书》本。

何乔远：《名山藏》，《续修四库全书》本。

胡广：《胡文穆公文集》，《四库全书存目丛书》本。

胡广等：《明太祖实录》，台北"中研院"历史语言研究所校印本，1962。

胡文学：《甬上耆旧诗》，《景印文渊阁四库全书》本。

胡俨：《胡祭酒文集》，《原国立北平图书馆甲库善本丛书》本。

胡俨：《颐庵文选》，《景印文渊阁四库全书》本。

黄福：《黄忠宣公文集》，《四库全书存目丛书》本。

黄淮：《省愆集》，《丛书集成续编》，1931年敬乡楼丛书本，台北，新文丰出版公司，1988。

黄淮：《省愆集》，《景印文渊阁四库全书》本。

黄淮：《省愆集》，明宣德八年刊本，台湾图书馆藏。

黄景昉：《国史唯疑》，上海古籍出版社，2002。

黄佐：《翰林记》，中华书局，1985。

黄佐、廖道南：《殿阁词林记》，《景印文渊阁四库全书》本。

霍韬：《明良集》，《四库全书存目丛书》本。

嵇璜、曹仁虎等：《续文献通考》，《景印文渊阁四库全书》本。

焦竑：《国朝献征录》，《续修四库全书》本。

焦竑：《国史经籍志》，《续修四库全书》本。

焦竑：《熙朝名臣实录》，《续修四库全书》本。

焦竑：《玉堂丛语》，《四库全书存目丛书》本。

解缙：《文毅集》，《景印文渊阁四库全书》本。

金实：《觉非斋文集》，《续修四库全书》本。

金幼孜：《北征录》，《豫章丛书》，江西教育出版社，2000。

金幼孜：《北征录》，《中国人民大学图书馆藏古籍珍本丛刊》，北京燕山出版社，2012。

金幼孜：《北征诗集》，《中国人民大学图书馆藏古籍珍本丛刊》本。

金幼孜：《金文靖集》，《景印文渊阁四库全书》本。

金幼孜：《新刊金文靖公北征录》，明弘治十七年刘氏安正堂刻本。

柯暹：《东冈集》，《四库全书存目丛书》柯株林等刊本。

柯暹：《东冈集》，《原国立北平图书馆甲库善本丛书》明天顺三年刘泰、俞端刻本。

况钟：《况太守集》，《明别集丛刊》本。

李昉：《太平御览》，中华书局，1960。

李绍文：《皇明世说新语》，《续修四库全书》本。

李时勉：《古廉李先生诗集》，《原国立北平图书馆甲库善本丛书》本。

李时勉：《古廉文集》，《景印文渊阁四库全书》本。

李栻：《历代小史》，明刻本。

李贤：《古穰集》，《景印文渊阁四库全书》本。

李贽：《续藏书》，中华书局，1974。

练子宁：《练公文集》，《明别集丛刊》本。

梁本之：《坦庵先生文集》，《四库全书存目丛书》本。

梁兰：《畦乐诗集》，《景印文渊阁四库全书》本。

梁潜：《泊庵集》，《景印文渊阁四库全书》本。

梁潜：《泊庵先生文集》，《明别集丛刊》本。

林环：《絅斋先生集》，《明别集丛刊》本。

林志：《续刻蕙斋公文集》，《原国立北平图书馆甲库善本丛书》本。

凌迪知：《万姓统谱》，《景印文渊阁四库全书》本。

刘璟：《易斋刘先生遗集》，《明别集丛刊》本。

刘铉：《刘文恭公诗集》，《原国立北平图书馆甲库善本丛书》本。

刘义庆著，刘孝标注，余嘉锡笺疏《世说新语笺疏》，中华书局，2007。

陆楫：《古今说海》，《景印文渊阁四库全书》本。

罗亨信：《觉非集》，《四库全书存目丛书》本。

茅大方：《希董先生集》，《明别集丛刊》本。

梅纯：《艺海汇函》，清抄本，南京图书馆藏。

沐昂：《素轩集》，《明别集丛刊》本。

祁承爜：《澹生堂藏书目》，《续修四库全书》本。

钱谦益：《列朝诗集》，中华书局，2007。

钱谦益：《列朝诗集小传》，上海古籍出版社，2008。

沈德符：《万历野获编》，中华书局，1959。

沈节甫：《纪录汇编》，明万历四十五年陈于廷刻本。

史鉴：《西村集》，《景印文渊阁四库全书》本。

司马光：《资治通鉴》，古籍出版社，1956。

司马迁：《史记》，中华书局，1982。

谈迁：《国榷》，古籍出版社，1958。

唐鹤征：《皇明辅世编》，《四库全书存目丛书》本。

万历《温州府志》，《四库全书存目丛书》本。

王褒：《三山王养静先生集》，《续修四库全书》本。

王偁：《虚舟集》，《景印文渊阁四库全书》本。

王绂：《王舍人诗集》，《景印文渊阁四库全书》本。

王恭：《白云樵唱集》，《景印文渊阁四库全书》本。

王翰：《梁园寓稿诗集》，《景印文渊阁四库全书》本。

王洪：《毅斋集》，《景印文渊阁四库全书》本。

王叔英：《王静学先生文集》，《明别集丛刊》本。

王英：《王文安公诗集》，《续修四库全书》本。

王直：《西昌王抑庵集》，《明别集丛刊》本。

王直：《抑庵文集》，《景印文渊阁四库全书》本。

魏骥：《南斋先生魏文靖公摘稿》，《四库全书存目丛书》本。

吴长元：《宸垣识略》，北京古籍出版社，1983。

吴溥：《古崖先生诗集》，《原国立北平图书馆甲库善本丛书》本。

习经：《寻乐文集》，《四库全书存目丛书》本。

夏原吉：《忠靖集》，《景印文渊阁四库全书》本。

薛瑄：《薛文清公全集》，《原国立北平图书馆甲库善本丛书》本。

颜季亨：《国朝武功纪胜通考》，《四库禁毁书丛刊》本。

杨伯峻：《春秋左传注》，中华书局，2016。

杨溥：《杨文定公诗集》，《续修四库全书》本。

杨荣：《北征记》，《续修四库全书》本。

杨荣：《文敏集》，《景印文渊阁四库全书》本。

杨士奇：《东里诗集》，《景印文渊阁四库全书》本。

杨士奇：《东里文集》，中华书局，1998。

杨士奇：《东里续集》，《景印文渊阁四库全书》本。

杨士奇等：《明仁宗实录》，台北"中研院"历史语言研究所校印本，1962。

杨士奇等：《明太宗实录》，台北"中研院"历史语言研究所校印本，1962。

杨士奇等：《明宣宗实录》，台北"中研院"历史语言研究所校印本，1962。

姚广孝：《逃虚子集》，《续修四库全书》本。

叶盛：《水东日记》，中华书局，1980。

尹昌隆：《尹讷庵先生遗稿》，《四库全书存目丛书》本。

永瑢等：《四库全书总目》，中华书局，1965。

余学夔：《北轩集》，《四库未收书辑刊》本。

袁忠彻：《符台外集》，《明别集丛刊》本。

曾棨：《巢睫集》，《北京图书馆古籍珍本丛刊》，书目文献出版社，2000。

曾棨：《刻曾西墅先生集》，《四库全书存目丛书》本。

曾燠：《江西诗征》，《续修四库全书》本。

张居正等：《明世宗实录》，台北"中研院"历史语言研究所校印本，1962。

张廷玉等：《明史》，中华书局，1974。

章敞：《明永乐甲申会魁礼部左侍郎会稽质庵章公文集》，《四库全书存目丛书》本。

赵㧑：《效颦集》，《续修四库全书》本。

正德《姑苏志》，《景印文渊阁四库全书》本。

郑赐：《闻一斋诗稿》，《四库未收书辑刊》本。

郑晓：《吾学编》，《续修四库全书》本。

郑岳：《莆阳文献列传》，《四库全书存目丛书》本。

周忱：《双崖诗集》，《明别集丛刊》本。

周是修：《刍荛集》，《景印文渊阁四库全书》本。

周述：《东墅诗集》，《四库全书存目丛书补编》本。

周叙：《石溪周先生文集》，《四库全书存目丛书》本。

朱当㴐：《国朝典故》，明抄本。

朱彝尊：《静志居诗话》，人民文学出版社，1990。

朱有燉：《诚斋录》，《续修四库全书》本。

朱瞻基：《宣宗皇帝御制诗集》，《明别集丛刊》本。

卓敬：《卓忠贞公遗稿》，《明别集丛刊》本。

邹济：《颐庵文集》，《明别集丛刊》本。

研究著作

曹子西主编《北京通史》第6卷，北京燕山出版社，2012。

陈戍国：《中国礼制史·元明清卷》，湖南教育出版社，2002。

陈文新：《中国文学编年史·明前期卷》，湖南人民出版社，2006。

陈文新、何坤翁、赵伯陶主撰《明代科举与文学编年》，武汉大学出版社，2009。

德山、乌日娜、赵相璧：《蒙古族古代交通史》，辽宁民族出版社，2006。

〔美〕富路特、房兆楹原主编，李小林，冯金明主编《哥伦比亚大学明代名人传》，北京时代华文书局，2015。

何坤翁：《明前期台阁体研究》，《古典文学研究辑刊》，第 11 编第 27 册，新北，花木兰文化出版社，2015。

何宗美：《文人结社与明代文学的演进》，人民出版社，2011。

黄卓越：《明永乐至嘉靖初诗文观研究》，北京师范大学出版社，2001。

李若晴：《玉堂遗音——明初翰苑绘画的修辞策略》，中国美术学院出版社，2012。

李燮平：《明代北京都城营建丛考》，紫禁城出版社，2006。

刘泽民、原崇信、梁志祥、张国祥主编《山西通史》，山西人民出版社，2001。

罗旺扎布、德山、胡泊、博彦、阿木尔门德、赵智奎：《蒙古族古代战争史》，民族出版社，1992。

孟森：《明史讲义》，上海古籍出版社，2002。

穆益勤：《明代院体浙派史料》，上海人民美术出版社，1985。

谭其骧：《中国历史地图集》第 7 册，中国地图出版社，1982。

汤志波：《明永乐至成化间台阁诗学思想研究》，上海古籍出版社，2016。

吴德义：《政局变迁与历史叙事：明代建文史编撰研究》，中国社会科学出版社，2013。

谢贵安：《明实录研究》，湖北人民出版社，2003。

杨正泰：《明代驿站考》（增订本），上海古籍出版社，2006。

叶晔：《明代中央文官制度与文学》，浙江大学出版社，2011。

俞剑华：《王绂》，上海人民美术出版社，1961。

郑礼炬：《明代洪武至正德年间的翰林院与文学》，中国社会科学出版社，2011。

左东岭：《王学与中晚明士人心态》，人民文学出版社，2000。

期刊论文

蔡小平、方志远：《南京地震与明朝定都北京》，《江西社会科学》2011 年第 4 期。

曹树基：《永乐年间河北地区的人口迁移》，《中国农史》1996 年第 3 期。

陈翔：《〈杏园雅集图〉及其政治意蕴考论》，《宁夏大学学报》2016 年第 3 期。

董倩：《明代永乐年间移民政策论述》，《青海社会科学》1998 年第 6 期。

都樾：《明代宗室的文化成就及其影响》，《学术论坛》1997 年第 3 期。

冯剑辉：《明代京师富户之役考论——以徽州文献为中心》，《史学月刊》2015 年第 1 期。

付阳华：《由文人雅集图向官员雅集图的成功转换——析明代〈杏园雅集图〉中的转换元素》，《美术》2010 年第 10 期。

高发元：《建文帝亡滇不再是传说——梨花村马氏"祖灵碑"引出关键证据》，《思想战线》2015 年第 2 期。

高璐：《明代诏狱士人所涉物事考》，《文史》第 4 辑，中华书局，2019。

郭厚安：《论"靖难之役"的性质》，《西北师大学报》1993 年第 3 期。

郭素红：《永乐迁都与两京体制下的经学科举》，《文化学刊》2022 年第 4 期。

何妴翁：《明初台阁体形成刍议》，《中国文学研究》第 22 辑，复旦大学出版社，2013。

贺树德：《明代北京城的营建及其特点》，《北京社会科学》1990 年第 2 期。

蒋重跃：《朱棣对蒙古各部的均势政策与五次北征》，《浙江学刊》1990 年第 2 期。

降大任：《咏史诗与怀古诗有别》，《社会科学战线》1984年第4期。

李宝臣：《万国来朝的永乐迁都庆典》，《北京观察》2017年第4期。

李德辉：《论宋代行记的新特点》，《文学遗产》2016年第4期。

李国栋：《陈琏〈琴轩集〉佚文辑存》，《文教资料》2018年第16期。

李国栋：《陈琏〈琴轩集〉佚文七篇辑考》，《齐齐哈尔大学学报》2017年第10期。

李济贤：《唐宋以来战乱对北方社会的不利影响——明初"南北榜"历史原因试探》，《史学集刊》1991年第1期。

李精耕：《明代"台阁体"的相关问题浅探》，《甘肃社会科学》2008年第6期。

李若晴：《玉堂遗音：〈杏园雅集图〉卷考析》，《美术学报》2010年第4期。

李遇春：《陈琏〈琴轩集〉版本考略》，《岭南文史》2014年第2期。

林家豪：《两京制度形成后南京职能的转变及原因》，《湖北函授大学学报》2014年第3期。

林莉娜：《游艺与玩物——明代宫廷绘画所反映的明宣宗行乐等事宜》，《永宣时代及其影响：两岸故宫第2届学术研讨会论文集》，故宫出版社，2012。

刘洋：《明代台阁文人诗序文结构与论述话语流变》，《北方论丛》2015年第6期。

刘中平：《明代两京制度下的南京》，《社会科学集刊》2005年第3期。

陆九皋：《谢廷循杏园雅集图卷》，《文物》1963年第4期。

马育秀：《春夏榜与明初北方儒学的复兴》，《江西社会科学》2003年第2期。

孟义昭：《为何明代会试、殿试改至北京举办要早于永乐迁都？》，《文史杂志》2019年第1期。

彭勇：《成祖迁都与"永乐"国家战略》，《北京观察》2017年第1期。

全伟：《明建文帝去向的历史语境研究》，《四川民族学院学报》2010

年第 2 期。

商传：《试论"靖难之役"的性质》，《明史研究论丛》第 1 辑，江苏人民出版社，1982。

史小军、张红花：《20 世纪以来明代台阁体研究述评》，《南阳师范学院学报》2006 年第 2 期。

苏德容：《明代宗室文化及其社会影响》，《河南师范大学学报》1996 年第 4 期。

孙绍旭：《明建文帝出亡宁德考》，《史林》2016 年第 6 期。

滕新才：《明成祖五征蒙古评议》，明长陵营建 600 周年学术研讨会，2009 年 5 月。

田澍：《明朝迁都北京与多民族国家治理》，《学术月刊》2020 年第 12 期。

万明：《全球视野下的明代北京鼎建》，《史学集刊》2021 年第 4 期。

万依：《论朱棣营建北京宫殿、迁都的主要动机及后果》，《故宫博物院院刊》1990 年第 3 期。

王岗：《明成祖与北京城》，《北京社会科学》2008 年第 3 期。

王丽歌：《宋至明初的战争与北方人地关系变迁》，《光明日报》2014 年 10 月 29 日，第 14 版。

王彦军：《明代南京参赞机务职掌浅探——以明初黄福任职期间为主的考察》，《黑龙江史志》2015 年第 11 期。

魏连科：《明初河北移民史料辑补》，《河北学刊》1989 年第 5 期。

魏天辉：《简论明代诏狱的管理》，《河南师范大学学报》2010 年第 6 期。

夏维中：《明朝迁都六百年："永乐北迁"的历史回顾》，《江苏地方志》2020 年第 6 期。

邢燕燕：《从明永乐朝征蒙古扈从文人所记笔记看塞北风物》，《大众文艺》2013 年第 6 期。

徐卫东：《明初内阁的位置变迁》，《中华同人学术论集》，中华书局，2002。

徐卫东：《明代皇位继承中的监国》，《明史研究论丛》第 6 辑，黄山书社，2004。

徐兆安：《明初泰和儒师杨士奇早年的学术与生活》，田澍等主编《第十一届明史国际学术讨论会论文集》，天津古籍出版社，2007。

阎崇年：《明永乐帝迁都北京述议》，《中国古都研究》第 1 辑《中国古都学会第一届年会论文集》，浙江人民出版社，1983。

杨森林、杨慰：《建文帝圆寂青海乐都瞿昙寺考》，《青海社会科学》2010 年第 5 期。

杨真：《明初营建北京宫殿时伐木民伕的暴动》，《紫禁城》1984 年第 1 期。

杨知秋：《建文帝出亡云南新证》，《云南民族大学学报》2004 年第 4 期。

尹吉男：《政治还是娱乐：杏园雅集和〈杏园雅集图〉新解》，《故宫博物院院刊》2016 年第 1 期。

于鹏：《明成祖五出漠北刍议》，《新西部》2015 年第 5 期。

余云华：《建文帝传说圈及其重庆中心论》，《广西师范学院学报》2009 年第 1 期。

张德建：《明代台阁文学中的快乐图景与抒情文化》，《文学遗产》2018 年第 1 期。

张凤霞、张鑫：《明代宗室藏书文化述论》，《东岳论丛》2010 年第 7 期。

张明富：《永乐建元与太祖所封诸王心态》，《社会科学辑刊》2016 年第 5 期。

张兆裕：《黄淮之狱与朱高炽的太子地位》，《明清史论文集》第 2 辑，天津古籍出版社，1991。

赵靖君：《从〈旧京词林志〉看明代南京翰林院地位的下降》，《池州学院学报》2017 年第 5 期。

赵素文：《卓敬事实辨疑》，《励耘学刊（文学卷）》第 2 辑，学苑出版社，2013。

赵中男：《朱棣与朱高炽的关系及其社会政治影响》，《明史研究》第 6 辑，黄山书社，1999。

钟焓：《吸收、置换与整合——蒙古流传的北京建城故事形成过程考察》，《历史研究》2006 年第 4 期。

周乾：《朱棣为何定都北京紫禁城》，《北京档案》2017 年第 6 期。

朱鸿：《明永乐朝皇太子首度监国之研究（永乐七年二月至八年十一月）》，《台湾师范大学历史学报》1984 年第 12 期。

朱鸿：《文集与人物研究——以明初阁臣黄淮为例》，《台湾师大历史学报》第 29 期，2001 年 6 月。

朱亚非：《论黄福——兼论明代中国文化对安南的传播》，《齐鲁文化研究》第 2 辑，齐鲁书社，2003。

朱冶：《明永乐〈四书五经性理大全〉纂修地及其背景考》，《南都学坛》2015 年第 6 期。

朱忠文：《论两京制度下明代官员对南京官场重要性的塑造》，《历史教学》2023 年第 2 期。

朱子彦：《论永乐帝迁都北京》，《上海大学学报》1989 年第 1 期。

学位论文

陈清慧：《明代藩府刻书研究》，博士学位论文，南京大学，2011。

程丹：《龚诩诗文整理与研究》，硕士学位论文，湘潭大学，2016。

董刚：《元末明初浙东士大夫群体研究》，博士学位论文，浙江大学，2004。

杜颜璞：《明代周藩著述、刻书研究》，硕士学位论文，河南大学，2015。

高建旺：《明代广东作家和明代广东文学研究》，博士学位论文，上海师范大学，2006。

葛晓洁：《明初藩王诗文研究》，硕士学位论文，天津师范大学，2018。

贺云：《朱有燉的审美思想研究》，硕士学位论文，四川师范大学，2018。

胡倩：《明代宗室的文化成就研究》，硕士学位论文，湖南师范大学，2013。

雷超：《论明交趾布政司黄福——兼论1407~1427年中越关系》，硕士学位论文，南昌大学，2013。

李月琴：《明清守成皇帝亲征问题研究》，硕士学位论文，陕西师范大学，2009。

梁曼容：《明代藩王研究》，博士学位论文，东北师范大学，2016。

刘青：《明代京都赋研究》，硕士学位论文，山西师范大学，2013。

柳旦超：《明朝监国制度探究》，硕士学位论文，山东师范大学，2016。

孙精远：《明代南京刑部研究》，硕士学位论文，华东政法大学，2021。

索洁：《"靖难"事件与文学研究》，硕士学位论文，西南大学，2009。

田吉方：《明代南京翰林院考》，硕士学位论文，武汉大学，2004。

王慧明：《明留都南京宫廷典制研究》，硕士学位论文，东北师范大学，2013。

王维琼：《明代的"赐宴"和"赐食"》，硕士学位论文，东北师范大学，2010。

王欣慧：《历代京都赋的文化审视》，博士学位论文，台湾政治大学，2009。

翁燕珍：《吾都与他方——明赋之人文地理书写研究》，博士学位论文，台湾中正大学，2013。

闫春：《朱有燉诗歌研究》，硕士学位论文，广西师范大学，2006。

尹霄：《明代监国制度研究——以朱高炽监国为中心》，硕士学位论文，福建师范大学，2012。

郑莹：《明初中原流寓作家研究》，博士学位论文，上海大学，2016。

周金鑫：《明前期都城选址研究》，硕士学位论文，陕西师范大学，2015。

朱晓艳：《明代两京制研究》，硕士学位论文，山东师范大学，2011。

朱仰东：《朱有燉研究》，博士学位论文，山东师范大学，2013。

宗立东：《明代宗室文学研究》，博士学位论文，上海师范大学，2017。

后 记

这本小书是在博士论文基础上修改而成的,也可看作自己博士期间学习和研究的一个总结。在校对文稿时,好像又回到了学生时代,求学之路上老师的引领、同学的帮助,总在脑海里闪现,铭记于心。

首先感谢我的导师周明初教授。第一次见到周老师是在"汉语言文学学科前沿"课上,他在黑板上写下"入门须正,立志须高"八个字,让人印象深刻。大四保研时,我联系周老师当直博导师,成为了他的博士研究生。周老师一步一步教我写论文,曾为我选定本科毕业论文题目。从初稿到定稿往返七八次,每次都留有大量且详细的批注,将结构、内容、脚注、标点等问题一一指出,并指导我查找有价值的材料,梳理论文线索。之后,我将这篇论文中的文献考证部分扩充整理,其间又得到周老师往返七八次的详细修改意见。这么多年来,每一次把论文发给周老师,都会收到有大量批注的回复。这对一个初入门的学生来说,是极大的帮助和鼓励。读博期间,研究生常在研究所自习室学习,无论寒暑总能在古代文学研究所办公室看到周老师的身影。这让学生时代的我对老师的勤奋治学有了真切的感受。工作之后体会到,在处理完诸多繁杂事务之后,能迅速进入阅读研究状态,殊非易事。因此,在不同阶段,老师的治学态度总能给我以激励。

读研期间,周老师鼓励我们结合兴趣思考论文选题方向。因对历史感兴趣,我关注到历史事件与文学关系的研究,其间阅读胡可先老师的《唐代重大历史事件与文学研究》,受此启发思考论文选题。一开始打算以永乐朝靖难历史事件为中心,周老师提示我需要适当延伸历史时段,后来增加了北征、迁都等历史事件,考察永乐年间历史事件与文学的关系。确定选题后，逐渐发现这些历史事件涉及的文臣数量较多，一时间不知从何入手。周老师嘱咐我仔细阅读文集。后来以黄淮《省愆集》为切入点探讨狱中阁臣的创作，又从金幼孜《北征诗集》考察北征与台阁文学的内涵。这是博士论文中最先完成的章节，自此才算真正开始博士论文的写作。我写完一节或者一章发给老师，都会很快收到详细且富有启发的修改意见。如今自己也指导毕业论文多年，时常怀念导师当年的包容与鼓励。

在古代文学研究所读书是一件幸福的事，学习的氛围浓厚。研究所的老师们和蔼可亲，关注学生成长。林家骊老师、王德华老师、胡可先老师、沈松勤老师、陶然老师、朱则杰老师、周明初老师、孙敏强老师、汪超宏老师、楼含松老师、徐永明老师、孙福轩老师、叶晔老师、林晓光老师、咸晓婷老师，无论是课堂讲授，还是论文报告会点评，常常指引我们发现问题、查找资料、关注学术动态。叶晔老师、林晓光老师为研究所学生开设友声读书会，每期读书会主题不同，帮助研究生了解学术方向，扩大学术视野。两位老师精心选定多篇阅读书目，在读书会上带领大家分析讨论，咸晓婷老师、夏勇老师也时常参与。叶晔老师学识丰富，经常在论文写作方面给予指导，他的著作《明代中央文官制度与文学》论述翔实，在写作过程中时常翻阅，受益颇多。

论文的写作，离不开同学朋友的帮助。同门修改论文最多，大家研究方向接近，每次讨论会都列出详细的修改意见。研究所的同学，平时会分享文献资料、探讨写作思路、推荐参考用书，还帮忙修改论文。在学习之余，大家也会一起组织活动，比如吃饭、看电影、爬山等。除此之外，参加博士论坛相识的朋友、大学同学、高中同学，也在论文写作、投稿经验、文献复印等方面给予帮助。如果没有同学朋友的关心与包容，求学生活不会这么有乐趣，这些感谢都默默记在心里。

图书在版编目（CIP）数据

明代永乐时期历史事件与文学研究／党月瑶著．--北京：社会科学文献出版社，2023.10
ISBN 978－7－5228－2471－0

Ⅰ.①明… Ⅱ.①党… Ⅲ.①文学史－研究－中国－明代 Ⅳ.①I209.481

中国国家版本馆 CIP 数据核字（2023）第 176408 号

明代永乐时期历史事件与文学研究

著　　者／党月瑶

出 版 人／冀祥德
组稿编辑／宋月华
责任编辑／吴　超
文稿编辑／柴　乐
责任印制／王京美

出　　版／社会科学文献出版社·人文分社（010）59367215
　　　　　　地址：北京市北三环中路甲 29 号院华龙大厦　邮编：100029
　　　　　　网址：www.ssap.com.cn
发　　行／社会科学文献出版社（010）59367028
印　　装／三河市尚艺印装有限公司

规　　格／开　本：787mm×1092mm　1/16
　　　　　　印　张：18　字　数：264 千字
版　　次／2023 年 10 月第 1 版　2023 年 10 月第 1 次印刷
书　　号／ISBN 978－7－5228－2471－0
定　　价／128.00 元

读者服务电话：4008918866

▲ 版权所有 翻印必究